전기수 설낭

# 전기수 설낭

김동진 역사소설

傳　　　奇　　　叟　　　說　　　囊

싱긋

# 차례

제01화

# 두 남자

1800년(경신년) 정월 초 아침. 황매산 방면에서 불어온 차가운 바람이 삼가현(현재의 경상도 합천) 읍성 곳곳을 훑고 지나갔다. 두꺼운 솜옷과 털목도리를 두른 남녀 주민들이 옷섶을 단단히 여민 채 하나둘 읍성으로 모여들고 있었다. 사내들은 등짐이나 지게를 지고 있었고, 아낙들은 보따리를 이고 있었다.

읍성 서문 근처의 주막집 굴뚝에선 흰 연기가 모락모락 피어올랐다. 주막집 주인 박대성과 그의 아내 고성댁이 손님 맞을 준비로 분주했다. 장국밥 끓이는 냄새가 솔솔 풍겼다. 보부상 네댓 명이 큰 소리로 떠들며 주막 앞을 지나가자 뒤편 민가에서 황구가 컹컹 요란하게 짖어댔다.

"예끼, 이 똥개 놈아! 시끄럽다! 원, 오던 손님도 놀라서 도망

가겠다."

마당에서 화롯불을 피우던 박대성이 나뭇조각을 휙 던지며 호통을 치자 황구가 잠잠해졌다. 그 와중에 주막집 뒷방에서 자고 있던 이옥(李鈺)이 눈을 떴다. 방바닥에는 군졸 복장이 어지럽게 흩어져 있었다. 이옥은 관자놀이를 매만지며 표정을 찡그렸다. 숙취 탓에 머리가 깨질 듯 아팠고, 입안은 바짝바짝 메말랐다. 그는 머리맡의 자리끼를 마셨다. 종이창 틈새로 들어오는 아침햇살에 먼지들이 둥둥 떠다니며 서로 부딪혔다 흩어지기를 되풀이하고 있었다.

'이런, 얼마나 잔 걸까? 오늘은 늦으면 안 되는데⋯⋯.'

그는 아랫목 봇짐 속에서 곰방대와 쌈지를 꺼냈다. 쌈지에서 연초(담배의 옛 이름) 한 줌을 집어 곰방대 대통에 채워넣었다. 이어 부싯돌을 쳐 대통에 불씨를 옮긴 후 힘차게 빨아들이자 연초가 타들어갔다. 이옥은 가슴속 깊이 연초 연기를 들이마신 후 '휴우!' 하고 내뱉었다. 남령초(南靈草, 연초의 다른 이름)의 신비로운 기운이 몸속에 퍼지면서 잠시나마 정신이 맑아지는 것 같았다. 흙벽 너머로 거리에서 행인들의 목소리가 들렸다. 생각해보니 이날은 삼가현 오일장 날이었다.

문무자(文無子) 이옥의 하숙집은 삼가현 서문 근처의 박대성 주막집이었다. 그가 머무는 방은 장터로 이어지는 큰길을 면하고 있었다. 원래 창문이 없는 골방이었지만 주인에게 허락을 구해

흙벽에 손바닥만한 종이창을 냈다. 그는 종이창에 작은 구멍을 뚫어 종종 바깥 거리를 관찰했다. 경기도 남양(현 화성)과 한양에서 생애 대부분을 보낸 이옥의 눈에는 삼가현 민초들의 투박하지만 생동감 넘치는 모습들이 무척 흥미롭게 비쳤다.

이날도 그는 종이창 구멍에 눈을 갖다대고 있었다. 참으로 활기차고 왁자지껄한 거리풍경이었다. 황소를 끌고 오는 사람. 닭을 품에 안고 오는 사람, 멧돼지의 네다리를 묶어서 등에 짊어지고 오는 사람……. 말린 문어를 들고 오는 사람, 짚신을 팔러 오는 사람, 청어를 엮어서 어깨에 주렁주렁 메고 오는 사람……. 버드나무 상자를 등에 지고 오는 사람, 광주리를 이고 오는 여인. 머리에 보따리를 인 채 어린애를 등에 업고 오는 여인……. 서로 즐겁게 이야기하며 걸어오는 사람들, 서로 화를 내며 싸우는 사람들. 손을 잡아끌어 장난치는 남녀, 지나가는 젊은 아낙에게 수작을 거는 음흉한 사내. 푸른 치마를 입은 젊은 처자……. 지팡이를 짚은 꼬부랑 노인, 패랭이를 쓴 남자, 승포를 입고 승립을 쓴 땡중. 벌써부터 술에 취해 비틀거리는 주정뱅이까지……. 장터로 꾸역꾸역 몰려드는 민초들의 모습은 그 수만큼이나 다양했다. 이옥은 그들을 엿보면서 집게손가락으로 흙벽에 뭔가를 써보는 시늉을 했다.

'사람마다 생긴세기 지리도 나르니 그들을 묘사하는 표현도 제 각각 달라야 하지 않을까? 고문의 상투적 표현으로 어찌 저리 다

양한 인생들을 담아낼 수 있다는 말인가?'

이옥은 종이창에서 잠시 눈을 뗐다. 곰방대를 한 모금 빤 후 다시 구멍에 눈을 갖다댔다.

"어이쿠! 깜짝이야."

그는 하마터면 손에 들고 있던 곰방대를 떨어뜨릴 뻔했다. 떠들썩한 거리풍경 대신에 시커먼 사람 얼굴이 튀어나왔기 때문이다. 삼가현 동헌 관노비 아이의 곰보 자국 가득한 얼굴이었다. 아이는 가쁜 숨을 쉬며 동헌 군관의 말을 전했다.

"헉헉, 큰일났사옵니다. 군관 나리께서 당장 관아로 나오시랍니다. 요역장에 안 나왔다고 화가 단단히 나셨습니다요."

◆

1800년 정월 초 깊은 밤. 금방이라도 함박눈을 퍼부을 것처럼 먹구름이 한양 하늘을 뒤덮고 있었다. 휘이잉! 북악산을 넘어온 삭풍이 창덕궁 후원의 수목들을 흔들었다. 나뭇가지에 쌓였던 잔설이 흩날렸다. 궁궐은 짙은 어둠에 휩싸여 있었다. 항상 제일 밤 늦게까지 불이 켜져 있던 규장각도 그날만큼은 해시(21시~23시) 무렵 등불이 꺼졌다.

정조 임금이 머무는 편전인 희정당은 유일하게 그 시각까지 불이 밝혀져 있었다. 철릭 안에 솜옷을 두텁게 껴입은 장용영 병사들이 편전 앞마당에 화롯불과 횃불을 밝혀놓고 불침번을 서고 있었다. 횃불이 바람에 흔들릴 때마다 추녀마루의 잡상들이 언뜻언뜻 모습을 드러냈다. 잡상 중 제일 앞에 서 있는 삼장법사의 목 부분은 살짝 금이 가 있었다.

편전 침소 앞 복도에는 내관과 궁녀들이 입직중이었다. 임금이 완전히 잠들기 전까지 누구도 함부로 자리를 뜰 수 없었다. 시각이 자시(23시~1시)를 넘어서자 다들 지친 모습이었다. 궁녀 한 명이 얼떨결에 하품을 하려다 상궁과 눈이 마주치자 얼른 자기 입을 틀어막았다.

침전 창호지 문에 정조의 그림자가 비쳤다. 정조는 책상 앞에 앉아서 가느다란 붓으로 그날 하루 자신이 복용한 탕약과 음식, 차의 재료와 종류, 맛, 섭취량 등을 꼼꼼히 적고 있었다. 탕약을 조제하고 달인 의관과 의녀의 이름이며, 음식을 만든 궁녀들과 검식한 상궁들의 명단도 빼놓지 않고 기록했다. 신하들이나 의관들과 나눈 건강 관련 대화도 남겨놓았다. 그리고 자기 몸에 나타난 병증들을 사실적으로 묘사했다.

'해가 바뀌었지만, 짐의 몸 상태는 전혀 나아지지 않고 있다. 조금만 거동해도 몸이 물먹은 솜처럼 피곤해지고 있다. 활쏘기도 예전처럼 할 수 없고 앉아서 책 읽는 것조차 힘겹다. 목덜미와 어깨, 가슴에 좁쌀 그기의 두드러기가 다시 번지고 있다.'

정조는 기록광이었다. 정적에게 생명의 위협을 받았던 세손 시절에도 꾸준히 일기를 남겼다. 자신이 처한 정치적 상황과 주변 인물들의 움직임, 그리고 자기의 생각과 행동거지를 매일매일 기록하며 인고의 세월을 견디어냈다. 왕위에 오른 후에도 임금의 일기인 〈일성록日省錄〉을 직접 작성했다. 신하들은 춘추관 사관들이 사초를 적고 있으니 따로 업무 일기를 남길 필요가 없다고 만류했다. 그는 스스로의 언행을 살피고 경계하는 데 도움이 될 뿐 아니라 후대의 왕에게 중요한 판단자료로 활용될 수 있다며 일성록 작성을 고집했다. 업무량이 늘어나면서 매일매일 일기를 쓰기 힘들어지자 1783년부터는 규장각 검사관들에게 일성록 초고를 작성케 했다.

그런 정조가 얼마 전부터 다시 새 일기를 쓰고 있었다. 이번에는 국정 업무가 아니라 하루가 다르게 쇠약해지고 있는 자신의 몸 상태를 은밀히 기록하고 있었다. 그의 주변에선 이 같은 사실을 아무도 몰랐다. 의관, 내관, 상궁 들조차 정조가 평소처럼 서책을 읽다가 떠오른 생각을 적거나, 신하들에게 보낼 밀찰을 쓰는 것이라 짐작할 뿐이었다.

물 흐르듯이 흘러가던 정조의 붓놀림이 멈췄다. 그는 서랍장 하단에서 나무상자를 꺼냈다. 책자를 그 상자에 넣고 자물쇠를 잠근 후 서랍장에 다시 넣었다. 이어 어깨 부위와 가슴을 번갈아 어루만지며 얼굴을 찡그렸다. 그의 앞에는 작은 화로와 백동연죽, 담배통이 놓여 있었다. 정조는 담뱃대를 물고 깊게 연기를 들

이마셨다가 허공에 내뱉었다. 흰 연기가 꿈틀꿈틀 천장으로 올라
갔다.

## 제02화

# 귀정의 서

1800년 1월 중순 삼가현 저수지. 근처 고을 주민들과 군졸 500여 명이 겨울 가뭄에 말라붙은 저수지 바닥을 파내고 있었다. 쇠 쟁기를 단 황소가 딱딱한 저수지 바닥을 갈아엎으면 주민과 군졸들이 삼태기로 흙과 돌을 퍼담아 둑방 너머로 나르고 있었다.

"으앗!"

흙짐을 나르던 군졸 한 명이 둑방 경사면에서 발을 헛디뎌 미끄러졌다. 삼태기를 놓친 그는 손을 뻗어 바닥을 짚었지만 멈추지 못하고 저수지 바닥까지 굴러떨어졌다. 흰 광목천에 감긴 두 손에서는 붉은 피가 배어나왔다. 주변에 있던 군졸과 주민들이 하던 일을 멈추고 부상자 주변에 모여들었다. 둑방 위에서 현장을 감시하고 있던 군관 하나가 뛰어오더니 부상자를 다짜고짜 야단쳤다.

"야, 이 빌어먹을 놈아! 뭘 꾸물거리고 있는 게야. 냉큼 주워담지 못할까!"

그는 삼가현 군관 중에도 성질머리가 제일 더러운 악질이었다. 다들 그의 눈치를 보느라 쓰러진 이를 선뜻 돕지 못했다.

"이런 염병할 놈 같으니라고 사람이 다쳤는데!"

근처에 있던 군졸 한 명이 욕지거리와 함께 삼태기를 땅바닥에 내동댕이쳤다. 악질 군관 앞까지 흙과 돌이 튀었다.

"어떤 새끼냐?"

악질 군관이 삼태기를 던진 군졸을 노려봤다. 이옥이었다. 그는 성난 표정으로 악질 군관을 향해 걸어오고 있었다. 겁먹은 악질 군관은 슬슬 뒷걸음질쳤다. 이옥은 그의 바로 앞까지 와서는 방향을 획 틀어 다친 군졸에게 다가갔다. 체면을 구긴 악질 군관은 얼굴이 울그락불그락했지만 이옥을 어쩌지 못했다. 이옥은 다른 군역자들과 달랐다. 나라에 죄를 짓고 충군(充軍)의 벌을 받고 있기는 했지만 조선 최고의 교육기관인 성균관 출신에 소과에 합격한 생원 신분이었다. 고을 현감이나 아전 앞에서도 직언을 서슴지 않았다. 그런 이옥을 건드려봐야 좋을 게 없었다. 다른 군관들이 달려와 구경하고 있던 군졸과 주민들에게 흩어지라고 호통쳤다.

"나리들! 아침나절부터 쉬지 않고 일했더니 이 늙은 놈의 허리가 끊어질 것만 같습니다요. 잠깐 연초 피울 말미 좀 주십시오."

늙은 군졸이 굽신거리며 간청하자 감시 군관들은 마지못해 휴식을 허락했다. 이옥은 동료들과 함께 둑방 위의 양지바른 자리에 둘러앉았다. 그들은 낡은 곰방대 하나를 돌아가며 피울 요량이었다.

"이게 무슨 개고생이야. 가을 추수도 못 하고 군역에 끌려온 것도 원통한데 이 추위에 요역까지 시켜먹네. 이런 육시랄 놈들!"

군졸들은 한겨울 저수지 요역에 군역자인 자신들이 동원된 것에 불만을 토로했다. 국법에 군역과 요역은 분명히 서로 다른 역이었지만 지방관들은 군졸들을 시도 때도 없이 요역에 동원하고 있었다.

"맞아. 창이나 활 잡아본 지 몇 년은 지난 것 같네. 훈련은 시키지 않고 맨날 요역이라니! 저수지 앞에 전답을 가진 지주 놈들한테 뇌물이라도 받아처 먹은 게 아니고서야 이럴 수가 있나……."

"나랏님이 암행어사라도 내려보내 탐관오리들 곤장이나 쳐줬으면 좋겠네."

군졸들이 서로 맞장구를 치며 목소리를 높이자 아까 감시 군관에게 휴식을 청했던 늙은 군졸이 주변을 서둘러 살피며 "쉿! 자네들 무사히 고향 가고 싶으면 세 치 혀를 조심하고 또 조심해야 하네"라고 충고했다.

"이 생원께서도 충군 생활을 무사히 마치려면 저 군관들과 자꾸 부딪혀봐야 좋을 게 없소. 나중에라도 보복하지 않을까 걱정이오."

늙은 군졸은 그렇게 말하며 턱짓으로 군막 쪽을 가리켰다. 그곳에는 군관들이 모닥불을 피워놓고 간단한 새참을 먹고 있었다. 이옥의 반대편에 앉아 있던 젊은 군졸이 곰방대를 한 모금 빨며 말했다.

"그래도 아까 이 생원께서 앞에 나서니까 저놈들이 똥 싸다가 주저앉은 표정을 짓습디다. 아주 통쾌했습니다요."

"맞아! 맞아!" 다들 고개를 끄덕이며 호응했다.

"아이고. 이러니저러니 해도 나는 군불 지핀 방에서 탁주 한 사발 들이켰으면 원이 없겠어."

누군가 먹는 이야기를 꺼내자 다들 먹고 싶은 음식을 하나씩 말하며 분위기가 왁자지껄해졌다. 차례로 돌아가며 피우고 있던 곰방대가 어느새 이옥 차례까지 왔다. 그는 연초를 한 모금 피우며 옛 생각에 잠겼다.

1792년 10월 어느 날, 성균관 명륜당은 유생들로 빼곡했다. 정조의 친림강의를 들으려고 성균관에 적을 둔 유생들이 거의 빠짐없이 출석했다. 정조는 왕위에 오른 후 줄곧 '군주스승론'을 부르짖고 있었다. 군주는 나라를 다스리는 통치자인 동시에 신하와 유생들에게 학문적 스승이라는 의미에서다. 실제로 정조는 나랏일로 바쁜 와중에도 틈틈이 성균관을 방문해 직접 성리학을 강의할 만큼 학문적 수준이 높았다.

성균관 유생들에게 친림강론은 중요한 자리였다. 국왕의 친림강론 직후 거행되는 '반시(泮試)' 때문이었다. 임금이 지켜보는 가운데 거행되는 반시에서 좋은 성적을 내면 바로 벼슬을 받거나, 대과 응시 때 높은 가산점을 받을 수 있었다.

그날도 정조의 강론이 끝나자 반시가 치러졌다. 유생들은 왕의 눈에 들기 위해 열심히 시권(답안지)을 작성했다. 이옥도 시제를 받자마자 온 신경을 집중해 시권을 메꿨다. 시권을 제출한 유생들은 성균관 뜨락에 삼삼오오 모여 담소를 나눴다. 명륜당 내실에선 정조가 대사성과 함께 유생들의 시권을 직접 채점했다. 한 시각 후 채점이 모두 끝나자 유생들도 다시 명륜당으로 들어갔다.

"생원 이옥!"

정조가 이옥을 제일 처음으로 호명하자 유생들 사이에서 부러움의 탄성이 터졌다. 이옥이 일어서면서 절친인 김려와 눈이 마주쳤다. 김려의 표정은 '그것 봐! 이 친구야. 내 예상이 맞았지? 자네가 이번에 장원이야'라고 말하고 있었다.

"예, 전하."

이옥은 공손하게 제자리에서 일어났다. 강당 안 모든 이들의 눈길이 이옥에게 쏠렸다.

'가점을 내리실까 아니면 복시(대과 2차 시험)에 바로 회부해 주실까?' 다들 이옥에게 어떤 포상이 내려질까 궁금한 표정들이었다. 하지만 그런 기대는 곧 산산조각이 났다.

"소품문체는 동서고금을 막론하고 선비의 정신을 타락시켜 정학(正學)에서 벗어나 사학(邪學)에 빠지게 하는 원흉 중의 원흉이다! 고문의 순정문체를 이어가야 할 성균관에서 불온한 문체가 독버섯처럼 번지고 있다는 것을 오늘 이옥, 너의 시권을 통해 똑똑히 알 수 있었다. 짐은 네놈이 소품체로 선비정신을 타락시킨 죄를 묻지 않을 수 없다!"

정조는 쩌렁쩌렁한 목소리로 이옥을 비판했다. 그리고 '앞으로 이옥은 고전문체인 사륙변려문을 매일 50수씩 제출해야 하며, 타락한 문체를 바로잡을 때까지 과거 시험 응시를 불허한다'고 선언한 뒤 명륜당을 빠져나갔다. 유생들은 갑작스러운 사태에 술렁였다. 당사자인 이옥은 쇠망치로 머리를 한 대 얻어맞은 것 같은 충격에 빠졌다. 정조의 '문체반정', 즉 '귀정(歸正)'의 서막이었다.

◆

1800년 1월 16일 수원 화성 현륭원. 임금의 행차를 알리는 교룡기가 바람에 나부끼고 있었다. 장용영 군사들이 현륭원 주변을 삼엄하게 에워싸고 있었다.

평융복 차림의 정조가 어가에서 내려 부친 장헌세자의 봉분 앞으로 천천히 걸음을 옮겼다. 문무 대신들과 내관들이 왕의 뒤를 따랐다. 봉분 앞 제단에 당도하자 정조는 돗자리 바닥에 무릎을 꿇었다.

정조의 부친은 원래 '생각할 사(思), 슬퍼할 도(悼)'를 써서 '사도세자'라 불리었다. 정조의 조부이자 선대왕인 영조가 직접 지은 시호였다. 친아들을 뒤주에 가둬 죽여야만 했던 늙은 아비의 인간적 연민이 느껴지는 호칭이었다. 손자 정조는 그 시호가 마음에 들지 않았다. 왕위에 오르자 경기도 양주에 있던 부친의 묘를 수원 근처 화산으로 옮기면서 부친 시호를 '무인 기질을 가진 총명한 인물'을 뜻하는 '장헌(莊獻)'으로 바꿨다. 그는 아버지 시호에 담긴 비극적 냄새를 깨끗이 지워버리고 싶었다.

정조는 향을 피우고 술을 따르고 큰절을 올린 후 나지막한 목소리로 세자(훗날의 순조) 책봉 소식을 고했다. 장헌세자의 혈통이 또 한 번 왕위를 계승하게 됐다는 것을 알리는 것이었다. 왕은 어느 순간 감정에 복받쳐 흐느끼기 시작했다. 시간이 흐르면서 흐느낌은 점차 통곡으로 변해갔다. 왕은 때때로 땅바닥을 치거나 가슴을 두들기며 울분을 토했다. 오시(11시~13시) 무렵 시작된 참배는 땅거미가 지기 전까지 계속됐다. 바람이 갈수록 차가워지면서 돗자리 바닥에 떨어진 왕의 눈물까지 얼어붙었다.

뒤편에서 그 모습을 지켜보던 신하들은 표정이 굳어 있었다. 좌의정 심환지를 비롯한 노대신들 중 일부는 참배가 길어지자 더 버티지 못하고 군관들의 부축을 받으며 재실로 이동했다. 정조는 이전에도 현륭원을 여러 번 참배했으나 이번처럼 슬픔과 분노의 감정을 날것으로 드러낸 적은 없었다.

"주상전하, 해가 기울면서 참배를 시작했을 때보다 훨씬 더 추워지고 있사옵니다. 옥체를 생각하셔서 서둘러 행궁으로 옮기심이 마땅하다 사료되옵니다."

정조의 건강을 책임지고 있는 어의 강명길이 앞으로 나와 참배를 끝낼 것을 건의했다. 강명길이 첫 물꼬를 트자 다른 신하들도 일제히 나서서 "전하의 지극한 효심에 신들은 그저 몸 둘 바를 모르겠사옵니다. 다만 더이상 이곳에서 머무르시다가는 전하의 옥체에 큰 누가 될까 걱정이옵니다"라며 행궁으로의 이동을 간청했다.

정조는 그제야 복받쳤던 감정을 추스르고 자리에서 일어서려 했다. 하지만 장시간 무릎 꿇고 있었던 탓에 다리에 힘이 풀려 휘청거렸다. 내관들이 재빨리 달려와 양편에서 왕을 부축했다. 왕은 그들의 도움으로 힘겹게 어가에 올랐다.

제03화
# 문체의 족쇄

1792년 10월, 정조는 성균관 유생들 앞에서 유생 이옥의 시권 문체를 공개 비판하면서 '귀정'의 막을 올렸다. 귀정은 선비들의 타락한 문체를 옛 성현들의 순정했던 고문체로 되돌리겠다는 복고적 문화운동이었다.

당시 조선 선비 사회에서는 명·청 시대 패관문학의 영향으로 일상의 소소한 이야기와 개인의 감성을 가볍고 재기발랄하게 풀어내는 소품체(小品體)가 유행하고 있었다. 글깨나 쓰는 선비라면 저마다 개성적 소품체를 추구하고자 했으며, 연암 박지원의 〈열하일기〉가 그 최고봉에 선 작품으로 꼽혔다.

정조는 소품체가 당대 선비들의 정신을 타락시켜 온갖 사학에 빠지게 하는 원인 중 하나라고 생각했다. 그래서 사학에 물든 선비들을 정학의 길로 다시 인도하겠다는 명분으로 귀정을 감행했다. 그는 국가의 공식 문서에서 소품체 사용을 금지하고, 중국으로부터 소품체 서적의 수입을 막았다. 또 과거 시험이나 성균관의 각종 시험에서 소품체로 시권을 작성한 자는 무조건 탈락시키도록 명했다. 특히 후자는 과거 시험에 목을 매고 있던 조선의 선비들에게 강력한 위력을 발휘했다. 소품체 유행은 빠르게 진정되었다.

국왕으로부터 소품체 때문에 비판받은 유생 이옥도 한동안 개인적 출세욕과 문학적 소신 사이에서 갈등했다. 그는 소품체가 선비정신을 썩게 한다는 정조의 주장에 동의할 수 없었다. 인간의 자연스러운 감정과 삼라만상의 다채로움을 표현하기 위해선 정형화된 고문체의 틀에서 벗어나야 한다고 믿었다. 하지만 쇠락해가는 자신의 가문을 일으키려면 과거 시험에 합격해야 했고, 그러려면 소품체를 버리거나 감추어야 했다. 그는 정조가 내린 처벌을 오랫동안 묵묵히 감내해 다시 과거 응시 자격을 회복했다.

그러나 왕이 채운 '문체의 족쇄'는 쉽게 풀리지 않았다. 1795년 8월 이옥은 성균관에서 반시를 치른 후 대사성의 호출을 받았다. 대사성은 이옥에게 "전하께서 자네 문체가 여전히 괴이하다 하시며 충군을 명하셨다"라는 충격적인 소식을 전했다. 충군은 죄인을 징역 대신 군역에 종사케 하는 형벌 중 하나였다. 이옥은 나름대로 시권에 소품체를 쓰지 않으려고 노력했으나 정조의 눈에는 여전히 불온해 보였던 모양이었다.

대사성은 촉망받는 성균관 유생이 졸지에 먼 지방의 말단 군졸로 끌려가게 된 것을 딱하게 여겼다. 그래서 이옥에게 "다음달에도 별시(別試, 비정기 과거 시험)가 열리니 충청도 정산현에 내려가 군적만 등록하고 한양에 올라와 응시하라"고 조언했다. 충군 죄인은 복무 지역을 함부로 떠나면 안 됐지만 대사성은 이옥이 별시에 합격만 하면 모든 처벌이 거두어질 것으로 여겨 그같이 배려했다.

이옥은 대사성의 조언에 따라 정산현 군적에 이름만 올린 후 곧바로 한양에 돌아와 그해 9월 별시에 응시했다. 그는 심혈을 기울여 시권을 작성했다. 하지만 이번에도 '정조'라는 큰 벽을 넘지 못했다. 왕은 "짐이 그렇게도 당부했건만 여전히 불순한 문체에서 벗어나지 못했다. 죄인 이옥을 정산현보다 더 먼 땅으로 충군 보내라"고 하명했다.

이옥은 경상도 삼가현까지 쫓겨 내려가 군적을 등록하고 곧바로 상경해, 다음해인 1796년 2월 열리는 별시를 준비했다. 그 시험에서는 반드시 좋은 성적을 올려 문체의 족쇄에서 풀려나기를 갈망하고 또 갈망했다.

1800년 2월 중순 경상도 삼가현 동헌 마당. 군졸 이옥이 누각 형태의 동헌 정문을 지나 관아의 본채 건물로 들어갔다. 그는 저수지 요역장에서 현감의 호출을 받고 달려오는 길이었다.

'무슨 일일까? 혹시 그 일 때문에 보복이라도 하려는 건가?'

이옥은 사흘 전 사건을 떠올렸다. 호방과 병방을 겸한 아전 김치수가 그날 아침 요역장을 찾아왔었다. 김치수는 현감의 최측근이었다. 세곡 징수부터 군역과 요역 관리까지 백성을 수탈하는 일을 도맡아 처리하고 있었다. 삼가현 백성들은 그의 이름 석 자만 들어도 치를 떨었다.

김치수는 전날 저녁 저수지의 인근 땅을 소유한 지주 양반들과 거한 술판을 벌인 탓에 술냄새를 풀풀 풍겼다. 저수지 바닥을 파고 흙과 돌을 퍼 나르는 백성과 군졸들을 보며 못마땅한 듯 혀를 찼다.

"쯧쯧, 왜 이리 느려터진 것이야! 이달 말까진 끝내야 봄 농사를 지을 거 아니냐. 말 안 듣는 놈들은 그 자리에서 바로 요절을 내도 괜찮으니 먹고 쉬는 시간을 줄여서라도 서두르게."

그는 현장 감시 군관들에게 작업 속도를 더 높이라고 요구했다. 때마침 삼태기의 흙더미를 털어내고 돌아가던 이옥이 그 소리를 들었다. 치수는 감시 군관들에게 한바탕 잔소리를 늘어놓은 후 속이 불편한 듯 뒷간으로 향했다. 공사 터 뒷간은 사람 무릎 깊이의 구덩이에 나무 발판 두 개를 걸친 후 주위에 나무 기둥 네 개를 세우고 허름한 거적때기로 바람이나 좀 가려놓은 정도였다.

이옥의 눈에 치수가 타고 온 나귀가 근처 말뚝에 묶여 있는 게 보였다.

"으~윽! 뿌지직."

김치수가 아랫배를 붙잡고 용을 쓰고 있는데 갑자기 그의 나귀가 펄쩍펄쩍 날뛰기 시작했다. 허접한 뒷간이 순식간에 무너져내렸다. 누군가 나귀의 고삐를 뒷간 기둥에 몰래 건 후 나귀의 엉덩이를 차버렸기 때문이었다. 나귀가 이리저리 뛰어다니자 뒷간 기둥이 뽑혀 질질 끌려갔다. 김치수는 엉덩이를 깐 채 똥물 웅덩이에 빠졌다.

"어이쿠! 사람 살려!"

그는 깊은 연못에라도 빠진 듯 허우적거렸다. 비명을 듣고 달려온 관노비들이 그를 건져냈다. 그는 똥물에서 빠져나와 씩씩거렸다. 고약한 냄새가 그의 주변에 진동했다. 근처에 있던 군관들과 노복들이 코를 감싸쥐었다. 둑방에서 흙 돌을 나르던 사람들이 잠시 일손을 멈추고 그 광경을 재밌게 구경했다. 김치수는 창피한지 서둘러 그곳을 빠져나갔다.

이옥은 1796년 2월 별시 초시에서 채점관들로부터 1등의 성적을 부여받았다. 4년째 이어지던 마음고생이 드디어 종지부를 찍는 듯 보였다. 정조가 채점관들이 매긴 성적 순위표를 승인하면 이옥은 급제의 영광을 누릴 상황이었다.

정조는 순위표를 보더니 이옥의 시권을 가져오라고 해서 직접 읽기 시작했다. 이옥은 뭔가 불길한 느낌이 들었다. 아니나 다를까! 정조는 이옥의 소품체 습성이 아직 고쳐지지 않았다며 초시 합격자 가운데 방말(꼴등)로 처리하라고 명했다. 성균관 관리들이 너무 심하다며 선처를 청했으나 정조는 명을 거두지 않았다.

이옥은 도저히 어찌해볼 수 없는 커다란 벽을 실감했다. 깊은 실의에 빠진 이옥은 설상가상 부친상까지 당했다. 그는 도망치듯 한양을 떠나 고향 남양에 내려가 삼년상을 치르며 한동안 은둔했다. 부친상이 끝난 1799년 가을 이옥은 삼가현으로부터 속히 내려와 충군하라는 통지서를 받았다. 비록 꼴등이기는 해도 별시의 초시를 통과했기에 군역을 면제받은 줄로만 생각하고 있던 이옥에겐 큰 낭패였다.

삼가현은 이옥의 초시 합격 사실을 따로 통보받지 못해 군적이 그대로 살아남아 있으니 내려와 충군의 역을 다해야 한다고 주장했다. 이옥은 3년간 시묘살이하느라 미처 신고하지 못했다며 하소연했으나 삼가현은 눈곱만큼도 그의 사정을 들어주지 않았다.

그때 이옥을 매몰차게 대했던 삼가현 아전 중 하나가 김치수였다. 이옥은 어떻게든 충군을 피해보려고 한양의 지인과 유력자들에게 도움을 구하려고 해봤지만, 임금의 노여움을 사고 있는 자에게 그 누구도 도움의 손길을 내밀려 하지 않았다. 이옥의 일이라면 자기 일처럼 도와주던 성균관 친구 강이천과 김려도, 1797년 비어사건(飛語事件) 때문에 제주도와 함경도로 각각 귀양 간 상태였다. 이옥은 어쩔 수 없이 불혹을 앞둔 1799년 10월 삼가현에서 지방군 군졸로 충군 생활을 시작했다. 현감은 김치수를 시켜 이옥이 함부로 삼가현을 벗어나지 못하도록 수시로 감시하며 괴롭혔다.

김치수가 현감 집무실 앞에 먼저 와 있었다. 이옥을 맞이하는 그의 표정이 떨떠름했다. 이옥이 사흘 전 자신을 똥물 구덩이에 빠뜨린 진범이라고 의심하는 눈치였다. 삼가현 현감은 대단한 골초였다. 그의 방에선 늘 연초 냄새가 역하게 풍겼다. 뒤룩뒤룩 살찐 현감은 화려한 무늬의 긴 담뱃대를 입에 물고 거만한 표정으로 말했다.

"세자 책봉례라는 나라의 커다란 경사를 맞아 주상전하께서 전국의 유생들에게 과거 시험을 베풀기로 하셨다네. 비록 충군 중인 죄인이기는 하지만 자네도 엄연한 유생 아닌가? 물론 주변의 반대가 있기는 했지만. 에헴! 내가 자네 처지를 딱하게 여겨 특별히 응시할 수 있게 휴가를 주겠네."

이옥은 기뻤다. 전후 사정이야 어찌되었건 자신이 과거 시험을 보러 한양에 다녀올 수 있게 해주겠다는 얘기였다. 그는 현감이 혹시라도 변덕을 부리기 전에 넙죽 감사 인사를 올리고 밖으로 나왔다. 충군 생활 117일 만의 첫 휴가였다. 동헌 외벽에 '3월 20일 한양 별시 실시'라는 벽보가 나붙었다. 그는 요역장으로 돌아가지 않고 그길로 하숙집으로 갔다. 박대성은 그가 점심도 지나지 않아 돌아오자 "또 무슨 일이냐?"고 걱정했다.

이옥이 사정을 설명하자 박대성은 "참으로 잘됐다"며 자기 일처럼 좋아했다. 그는 신이 나서 동네 이웃들에게 "이 생원이 별시를 보러 한양에 올라간다"는 사실을 알리고 다녔다. 이옥은 한양에 올라갈 짐을 꾸렸다. 다시는 못 입을 것 같았던 도포와 갓을 꺼내 아랫목에 펼쳐놓았다. 서책과 벼루, 먹, 붓을 챙기고, 충군 생활 중 틈틈이 써놓았던 글과 서찰들도 잘 접어서 봇짐 속에 넣었다.

◆

"에잇! 당장 이것들을 치우지 못할까!"

1800년 2월 5일 창덕궁 희정당. 정조는 두 손으로 책상 위에 쌓인 상소분늘을 쓸어버리며 호통쳤다. 승지들은 왕의 분노에 놀라 고개를 숙였다. 승전색이 바닥에 떨어진 상소문들을 황급히 주워담았다.

왕은 분을 참지 못하고 부들부들 손까지 떨었다. 그의 두 눈은 시뻘겋게 충혈되어 있었다. 그가 이처럼 분노한 것은 사흘 전 자신이 내린 대사면령에 대한 반대 상소 물결 때문이었다. 유교 국가에서 왕위 후계자를 확정하는 세자 책봉례는 큰 국가 경사였다. 정조는 이를 축하하고자 비정기 특별 과거 시험인 별시를 실시하고, 감옥에 있거나 유배중인 죄인들을 선별하여 풀어주는 대사면을 단행하라고 명했다.

정조는 특히 이번 사면 조치에서 자신의 집권 초 발생했던 역모 사건의 관련자들 가운데 핵심 주동자가 아닌 단순 연루자들이나 물증 없이 심증만으로 처벌받은 자들을 집중적으로 풀어주라고 명했다. 그는 사면자들이 자신에게 충성을 맹세한다면 다시 신하로 받아들이겠다는 뜻도 내비쳤다.

조정 내 다수 세력인 노론 벽파는 정조의 대사면 결정에 반발했다. 그들은 "역모는 경중을 가릴 것 없이 철저하게 처벌해야 나라의 기강과 군신 간 의리가 바로 선다"라는 명분을 내세웠다. 영의정 이병모와 이조판서 김문순, 대사헌 서매수 등이 사면령 철회 상소문을 올렸다. 궁궐 밖의 노론 유생들이 이에 호응해 집단 연명 상소를 올리기 시작했다.

벽파는 정조의 사면령에 숨겨진 정치적 의도를 경계했다. 정조가 몰락한 남인 세력을 다시 중앙 정계에 불러들이기 위해 사전 포석을 깔고 있다고 의심했다. 서학 연루 논란으로 정계를 떠났던 정약용과 이가환, 이승훈 등 남인 인사들이 조만간 재등용될 것이라는 소문이 연초부터 조정 안팎에 나돌고 있었다.

정조는 처음엔 상소를 올린 신하들을 따로 불러 자신의 진의를 설명하며 타일렀지만 소용없었다. 사면 반대 상소가 갈수록 확산하면서 멈출 기미를 안 보이자 분노한 정조는 급기야 상소 금지령이라는 초강수를 뒀다.

"경들은 임금의 명령보다 당파 이익을 우선하는 낡은 습속에 사로잡혀선 안 된다. 이번 사면 조처를 내린 짐의 깊은 뜻을 잘 헤아려 오늘부터 이 문제를 두 번 다시 상소로 올리는 일이 없도록 하라."

## 제04화

# 길동무 1

삼가현 읍성 주민들이 각자 먹을 음식을 챙겨 박대성의 주막에 모여들었다. 다음날 일찍 한양으로 떠나는 이옥을 환송하기 위해서였다. 주모 고성댁이 겨우내 정성들여 빚은 탁주를 한 말이나 공짜로 내놓았다. 그들은 주막집 마당에 모닥불을 피워놓고 둘러 앉아 못다 한 정과 술을 나눴다.

이옥은 넉 달 전 충군을 위해 삼가현에 내려왔을 때 처음엔 관아에서 제공한 숙소를 사용했다. 하지만 자신이 관아의 감시를 받고 있다는 느낌이 들어 그곳을 나와 박대성의 주막집에 머물게 되었다. 그는 충군 생활을 하면서 마을 주민들의 크고 작은 대소사에 얼굴을 내밀었다. 동네 아이들에게 무료로 글도 가르쳤고, 주민들의 민원 문서인 '소지(所志)'도 써줬다. 한양에서 내려온 손님이 아니라 마을의 일원으로 지냈던 것이다.

"이 생원, 이 궁벽한 봉성(鳳城, 삼가현의 별호) 땅까지 내려와 참으로 고생 많으셨소. 이번에 올라가면 어떤 수를 내서라도 다시 내려오지 말고, 꼭 대과까지 급제해 우리 같은 백성들이 마음 편히 살 수 있게 해주시오."

마을 이정(里正)이 얼큰하게 취기가 오르자 그의 두 손을 부여잡고 덕담을 건넸다. 이옥은 엷은 미소로 답을 대신했다.

"와! 별똥별이다."

마당 구석에서 놀고 있던 동네 아이들이 밤하늘을 올려보며 탄성을 질렀다. 그 아이들은 이옥에게 글을 배우는 제자들이었다. 이옥이 하늘을 올려보자 유성 네 개가 긴꼬리를 남기며 북쪽으로 사라지고 있었다.

◆

정조가 귀정을 추진한 배경에는 문체 자체보다 정치적 이유가 더 크게 작용했다. 귀정이 시작된 1792년 무렵은 정조가 중용했던 남인 세력이 서학 때문에 위기에 몰린 시점이었다. 정조는 집권 이후 남인 지식인들을 중앙 정계로 불러들여 노론과 세력균형을 이루고자 했다. 노론은 자신들이 100여 년에 걸친 피비린내 나는 당쟁 끝에 정계에서 몰아냈던 남인 세력이 정조의 비호로 되살아나는 모습에 강한 불만을 느끼고 있었다.

1791년 터진 신해사옥은 노론에게 공격의 좋은 빌미가 됐다. 남인 세력의 일부가 서학에 연루된 사실을 기반으로 대대적인 공세를 폈다. 노론은 서학을 성리학 질서를 어지럽히는 사학으로 규정하고 대규모 숙청을 요구했다.

정조가 이옥을 처음으로 비판하기 한 달 전인 1792년 9월 노론 출신 홍문관 부교리 이동직이 남인 출신 성균관 대사성 이가환에 대해 문체가 순정하지 못하다는 취지의 비판 상소를 올렸다. 이동직은 이가환이 서학에 물들어 성리학 본령에서 벗어났음을 문체 비판을 통해 공론화시키고 싶어했다. 정조는 이동직의 상소를 수용하지 않았다. 그는 이동직에게 내린 비답(批答)에서 "이가환은 이제 막 골짜기에서 나와 높은 나무에 올랐고, 썩은 두엄에서 새롭게 변화하고 있다"며 더이상 그의 문체를 공격하지 말라고 꾸짖었다.

정조는 그러면서 노론 계열 신하와 문사들 사이에서 유행하고 있는 소품체가 선비의 정신을 타락시켜 사학을 조장한다는 역비판을 내놓았다. 그것은 남인이 서학에 물들었다면, 노론은 소품체에 빠져 두 세력 모두 정학에서 벗어나기는 마찬가지라는 함의를 담고 있었다. 정조의 이 같은 비판은 남인들에 대한 노론의 일방적인 이념 공세를 막는 보호막 역할을 했다.

이옥도 귀정의 정치적 배경을 어렴풋이 짐작하고 있었다. 문제는 정조가 귀정을 추진하면서 이옥을 유달리 가혹하게 처벌했다는 사실이었다. 소품체 금지령을 어긴 노론 관료와 문인들은 반성문 정도의 가벼운 처벌로 넘어갔다. 소품체로 지적받은 성균관 유생들도 대부분 경고 조치로 끝났다. 공개 비판과 함께 정거와 충군의 형벌까지 받은 경우는 이옥이 유일했다. 그는 전주 이씨 왕족이기는 하지만 서얼 계통인데다 당파도 이미 정치적으로 몰락한 소북에 속했다. 정조가 남인과 노론의 당파싸움에 대한 일종의 경고용으로 만만한 자신을 희생양으로 사용한 것은 아닌지 이옥은 늘 의심을 품고 있었다.

◆

다음날 아침 이옥은 한양으로 출발하기 전 아침을 먹고 있었다.

"이 생원, 손님이 찾아오셨네."

박대성이 이옥의 방을 향해 외쳤다. 이옥이 문을 열자 백발노인과 약초꾼 차림의 중년 사내 두 명, 그리고 젊은 도령이 마당에서 있었다. 모두 이옥이 처음 보는 이들이었다. 그는 일단 낯선 손님들을 방으로 안내했다. 노인은 머리와 수염은 물론 눈썹까지 새하얗고 눈빛이 형형했다.

"뉘시온지 잘 모르겠는데. 무슨 일로 저를 찾아오셨습니까?"

이옥의 질문에 백발노인은 자신들이 혼탁한 속세를 떠나 지리산에 들어가 집성촌을 이루고 살며, 약초와 학문을 벗삼아 사는 은둔자들이라 소개했다. 자신들은 북인의 원류인 남명 조식의 가르침을 숭상한다고 힘주어 말했다.

"성균관 유생이 이곳 삼가현에 와 있다는 소식을 듣고 실례를 무릅쓰고 도움을 청하고자 찾아왔소. 우린 지난 100여 년간 출사를 포기한 채 오로지 개인 수양과 학문 정진에만 전념해왔소이다. 처음에는 100명이 훨씬 넘었던 집성촌이었는데 이제 남은 자는 나처럼 몇 안 되는 늙은이들뿐이오. 우리야 이대로 쇠락해 사라져도 여한이 없지만, 이 아이만은 총명함이 남달라 더 넓은 세상으로 내보내고 싶소."

노인은 이옥에게 손자가 한양에 올라가 성균관에서 공부하며, 과거 시험을 볼 수 있게 도와달라고 부탁했다. 노인의 손자는 낡고 허름한 도포를 입고 있었지만 맑고 큰 눈을 가진 아름다운 청년이었다.

"어르신, 저는 지금 나라에 죄를 지은 신분이고, 이제 겨우 휴가를 얻어 한양에 올라가게 됐습니다. 제 몸 하나 건사하기도 힘든 처지에 누굴 돕고 이끌 만한 처지가 아닙니다. 미안합니다."

이옥은 노인의 부탁을 거절하려 했다. 노인은 자신들이 산속에 은거한 지 너무 오래되어 바깥세상, 특히 한양과는 모든 연이 끊겨서 달리 의탁할 곳이 없다고 하소연했다. 그는 작은 보따리를 이옥 앞에 내놓았다. 노인이 보따리를 풀자 약재에 문외한인 이옥의 눈에도 상당히 귀해 보이는 산삼 두 뿌리가 나왔다.

"경비 걱정일랑 하지 않아도 되오. 이것이면 두 사람 한양 생활은 충분히 할 것이오. 부탁하오."

◆

'짤랑짤랑!'

이옥과 한양길을 동행하게 된 젊은 도령은 이름이 조준이었다. 나이는 열여덟이었다. 산길을 걷는데 그의 몸에서 작은 방울 소리가 계속 났다. 조준은 남명 조식처럼 스스로를 경계하고 반성하겠다는 의미에서 '성성자(惺惺子)'라는 쇠방울을 지니고 다녔다. 또 사욕이 일면 단칼에 베겠다는 의미로 '경의검(敬義劍)'도 지니고 있었다.

영남 선비들은 과거를 보러 상경할 때 문경새재를 넘어 충주를 거쳐 한양으로 올라가는 경로를 주로 사용했다. 이옥은 그들과 달리 안의현(함양)을 거쳐 소백산맥 팔량치를 넘어 호남 쪽으로 상경하는 길을 택했다. 그 길은 한양에서 충군하러 내려올 때 그가 사용했던 경로이기도 했다. 문경새재 방면보다는 사람의 왕래가 적어 조용했다.

이옥과 조준은 유시(17시~19시) 무렵 안의현에 당도했다. 아직 얼음이 언 냇가에 물레방아가 멈춰 서 있었다. 그것은 연암 박지원이 설치한 조선 최초의 물레방아였다. 일찍이 연행사절단으로 청나라에 갔을 때 처음 접하고 조선에 소개했던 연암이 안의현 현감이 되자 직접 실용화한 신문물이었다.

조준은 신기한 듯 물레방아를 구경했다. 이옥은 1795년 9월 연암과의 만남을 떠올렸다. 당시 이옥은 충군 명령을 받고 삼가현으로 내려가던 길에 연암이 안의현 현감으로 있다는 소문을 듣고 일부러 찾아갔었다.

환갑을 앞둔 대문장가 연암과 30대 신진 문장가 이옥이 대면한 것은 그때가 처음이었다. 연암은 이미 이옥을 알고 있었다. 소품체를 사용했다는 죄로 정조에게 충군의 처벌을 받은 성균관 유생에 대한 소문은 문인 사회에서 꽤나 큰 화젯거리였다. 연암은 고난의 길을 걷고 있는 이옥에게 따뜻한 위로를 건넸다.

"쇠똥구리는 제 쇠똥구슬을 소중하게 여겨 용의 여의주를 부러워하지 않고, 용 또한 제 여의주를 내세워 쇠똥구리의 쇠똥구슬을 비웃지 않는다네. 쇠똥구리와 여의주처럼 누구에게나 남과 비교할 수 없는 나만의 소중한 것이 있으니, 자네도 곁눈질하지 말고 자신만의 소중한 것을 만드시게! 아무도 넘볼 수 없는 자네만의 세계를 말일세."

정조에 대한 울분과 자신의 신세에 대한 비관적 생각에 빠져 있던 이옥에게 연암의 충고는 신선한 충격으로 다가왔다. 그날

만남 이후 '나만의 세계를 만들라'는 연암의 충고는 이옥에게 평생의 화두가 되었다.

◆

이옥과 조준이 안의현 주막집에 여장을 풀었다. 의관을 벗는데 조준의 허리춤에 달린 성성자가 눈에 띄었다.

"어디 한번 구경해봐도 되겠나?"

이옥은 조준에게서 성성자를 넘겨받아 살펴봤다. 쇠방울 자체는 작고 평범했다. 오히려 방울에 함께 묶여 있는 노리개가 독특했다. 십장생이 새겨진 비취옥에 홍색과 남색, 황색 술과 매듭이 달려 있었다. 비취에는 수복(壽福)이라는 두 글자가 깨알같이 작게 빼곡히 새겨져 있었다. 새김이 매우 섬세한 것을 보아 청의 물건인 듯싶었다. 왕실 아니면 한양의 명문가에서나 볼 법한 귀중품이었다.

"제겐 친어머니 같은 분한테 물려받은 겁니다. 그분이 죽음의 위기에서 지켜주는 신묘한 힘을 갖고 있다고 항상 지니고 다니라 하셨습니다."

조준은 두 살 무렵 양친을 여의고 조부 슬하에서 자랐다. 세 살 때 홍역으로 죽을 고비를 맞았는데, 손자를 살리려고 조부가 온갖 약재를 다 썼으나 도무지 차도가 없었다. 마을 사람들은 모두

어린 조준이 그렇게 죽을 줄로만 알았다. 때마침 깊은 산골로 흘러들어온 유랑민 여인이 조부의 집 앞을 지나다가 평상에 눕혀져 죽기만을 기다리던 조준을 보더니 달려와 와락 껴안았다. 그날부터 자기 품에서 놓지 않고 꼬박 스무날을 지극정성으로 간호했다. 마을 사람들은 거지 행색에 한쪽 다리까지 저는 그녀를 내켜 하지 않았다. 하지만 조부는 지푸라기라도 잡는 심정으로 그 여인이 하고 싶은 대로 하게 놔뒀다. 그녀의 지극정성이 통하였는지 조준은 기적적으로 살아났다.

그때부터 그 여인은 조준의 유모로서 조부 집에 함께 머물렀다. 유모는 말씨로 보아 예전에는 한양에서 살았을 것으로 추정될 뿐, 누구도 그녀의 정확한 정체를 알 수 없었다. 조준은 그녀의 품에서 자라며 말과 글을 깨쳤다. 이야기를 유난히 좋아했던 박식한 유모는 조선 이야기책은 물론 중국 이야기책까지도 모르는 게 없었다. 그녀는 조준이 글공부 서책을 한 권씩 뗄 때마다 재미난 이야기를 하나씩 들려줬다. 어린 도령은 그 이야기가 듣고 싶어서 열심히 공부했다. 외지인을 찾아보기 힘든 깊은 산골에서 자라는 조준에게 유모는 스승이자 어머니이자 둘도 없는 친구였다.

오랜 떠돌이 생활에 몸이 많이 상했던 유모는 늘 건강이 좋지 못했다. 그녀는 2년 전 봄 앓아누운 후 다시 일어서지 못하고 눈을 감았다. 숨을 거두기 전 유모는 품에서 노리개를 꺼내 조준에게 물려줬다. 벌써 죽었어야 할 자신을 지금껏 버틸 수 있게 지켜준 부적이라며 항상 지니고 다니라고 유언했다.

이옥은 노리개의 내력을 들려주는 조준의 이야기 솜씨에 자신도 모르게 빠져들었다.

## 제05화

# 길동무 2

전라도 완주에서 충청도로 가는 길목마다 한양으로 올라가는 유생들이 북적대고 있었다. 그들의 표정은 과거 시험에 대한 기대감으로 들떠 있었다.

이번 과거는 왕실의 경사를 맞아 거행하는 특별시험인 별시로 초시와 전시의 2단계로 치러지는데, 1차 시험인 초시에서만 합격자 1000명을 뽑는 이른바 '천초시(千初試)'로 거행될 예정이었다.

3년마다 실시되는 정기 과거 시험인 식년시 대과는 초시에서 240명의 합격자만을 뽑는 것에 비교하면 4배나 더 많이 통과시켜주는 셈이었다. 벼슬을 받으려면 초시를 거쳐 2차 시험인 복시와 3차 전시까지 모두 통과해야 했다. 그러나 지방 유림에서는 초시만 합격해도 큰 영광으로 평가되었다. 그래서 평생 글공부만

하며 과거 합격만 바라보고 살았던 조선팔도의 유생들에게 이번 별시의 초시는 좋은 도전 기회였다. 솜털이 송송한 도령부터 환갑을 넘긴 늙은 유생까지 각자 청운의 꿈을 안고 한양으로 발걸음을 재촉했다.

이옥과 조준은 소백산맥의 팔량치를 넘어 전라도 남원으로, 그곳에서 다시 호남의 중심지 완주(현 전주)를 향해 이동했다. 완주를 20리 정도 앞두고 작은 하천이 나타났다. 강이라고 하기에는 폭이 좁고, 시냇물이라고 하기에는 넓었다. 상류 계곡에서 녹은 얼음물이 무릎 높이로 흘러내리고 있었다.

다행히 통나무로 엮은 나무다리가 놓여 있었다. 원래 사용되던 돌 징검다리에 통나무를 얹은 형태였다. 다리의 폭은 사람 두 명이 스쳐지나갈 수 있는 너비였고, 길이는 20여 보 가량 되었다.

다양한 행색의 행인들이 다리 앞에 줄지어 서 있었다. 이옥과 조준도 맨 끝에 줄을 서서 건널 차례를 기다렸다. 험상궂은 사내들이 몽둥이를 들고 다리 앞에서 행인들에게 도강세라는 명목으로 돈을 뜯고 있었다.

"우리 고을 사람들이 힘들여서 놓았으니 타지 사람들이 이 다리를 건너려면 두당 1푼씩 내시오. 그렇지 않으면 저멀리 돌아가시오."

앞줄이 유생 몇 명이 "이런 법이 어디 있냐?"고 항의했다. 사내들은 실실 비웃으며 길을 터주지 않았다. 관아에 신고하려면 신고하라고 배짱을 부렸다. 그들은 근방에서 이름난 왈짜들이었다. 항의하던 유생들도 결국 삯을 내고 건넜다.

왈짜패 중 한 놈이 몽둥이를 빙빙 돌리며 이옥과 조준에게 다가와 도강세를 요구했다. 두 사람은 돈을 낼 수 없다고 버티었다.

"임금님께서 전국의 유생들에게 과거 시험을 베풀며 한양으로 올라오게 하셨는데, 너희들이 무슨 권리로 길을 막고 돈을 요구하는 게냐. 이 고을 수령이 그렇게 하라고 시키더냐? 내가 당장 관아에 가서 물어보겠다."

이옥이 호통을 치자 왈짜 두목으로 보이는 녀석이 앞으로 나오더니 "아이고 무서워라. 장차 나라에 큰일 할 선비님일세. 그 기상이 가상하여 내 특별히 너희 두 놈은 내 가랑이를 통과해야 저 다리를 건널 수 있게 해주겠다"라며 이죽거렸다.

◆

"이놈들이 감히!" 조준은 녀석들의 불손한 태도에 경의검을 뽑으려고 했다. 이옥이 조준의 손을 붙잡으며 진정하라는 눈빛을 보냈다. 상대는 다섯 놈이나 됐다. 잘못해서 싸움이라도 붙으면 관아에 끌려가야 했다. 한시라도 빨리 한양에 올라가야 할 상황에서 이깟 놈들과 시간을 허비할 수 없었다.

이옥은 나무다리를 사용하지 않고 냇물을 건너려 했다. 두 사람은 짚신과 버선을 벗고, 바지를 무릎까지 걷은 후 차가운 냇물에 들어갔다. 왈짜들은 두 사람이 냇물 중간쯤에 이르자 돌멩이를 던져 위협했다. 하마터면 이옥이 그 돌에 이마를 맞을 뻔했다. 그들은 둘에게 돌 맞아 죽고 싶으면 계속 건너가보라며 낄낄거렸다.

이옥과 조준은 위험하다고 생각해 되돌아 나왔다. 조준이 "이 고얀 놈들! 네놈들이 이런 짓을 하고도 성할 듯싶으냐!"고 목청을 높였다. 왈짜 두목이 이옥을 향해 몽둥이를 치켜들며 "우리가 양반이라고 봐줄지 알았지? 어림없다. 이제는 내 가랑이 사이가 아니라 이 몽둥이로 뜨거운 맛을 봐야만 건너게 해주겠다"고 말했다. 분개한 조준이 경의검의 칼자루를 잡았다. 여차하면 뺄 태세였다. 왈짜들도 몽둥이를 세우고 다가왔다. 이옥이 황급히 조준 앞을 가로막았다.

"여보시오들~ 비키시오~ 비키시오~ 길~을~ 비키시오."

초립을 쓴 땅딸막한 사내가 짐이 잔뜩 실린 나귀를 끌며 민요조로 흥얼거렸다. 팔척장신의 사내가 바로 뒤에서 나귀를 끌고 따라오고 있었다. 두 사내는 왈짜들을 무시하듯 그대로 다리를 지나가려고 했다. 조준을 공격하려던 왈짜들은 얼른 다리 앞으로 달려가 두 사람을 제지했다. 두목이 둘에게 호통을 쳤다.

"어이, 어이. 멈춰! 어디서 굴러먹다 온 뼈다귀들인지 모르겠는데, 다리를 선너려면 값을 치러야지. 어딜 그냥 건너려고 꼼수를 부려!"

팔척장신 사내는 눈 하나 껌벅하지 않고 두목에게 야단을 쳤다.

"뭐, 뼈다귀들? 네놈들이 환장했구나. 백주대낮에 왈짜 놈들이 진안 양반 유생을 함부로 희롱하다니. 좋게 말로 할 때 비켜라. 우리 바쁘다."

"크크, 여기 세상 물정 모르는 샌님들이 또 있었네. 양반이건 잔반이건 남의 고을 다리를 건너려면 돈을 내야지. 아니면 이 몽둥이로 얻어맞아 뒈지시던지!"

두목의 엄포에도 진안 선비와 초립 사내는 그대로 다리를 건너려 했다. 두목이 신호를 보내자 왈짜들이 일제히 달려들었다. 진안 선비의 멱살을 잡으려던 왈짜가 허공에 몸이 뜨더니 땅바닥에 내동댕이쳐졌다. 뒤에서 몽둥이를 휘두르던 놈도 진안 선비의 뒷발차기에 가슴팍을 맞고 다리 밑으로 굴러떨어졌다. 옆에서 달려들던 또다른 왈짜는 초립 사내의 지팡이에 목울대를 맞고 쓰러져 캑캑거리며 괴로워했다.

순식간에 벌어진 상황에 놀란 왈짜 두목은 뒷걸음치다가 다리 건너편으로 뛰어서 도망쳤다. 쓰러졌던 건달들도 함께 줄행랑을 쳤다.

"아이고, 속이 다 시원하네."

"저런 놈들은 아주 요절을 내야 해."

"선비님은 참으로 협객이요, 협객!"

다리 앞에 모여 있던 행인들이 진안 선비와 초립 사내에게 한

마디씩 칭찬을 건넸다.

"저 어디서 오신 뉘신지 모르겠으나 고맙소!"

이옥과 조준도 둘에게 고마움을 표시했다. 그들은 고개를 살짝 숙여 인사하고는 다리를 건너갔다.

◆

완주를 지나 얼마쯤 더 걸었을까. 이옥과 조준은 큰 은행나무 아래 돌비석이 세워진 장소에 이르러 잠시 휴식을 취했다. 그 비석은 그 고을 수령의 공덕을 칭송하는 송덕비였다. 조준이 송덕비 내용을 보더니 고개를 갸웃거렸다. 비에 새겨진 수령의 부임 날짜가 한 달 전쯤이었기 때문이다.

"이상할 것 없네. 탐관오리들이 판을 치다보니 요새는 신임 사또가 부임하면 곧바로 송덕비를 세워주는 동네가 많다네. 제발 송덕비의 내용대로 선정을 베풀어달라는 뜻 아니겠나."

"아하! 그렇군요."

둘이 쉬고 있는데 때마침 진안 선비와 초립 사내가 나귀 두 마리를 끌고 나타났다. 그들도 그곳에서 쉬었다 갈 모양이었다.

"두 분 협객을 또 만났군요. 아까 경황이 없어서 통성명도 제대로 못 했소. 나는 남양 사람 이옥이라 하오."

"저는 산청 사람 조준이라고 하옵니다. 두 분 덕분에 봉변을 면했습니다. 고맙습니다."

진안 선비는 협객이라는 말에 기분이 좋아졌는지 호탕하게 웃으며 입을 열었다.

"크하하, 뭐 그 정도에 협객이라니요. 저보다 한참 연배이신 것 같은데 말씀 편하게 하십시오. 저는 무과 시험을 보려고 한양으로 올라가고 있는 진안의 박선경이라고 하옵니다."

초립을 쓴 키 작은 사내도 자기소개를 했다.

"저는 이 친구의 불알친구 김판석이라 하옵니다. 보다시피 이 친구의 꼬임에 빠져 한양에 억지로 끌려가고 있습니다. 그저 예나 지금이나 친구를 잘 사귀어야 하는데 이게 무슨 개고생이람."

"뭐라고? 아쭈, 싫으면 지금이라도 당장 돌아가거라. 진안에서 썩어 문드러질 놈을 한양 구경시켜주려고 데려가주는 것인데, 그것도 모르고……. 에잇, 뭐, 평안감사도 지가 싫으면 그만이지. 어여 가거라!"

"이옥 나리. 보셨죠? 이 친구가 키만 껑충 컸지, 속은 밴댕이 소갈딱지라 이렇게 잘 삐진답니다. 헤헤헤."

두 사람은 진짜 오랜 친구인 듯 유쾌하게 농을 주고받았다. 박선경은 올해 나이 스물다섯으로 진안의 연초 부농 양반집 차남이었다. 판석은 선경과 동갑이었고, 신분은 몰락한 잔반집 막내아들이었다.

"그런데 나귀에 잔뜩 실린 것은 뭐요? 무과 시험에 쓸 물건이오?"

이옥이 묻자 판석이 기다렸다는 듯이 술술 설명했다.

"이것은 말입죠. 우리 진안의 명물 중의 명물 '진안초'라는 것이올시다."

판석은 선경과 함께 한양에서 진안초를 팔아 여비로 사용하려한다고 말했다. 진안초는 1700년대 중반까지 전국적으로 가장 유명했던 연초였으나, 근래에는 평안도 삼등초에 밀려난 상태였다. 판석은 자신이 키운 연초가 토양과 재배 방법을 개선해서 더욱 맛이 좋아진 진안초라며 자랑을 늘어놓았다.

"저기 위쪽 평안도의 '삼등초'가 좋다고들 하는데, 그거 다 모르고 하는 소립죠. 그동안 우리 고장 사람들이 온갖 정성을 들여서 요로코롬 맛있는 새로운 진안초가 되어부렀다는 말씀이 되겠습니다! 한번 피워본 사람들은 이 맛이 조선팔도에서 제일이라는 걸 단박에 알 수 있습죠. 춘향전에서 춘향이가 이 도령에게 꿀물에 적신 연초를 권하는 대목이 나오는데, 그것이 삼등초라서 그렇지, 우리 진안초였으면 꿀물을 바르지 않아도 달달했을 겁니다! 흐흐흐."

"사내놈이 수다가 왜 이리 길어. 어르신, 이놈의 말은 더 들으실 필요 없습니다. 그냥 이거 한번 직접 피워보시면 아시게 됩니다."

선경이 이옥에게 신안초 한 움큼을 건넸다. 조준에게도 주려고 했으나 그는 연초를 피우지 않는다고 사양했다. 이옥이 곰방대

대통에 진안초를 꾹꾹 밀어넣고 부싯돌을 쳤다. 소싯적에는 진안초를 피웠지만, 최근에는 거의 피우지 못했었다. 그는 연초에 불이 붙자 한 모금 깊게 빨아들였다. 부드럽고 달착지근한 풍미가 입안 한가득 퍼졌다. 고뿔 기운으로 조금 칼칼했던 목구멍이 뚫리며 기분도 좋아졌다. 이옥의 머릿속에 시상이 절로 떠올랐다.

'과거 길에 좋은 사람들을 만났구나! 인생이여, 늘 뜻밖의 사람과 일에 맞닥뜨리게 하여, 미처 예상하지 못했던 길로 이끌도다! 이제 한양으로 가는 길 위에서, 길동무를 셋이나 얻었으니, 앞날에는 어떤 일이 기다릴 것인가?'

제06화
# 불온한 기운

이옥과 조준, 박선경, 김판석은 한양까지 동행하기로 했다. 과거 시험을 보러 한양에 올라가는 삼남 지방 유생들은 봄날 꽃놀이에나 나온 것처럼 신이 나 있었다. 별시의 결과가 나중에 어떻게 나오든 지금은 즐거운 여행길의 중간이었다.

그러나 충청 감영이 있는 공주에 이르자 분위기가 달라졌다. 큰 길목과 나루터마다 군관과 나졸들이 깔려 있었다. 그들은 행인들의 몸과 짐을 수색하며 누군가를 찾고 있었다. 이옥은 처음엔 역모 사건이라도 터진 것 아닌지 걱정했다. 나중에 알게 됐지만, 그들은 충청 땅에 숨어든 서학 지도부를 추적하고 있었다.

공주는 감영이 있는 읍성이다보니 다른 곳보다 주막집이 많았다. 그런데도 주막집마다 밀려드는 유생 인파로 북새통이었다.

이옥 일행은 날이 저물었는데도 하룻밤 묵을 숙소를 구하지 못했다. 봄이 다가오면서 날이 따뜻해지고 있었으나 밤공기는 아직 차가웠다. 노숙할 상황이 아니었다. 그들은 읍성 밖으로 나가 민가의 헛간 골방을 구해 겨우 유숙하게 되었다. 흙바닥에 거적을 깔고, 화로를 가져다놓은 허름한 방이었다. 이옥 일행 외에도 10여 명이 이미 자리를 잡고 앉아 있었다.

"이제 밤이 깊어서 다른 선택의 여지가 없네. 오늘은 불편하지만 여기서 유하세."

이옥의 결정에 나머지 일행도 고개를 끄덕였다. 봇짐장수 사내가 품에서 투전 패를 꺼내더니 화로 옆에 판을 깔았다. 그러자 사람들이 그 주위로 모여들더니 금세 투전판이 열렸다. 선경과 판석은 나귀와 짐을 헛간에 넣고 뒤늦게 방에 들어왔다.

"선비님네들의 과거판이나, 우리의 투전판이나 도박판이기는 다 마찬가지 아니요. 판에서 판으로 옮기지 못하란 법 없소! 선비님들도 생각 있으시면 여기 붙으시오."

이옥과 조준은 투전판에 관심이 없었다. 두 사람은 의관을 벗고 흙벽에 등을 대고 앉았다. 어차피 편하게 잠을 청하기는 그른 것 같았다. 선경과 판석은 고개를 빼꼼히 내밀고 투전판을 호기심어린 눈으로 구경했다.

이옥은 곰방대에 불을 붙여 한 모금 깊게 빨아들였다. 몸안에 연초의 기운이 퍼지면서 몸이 따뜻해졌다.

"낮에 나졸들이 눈에 불을 켜고 찾고 다니던 게 서학쟁이들이라고 하셨는데, 그 서학쟁이라는 게 대체 뭡니까? 처음 듣는 말이옵니다."

산골선비 조준이 이옥에게 진지하게 물었다. 이옥은 부처를 모시는 불교처럼 천지 만물을 창조한 천주라는 신을 모시는 가르침인데, 서양에서 온 것이라고 짧게 설명했다. 이옥이 서학에 대해 아는 것은 그 정도가 전부였다.

"말씀대로면 그냥 속세의 잡된 가르침 중 하나일 뿐인데 관아에서 왜 그렇게 잡으러 다니는 것이옵니까? 불공드리는 여인네들처럼 그냥 놔둬도 괜찮을 것 같은데요."

조준의 말에 이옥도 딱히 답해줄 말이 없어 곰방대만 뻐끔뻐끔 빨았다.

"보아하니 젊은 선비님은, 어디 먼 곳에서 오신 것 같군요. 한양과 경기, 충청 땅은 몇 해 전부터 서학 때문에 난리굿이 났는데, 전혀 모르시니 말씀입니다. 뭐, 저도 서학이 뭔지 모르기는 마찬가지시만요, 하하하! 이거 인사가 늦었습니다. 소생은 붓을 팔고 다니는 조필공이라 합니다. 제가 관상을 좀 볼 줄 압니다만,

두 분 모두 비범한 분들 같습니다요."

조필공이 이옥과 조준 쪽으로 당겨 앉으며 말했다. 그의 왼쪽 눈 위에 자리잡은 검은 사마귀가 도드라져 보였다. 그는 충청 내포 지역에서 서학이 번성하여 관아가 그들을 붙잡으려고 혈안이 되어 있다며, 자신이 본 끔찍한 서학 신도 처형 장면을 상세히 묘사했다.

"그렇게 엄벌을 내리는데도 서학을 믿는 백성들은 계속 늘어나고 있습죠. 서학쟁이가 많아지는 게 어디 백성들 탓이겠습니까? 역병에, 가뭄 기근에, 탐관오리들의 수탈에 내몰린 백성들이 기댈 곳 없어 서학에라도 의탁하는 게지요."

조필공이 그렇게 말하자, 이옥의 바로 건너편에 누워 있던 사내가 상체를 일으키며 말을 보탰다.

"소인은 명당자리를 찾아 떠돌아다니는 지관이외다. 조선은 이미 땅의 기운이 다하였소. 전국 어디를 가나 백성들은 가난에 허덕이고 있소. 풍년이 들어도, 흉년이 들어도 백성들은 승냥이 같은 놈에게 다 뜯기고 풀죽으로 연명하고 있소. 먹을 것을 찾아 방랑하다가 길에서 굶어죽은 백성들이 지천으로 널려 있소. 과거시험에만 혈안이 된 당신네 양반들이야 애당초 그런 것들이 눈에 뵈지도 않겠지만……."

떠돌이 지관의 말에 이옥은 아무 대꾸도 하지 못했다. 여러 명이 연초를 피우는 바람에 방안은 연기로 자욱했다. 조준이 고통스러운 듯 자꾸 헛기침을 해댔다.

◆

다음날 아침, 이옥 일행은 금강의 고마나루로 갔다. 이른 시간인데도 나루터는 강을 건너려는 사람들로 붐비고 있었다. 나룻배가 강의 이쪽저쪽을 부지런히 오갔다. 이옥 일행은 한참을 기다린 끝에 나졸의 간단한 검문을 거쳐 배에 오르려 했다.

"당장 멈추어라!"

고함소리와 함께 기마군관들이 금강변 솔숲을 뚫고 달려와 나루터에 모인 사람들을 에워쌌다. 그러자 중인 행색의 사내 두 명이 강물로 뛰어들어 도망치려고 했다.

'히이잉! 첨벙첨벙!'

기마군관들은 능숙한 솜씨로 말을 타고 강 안까지 쫓아갔다. 도망자들은 얼마 가지 못하고 붙잡혀 물 밖으로 끌려 나왔다. 군관들이 두 도망자의 봇짐을 땅바닥에 쏟아냈다. 옷가지 속에서 손바닥만한 책자와 십자가, 묵주 등이 나왔다. 그들은 감영으로 압송되었다.

군관과 나졸들은 나루터에 모인 나머지 사람들에 대해서도 일일이 소지품을 조사했다. 전날 밤 함께 묵었던 떠돌이 지관은 봇짐에서 〈정감록〉이 나오는 바람에 감영으로 끌려갔다. 조선 왕조의 멸망을 예언하고 있는 〈정감록〉은 위험한 금서였다.

군관들은 유생들의 경우 간단한 짐 수색과 함께 과거 시험 신분 확인서인 '보단자'만 갖고 있으면 깐깐하게 굴지 않고 통과시켜줬다. 조준과 선경도 검문을 쉽게 통과했다. 하지만 이옥은 문제가 생겼다. 그의 봇짐에서 나온 서찰에서 '충군'이라는 표현을 보자 군관이 눈을 동그랗게 떴다. 이옥은 삼가현 충군중에 현감의 허락을 득해 한양에 가는 중이라고 설명했으나 군관들은 이옥을 감영으로 데려갔다.

"으아악!"

감영의 감옥에 도착하자 고막이 찢어지는 듯한 비명이 들렸다. 나루터에서 붙잡힌 서학 신도들이 무시무시한 고문을 받는 중이었다. 이옥은 서학과 무관한데도 위축될 수밖에 없었다. 그는 빈 방에서 조사를 기다렸다. 군관 두 명이 방문 앞을 지키고 있었다.

한 시각 정도가 지났을 무렵, 작은 몸집에 날카로운 눈매를 가진 노인이 그 방에 들어왔다. 노인은 이옥과 탁자를 사이에 놓고 마주앉았다. 잠시 어색한 침묵이 흘렀다. 노인은 도포 허리춤에 당상관 신분을 상징하는 붉은색 술띠를 두르고 있었다.

"봇짐에서 나온 자네 글들을 조금 읽어봤네. 봉성 땅의 풍물에 대해 꽤나 흥미롭게 잘 썼더구먼. 그 글을 읽다보니 이 늙은이도 기회가 되면 봉성에 한번 가보고 싶다는 생각이 절로 들었네."

노인이 언급한 그 글들은 이옥이 충군 생활 중에 삼가현에서 만난 사람들과 풍물, 감상 등을 틈틈이 기록해놓은 잡문이나 고향집 가족들과 주고받은 편지들이었다.

"읽어보셨으면 아실 것이 아닙니까? 저는 당신네가 쫓는 서학과는 관계없는 평범한 유생입니다. 한양 갈 길이 바쁘니 어서 풀어주십시오."

노인이 대답 대신 뒤편의 군관에게 손짓을 보냈다. 군관이 잠시 후 불붙인 장죽을 가져왔다. 노인은 연초를 피우며 본격적인 심문을 시작했다.

"강이천이라는 자를 아는가? 자네 편지 속에 그 이름이 언급되어 있던데……."

공주 감영 밖에선 선경과 조준, 판석이 이옥이 풀려나기만을 기다리고 있었다. 하지만 날이 저물었는데도 이옥은 나올 기미가 보이지 않았다. 고문당하는 죄수들의 비명이 간간이 바람을 타고 들려왔다. 이옥이 걱정된 선경은 감영의 늙은 나졸에게 진안초가 담긴 쌈지를 찔러주며 정보를 캤다. 그 덕분에 유시쯤 이옥의 조사가 끝났다는 사실을 알아냈다. 늙은 나졸은 "큰 죄는 아닌 듯하니 방면될 것"이라고 귀띔해줬다. 선경은 엽전 두 푼을 건네며, 조준이 옥사에 잠시 들어가 주막에서 사 온 주먹밥을 전할 수 있게 해달라 부탁했다. 늙은 나졸은 신이 나서 조준을 옥사로 데려갔다. 장시간 심문을 받은 이옥은 몹시 지친 표정이었지만 다행히 다친 데는 없었다. 이옥은 "걱정하지 말게! 내일 중으로는 풀려날 것이네"라고 말했다.

감옥 안에는 피투성이 죄수들이 여러 명 쓰러져 있었다. 그날 아침 나루터에서 붙잡힌 자들과 떠돌이 지관의 모습도 보였다. 조준은 가져온 주먹밥을 그들에게도 나누어주었다. 조준이 늙은 나졸을 따라 감영 뒷문으로 빠져나오는데, 전날 저녁 자신을 조필공이라고 칭했던 사내가 군관들의 배웅을 받으며 감영을 나가고 있었다. 군관 중 하나가 횃불을 들고 있어서 조필공의 얼굴을 알아볼 수 있었다.

다음날 오후, 충군중에 도망친 죄수라는 의심을 벗었다는 설명과 함께 이옥은 풀려났다. 군관들은 자신들이 조사해보니 이옥은 이미 정조의 대사면령으로 충군에서 해배된 상태라고 했다.

'휴가가 아니라 해배였다고? 괘씸한 현감 놈 같으니라고!'

이옥은 어처구니없었다. 삼가현을 떠날 때 특별히 선심 써주는 것처럼 굴었던 현감의 능청맞은 얼굴이 떠올랐다. 충군이 풀린 사실을 알고 있었을 텐데 끝까지 골탕을 먹인 것이었다. 아무튼 이제는 과거 시험 당락에 상관없이 삼가현에 다시 내려갈 필요가 없게 되었다. 이옥은 감영 밖에서 기다리던 조준과 선경, 판석을 만나 다시 한양으로 걸음을 재촉했다.

## 제07화
# 빛과 어둠

1800년 2월 29일 그믐밤. 중국 서적을 보관하는 규장각의 서고 개유와에 등불이 밝혀져 있었다. 애체를 쓴 정조가 밀찰(密札)을 쓰고 있었다. 정조는 피곤한 듯 자꾸 붓을 놓고 어깨를 어루만지거나 눈자위를 문질렀다. 그는 사흘 전 끝난 세자빈 초간택과 관련된 당부 사항을 적고 있었다. 초간택을 통과한 세자빈 후보들 가운데 풍고 김조순의 여식이 그의 마음에 들었다. 정조는 "간밤 꿈속에서 부친(사도세자)께서 풍고의 여식을 세자빈으로 점지해주셨다"고 편지에 적었다.

조선 왕실의 세자빈 간택은 초간택과 재간택, 삼간택 등의 세 단계로 진행된다. 정조는 밀찰을 통해 최종 관문인 삼간택까지 풍고의 딸이 간택될 수 있도록 최측근들이 힘써달라는 당부를 전했다. 그는 세 통의 밀찰을 작성한 후 팽례(정조의 밀찰 전달책)를 시켜 김조순과 이시수, 정민시에게 각각 전달토록 했다.

팽례가 서고를 빠져나가자 정조는 습관처럼 담뱃대를 꺼내 물었다. 백동으로 만들어진 물부리에는 '만천명월주인옹'이라는 글씨가 새겨져 있었다. 그는 창문을 열고 규장각 정원의 부용정을 바라봤다. 연못 표면에 규장각의 불빛이 어른거리고 있었다. 빛과 어둠이 순간순간 교차하며 정조의 마음을 심란하게 했다.

정조는 안정적 정국 운영을 위해 비밀 편지를 적극 활용했다. 조정에 중요 사안이 생겼을 때마다 각 당파의 영수와 실세들, 그리고 최측근들과 비밀 서신으로 소통했다. 서로 편지로 의견을 주고받는 형식이었지만 실제로는 정조가 신하들을 어르고 달래고 때로는 협박도 해가며 자신의 뜻을 관철시키는 정치 작업이었다. 정조는 차대나 경연 같은 공개석상에서의 토론도 중시했지만, 막후에서 밀찰로 정국을 조율하는 방식도 말년까지 애용했다.

정조의 '밀찰 정치'는 그의 조부 영조의 영향이 컸다. 영조는 어느 겨울날 연날리기를 하려고 나온 세손(정조)에게 조정의 여러 당파를 효과적으로 다루는 법을 '연날리기'에 비유해 알려준 적이 있었다.

"세손은 들거라. 방패연이 하늘로 날아올라 오랫동안 떠 있기 위해선 네가 얼레로 줄을 풀었다 당겼다 하기를 부지런히 반복해야 하느니라. 그러지 않고 그냥 연만 쳐다보고 있으면 금세 땅바닥에 곤두박질치고 말 것이다. 조정의 정치도 무릇 이 연날리기와 같다. 네가 훗날 왕위에 오르면 조정의 각 당파를 이 연처럼 다루어야 할지어다. 그래야 올바른 방향으로 국사를 이끌고 태평성대를 이룰 수 있느니라."

조부의 가르침이 정조의 귀에 아직도 생생했다. 그는 영조의 가르침을 현실 정치판에서 밀찰로 실천하고 있었다. 각 당파의 주요 대신들과 지극히 사적인 내용까지 밀찰로 공유했다. 때로는 그들의 크고 작은 민원과 경조사까지 챙겨주면서 인간적 친밀감을 쌓았다. 그러다가 조정에서 당파 간 이해관계가 첨예하게 부딪힐 때면, 밀찰로 어르고 달래고 압박해서 자신의 뜻을 따르도록 만들었다. 공개석상에서는 소속 당파와의 의리를 의식해 왕명에 맞섰던 자들도 사적인 친밀감과 공적인 부탁이 교묘하게 뒤섞인 정조의 밀찰 앞에서는 쉽게 토를 달지 못했다.

유교 정치이념에 비추어보면 밀찰은 결코 떳떳한 정치 행위는 아니었다. 정조도 이를 의식해 항상 서신의 말미에 '읽고 태워버리라'며 비밀 준수를 당부했다. 덕분에 한동안 밀찰 정치의 비밀은 잘 지켜지는 듯 보였다. 하지만 경신년에 이르러 정조의 밀찰 정치는 각 당파에게 더이상 비밀 아닌 비밀이었다.

◆

"전하! 조규진 대령했사옵니다."

부용정 수면에 어른거리는 불빛을 보며 잠시 상념에 잠겨 있던 정조는 승전색의 보고에 퍼뜩 정신을 차렸다.

"그래. 지금 당도하였더냐. 속히 들라 하라."

전 포도대장 조규진은 정조의 충복 중의 충복이었다. 늘 정조의 그림자처럼 움직이며 아무나 처리할 수 없는 특명만 수행하는 인물이었다. 특히 1786년 상계군 음독자살 사건과 1795년 청나라 신부 주문모 체포 실패 사건 때, 그는 큰 공을 세웠다. 두 사건은 정조에겐 큰 정치적 위기를 불러올 사안이었으나 조규진 덕분에 무사히 넘길 수 있었다.

상계군은 정조의 이복동생 은언군의 아들인데 1786년 11월 20일 음독자살로 열여덟 젊은 나이에 생을 마감했다. 그런데 그의 죽음을 놓고 조정 안팎에 괴소문이 나돌았다. 은언군이 역적으로 몰려 가문이 박살날 것을 우려해 상계군을 독살하고 자살한 것처럼 꾸몄다는 이야기였다. 상계군이 1786년 5월과 9월에 문효세자와 후궁 의빈 성씨를 각각 독살했다는 음모설이 조정 안팎에 퍼지고 있는 와중에 그가 갑자기 자살했기 때문에 의혹은 더욱 증폭되었다.

정조의 개혁정치에 숨죽이고 있던 반대파들은 이 사건을 빌미로 대대적 공세를 취했다. 정조 집권 초에 터진 역모 사건으로 오라비 김귀주를 잃은 정순왕후는 상계군이 죽은 지 열흘 후인 1786년 12월 1일 특별 언문 교지까지 내려가며 이 사건의 진상을 철저히 파헤쳐야 한다고 요구했다. 정순왕후의 주장에는 '내 오라비가 죽었으니 너의 동생도 죽어야 한다'는 독기가 깔려 있었다. 노론 벽파도 이때다 싶어 정순왕후와 함께 상계군 자살 관련 의혹을 집중적으로 물고 늘어졌다. 반면 정조는 부친(사도세자)의 피를 나눠 받은 은언군의 결백을 믿었다. 유일한 피붙이인 은언군과 그 가족을 어떻게든 지켜주고 싶었다.

하지만 조정의 상황은 그에게 점점 더 불리하게 돌아갔다. 상계군을 모셨던 '연애(連愛)'라는 이름의 늙은 궁녀가 포도청 조사에서 상계군이 의빈 성씨를 독살한 정황을 조금씩 증언하기 시작했기 때문이다. 죽은 상계군은 물론 부친 은언군까지 역모죄로 목숨을 잃는 것은 시간문제처럼 보였다.

그때, 핵심 증인인 연애가 갑자기 포도청의 감옥에서 사망했다. 당시 포도대장이었던 조규진이 연애를 조사하는 척하면서 죽여버린 것이었다. 연애의 죽음으로 은언군 집안 전체에 대한 역모죄 조사는 멈출 수밖에 없었다. 정순왕후와 노론 벽파는 조규진이 연애의 입을 막기 위해 일부러 때려죽였다고 반발했다. 그러나 조규진의 범행을 뒷받침할 만한 물증이나 추가 증언은 나오지 않았다.

오히려 노론 출신 훈련대장 구선복과 아들 구이겸이 역모를 일으켜 상계군을 옹립하려 했다는 사실이 발각되면서 정국이 뒤집혔다. 구선복은 군권을 장악하고 있던 노론의 핵심 무관이었다. 사도세자를 뒤주에 가두고, 그 앞에서 술과 떡을 먹으며 조롱했던 인물이었다. 구선복 부자는 의금부 조사 끝에 역모 계획을 모두 실토하고 처형됐다. 노론 인사들이 상계군 죽음에 다수 연루된 것으로 드러나자 정순왕후와 노론 세력은 더이상 은언군 문제를 물고 늘어지지 못했다.

◆

조규진은 1795년 5월 11일 밤에도 정조를 위해 자기 손에 피를 묻혔다. 정조는 그날 한양 계동의 역관 최인길 집에 중국인 신부 주문모가 숨어 있다며 조규진에게 속히 체포하라고 명했다.

중국인 신부가 도성에 잠입해 서학을 퍼뜨리고 있다는 소문은 이미 파다했지만, 그가 어디에 숨어 있는지 알 수 없어 붙잡지 못하고 있었다. 그런데 그날 저녁 남인 영수인 영의정 채제공에게 신부의 소재를 알리는 극비 제보가 들어왔다. 채제공은 이를 정조에게 즉각 알렸다. 정조는 조규진을 불러 은밀히 신부를 체포하라고 지시했다. 남인 인재들이 상당수 서학과 연루되어 있었기에 섣불리 공개석으로 사건을 처리하다가는 채제공과 정약용, 이가환 등이 화를 입을 수 있기 때문이었다.

조규진은 자신을 잘 따르는 포교와 포졸들만 따로 엄선해 계동으로 달려갔다. 그들이 당도했을 때 신부는 이미 은신처를 빠져나간 직후였다. 정조와 채제공을 비롯한 극소수만 알고 있는 체포작전이었는데 비밀이 누설된 것이었다. 조규진은 은신처에서 최인길과 윤유일, 지황 등 남인 유생 세 명을 붙잡아 포도청으로 끌고 갔다. 최인길 등 세 유생은 그날 심야의 포도청 조사에서 신부의 행방은 물론, 누가 포도청의 비밀 작전을 알려줬는지에 대해 끝까지 함구했다.

그대로 날이 밝고 신부가 달아난 것과 핵심 연루자들이 포도청 조사를 받고 있다는 사실이 조정에 알려지면 노론 벽파가 진상 조사를 요구하며 대대적인 공세를 펼 것이 불 보듯 뻔했다. 정조가 총애하는 정약용과 이가환, 이승훈 등의 남인 관료들도 한때 서학에 심취했던 전력을 갖고 있었다. 사태가 커지면 그들 모두 화를 피하기 어려웠다. 정조가 어렵게 남인 인재를 등용해 조정의 세력균형을 맞춰가고 있는 중차대한 시기에, 남인들이 서학 문제로 무너지면 정조에게도 큰 타격이 될 수 있었다.

정조는 중국인 신부 체포 실패 사건을 조용히 덮기로 했다. 조규진은 이번에도 자신이 무엇을 해야 할지 잘 알고 있었다. 최인길과 윤유일, 지황 등은 다음날 동이 트기 전에 포도청 감옥에서 모두 사망했다. 조규진은 그들의 체포 기록을 불태우고, 시신도 몰래 도성 밖으로 빼돌려 강물에 던져버렸다. 이 사건과 관련된 풍문이 나돌았다. 그러나 조규진이 워낙 깔끔하게 처리해놓은데다, 서학 신도들도 일을 키워봐야 자신들에 대한 탄압만 더 가혹해질 상황이어서 공론화하지 못했다. 이 때문에 노론 벽파는 뭔가 이상한 조짐을 감지하고도 적극적인 공세를 펴지 못했다.

◆

성리학 군주 정조는 현실 정치판에서는 '빛'과 '어둠'을 모두 지닌 인물이었다. 정치적 구상과 야심을 온전히 펼치기 위해서 정조는 정약용 같은 '빛의 존재'를 곁에 두었다. 그러나 동시에 어떤 궂은일도 마다하지 않는 조규진 같은 '어둠의 존재'도 거느릴 줄 알았다.

조규진은 경상우도 병마사와 평안도 병마사를 거쳐 포도대장을 역임한 후, 3년 전 관복을 벗고 은퇴했다. 은퇴 후에도 포도대장 재임 시절 보여준 활약 때문에 '조 대장'으로 불리었다. 조 대장은 겉으로는 낙향해서 편안한 노후를 보내는 것처럼 보였다. 그러나 실상은 정조의 특명으로 장용영의 기찰군관들을 동원해 남곽 선생(중국인 신부 주문모)과 서학 핵심 지도부를 체포하는 비밀 작전을 지휘하고 있었다.

정조는 남곽 선생을 비롯한 서학 핵심 지도부들을 붙잡아 조용히 척결해버리면 서학이 쇠퇴하리라 믿었다. 정조의 총애를 받는 남인 신진 관료들은 이미 배교를 선언한 상태였다. 그러므로 남인 세력 가운데 썩은 부분을 도려내고, 온전한 부분은 살려내어 중용하기를 원했다. 하지만 그것은 피고름 한 방울 흘리지 않고 썩은 종기를 도려내는 것만큼이나 어려운 작업이었다. 정조 주변에선 조규진 같은 충성스럽고 유능한 심복만이 처리할 수 있는 임무였다.

"전하, 신의 불충을 용서하여 주십시오. 지난 석 달 충청 지역을 샅샅이 뒤지며 중국인 신부의 소재를 추적했으나 실패하였사옵니다. 서학 무리가 간교한 술책을 쓰며 저희를 속이고 목숨을 던져서라도 그자를 지키려고 하는 바람에 번번이 체포 직전에 놓치고 말았사옵니다. 신부는 현재 충청 땅을 벗어나 도성으로 다시 잠입했을 것으로 사료되옵니다."

조규진은 남곽 선생의 도성 잠입 가능성과 추적 강화 계획, 그외 충청 내포 지역을 중심으로 한 서학 세력의 체포 실적 등을 순차적으로 보고했다. 정조는 조규진이 보고를 마치자 입에 물고 있던 담뱃대를 내려놓으며 말했다.

"그들은 어떻게 지내고 있던가?"

'그들!'

조규진은 정조가 말한 그들이 누구를 의미하는지 단박에 알아들었다. 정약용과 이가환, 이승훈 등이었다. 그는 기찰과 밀정을 풀어 그들의 동태를 감시하고 있었다. 누구를 만나고, 무슨 책을 사고, 어떤 말을 하고 다니는지 면밀하게 관찰했다. 그들이 서학 세력과 다시 연결되는 것을 막기 위해서였다.

"정약용은 최근 한양을 떠나 마현에 있으며 두문불출하고 있습니다. 누구와도 특별한 왕래 없이 책을 읽는 데 대부분의 시간을 쓰고 있습니다. 사람 속은 미처 다 알 수 없으나 현재로선 전하게 아뢴 대로 배교한 듯하옵니다."

이가환에 대해서도 "특별한 움직임은 없었사옵니다"라고 보고했다. 하지만 이승훈은 주로 왕래하고 있는 사람들이 대부분 서학에 물든 남인 신서파(信西派, 남인 중 서학에 우호적인 세력)들이어서 더 면밀하게 지켜볼 필요가 있다고 말했다. 정조와의 독대를 모두 마친 조규진이 뒷걸음질로 서고를 나가려다가 잠시 머뭇거렸다.

"뭐 더 할말이 남았는가?"

정조의 질문에 조규진은 삼가현에서 충군하고 있던 유생 이옥이 과거 시험을 치르기 위해 한양으로 올라왔다는 소식을 전했다. 자신이 공주 감영에서 이옥을 만나 근황을 접하게 됐다고 덧붙였다.

"알았네. 그만 물러가보게."

정조는 관심 없다는 듯 짧게 답했다.

조규진은 서고를 빠져나오면서 정조의 건강을 염려하지 않을 수 없었다. 서고 촛불 불빛에 드러난 정조의 얼굴이 몇 달 전보다 훨씬 더 수척해져 있었기 때문이다. 조규진은 '전하 옥체 보존하소서!'라고 몇 번이고 속으로 되뇌었다.

# 제08화
# 전기수

1800년 3월 초. 따사로운 봄 햇살이 쏟아지고 있었다. 조준은 선경, 판석과 함께 한양 숭례문 앞에 도착했다. 남대문의 둥그런 통로를 지나자 큰길과 수많은 가옥, 그리고 엄청난 인파가 눈앞에 펼쳐졌다. 그들은 한양의 번화한 모습에 잠시 입을 다물지 못했다.

이옥은 경기도 용인에서 세 사람과 갈라져 남양의 본가로 갔다. 걱정하고 있을 노모와 가족들을 만나기 위해서였다. 그는 남양으로 향하기 직전 조준에게 "자네 먼저 한양 반촌(泮村)의 안두식의 집을 찾아가 있게. 그곳에서 내 이름을 대면 방을 내줄 것이네. 난 사흘 후 당도할 것이네"라고 말했다.

조준도 선경도 판석도 한양은 난생처음이었다. 어디가 어딘지

분간도 안 되는데 반촌을 찾으려니까 여간 힘든 게 아니었다. 때마침 허름한 국밥 가게에서 구수한 냄새가 솔솔 흘러나왔다. 그들은 누가 먼저랄 것 없이 국밥집에 들어가 게걸스럽게 배를 채웠다. 국밥 그릇이 바닥을 드러낼 때쯤 옆자리 유생들의 대화가 귀에 들어왔다.

"근방의 유명한 거벽과 사수는 모두 동나버렸다네. 나도 이참에 거벽을 좀 써야 할 것 같은데 이 일을 어쩌나?"

"쯧쯧. 이보게, 남아도는 거벽이 있다고 해도 문젤세. 쓸 만한 거벽은 부르는 게 값이라던데. 자네 처지에 감당할 수나 있겠나?"

조준은 그 유생들의 대화 속에 등장한 거벽과 사수라는 단어가 뭘 의미하는지 궁금했다.

"저 말씀 좀 여쭙겠습니다. 두 분 말씀을 우연히 들었는데 그 거벽이라는 게 뭡니까?"

유생들은 남루한 행색의 조준을 위아래로 훑어보더니 어디서 왔는지 되물었다. 조준이 경상도 산청이라고 말하자 뭔지 알겠다는 듯 미소 짓더니 대답해주었다.

"거벽이라 함은 과시의 시권을 대신 짜주는 사람을 말하오. 학문이 높고 문장력도 좋아야 하기에 아무나 할 수 있는 일이 아니라오. 요샌 학식은 높으나 출셋길이 막힌 남인 중에 호구책으로 거벽을 하는 이들이 많다고 들었소만. 에헴."

"시권을 대신 써준다고요? 그러면 사수는 뭡니까?"

"이거 정말 아무것도 모르시는구먼. 문장이 아무리 좋아도 시권 글씨가 악필이면 시관의 눈에 잘 들어오지 않는 법이오. 사수는 그런 자들을 위해 시권에 글자를 깨끗하고 반듯하게 적어주는 사람들을 말한다오."

"조정의 인재를 뽑는 과거 시험에서 거벽과 사수를 쓰는 것은 국법에 어긋나는 사술(邪術) 아니, 큰 죄가 아닙니까? 시관들에게 걸리면 처벌을 받을 텐데……."

"과시장에 유생만 수천 명씩 모이는데 일일이 누가 거벽이고 누가 응시생인지 어떻게 구별해낸다는 말이오! 거벽을 쓰다가 시관에게 적발된 사람보다 득을 본 사람이 더 많소. 소과에선 거벽만 잘 구해도 진사나 생원 따기는 어렵지 않소. 대과도 초시까지는 운좋으면 붙을 수 있소."

조준은 그들의 설명을 듣고 공명정대하게 치러져야 할 과거 시험이 혼탁해진 세태에 마음이 불편했다.

세 사람은 어둑어둑해질 무렵 반촌에 당도했다. 성균관 앞에서 유건(儒巾)을 쓴 젊은이들에게 안두식의 집을 물어봤으나 아는 이가 없었다. 반촌은 성균관에서 잡일을 돕는 수복들이 모여 사는 마을이었다. 반촌 주민들은 부업으로 유생들을 상대로 주점과 하숙집을 운영했다.

반촌은 별시를 위해 올라온 지방 유생들로 대성황이었다. 집 대문마다 묵고 있는 유생들의 출신 서원명, 지역명이 붙어 있었다. 판석이 한 주민에게 "안두식네 집이 어디요?"라고 묻자 반촌 안쪽의 큰 가옥으로 안내해주었다.

세 사람이 그 집 대문 앞에 서자 피비린내가 풍겨왔다. 대문은 살짝 열려 있었다. 삐걱! 선경이 문짝을 밀자 죽은 소를 큰 기둥에 매달아놓고 발골하고 있던 장정들이 일제히 세 사람을 뒤돌아봤다. 장정들은 저마다 크고 작은 칼과 톱, 뾰족한 꼬챙이를 들고 있었다. 소 몸통에선 핏물이 뚝뚝 떨어지고 있었다.

그곳은 반촌 재인(宰人)들의 두령인 안두식의 집이자 한양 제일의 소 도축장이었다. 반촌은 조선시대 한양 도성 안에선 유일하게 소 도축이 허용된 곳이었다. 재인은 반촌 주민 중에서도 도축을 업으로 삼는 이들을 의미했다. 소 염통을 손에 쥔 중년 사내가 "당신들 누구시오?"라고 퉁명스럽게 물었다.

"저, 저."

"뭐야? 벙어리야?"

"문무자 어른께서 안두식의 집으로 가라고……."

조준은 품에서 이옥이 써준 언문 서찰을 꺼내 보여주며 말했다.

"내가 안두식이오. 난 까막눈이라서리. 숙영아, 이리 와 이거 좀 읽어봐라."

안두식의 외동딸 숙영이 달려 나와 편지를 읽어줬다. 이옥이 안두식에게 조준 일행을 별시가 끝날 때까지 묵게 해달라고 부탁하는 내용이었다.

"아니 진작에 이 생원이 보내서 왔다고 말하지 그랬소? 내 다른 양반 놈들 말은 안 믿어도 이옥이라면 믿지. 사람의 결이 달라요. 쇠고기로 말하면 최상급이지. 숙영아, 뭐하냐. 이분들에게 바깥 행랑채 내줘라."

이옥은 성균관 시절 안두식의 집에 하숙했다. 성균관 유생들은 기숙사 생활이 원칙이었다. 하지만 유생들이 동재(동편 기숙사)의 소론과 남인, 서재의 노론으로 나뉘어 당파싸움을 벌이는 꼴에 이옥은 염증을 느꼈다. 또한 기숙사 규율에 얽매이지 않고 자유롭게 공부하며 글을 쓰고 싶어 하숙을 택했다.

숙영은 조준 일행을 도축장 건물과 긴 복도로 연결된 별채 가옥으로 안내했다. 그곳은 작은 방 네 개와 마당 그리고 골목으로 바로 나갈 수 있는 대문으로 이뤄져 있었다. 집 구경을 끝낸 판석이 투덜거렸다.

"여기 말이야. 백정 집 아냐! 왜 하필 백정……."

그때 밥상을 들고 온 숙영이 그 소리를 들었는지 방바닥에 상을 쾅 내려놓고 나가버렸다. 선경이 판석에게 말조심하라고 눈을 흘겼다.

"아까 국밥집 주인에게 하룻밤 묵는 방값을 물었더니 열흘 전부터 도성 안의 방은 죄다 동이 나서 여러 사람이 갈치잠을 자는 헛간도 3전은 줘야 한다고 했잖아. 불평하지 말고 잠자코 있어. 고마운 줄도 모르고."

선경의 따끔한 지적에 판석은 밥 한술 뜨더니 "우와! 이거 누가 만들었다냐. 진짜 맛있네그려. 아마 이 음식 만든 여인은 얼굴도 마음도 춘향이처럼 미인일 거야"라며 일부러 바깥에 들리도록 큰 소리로 떠들었다.

◆

사흘 후 아침, 선경과 판석은 행랑채 추녀에 걸어놓은 마른 연초잎들을 수거해 천으로 잘 싼 후 궤짝들에 나눠 담았다. 나귀 두 마리에 궤짝들을 싣고 떨어지지 않도록 단단히 붙잡아 맸다. 전날 저녁 남양에서 상경한 이옥은 선경에게 한양 제일의 연초전을 소개해주겠다고 약속했다. 한양 도성에만 연초전이 스무 개가 넘었지만, 그중에서도 운종가의 박 영감 연초전이 가장 유명했다.

선경이 이번에 한양으로 올라온 것은 별시 무과 응시 목적 외에도 진안초 장사라는 또다른 목적이 있었다. 한양에선 평안도와 황해도 등에서 나는 서초(西草)가 널리 유통되고 있었고, 그 가운데서도 평안도 삼등(三登) 지역에서 나오는 삼등초가 최상품으로 평가되어 큰 인기를 끌고 있었다. 선경과 판석은 자신들이 재배한 최상품의 진안초로 삼등초가 장악한 한양 연초 시장을 뚫어볼 작정이었다.

이옥은 세 사람을 종루 근처의 박 영감 연초전으로 데려갔다. 무슨 일인지 가게 앞에 사람들이 잔뜩 모여 있었다. 이옥은 전기수 공연을 보려고 구경꾼들이 모여든 것이라고 알려줬다. 이옥과 선경은 인파를 뚫고 가게 안으로 들어갔다. 연초전 안도 손님들로 꽤 붐비는 듯해서, 조준과 판석은 그냥 밖에서 기다리기로 했다.

가게 안에선 잘 말린 연초 냄새가 풍겼다. 일꾼 두 명이 작두로 큰 연초잎을 잘게 썰고 있었다. 퇴청 안의 젊은 사내는 손님들을 응대하고 있었다. 이옥이 "진안에서 특별한 연초를 가져왔다"라고 말하자, 사내는 별실로 들어가더니 주인장인 박 영감을 불러왔다.

박 영감은 60대 초반의 깡마른 노인이었다. 선경은 자신이 가져온 진안초는 토양과 재배 방법 등에 심혈을 기울여 기존의 진안초보다 풍미가 훨씬 뛰어나다고 자랑했다. 박 영감은 각 지방의 특산 연초를 직접 매입하려면 힘이 들어서 몇 해 전부터 거간꾼을 통해서 연초를 사들이고 있다고 설명했다.

"그래도 예전보다 맛이 더 좋아진 진안초라고 하니, 그 먼 데서 여기까지 찾아온 정성을 봐서라도 어디 맛이나 한번 봅시다. 삼등초와 비교해보고 좋으면 내가 한번 매입을 생각해보리다."

박 영감은 물부리에 얇은 금박을 입힌 고급 곰방대를 꺼내 선경이 건넨 진안초를 넣고 화롯불로 불을 붙였다. 두 볼이 홀쭉해질 정도로 연초를 빨아들인 후 두 눈을 지그시 감고 맛을 음미했다.

"오! 그렇지. 오! 그래."

박 영감은 두 눈을 번쩍 뜨며 감탄했다. 진안초의 풍미를 제대로 느낀 모양이었다. 박 영감은 선경이 가져온 연초잎 다발을 가게 일꾼들과 함께 이리저리 만져보고, 냄새도 맡아보고, 혀끝으로 맛까지 봤다. 박 영감이 진안초 값을 묻자 선경은 최소한 삼등초만큼은 받아야겠다고 답했다. 당시 삼등초는 1근에 7전으로 구매되고 있었다. 박 영감은 첫 거래부터 그렇게 비싸게 쳐주지 못한다고 버텼다. 박 영감은 1근에 5전으로 쳐줄 테니까 그날 가져온 물량을 모두 넘기라고 요구했다. 그는 나중에 거간꾼을 진안에 내려보내 연초 수확 물량과 품질이 확인되면 더 큰 거래도 할 수 있다고 덧붙였다. 선경은 그의 제안을 수락했다.

"박 선비, 잘 찾아오셨소. 조선팔도에서 좋다는 연초들은 다 내 손을 통해 유통된다오. 내가 좋다고 평가한 연초는 북촌 대감 집들은 물론 나라님 사시는 대궐에까지 진상된다오. 연초로 큰돈 만지고 싶으면 나랑 거래를 트는 게 맞소."

긴 담뱃대를 입에 문 박 영감은 선경과의 첫 거래가 흡족한 듯 흰히게 웃으며 연기를 뿜었다.

"와!"

때마침 연초전 밖에서 구경꾼들의 탄성이 터졌다.

늙은 전기수는 작은 교자상 위에 소설 〈임경업전〉을 펼쳐놓고 낭독하기 시작했다. 전기수의 목소리는 조금 탁했지만 장단 고저가 뚜렷해 귀로 듣기 편했다. 구경꾼들이 전기수 앞까지 바짝 당겨 앉았다. 뒤편에 서서 듣는 이들도 꽤 많았다.

조준과 판석은 땅바닥에 앉아 도포가 더러워지는 것도 모른 채 전기수의 낭독에 집중했다. 전기수는 소설의 전개 흐름에 따라 목소리에 감정을 달리 넣어 때로는 빠르게 때로는 느리게 슬픈 듯 기쁜 듯 이야기를 풀어갔다. 책장이 한 장씩 넘어갈 때마다 부채를 펼쳤다 접거나, 손바닥으로 무릎을 '탁!' 치는 효과음도 냈다.

청나라에 끌려갔다 귀환한 임경업 장군이 간신 김자점의 부하들에게 암살되는 대목에선 청중들이 모두 함께 분노했다. 반대로 임금님이 꿈속에서 임경업의 혼령에게 사건의 전말을 듣고, 김자점을 붙잡아 처형할 때는 큰 환호가 터졌다. 전기수는 중요한 대목마다 낭독을 끊고 뜸을 들였다. 연초를 몇 모금 빨거나 찬물로 목을 축이며 청중들을 애타게 했다.

"노인장! 아니 거기서 그렇게 멈추면 어떡하오. 빨리 좀 읽어주시오!"

"지금 뭐하겠다는 수작이야. 아이고 궁금해 미치겠네."

청중들이 빨리 다음 대목을 읽으라고 성화를 내며 전기수 앞에 엽전을 던졌다. 그것은 전기수가 구경꾼들에게 돈을 더 받아내기 위해 쓰는 '요전법(邀錢法)'이라는 수법이었다. 노인은 엽전이 제법 쌓이자 낭독을 재개했다.

임경업의 억울한 한이 풀리면서 공연이 모두 끝나자 청중들은 흡족한 듯 제 갈 길로 흩어졌다. 노인은 엽전들을 모아서 주머니에 넣고, 돗자리를 말아 껴안고, 교자상을 등에 둘러메더니 총총히 흥인문 쪽으로 걸어갔다.

전기수 낭독 공연을 처음 본 조준은 넋이 나간 것처럼 제자리에서 일어설 줄 몰랐다. 연초전에서 나온 이옥과 선경이 그의 어깨를 흔들자 그제야 정신을 차렸다. 이옥은 일행을 데리고 피맛골의 국밥집으로 갔다. 그들은 국밥으로 출출한 배를 채우면서 전기수에 대해 이야기했다.

"아까 보니까 엽전이 겁나 쌓이던데 나도 이참에 한양에서 전기수나 한번 해볼까? 이래 봬도 우리 고을에선 내가 입담이 제일루다 좋았어. 누가 알아. 지금부터 갈고닦으면 숨은 재주가 더 빛을 발할지!"

판석이 신이 나서 떠들자 선경이 "침 좀 그만 튀겨라. 서당에서 책만 보면 줄기 바빴던 네 녀석이 무슨 수로 책 읽어주는 전기수를 하겠다는 게냐. 넌 그냥 연초 장사꾼이 딱이야"라고 핀잔을 쳤다. 판석이 살짝 삐진 듯 눈을 흘겼다.

　그러자 이옥이 둘을 달래듯 말했다.

　"전기수라는 게 그렇게 땅 짚고 헤엄치는 일만은 아니라네. 몇 해 전 한양 연초전 앞에서 〈임경업전〉을 읽어주던 전기수가 구경꾼에게 칼에 찔려 죽는 일도 있었지. 그 전기수가 역적 김자점의 말을 너무 생생하게 읽어줘서 격분한 구경꾼이 진짜로 착각해 일어난 일이라더구만."

## 제09화
# 고굉지신

1800년 3월 초 어느 밤 창덕궁 편전.

"잠이 잘 오지 않으니 후원에 나가 잠시 머리를 식히고 오겠노라."

정조는 그렇게 말한 후 내관 한 명과 궁녀 한 명, 장용영 호위군관 두 명만 대동한 채 후원의 농산정(籠山亭)으로 향했다. 승지와 사관들이 부랴부랴 따라붙으려고 했으나 정조는 그들에게 따라오지 말고 후원 밖에서 입직하라 명했다.

후원 북쪽의 옥류천 부근에 자리한 농산정은 여염집 형태의 정자였다. 후원 정자들 가운데 유일하게 두 칸짜리 온돌방과 작은 마루, 부엌이 딸려 있어 필요하면 하룻밤 묵어갈 수 있었다. 실제로 정조는 큰 행사나 제례 의식이 다가오면 몸과 마음을 정결하게 유지하려고 농산정에서 가끔 재숙(齋宿)했다. 정사를 돌보다가 심신이 지쳤을 때도 농산정에서 휴식을 취하곤 했다. 이 때문에 승지와 사관들도 별다른 의심 없이 정조의 명에 따랐다.

농산정에선 어의 강명길이 낯선 방외의관 한 명을 데리고 정조를 기다리고 있었다. 정조는 곤룡포를 벗고 방외의관에게 자신의 환부를 드러냈다. 의관은 임금의 환부를 유심히 진찰한 후 침술과 고약을 시술했다.

정조는 어릴 적부터 두드러기나 부스럼을 달고 살았다. 다행히 그때그때 탕약을 복용하거나 고약을 바르면 증세가 호전되어 지금까지 큰 탈 없이 버티어올 수 있었다. 그런데 이번 경신년의 환후는 달랐다. 웅담고를 비롯한 여러 약재와 치료법을 써봤지만, 예전만큼 잘 듣지 않았다. 치료받으면 그때만 잠시 호전되는 듯 보였다가 금방 재발하기를 반복하며 정조의 몸을 야금야금 갉아먹고 있었다. 정조는 자신의 건강 상태가 다른 이들에게 알려지는 것을 경계했다. 특히 정순왕후와 노론 벽파가 알아채지 못하도록 각별하게 신경썼다.

정조의 모친인 혜경궁 홍씨도 때마침 그 무렵 가벼운 두드러기 증세로 고생하고 있었다. 그는 어머니를 치료할 종기 명의를 궁궐 밖에서 찾아오라고 내의원에 명했다. 모친을 치료하면서 동시에 자신도 방외의관의 치료를 받아볼 요량이었다. 그는 7년 전 여름(1793년)처럼 이번에도 새로운 명의가 나타나길 기대했다. 그

때도 정조는 머리에 난 두드러기가 얼굴과 턱밑까지 번져 고생했었다. 내의원 의관들의 처방은 별 효험이 없었다. 그때 멀리 남도 지방에서 종기 치료로 명성을 얻고 있던 방외의관 피재길을 소개받았다. 원래 군마를 치료하던 마의(馬醫)였던 피재길은 종기 치료에 특효가 있는 고약 웅담고로 정조를 완쾌시켜 종6품인 내의원 침의로 등용되었다.

◆

며칠째 한양 도성의 하늘을 뒤덮었던 누런 흙바람이 사라졌다. 맑은 봄 하늘이 제 모습을 드러냈다. 인왕산과 백악산, 목면산, 낙산 등 한양을 둘러싼 산과 계곡마다 봄꽃이 흐드러지게 피었다. 창덕궁 후원도 봄꽃이 만발했다.

정조는 모처럼 화창한 날을 맞아 세자를 데리고 후원 산책에 나섰다. 정조는 세자를 데리고 후원 깊숙한 곳까지 꽃구경을 돌며 두런두런 이야기를 나눴다.

"요즘 시강원에서는 무슨 책을 공부하고 있느냐?"

"춘추좌전을 읽고 있사옵니다, 아바마마."

조선시대에는 세자 책봉례가 끝나면 세자를 전문적으로 교육하는 기관인 '시강원(侍講院)'이 설치됐다. 세자는 그곳에서 스무 명 정도의 스승들로부터 성리학 이념과 역사를 집중적으로 교육

받았다. 사서오경 등의 유학 경전과 춘추좌전, 통감강목, 국조보감 같은 유교사관 역사서들이 교재로 사용됐다. 세자의 스승들은 신하 중에서도 특별히 학문 실력이 뛰어난 자들로 구성됐다.

성리학 국가인 조선은 국왕과 신하가 학문과 정책을 토론하는 경연(經筵)이 하루 세 차례 열렸다. 그 자리에서 신하들에게 학문적으로, 논리적으로 밀리는 임금은 어전회의에서도 신하들의 기세에 눌릴 수밖에 없었다. 군주가 이를 피하고 싶으면 신하들을 압도할 만한 학문적 실력을 갖추어야 했다. 정조는 세손 시절부터 암살 시해의 위협 속에서도 주야로 글공부에 매진한 덕분에 역대 어느 왕보다 학문 수준이 높았다. 골수 성리학 신봉자들인 노론 벽파 대신들도 정조와의 이념 논쟁에서 매번 쩔쩔맬 수밖에 없었다. 그것은 벽파의 집요한 반대에도 정조가 개혁을 계속 추진할 수 있었던 요인 중 하나였다.

"세자는 장차 만백성을 다스리는 군주이자 동시에 올바른 학문을 제시하는 스승이 되어야 하기에 조금이라도 공부에 부족함이나 소홀함이 있어서는 안 될 것이다. 학문과 식견이 부족한 군주는 어리석고 그릇된 결정으로 백성을 고통에 빠트리게 된다. 늘 명심하고 공부에 정진하거라."

"네, 아바마마! 소자 명심하겠사옵니다."

정조와 세자의 산책 행렬이 옥류천 부근을 돌아 나오는데, 근처 살구나무 꽃가지에서 참새 한 마리가 푸드덕 날아올랐다. 그 바람에 연분홍색 살구 꽃잎 서너 장이 옥류천의 물 위로 떨어졌다. 꽃잎들은 물살을 따라 하류로 흘러갔다.

"왕대비마마 납시오!"

저만치 앞에서 정순왕후의 산책 행렬이 올라오고 있었다. 정조와 세자는 공손하게 그녀에게 인사를 올렸다. 정순왕후와 정조는 일곱 살밖에 차이 나지 않았지만, 할머니와 손자의 관계였다. 정순왕후는 한없이 자애로운 미소로 정조와 세자를 바라봤다.

"왕대비마마. 올해는 볕이 잘 비치지 않는 이곳 후원 깊은 곳까지도 봄꽃들이 만발하였습니다. 수목들조차 우리 세자가 책봉된 것을 경하하는 것 같습니다."

"주상의 말씀이 참으로 맞습니다. 꽃잎 색깔이 예년보다 더 짙고 뚜렷한 것이 하찮은 수목들도 왕실의 경사를 알고 있는 것 같군요. 세자는 크면서 점점 더 선왕마마(영조)의 용모를 닮아가는 것 같습니다. 정말 보기 좋습니다."

정순왕후는 그 자리에서 세자의 어린 시절 자질구레한 추억까지 끄집어내며 한바탕 칭찬을 늘어놓았다. 증조할머니의 칭찬 세례에 세자는 부끄러운 듯 얼굴이 빨개졌다. 그녀는 그런 세자를 한없이 귀엽고 사랑스러운 눈길로 바라보았다.

"그런데 주상께선 안색이 좋지 않은 듯 보이십니다. 조금 편찮으시다고 들었는데 괜찮으신가요?"

정순왕후가 화제를 돌려 정조의 건강을 염려했다. 정조는 온화한 미소와 함께 대답했다.

"너무 심려치 마십시오. 요사이 많이 나아졌습니다. 보십시오. 오늘도 이렇게 세자와 함께 꽃구경까지 나오지 않았습니까?"

"그래요, 다행입니다! 나라와 백성이 두루 평안해지려면 무엇보다 주상이 건강하셔야 합니다. 그러려면 예전처럼 조정의 세세한 일까지 직접 챙기려고 하셔서는 안 됩니다. 이제 웬만한 일은 대신들에게 넘기시고 세자를 키우시는 데만 힘쓰셔도 될 듯합니다. 이 할미가 걱정되어서 드리는 충언입니다."

정순왕후는 정조의 건강을 진심으로 염려하는 듯 말했지만, 그녀의 말속에는 분명히 뼈가 들어 있었다. 정조도 그 사실을 모르지 않았다.

"네, 왕대비마마께서 내려주신 귀한 말씀 가슴에 잘 새기겠습니다. 다만 저도 돌아가신 할바마마를 닮아 타고난 강골입니다. 우리 세자가 성군으로 성장하는 모습을 모두 지켜볼 때까지 그리 쉽게 쓰러지지 않을 것이옵니다. 너무 심려하지 마시옵소서."

정순왕후는 정조의 답변에 고개를 끄덕이며 온화한 미소를 지었다. 그녀는 정조의 산책 행렬과 헤어져 천천히 후원을 돌아나갔다. 정조에게서 멀어짐에 따라 그녀의 온화했던 표정은 차갑게 변해갔다.

1800년 3월 10일, 정조는 온종일 비통한 마음을 감추지 못했다. 오랫동안 자신에게 충성을 다했던 '고굉지신(股肱之臣, 다리와 팔뚝에 비길 만한 신하)' 정민시가 죽었다는 소식 때문이었다. 정조는 정민시의 죽음을 슬퍼하며, 그에게 우의정 벼슬을 증직하고, 충헌이라는 시호를 내렸다.

정조가 왕위에 오르기 1년 전인 1775년 11월 팔순을 넘긴 영조는 자신의 노쇠함을 이유로 세손에게 대리청정을 시키고자 했다. 당시 조정을 장악하고 있던 노론 세력은 영조의 뜻에 반발했다. 특히 좌의정 홍인한 같은 인물은 "세손은 노론이니 소론이니 알 필요 없고 이조판서나 병조판서에 누가 좋은지를 알 필요 없으며, 조정의 일은 더더욱 알 필요가 없다"는 '삼불필지설(三不必知說)'까지 입에 올렸다.

영조가 자신들의 반대에도 세손의 대리청정을 강행하려 하자 홍인한은 승지가 왕명을 받아적지 못하게 방해하는 짓도 서슴지 않았다. 세손이 왕위에 오르면 자신들에게 사도세자의 복수를 할 것이라는 공포감 때문이었다. 노론 세력의 극렬한 반발로 세손은 정치적 위기에 봉착했다.

바로 그때, 정민시와 홍국영, 서명선, 김종수 등 4인의 신하가 노론의 파상공세에 맞서 세손을 보호했다. 그들 4인은 노론과 소론으로 당파색은 서로 달랐으나, 세손을 지켜야 한다는 대의리(大義理)에 입각해 힘을 합쳤다. 그들은 목숨을 걸고 홍인한을 탄핵하는 상소를 올리며, 세손을 반대하는 세력과 맞싸웠다.

그들의 충성과 노력이 더해져 영조가 세손의 편을 들어줌으로써, 정조는 대리청정을 거쳐 마침내 1776년 왕위에 오를 수 있었다. 정조는 즉위하자 홍인한을 전라도 고금도로 유배 보낸 후 사약을 내렸다. 또한 대리청정 논란을 둘러싼 홍인한 무리의 죄상을 담은 역사서 〈명의록明義錄〉을 발간했다. 정민시를 비롯한 4인의 신하는 '군신 간 의리'의 모범으로 평가하여, 조정의 요직에 두루 중용했다. 정조는 그들과 함께 '동덕회'라는 모임을 결성하고, 그들이 홍인한 탄핵 상소를 올렸던 12월 3일마다 매년 회합했다.

하지만 동덕회 4인 가운데 홍국영은 1781년, 서명선은 1791년 각각 죽었고, 노론이면서 정조를 도왔던 김종수도 1799년 봄 역병으로 생을 마감했다. 이제 유일하게 남은 동덕회 회원이었던 정민시마저 세상을 뜨니 동덕회는 소멸할 수밖에 없었다. 정조는 이제 자신의 원대한 정치개혁 구상을 실현하기 위해 손과 발이 되어줄 새로운 고굉지신, 새로운 동덕회를 찾지 않으면 안 되었다.

제10화
# 별시난장 1 – 격축

1800년 3월 21일 이른 아침 동편 하늘에 희미한 빛이 비치기 시작했다. 구군복을 입은 정조는 편전을 나와 임금의 전용 가마인 여(輿)에 탔다. 정조는 천천히 창덕궁 정문으로 이동했다. 그곳에는 조정 신료들과 호위 무관, 내관 궁녀 들이 늘어서 있었다. 정조는 여에서 내려 백마로 갈아탔다. 등자를 밟고 안장에 오를 때 내관의 부축을 받긴 했으나 정조는 무사히 말 등에 올랐다.

그는 얼마 전 경모궁 참배 때 돌계단을 오르다가 휘청거려서 수행했던 이들을 놀라게 했었다. 그때에 비하면 몸 상태가 다소 호전된 것처럼 보였다. 그는 역대 선왕들의 능이 모여 있는 동구릉(경기도 구리)으로 출발했다. 장용영과 금군의 군관들이 왕을 겹겹이 호위하며 행진했다. 그 뒤로 신하들, 내관들, 궁녀들의 행렬이 이어졌다.

정조는 원릉(영조의 묘)을 시작으로 건원릉, 목릉, 휘릉, 현릉, 숭릉 등을 차례로 참배했다. 중간에 기력이 달릴 때마다 어의 강명길이 준비한 탕약을 마셔가며 모든 참배 일정을 무사히 소화해냈다. 그가 동구릉을 참배하는 동안 도성에서는 세자 책봉을 경축하는 별시가 거행되고 있었다.

"우와! 뭔 놈의 사람이 이렇게 많다냐? 저것 좀 봐라! 새카맣네!"

진안 촌놈 김판석은 남소영(한양 남소문 옆에 설치된 어영청 분영) 마당에 모인 별시 무과 인파를 보고 입이 딱 벌어졌다. 무과 시험은 한양 도성 안의 3개소에서 거행되었다. 제1소는 훈련원, 제2소는 모화관, 제3소는 남소영이었다. 응시자는 총 3만 6천 명이었다. 박선경이 시험을 볼 남소영에는 1만 4천여 명이 배정됐다. 그들의 시종과 가족, 구경꾼 들까지 합치면 2만 명도 넘는 인파가 남소영 활터와 그 주변을 가득 메우고 있었다.

무과 응시자들은 댕기 머리 소년부터 칠순을 넘긴 노인들까지 다양했다. 들병장수가 인파를 헤집고 돌아다니며 탁주를 팔았고, 국밥과 떡, 연초를 파는 좌판도 곳곳에 깔려 있었다. 아직 시험이 개시되지도 않았는데 취해서 비틀거리는 사람들도 적지 않았다.

"이보게 선경이, 이 많은 사람을 제칠 자신은 있으신가?"

"걱정을 마라! 보아하니 활 자루 한번 못 잡아본 자들이 수두룩한 것 같은데, 내 활 실력은 판석이 니 녀석이 더 잘 알지 않느냐?"

"하긴 그렇지! 활 하면 선경이 니 녀석이 우리 고을에서 항상 으뜸이었지."

생애 첫 무과 시험을 앞둔 박선경은 자신감이 넘쳤다. 고향 진안은 기축옥사(정여립의 난) 이후 선비의 맥이 끊겼다. 글깨나 읽은 선비들은 죄다 역모죄로 끌려가 죽었고, 그들의 가족과 후손들도 비참하게 살았다. '역향(逆郷)'으로 낙인찍힌 진안 사람들은 글공부로 출세하려는 꿈을 버려야 했다. 선경의 조부와 부친도 글공부보다는 활쏘기와 무예를 가르치며, 그가 무과 응시를 통해 하급 무관이 되길 바랄 뿐이었다.

선경의 유엽전 활쏘기 차례는 정오가 되어서야 돌아왔다. 선경은 시관으로부터 간단한 신분 확인을 받은 후 활터에 섰다. 그는 120보 떨어신 과녁판을 주시하며 호흡을 가다듬고 있었다.

"어이~~ 선경이, 쏘았다 하면 백발백중 명사수 선경이! 급제! 급제! 급~~제!"

왼편의 언덕 위에서 판석이 두 손을 들고 펄쩍펄쩍 뛰며 소리를 지르고 있었다. 다른 구경꾼들이 "도대체 선경이가 누군데 저 난리야"라고 수군거렸다. '으이그, 저 화상 때문에 될 일도 안 되겠다!' 선경은 얼굴이 화끈거렸지만 평정심을 유지하려고 애썼다.

유엽전은 화살촉이 버드나무처럼 생겼다 하여 붙여진 명칭이었다. 응시자마다 세 발을 쏘아 두 발 이상을 과녁에 맞혀야 통(通)이었다. 시관이 신호 깃발을 좌우로 흔들자 50여 명의 응시자가 일제히 활을 쏘았다. 화살 대부분은 과녁을 한참 빗나갔다. 응시자들 사이에서 탄식과 한숨이 터졌다. 선경이 쏜 화살은 세 발 모두 과녁 중앙에 꽂혔다. 활터 주변의 언덕과 동산에 모여 있던 구경꾼들 사이에서 선경의 활 솜씨에 대한 칭찬이 쏟아졌다.

"저기 저 사내 말일세. 활 솜씨도 활 솜씨지만 키가 훤칠하고 듬직한 것이 무골의 상일세."

"세 발 다 정중앙에 맞혔으니 볼 것도 없네. 이번 무과는 초시에 수백 명을 뽑는다고 하니 급제는 떼놓은 당상 같네."

판석은 옆에 앉은 구경꾼 노인 둘이 선경을 칭찬하자 신이 났다.

"아이고, 어르신들. 그렇지요? 급제하겠지요? 하하하! 사람 잘 보시네요. 저 친구가 제 불알친구랍니다."

선경의 줄에선 선경을 포함해 세 명만 입격하고 나머지는 죄다 낙방했다. 사대에서 퇴장하려는데 선경이 수상한 점을 발견했다. 한 칸 건너 자리에 있었던 중년의 응시자가 사라지고 대신 그 자리에 다른 젊은 사내가 서 있었다. 옷차림과 동개(활집)는 똑같았지만, 분명히 다른 얼굴과 체격의 인물이었다. 그는 유엽전 두 발을 맞춰 선경처럼 통을 받았다. 진짜 응시자인 중년 사내는 구경꾼들 틈에 섞여 흐뭇하게 웃고 있었다. 말로만 들었던 대사(代射, 다른 사람에게 대신 활을 쏘게 하는 부정행위)였다.

주변의 다른 사람들도 눈치를 채고 수군댔다. 하지만 누구 하나 선뜻 시관에게 그 사실을 알리려고 나서지 않았다. 불의를 보면 참지 못하는 선경은 시관석으로 걸어가 중년 사내와 대사자를 손가락으로 번갈아 가리키며 신고했다.

"시관님! 내 눈으로 똑똑히 보았소! 저기 저자가 원래 활을 쏘아야 하는데, 저쪽 젊은 자가 대신 활을 쐈소이다."

"알았소, 진정하시오. 우리가 자세히 알아보고 처리할 테니 당신은 신경쓰지 말고 남은 과시에나 전념하시오."

시관들은 선경을 그렇게 달래놓고 중년 사내에게 다가가 뭐라고 귓속말을 했다. 그러자 중년 사내는 선경 쪽을 무섭게 노려보았다. 때마침 선경은 판석과 이야기를 나누느라 그 살기어린 눈빛을 느끼지 못했다.

"어려서부터 대나무 활 가지고 동네 항아리란 항아리는 죄다 깨먹더니 그게 다 이러려고 그랬던 것 같네."

"아직 끝나지 않았어. 육량철전까지 다 쏘아야 하니까 다 마칠 때까지 호들갑 떨지 마라! 부정 탈까 두렵다."

선경은 그렇게 투덜거리면서도 속으로는 판석의 응원이 싫지 않았다. 선경은 활을 쏘느라 장시간 참았던 소변을 해결하고 싶었다. 과시장에 사람이 많다보니 뒷간이 턱없이 부족했다. 사람들은 남소영 본 건물 뒤편의 숲속에 들어가 크고 작은 용변을 해결했다.

선경이 그 숲에서 볼일을 마치고 나오는데, 낯선 사내가 그의 앞길을 가로막았다. 선경은 별생각 없이 먼저 지나가라고 길을 터주려고 했다. 그때였다.

'퍽! 쿵!'

선경은 뒷머리에 강한 충격을 받고 기절했다. 예닐곱 명의 건달이 의식을 잃고 쓰러진 그를 발로 차고 짓밟았다. 주변 사람들은 그들의 살기등등한 기세에 눌려 감히 말릴 상상도 못했다.

"아니 소변 누러 간 놈이 왜 이리 안 오는 거야. 곧 철전쏘기가 시작될 텐데."

판석은 선경이 한참이 지났는데도 돌아오지 않자 살짝 걱정이

들었다. 그때 누군가 뒤편 숲에 사람이 쓰러져 있다고 소리쳤다. 혹시나 하는 생각에 판석은 달려가보았다. 웅성거리며 서 있는 구경꾼들을 밀치고 간신히 안으로 들어가보니 피투성이가 된 선경이 쓰러져 있었다.

"아이고! 사람 살리시오!"

판석이 선경을 껴안고 다급하게 외쳤다.

◆

뒷머리에 격심한 통증을 느끼며 선경은 눈을 떴다. 탕약 냄새가 코를 찔렀다. 약재 서랍이 사방에 가득했다. 천장에도 약재 자루가 주렁주렁 매달려 있었다. 자신은 깨끗한 침상에 눕혀 있었다. 잠시 후 탕건을 쓴 의원이 들어왔다.

"괜찮으시오?"

"아, 예……. 으윽!"

선경은 대답하며 상체를 일으키려다가 심한 통증에 다시 누웠다.

"아직 움직이면 안 되오. 뼈까지 심하게 상했을 것이니 단단히 치료해야 하오. 이 생원의 부탁으로 내가 특별히 용한 분을 불렀으니 조금만 기다리시오."

그곳은 반촌의 채 주부 약방이었다. 채 주부는 고뿔 치료에 용하다고 소문이 난 의원이었다. 성균관 유생들이나 반촌 주민들은 고뿔에 걸렸다 하면 그의 약방을 찾아가 약을 지어 먹었다. 그러면 다음날 씻은듯 기침과 열이 사라졌다. 하지만 고뿔 치료 외에 다른 의술은 변변치 않았다. 큰 병에 걸리거나 심하게 다친 사람이 찾아오면 개인적 인맥으로 내의원이나 혜민서 아니면, 각 군영에서 일하는 의관을 연결해 치료받게 도와줬다.

"박 선비는 그만하길 천만다행이오. 격축을 심하게 당하면 병신 불구가 되거나 시름시름 앓다가 죽기 십상인데, 그래도 박 선비는 친구 덕분에 목숨은 구했지 않소. 내가 모셔 온 의원에게 잘 치료받으면 올가을쯤에는 회복될 게요."

"격축이라고요? 그게 뭡니까?"

격축(擊逐)은 무과에 응시한 서울의 명문가나 부호 자제들이 무예가 뛰어난 지방 경쟁자들을 검계나 무뢰배를 동원해 집단 폭행해 과시장에 나오지도 못하게 만드는 부정행위였다.

"채 주부 어르신, 계신지요?"

약방 출입문의 종이 울리면서 젊은 여인의 목소리가 들렸다. 잠시 후 얇은 너울을 쓴 여인이 남색 보따리를 들고 약방 내실로 들어왔다. 채 주부가 기다리라던 용한 의원은 이 의녀였다. 그녀는 사타구니만 겨우 가린 선경의 몸 이곳저곳을 촛불로 비춰가며 주의깊게 살피면서 상처의 크기와 깊이를 장부에 기록했다. 때때로 선경에게 증세에 대한 짧은 질문도 던졌다. 이어 선경의 상처들을 깨끗이 닦고, 약초와 찹쌀과 섞어 반죽한 덩어리를 붙였다. 그녀의 손길이 상처에 닿을 때마다 선경은 고통에 비명을 지를 뻔했지만, 엄살 피운다고 여겨질까봐 꾹 참았다. 의녀는 그 처치를 모두 마치자, 이번에는 선경의 얼굴과 몸 곳곳의 혈점에 침을 놓았다.

## 제11화

# 별시난장 2 - 자기검열

1800년 3월 22일 아직 어두운 새벽. 유생들이 초롱불을 들고 창덕궁 홍화문 앞으로 꾸역꾸역 몰려들었다. 춘당대에서 열릴 '인일제(人日製)'에 참석하려는 자들이었다. 전날 열린 별시 초시에는 조선팔도에서 몰려든 11만 명의 유생들이 참석했다. 한양 인구가 30여만 명이었으니 그 규모가 얼마나 컸는지 짐작할 만하다. 조선 왕조 개국 이래 최대 규모의 과거 시험 인파였다. 정조는 별시에 모인 유생들에게 그대로 흩어지지 말고 다음날 창덕궁 춘당대에서 열리는 인일제에도 응시할 수 있도록 허락했다. 인일제는 원래 성균관 유생들만 치르는 특별 과거 시험이었다. 한양에 모인 유생들은 이틀에 걸쳐 과거 시험을 보는 행운을 누리게 된 셈이었다.

동틀 무렵 홍화문 앞에 모인 인일제 응시생은 수만 명을 헤아렸다. 이옥과 조준도 그 거대한 물결 속에 있었다. 홍화문 바로 앞은 덩치 크고 험상궂은 사내들이 차지하고 있었다. 그들은 큰 양산과 돗자리, 방석을 등에 짊어지고, 단단한 나무 지팡이를 한 개씩 들고 있었다. 머리에 유건을 쓰고 있었지만, 행동거지와 말투는 유생보다는 왈짜에 가까웠다. 수문장이 문을 개방하자 그들은 서로 먼저 들어가려고 치열한 몸싸움을 벌였다. 서로 다리를 걸어 넘어뜨리거나 뒷덜미를 낚아채는 일은 다반사였다. 땅바닥에 넘어진 자들은 서로 뒤엉켜 아귀다툼을 벌였다. 일부는 나무 지팡이를 휘두르며 싸웠다. 홍화문 앞은 졸지에 전쟁터처럼 비명과 욕지거리로 가득찼다.

그들은 부유층 유생들이 과시장에서 시제(시험문제)가 잘 보이는 명당자리를 선점하려고 고용한 선접꾼들이었다. 저잣거리의 왈짜나 무뢰배 출신들이 대부분이었다. 부잣집 유생들은 자신의 선접꾼이 좋은 자리를 잡아 양산을 펼치고, 돗자리를 깔고, 두툼한 방석을 놓아 시험 칠 준비를 마치면 그제야 유유히 입장했다. 평범한 유생들은 선접꾼들의 살벌한 자리다툼이 끝난 뒤에야 춘당대에 입장할 수 있었다.

시관들과 금군들이 춘당대 장내를 정돈했다. 이옥과 조준은 단상에서 150여 보 떨어진 곳에 나란히 앉았다. 과시장이 어느 정도 정돈되자 익선관과 곤룡포 차림의 정조가 신하들을 이끌고 입장해 단상의 어좌에 앉았다. 이옥은 정조의 모습을 보고 깜짝 놀랐다. 4년 전 별시 때 자신의 시권을 흔들며 꼴찌로 처리하라고 호통치던 그의 모습이 아직 눈에 선했다. 그때와 비교하면 단상 위의 정조는 다른 인물이라고 해도 믿을 만큼 쇠약해져 있었다.

◆

인일제 개막을 알리는 북이 울렸다. 동시에 단상 바로 앞 현제판에 인일제의 시제가 내걸렸다. 시관들은 응시생 수가 많은 것을 고려해 춘당대 안의 10개소에 임시 현제판을 설치해 시제를 공개했다.

조준이 시제를 적어 이옥에게 가져왔다. '호경의 벽옹에 서쪽에서, 동쪽에서, 남쪽에서, 북쪽에서 선비가 모인다(鎬京辟雍 自西自東 自南自北)'는 시경의 문구로 부(賦)를 적어내라는 내용이었다. 시제를 해석하면 '주나라 무왕이 수도 호경에 벽옹(학궁)을 세우니 각지에서 선비들이 모여들었다'는 뜻이었다. 장내가 술렁였다. 대다수의 응시생들은 그 시제가 요구하는 답을 몰라 난감한 표정이었다. 시험이 시작되고 얼마 지나지 않아 정조가 어좌에서 일어나 천천히 춘당대를 빠져나갔다.

정조가 퇴장하자 과시장은 다시 소란해졌다. 이리저리 돌아다니며 다른 경쟁자들의 풀이를 엿보려는 이들도 있었다. 삼삼오오 모여앉아 자기들끼리 시제에 대해 토론하는 유생들도 보였다. 응시생이 수만 명에 이르다보니 시관들과 군졸들은 과시장 내 무질서를 제대로 단속하지 못했다.

조준은 시제를 어찌 풀어야 할지 고민하다가 옆자리의 이옥을 곁눈질했다. 이옥은 두 눈을 감은 채 미동도 하지 않고 있었다. '오늘 별일 없어야 할 텐데.' 조준은 전날 목격했던 이옥의 기행이 떠올라 불안했다.

이옥은 전날 명륜당 뜰에서 거행된 별시에서 물 흐르듯 일필휘지로 시권을 써 내려갔다. 다른 유생들은 미리 준비해온 시지(답안 종이)를 절반도 채우기 힘든데, 이옥은 빼곡히 채우고도 모자라 조준에게 더 얻어 쓰기까지 했다. 분량도 분량이었지만 문장 또한 보는 이의 감탄을 자아냈다. 다른 응시생들이 그의 시권을 구경하려고 모여들 정도였다.

"오호! 대단한 문장일세."

"어디서 오신 뉘신가? 저 정도면 급제는 떼놓은 당상 아닌가."

"우리 같은 것들과는 애초부터 격이 다르구먼."

구경꾼 유생들이 이옥에게 찬사를 쏟아내자 조준은 제 일인 양 어깨가 으쓱했었다. 하지만 시권을 완성한 이옥은 표정이 급격히 어두워지더니 그 자리에서 시권을 찢어버린 후 퇴장해버렸다.

◆

춘당대에 모인 유생들은 별시보다 인일제의 시제가 더 어렵다고 볼멘소리를 해댔다. 다들 붓을 들지 못하고 빈 시지 앞에서 심각한 얼굴로 머리만 긁적이고 있었다. 시각은 이미 정오를 향해 달려가고 있었다.

그들과 달리 이옥의 표정은 평온했다. 그는 인일제 시제가 요구하는 답변 방향을 어렵지 않게 파악했다. 성리학 이상 군주인 중국 주나라 무왕이 수도 호경에 최고 교육기관인 '벽옹'을 세워 학문을 진작(振作)한 공덕을 칭송하면서 조선 왕조가 한양에 성균관을 세워 학문을 발전시킨 것을 높이 평가해주면 합격할 수 있는 시제였다.

이옥은 시제 해제를 해놓고도 막상 시권을 작성하는 데는 주저했다. 정오를 넘어서면서 주변 유생들이 다들 시권을 쓰기 시작했는데도 이옥은 곰방대를 입에 문 채 단상만 응시하고 있었다. 단상 위에는 성균관과 예조의 관리들이 앉아 있었으나 이옥의 시선은 정중앙의 빈 어좌만을 향하고 있었다.

'대체 무엇을 고민하시는 것일까?' 조준은 자신의 시권을 적으면서 틈틈이 옆자리의 이옥을 곁눈질했다. 이옥은 전날 별시에서 왜 시권을 찢고 퇴장했는지 조준에게 한마디도 설명해주지 않았다. 조준은 그가 예전에 문체 때문에 고초를 겪은 일을 어렴풋이 알고 있었기에 그것 때문이 아닐까 짐작할 뿐이었다.

어느새 해가 중천에 떴다. 인일제도 중반을 넘어섰다. 빈 시권을 제출하고 퇴장하는 유생들도 있었다. 조준이 시권의 절반가량을 작성했을 즈음 이옥은 그제야 붓을 들었다. 물이 가득 차오른 저수지의 둑이 터진 것 같았다. 이옥의 붓이 하얀 시지 위에서 춤을 췄다. 붓이 움직일 때마다 검은 먹물이 모였다가 흩어지고, 솟구쳤다가 바닥으로 떨어지더니 어느새 멋진 문장이 탄생했다. 이옥의 성균관 시절 친구인 담정 김려는 예전에 그에게 "자네는 글을 쓸 때 보면 마치 울분을 토해내는 것 같네"라고 말했었다. 그때 이옥은 "아닐세. 내게 무슨 울분이 있다는 말인가. 나는 그저 취하듯 읽고, 토하듯 내 생각과 감정을 종이 위에 쏟아내는 것뿐일세"라고 답했었다. '취하듯 읽고 토하듯 쓴다!' 이옥은 지금 딱 그 표현대로 시권을 적어 내리고 있었다.

오후 들어 춘당대에 봄 뙤약볕이 비치자 인일제 유생 중에는 도포를 벗고 시권을 적는 이들도 적지 않았다. 조준이 시권을 절반 정도를 작성했을 무렵, 이옥은 이미 시권을 빼곡하게 완성한 상태였다. 조준은 붓을 멈추고 이옥 앞에 펼쳐진 시권에 눈길을 줬다.

'대체 저렇게 쓰려면 얼마나 공부해야 하는 걸까. 나는 아직 멀었다.'

조준은 마음속으로 이옥에게 경외감을 느꼈다. 정작 이옥의 표정은 밝지 않았다. 시권 작성을 마친 안도감이나 성취감 따윈 그의 얼굴에서 찾아볼 수 없었다. 정조의 어명으로 과거 시험 시권은 순정고문체로만 써야 했다. 사용 어휘들도 옛 중국의 경서나 사서에 등장하지 않는 신조어는 용납되지 않았다.

이옥은 그 같은 기준으로 볼 때 자신의 시권에서 문제가 될 만한 문장들과 어휘들을 발견했다. 머릿속에 떠오르는 문장을 시지 위에 토하듯 쏟아낼 때는 몰랐지만 다 쏟아내고 보니 또다시 귀정의 어명을 어긴 꼴이 되었다. 그 시권이 다른 유생이라면 몰라도 이옥 자신의 이름을 달고 올라가면 반드시 걸릴 것 같았다.

'천자문에 하늘(天)이 검다(玄)고 하였으니 하늘은 검다고만 가르치고 써야 하는가. 가을 하늘은 파랗고, 노을 지는 하늘은 붉으며, 뭉게구름에 뒤덮인 하늘은 하얗거늘 어찌 하늘을 검다고만 가르치고 써야 하는가?'

아무리 생각해봐도 정조의 귀정은 진시황의 분서갱유만큼이나 어리석고 시대착오적인 조치였다. 하지만 과거에 급제해 가문을 일으키려면 그 어리석은 어명과 타협해야 했다. '문학적 소신을 지킬 것인가? 아니면 입신양명을 위해 현실과 타협할 것인가?' 이옥의 내면에선 격렬한 충돌이 벌어지고 있었다.

◆

"에라, 이 사기꾼 영감탱이야! 돈을 받아 처먹었으면 거벽질을 제대로 해야 할 것 아니야. 이 시각이 되도록 한 줄도 못 쓴다는 게 말이 돼?"

이옥과 조준의 앞 편에서 다툼이 발생했다. 비단 도포를 차려 입은 유생 한 명이 늙은 거벽의 멱살을 잡고 흔들었다. 앳된 유생 하나가 비단 도포 유생의 팔을 붙잡고 말리려 했다. 하지만 비단 도포의 완력을 당해내지 못했다. 늙은 거벽과 앳된 유생은 그대로 바닥에 내동댕이쳐졌다.

"사수! 너도 이 늙은이하고 한통속이지. 어디서 사기질이야. 니들이 내가 누군 줄 잘 모르나본데, 오늘 니들 제삿날인 줄 알아라."

비단 도포는 한바탕 욕설을 쏟아내더니 겨우 일어난 사수를 다시 세게 밀쳐버렸다. 그 바람에 사수는 쭉 밀려서 조준의 시지 위로 엉덩방아를 찧었다. 사수는 얼른 일어나 실신한 늙은 거벽에게 다가갔다. 비단 도포는 그래도 분이 안 풀렸는지 자신의 선접꾼에게 거벽을 시험장 밖으로 끌어내라고 지시했다.

"멈추시오! 과시장에서 이 무슨 행패요?"

조준이 자리에서 벌떡 일어나 비단 도포를 꾸짖었다. 그사이 사수는 "아버님! 괜찮으세요?"라며 쓰러진 거벽 노인을 살폈다.

"어쭈, 뭐야? 네놈은? 니가 내 돈 물어낼래? 좋은 말 할 때 저리 비켜. 확 다리몽둥이를 분질러버릴라."

비단 도포는 조준을 때릴 것처럼 노려봤다. 조준도 물러서지 않았다. 둘 사이에 금방이라도 몸싸움이 벌어질 것 같았다.

"저 노인의 빚을 이것으로 대신 갚으면 어떻겠소?"

이옥이 비단 도포에게 자신의 시권을 내밀었다. 비단 도포는 시권을 받아서 읽는 척했으나 배움이 짧아서 잘 이해하지 못하는 것 같았다.

"뭐야? 이런 허접한 것으로 퉁치겠다고?"

비단 도포가 이옥의 시권을 찢어버리려 하자 다른 응시생이 "이 시권, 댁이 필요 없으면 내게 주시오"라고 말했다. 또다른 응시생은 자기가 돈 줄 테니 그 시권을 달라고 매달렸다. 비단 도포는 그제서야 욕심이 생겼다.

"마음 같아선 저 늙은이를 요절내고 싶지만 그래도 경사스러운 날이니 내 한번 참으리다."

비단 도포는 이옥의 시권을 가지고 저만치 물러갔다. 그사이 조준은 눈물이 글썽글썽한 어린 사수와 함께 거벽 노인을 둘러업고 반촌 약방으로 달려갔다.

◆

"이쪽으로 눕히시오."

조준은 채 주부의 지시로 거벽 노인을 침상에 눕혔다. 사수가 옆에서 노인을 반듯하게 눕히도록 도왔다. 조준의 이마에 맺혔던 땀방울이 사수의 손등에 살짝 떨어졌다. 사수는 개의치 않고 거벽의 도포를 벗겼다.

채 주부는 거벽 손목을 잡고 진맥을 봤다. 거벽은 채 주부가 묻는 간단한 질문에도 대답하지 못할 만큼 기력이 떨어져 있었다. 사수가 그 대신 채 주부의 질문에 답했다. 조준은 그제야 사수의 목소리가 사내치고는 무척 가늘다는 생각이 들었다.

"쯧쯧, 기력이 많이 상했구먼. 나이 앞에 장사가 어딨겠소. 환갑 넘은 노인네가 오늘 같은 봄 뙤약볕에 장시간 앉아 있는 게 쉬운 일은 아니지. 일단 원기 회복하는 탕약을 달여줄 테니 마시고 좀 쉬었다가 가시오."

채 주부는 약재 서랍에서 주섬주섬 약재를 챙겨 탕약을 달이기 시작했다. 사수는 그에게 머리 숙여 고마움을 표시했다. 사수가 조준에게도 감사 인사를 하려고 했지만, 그는 어느새 사라지고 없었다.

조준은 자신이 시권도 제출하지 않고 과시장을 빠져나온 것을 뒤늦게 깨달았다. 홍화문으로 급히 달려갔지만, 수문장이 한 번 퇴장한 자는 다시 들어갈 수 없다며 막았다. 잠시 후 이옥이 홍화문 밖으로 나왔다.

"자네 시권은 내가 봉하여 시관석에 제출했네."

"고맙습니다, 스승님."

"그 거벽 노인은 어찌되었는가? 상당히 위중해 보이던데."

"연로하여 기력이 잠시 떨어진 것이라고 채 주부께 들었습니다. 탕약을 먹고 몸조리를 하면 나을 듯합니다."

"그만하길 다행이네. 그만 가세."

"스승님. 저 때문에 그 비단 도포 놈에게 시권을……."

"과시 낙방자를 자꾸 스승이라 부르지 말게. 그렇지 않아도 과거 응시가 지긋지긋하던 차에 잘되었지 뭔가. 내 오늘, 마음속 깊이 과시와 영영 별(別)하였네."

## 제12화
# 봄밤의 난로회

1800년 4월 4일 새벽, 어둠에 휩싸인 창덕궁. 정조는 그 시각까지 영춘헌에서 전날 끝난 별시 전시의 시권을 읽고 있었다. 통상 과거 시험은 초시와 복시, 전시의 3단계지만, 이번 별시는 초시와 전시 두 단계로 거행되었다. 4월 3일 열린 전시에 응시한 자들은 지난 3월 1차 별시 초시를 통과한 유생 1378명이었다.

정조는 시관들이 추려낸 시권 300여 장을 밤새워 읽으며 자신과 함께 일할 인재를 낙점했다. 애체를 쓰고 백동연죽을 입에 문 정조는 시권 내용이 자신의 마음에 들면 손으로 무릎을 치며 "옳거니!"라고 기뻐했고, 미흡하면 "쯧쯧" 혀를 차거나, 시권을 방 구석에 던져버렸다. 그의 두 눈은 피곤에 절어 충혈되어 있었다.

'이옥 그자의 이름이 적힌 시권은 없군. 조 대장이 분명 그가 한양에 돌아왔다고 했는데, 어찌된 일인가. 별시를 치르지 않은 것인가 아니면 충군으로 실력이 녹슨 것인가.'

마지막 시권 한 장까지 다 읽은 정조는 애체를 벗으며 이옥을 떠올렸다. 정조는 그가 뛰어난 문장력과 학문적 소양을 지니고 있다는 것을 알고 있었다. 아마도 자신이 개입하지 않았다면 이옥은 벌써 벼슬길에 올라 있었을 것이었다.

'모두가 내 귀정 명령 앞에 고개를 숙였는데 그자만은 끝까지 버티었다. 그에겐 소품체가 입신양명을 포기할 정도로 소중한 것인가? 군주인 내가 그토록 엄하게 명하였거늘 어리석은 자 같으니라고!'

성리학 군주 정조가 보기에 당대 젊은 선비들은 미개한 여진족의 나라 청(淸)에서 유입된 경박한 문체에 물들어 있었다. 선비라면 매사에 옳고 그름을 분별하고, 끊임없이 사사로운 이익을 뛰어넘어 드넓은 대의를 추구해야 한다고 정조는 굳게 믿었다. 장차 나라의 동량이 될 젊은 선비들이 그 점을 망각하고 일상의 소소한 사건과 사적인 욕망, 자유로운 감성을 문장으로 드러내는 데 집착해선 아니 될 일이었다.

소품체 습성에 젖은 성균관 유생들 가운데 이옥을 본보기로 처벌한 것은 처음엔 우연에 가까웠다. 남공철과 김조순, 이상황 같은 초계문신들처럼 이옥도 반성문을 쓰고 문체를 교정하겠다고 약속하면 용서할 생각이었다. 하지만 모든 이들이 귀정의 명에 따라 고문체로 돌아왔는데도 이옥은 끝까지 버티었다.

'다른 사람은 몰라도 짐을 속일 수는 없지!'

1796년 별시 때 정조가 1등을 차지한 이옥을 꼴등으로 내린 이유는 그의 시권이 겉으로는 고문체를 흉내내고 있었지만, 내용 자체에 여전히 소품체의 불온함이 짙게 깔려 있었기 때문이었다.

정조는 눈자위를 비볐다. 피곤이 밀물처럼 몰려왔다. 집무실 밖에서 어의의 목소리가 들렸다.

"주상전하. 더이상 과로하시면 아니 되옵니다. 제발 침전에 드시옵소서."

◈

정조가 상의를 벗고 침상에 앉아 있었다. 어의 강명길이 촛불을 비춰가며 옥체를 살펴봤다. 지난봄 방외의관의 비밀 치료를 받은 이후 두드러기 증세가 조금 수그러들어 있었다. 하지만 뿌리가 여전히 남아 있으니 완전히 회복됐다고 말할 수는 없는 상태였다.

정조는 건강이 조금 나아진 듯하자 일 욕심을 부리기 시작했다. 그동안 미뤄뒀던 대소사를 처리하느라 매일 밤늦게까지 일했다. 강명길이 그렇게 하면 안 된다고 말렸지만 소용없었다. 왕은 자신의 건재함을 뭇 신하들에게 빨리 확인시켜줘야 한다는 강박

감에 사로잡힌 듯 보였다.

"자네가 보기에는 어떤가? 정석조가 몇 번 다녀간 후로 많이 나아지지 않았나? 그의 고약이 피재길의 웅담고보다 효험이 더 좋은 것 같네. 통증도 가라앉고 피곤함도 예전보다 덜한 느낌이 네. 석조가 별시 무과를 봤다고 하길래 내가 그의 노고에 보답하기 위해 병조에 일러 방목(과거 합격자 명부)에 올리라 했네."

"전하. 분명히 효험은 있는 것 같은데 결코 안심할 단계는 아니옵니다. 많이 줄었으나 목과 어깨에 아직 두드러기의 뿌리가 남아 있습니다. 그 뿌리까지 완전히 뽑힐 때까지 과로하시면 안 됩니다. 방심하시면 다시 번질 수 있사옵니다."

"허나 짐이 정사에서 손을 놓을 수 없다는 건 자네도 잘 알지 않는가. 말귀를 알아먹지 못하는 자들이 조정에 득실득실한데 어떻게 그들에게 맡겨놓고 내가 휴양할 수 있겠는가? 그만 물러가게."

정조는 강명길의 충언에 기분이 조금 상한 듯 보였다. 정조는 기력이 떨어지면서 신경이 더 예민해졌다. 자신의 마음에 안 드는 언행을 하면 불같이 화를 냈다. 다른 의관이나 신하들이 업무를 멈추고 휴양하라고 했으면 큰 불호령이 떨어졌을 테지만 강명길이었기에 그 정도에서 끝난 것이었다.

정조와 강명길은 각별한 사이였다. 정조는 세손 시절부터 독살과 시해의 위협 속에서 자신과 가족을 지키기 위해 의학을 독학했다. 이 때문에 정조는 스스로 '학의(學醫)'라고 자처할 만큼 의학 지식이 뛰어났다. 〈수민묘전〉이라는 의서까지 친히 찬집(纂集, 글을 모아 엮음)했을 정도였다. 강명길은 그런 정조 곁에서 40년 가까이 일하면서 정조의 내밀한 건강까지 챙기는 어의로, 의학 지식을 함께 논하는 벗으로 살아왔다.

강명길은 의술이 뛰어날 뿐만 아니라 충직하고 입이 무거웠다. 정조의 옥체와 관련된 내밀한 정보를 내의원 도제조는 물론, 다른 의관들과도 잘 공유하지 않았다. 정적들이 왕의 건강까지 손바닥 들여다보듯 한다면 무슨 일이 일어날지 모르기 때문이었다.

강명길이 물러가자 정조는 담뱃대를 꺼내 물었다. 창문을 열게 하니 밤하늘에는 둥근 보름달이 떠 있었다.

왕은 스스로를 '만천명월주인옹(萬川明月主人翁)'이라 칭하고 있었다. '만 개의 하천에 비친 밝은 달의 주인인 늙은이!' 그 별칭에는 밤하늘의 보름달처럼 천하 만물을 비추고 살피고 헤아리는 왕도정치를 이상으로 삼겠다는 의지가 담겨 있었다.

정조는 그 무렵 자신의 휘(諱, 왕의 이름)도 바꾸었다. 오랫동안 '이산(李祘)'으로 읽었던 자신의 휘를 '이성(李祘)'으로 변경했다. 원래 '셈한다'는 뜻의 '산(算)'으로 읽었던 한자 '祘'의 발음을 '성찰하고 살핀다'는 뜻의 '성(省)'으로 읽게 조치한 것이었다. 왕의 새 휘는 사사로운 이익에 집착하지 않고 항상 성찰하며 큰 대의를 좇겠나는 의지를 드러내고 있었다.

'지글지글!'

반촌 안두식네 행랑채 마당에서 쇠고기를 굽는 냄새가 대문 밖까지 진동했다. 집주인 안두식과 딸, 그리고 행랑채 숙객인 이옥과 조준, 박선경, 김판석이 너른 평상에 사이좋게 앉았다. 격축을 당했던 박선경을 위로하고 쾌유를 빌기 위해 마련된 난로회(煖爐會)였다.

안두식은 궁궐 사용원에 공급하는 최고급 쇠고기와 갖은양념, 신선한 채소를 듬뿍 제공했다. 이옥은 반촌의 단골 주점에서 술을 한 말 사왔다. 숙영이 화로와 석쇠를 사용해 고기를 굽는 동안 판석은 생고기를 식칼로 다졌다. 안두식이 부드러운 최상급 고기니까 그럴 필요가 없다고 했지만, 판석은 "이렇게 해야 연하고 맛있다니까요. 제 말 믿고 기다려보세요"라며 말했다. 판석은 고기를 다지면서 "철~철~철!"이라고 계속 읊조렸다. 이옥이 판석에게 그 이유를 물었다.

"판석이 자네, 비 맞은 중늙은이처럼 뭘 그리 중얼거리는 겐가? 철철 뭐라고?"

"그게 말입니다요. 저희 고향에선 육고기를 다질 때 입으로 요렇게 철철철 소리를 내야 합니다. 마을 어르신들 말씀으로는 먼 옛날에 송강 정철이라는 나쁜 놈이 진안 선비들을 역적으로 몰아서 죄다 도륙했는데, 그 이후로 우리 고장에선 육고기를 다질 때마다 철철철 소리를 내기 시작했다고 합니다. 그냥 칼질하는 것보다 이렇게 입으로 읊으면서 하면 심심하지도 않고 맛도 끝내줍니다요."

"허허 그런 뒷이야기가 있었구만. 얼마나 원한이 사무쳤으면 그랬을까. 암튼 석쇠에 올린 것들은 다 익은 것 같네. 어서들 드시게."

안두식의 권유로 다들 고기 한 점씩 집어들었다. 그때 대문 밖에서 누군가 쩌렁쩌렁한 목소리로 "안 두령, 안 두령! 어디 계시는가? 나 왔네! 조생이가 왔네" 하고 외쳤다. 곧이어 늙은 사내 한 명이 들어와 거리낌없이 평상 위에 자리를 잡았다. 그는 특이하게도 붉은 수염에 움푹 팬 갈색 눈을 가지고 있었다. 한양 선비라면 모르는 사람이 없을 만큼 유명하다는 책쾌 조생이었다. 영조 집권 초기부터 한양에서 책 거래를 중개하고 살았다는 조생을 사람들은 '조신선'이라고 불렀다. 100살도 훨씬 넘었을 것이라는 소문은 있지만 그의 정확한 나이나 출생 내력을 아는 이는 아무도 없었다. 조생은 그날 반촌 유생들을 상대로 서책을 거래하다가 고기 냄새를 맡고 달려온 것이었다.

"하하하! 평생 글도 모르고 황소만 잡아온 무식쟁이라서 팔 책도 없고, 살 책도 없지만 그래도 잘 오셨소, 조신선."

안두식과 이옥은 조생과 예전부터 친분이 있었는지 서로 반갑게 맞이했다.

"내 오늘 온종일 성균관 동재, 서재에다 반촌 뒷골목까지 쭉 돌며 쪼잔한 녀석들하고 책 흥정하느라 쫄쫄 굶었는데, 마침 잘 되었네. 다들 뭐하시나? 자! 어서들 드시게."

조생은 탁주 한 사발을 단숨에 비우더니 고기 한 점을 입에 물고 잘근잘근 씹었다. 조준은 조생의 생김새가 보면 볼수록 신기했다. 어린 시절 유모에게 들었던 옛날이야기 속 붉은 도깨비를 닮은 것 같았다.

"처음 보는 젊은 도령 같은데, 뭘 그리 물끄러미 쳐다보는 게요? 내 얼굴에 뭐라도 묻었소?"

"아, 아닙니다. 인사가 늦었습니다. 소인은 지리산 산청에서 온 조준이라고 하옵니다. 올해 열여덟이옵니다. 잘 부탁드리겠습니다."

조생은 조준이 공손하게 인사를 올리자 얼굴에 금방 화색이 돌았다.

"하하하. 젊은 도령이 뭔가 좀 깨쳤구먼. 나 같은 하잘것없는 책쾌를 존대하시고. 아까 어떤 어린 유생 놈은 내게 이래라저래라 하도 하대를 해서 크게 혼내주려다가 참았다네. 대신 그자에게 책값을 듬뿍 올려쳐 받았지. 내 앞으로 자네에겐 특별히 책값을 깎아줄 테니 우리 자주 보세!"

선경과 판석도 조생과 인사를 나눴다. 판석이 고향 진안의 명물이라면서 진안초를 조생에게 내밀었다. 홑겹 삼베 저고리를 입고 있던 조생은 가슴팍에 손을 넣어 손때가 묻은 곰방대를 꺼냈다. 조생의 저고리 틈새로 붉은 털가슴이 두드러져 보였다. 그는 몇 모금 깊게 들이마셨다가 내뱉으며 "으음, 좋구나! 좋아!"라고 감탄했다. 신이 난 판석이 "그렇지요? 조생 어르신! 진안초 맛이 제일이지요? 잘 보셨습니다"라며 좋아했다. 그러자 조생은 "아니, 무슨 말인가? 나는 저 달이 좋다는 말일세"라며 곰방대로 밤하늘의 보름달을 가리켰다. 순간 좌중이 웃음을 터뜨렸다.

## 제13화

# 설낭 도령

서너 순배 술잔이 돌자 다들 얼굴이 불그스름해졌다. 조준과 선경은 가슴에 담고 있던 생각을 털어놓았다. 조준은 고향 지리산으로 내려가지 않고 반촌에서 글공부를 계속하겠다고 말했다. 산골에서 홀로 공부할 때는 한양에 올라가면 금방 급제할 것 같았는데, 막상 별시를 쳐보니 스스로가 우물 안 개구리였다는 것을 깨달았다고 고백했다.

"과거를 보려면 한양에 머무는 게 답이올시다. 그런데 조 도령께선 한양에 머물려면 서책값이며 밥값, 술값, 방값까지 돈 들어갈 구석이 많을 텐데, 어떻게 주머니 사정은 괜찮으신가?"

조생이 오물오물 고기를 씹으며 조준에게 물었다. 정확한 지적이었다. 한양 생활은 돈 없이는 불가능했다. 안두식은 조준에게 계속 먹여주고 재워주겠다고 말했지만, 마냥 신세 질 수만은 없는 노릇이었다.

"다행히 고향에서 산삼 약재를 가져온 것이 있습니다. 적당한 값에 내다팔면 당분간은 한양에 머무를 수 있을 것 같습니다."

선경은 무과에 낙방한데다가 다친 상처까지 아물지 않은 채 고향에 내려가면 집안 어른들 뵐 면목이 없다며 자신도 당분간 한양에서 살겠다고 말했다.

"한양에 올라와서 보니 무과에 합격하고도 말단 군관직도 받지 못한 사람들이 수두룩하다는 것을 알았습니다. 이렇게 된 마당에 무과 시험은 포기하고 그냥 한양에서 진안초를 팔아 큰돈을 벌어볼 작정입니다. 그리고……."

선경이 잠시 뜸을 들였다.

"그리고 또 뭔가? 어서 말해보게." 이옥이 궁금한 듯 물었다.

'저를 이렇게 만든 놈들을 붙잡아 되갚아줄 것입니다.' 선경은 속으로 그렇게 생각했으나 입으로 내뱉진 않았다.

"하하하! 기다려보십시오. 제가 진안초를 팔아서 몇 년 안에 한양의 최고 거부가 되지 말란 법 없습니다. 그때는 제가 한양 제일의 기방에서 난로회를 열어 여기 계신 분들을 다시 모시겠습니다."

석쇠에 고기를 올리고 있던 판석이 "아암 그렇지. 충분히 가능하지"라고 맞장구쳤다. 그리고는 "지도 원래 진안에 뼈를 묻으려고 했는데 한양 와서 생각이 바뀌었습니다요. 이제는 종루 근방에

큰 연초전 내고 예쁜 색시 데리고 사는 게 소원입니다요. 히히"라
고 너스레를 떨었다.

"선경이 자네 무예 실력이 아깝지 않은가. 그러지 말고 내년
식년시 무과에 응시해보게. 무과에 한 번 만에 붙은 사람이 어딨
는가. 포기하지 말게. 자네에겐 연초 장수보다는 장용영 무관이
더 어울리네." 이옥의 권유에 선경은 그저 빙그레 웃을 뿐이었다.

"남 얘기 하지 말고, 정작 문무자 자네는 어찌할 생각이신가?
이번 별시 과시장에서 이옥이 시권을 찢고 나왔다는 소문이 도성
안을 열 바퀴나 돌아 이 늙은이 귀에까지 들어왔네. 이제 정말 과
거 시험은 다시 안 볼 생각인가?"

조생이 이옥의 잔에 술을 따라주며 물었다. 이옥은 출사를 단
념했다. 남양에 내려가 문필 활동에 전념할 계획이었다. 정조에
대한 원망 같은 것은 없었다. 그저 연암의 충고대로 새로운 문장
으로 자신만의 집, 자신만의 세계를 짓고 싶었을 뿐이었다.

"문장에 '집 가(家)'를 붙이면 '문장가'가 됩니다. 아직 저는 연
암 선생 같은 문장가라 부를 수도 없는 한미한 처지이지만, 앞으
로 더 노력하여 누가 알아주지 않더라도 저만의 문장으로 조그만
집을 지어보겠습니다."

반촌에 살면서 수많은 유생의 성공과 실패를 지켜본 안두식은
이옥의 생각이 답답한지 술을 두 잔 연속으로 들이켠 후 목청을
높였다.

"무식한 재인이 할말은 아니네만, 자네도 좀 남들 사는 것처럼 살면 안 되겠나? 그깟 거 임금님 구미에 좀 맞춰주면 그만이지 뭐 그리 글 쪼가리가 중요하다고 사내대장부가 입신양명의 꿈까지 버리면서까지 맞서겠다는 겐가? 나같이 천한 것도 아는 이치를 어찌 자네만 모르시는가?"

이옥은 술잔을 든 채 말이 없었다. 그의 표정이 무거워지자 다들 말없이 술만 마셨다. 조생이 그 어색한 침묵을 깼다.

"이렇게 된 마당에 어쩔 수 없군. 나랏님도 못 꺾은 문무자의 고집을 누가 꺾겠나. 이옥 자네가 문장을 쓰면 내가 그걸 책으로 엮어 팔아주겠네. 내 발바닥에 땀이 나도록 방방곡곡 뛰어다니며 팔아재낄 걸세. 아니지, 아니지. 아예 방각본으로 팍팍 찍어다가 도성의 책사와 세책방에 뿌리는 것도 좋을 듯하네. 어떤가? 하하하!"

"지는 배운 것이 없어서 다들 무슨 말씀들 하시는지 당최 모르겠습니다만, 그래도 잘 얻어먹었으니 오늘 밥값 좀 할랍니다! 자, 그러면……."

판석은 자리에서 일어서더니 두 손을 입에 갖다대거나, 엄지, 검지를 입속에 넣으면서 똥개와 고양이, 멧돼지, 뻐꾸기, 꿩, 그리고 여우와 호랑이까지 각종 동물의 표정과 울음소리를 재밌게 흉내냈다. 남사당패나 떠돌이 기예인들이 구사한다는 구기(口技)였다. 한두 번 해본 솜씨가 아니었다. 생선을 물고 도망치기 직전 주변 눈치를 보는 고양이 표정부터, 떡장수 할머니에게 떡 하나 더 달라고 조르는 호랑이의 덩치에 걸맞지 않은 애교까지 기막힌 솜씨에 다들 포복절도했다. 무거워졌던 분위기가 금세 흥거워졌다.

"진안의 최고는 진안초요, 그다음은 바로 풍류올시다. 저도 한 번 해보겠습니다."

이번에는 선경이 품속에서 작은 향피리를 꺼냈다. 그가 연주를 시작하자 거친 듯 부드럽고, 애절한 듯 흥거운 피리 소리가 밤하늘에 퍼졌다. 조생과 안두식은 두 눈을 지그시 감고 그 소리를 감상했다. 이옥의 얼굴에도 어느새 잔잔한 미소가 번졌.

선경의 연주가 끝나자 여기저기서 대단하다는 칭찬이 쏟아졌다. 판석은 "이 친구가 어려서부터 글공부는 더럽게 못했어도 싸움질과 노는 일만은 우리 고을에서 제일갔지요"라고 말해 다시 한번 웃음이 터졌다.

"하하하! 자네 둘은 오늘 먹은 고깃값은 물론이고 그간 밀린 방값, 밥값 한 번에 다 갚은 걸로 쳐주겠네."

안두식이 호탕하게 웃으며 말했다. 조생은 "우리 창녕 조씨 문중의 조 도령은 뭐 없나?"라고 호기심 가득한 눈으로 조준을 쳐다봤다. 조준은 잠시 망설이다가 "저는 별다른 재주랄 게 없습니다. 그냥 이야기나 한 자락 하겠습니다"라며 앉은 자리에서 〈임경업전〉을 암송하기 시작했다.

그의 암송은 처음에는 어색하게 들렸으나 조금씩 나아지더니, 어느새 훌륭한 공연으로 변했다. 목소리의 고저, 청탁, 속도, 감정까지, 어느 하나 나무랄 데가 없었다. 경상도 산골 사투리 억양은 아예 느낄 수도 없었다. 박 영감의 연초전 앞에서 낭독했던 늙은 전기수보다 훨씬 뛰어났다.

난로회 참석자들은 마시던 술잔을 내려놓고 하나둘씩 조준의 이야기 세계에 빨려들었다. 빈 그릇을 치우던 숙영도 발걸음을 멈추고, 그의 구연에 귀를 기울였다. 조준이 임경업 장군으로 분해서 대사를 재연할 때는 마치 장군의 혼령이 눈앞에 살아온 듯 보였다. 너무 길어진 듯하여 중간에 이야기를 끊으려 하자, 좌중은 이구동성으로 끝까지 하라고 졸랐다. 결국 조준은 책도 보지 않은 채 〈임경업전〉을 끝까지 구연했다.

"이거, 이거, 사서오경만 외운 순진한 산골유생인 줄 알았는데, 이런 기똥찬 재주를 숨기고 있었네!"

안두식이 놀랐다는 듯 말했다.

'이야기꾼 유모의 품에서 자랐다고 하더니 그녀의 재주를 이어받은 건가.'

이옥은 조준이 유모에게 온갖 소설 이야기를 들으며 자랐다고 밀했던 일이 기억났다. 세상과 단절된 산골에서 자랐으면서도 저리도 풍부한 감성과 다양한 느낌을 이야기에 불어넣을 수 있다니 그저 놀라웠다.

"이보게, 조 도령! 자네 이참에 진짜로 전기수 한번 해볼 생각 없나? 그냥 썩히기는 아까운 재주일세. 잘만 하면 한양의 안방마님들 돈을 쓸어 담을 수 있겠는데! 내가 그쪽으로 사람을 하나 소개해줄 수 있네만…… 어떤가?"

조생은 조준에게 전기수가 되어보라고 권했다. 조준은 청중의 뜨거운 반응에 몸 둘 바를 몰랐다. 고향 마을에서 친척과 이웃들 앞에서 소설을 낭독하거나 암송한 적은 있지만, 다른 사람들 앞에서는 처음이라 더욱 얼떨떨했다.

"자네, 일전에 편하게 부를 호(號)를 지어달라고 하지 않았나? 지금 방금 자네에게 딱 어울리는 호가 떠올랐네. '이야기 설 자'에, '주머니 낭 자'를 써서 '설낭(說囊)' 어떤가? '이야깃주머니'라는 뜻이라네."

"이런 좋은 산삼은 나도 오랜만에 보는 것이오. 이건 우리 같은 조그만 약방에서 취급할 물건이 아니오. 배오개의 큰 약재상에게 가져가면 뿌리당 100냥은 넘게 받을 수 있을 게요."

반촌 약방의 채 주부는 조준이 가져온 산삼 두 뿌리를 보더니 배오개장의 '별주부 약재상' 앞으로 소개장을 써줬다. 옆에서 듣고 있던 판석은 뿌리당 100냥이 넘는다는 채 영감의 말에 입이 쩍 벌어졌다.

"우와! 연초잎으로 100냥을 벌려면 수백, 수천 관은 족히 팔아야 하는데 산삼 한 뿌리에 100냥이라니. 이참에 나도 연초 대신 산삼이나 캐러 다닐까보다."

"저런 귀한 산삼이 아무한테나 눈에 보일까! 자네는 그냥 연초나 많이 파시오."

채 주부가 조준에게 서찰을 건네주며 판석에겐 가벼운 핀잔을 줬다. 판석은 그래도 좋다고 싱글벙글 웃으며 조준을 따라나섰다.

조준과 판석은 아직 한양 지리가 낯설었다. 종루가 어딘지 정도만 어슴푸레 짐작할 뿐이었다. 채 주부가 흥인문 근처에 배오개 장터가 있다고 했으니, 종루에서 동쪽으로 곧장 걸어가면 되겠거니 짐작할 뿐이었다. 한양 지리에 밝은 이옥이 있었으면 좋으련만 그는 제사 때문에 남양에 내려갔다. 조준은 사흘 후 이옥이 반촌에 돌아오면 그때 함께 별주부 약재상에 갈까 생각했다.

"설낭 동생, 쇠뿔도 단김에 빼렸다고. 산삼을 여기까지 가지고 나온 마당에 그냥 우리끼리 한번 팔러 가보세. 배오개까지만 가면 어떻게든 약재상 하나 못 찾을까?"

판석의 말에 조준도 용기를 내어 배오개로 향했다. 그것이 큰 실수였음을 두 사람은 곧 알게 됐다.

◆

배오개 장터는 초입부터 사람들로 북적였다. 조준과 판석은 시장통을 한 바퀴 돌았으나 별주부 약재상을 찾지 못했다. 두 사람이 열심히 고개를 두리번거리고 있는데 낯선 이가 다가왔다.

"아이고. 우리 젊은 선비님! 얼굴에서 광채가 번쩍번쩍하십니다요. 그런데 이건 이건 아니지요. 도포가 닳다못해 누더기가 되었네. 이러고 돌아다니면 아무리 양반이라도 무시당하는 곳이 이곳 한양 바닥이라오. 대체 두 분은 어디서 오신 분들이시오?"

울긋불긋한 저고리를 입고 초립을 쓴 사내는 자기가 사람들에게 원하는 물건을 살 수 있게 도와주는 여리꾼(호객꾼) 두치라고 밝혔다.

"난 전라도 진안서 왔소."

판석의 답을 들은 두치는 조준을 빤히 쳐다보며 어서 말해보라는 듯 방긋 웃었다.

"나는 경상도 산청에서 왔소이다. 별주부 약재상을 찾고 있는데 도와주실 수 있겠소?"

"아이고. 도와드리다마다요. 그게 제 일이라니까요. 별주부 약재상이라면 제가 잘 알고 있습죠. 삼남에서 올라오는 약재를 취급하는 가장 큰 약초전인데 제가 모를까요. 근데 뭘 파실 생각이십니까? 그 보따리 안에 든 게 뭡니까?"

"별주부 약재상을 찾아주면 그때 말하겠소. 어서 안내해주시오."

두치는 조준이 자신을 경계하자 더 캐묻지 않고 둘을 장터 깊숙한 곳으로 안내했다.

"아니. 여긴 옷가게 아니요?"

두치에게 이끌려 도착한 곳은 넝마전이라고도 불리는 '의전(衣廛)'이었다. 각종 헌 옷을 거래하는 가게였다. 판석이 "왜 이곳에 데려왔냐"고 따지자 두치는 정색을 하며 말했다.

"별주부 약재상에 가서 흥정하려면 의관을 잘 차려입고 가야 하오. 지금처럼 추레하게 가면 아마 제값 받기 어려울 겝니다. 닳고 닳은 약재상 놈들이 가격을 팍팍 후려치거든요. 그러니 여기서 괜찮은 의복으로 갈아입고 가시죠. 값도 싸고 빌려 입을 수도 있으니, 어서 골라보세요."

두치는 마치 제 가게인 듯, 안에 들어가 도포 세 벌을 획 집어들더니 조준에게 안쪽의 가림막 뒤에 가서 입어보라고 권했다. 조준은 산삼 보따리를 판석에게 맡기고 가게 안으로 들어갔다. 조준이 도포를 입어보는 동안 판석은 보따리를 꼭 껴안고, 가게 밖에 서 있었다.

두치는 판석에게도 "선달님에겐 이 저고리가 너무 잘 어울릴 것 같은데 흰빈 입어보시죠. 한양 사람들이 선달님을 대하는 말투부터 확 달라질 겝니다"라고 꼬드겼다. 판석은 두치의 말에 귀가 솔깃해졌다. 두치가 내민 저고리는 헌 옷이기는 하지만 새 옷처럼 맵시가 있어 보였다. 판석은 저도 모르게 보따리를 내려놓고 그 저고리들을 몸에 대보며 신이 났다. 때마침 조준이 마음에 드는 도포를 골라 밖으로 나왔다.

"판석 형님도 한 벌 입어보세요. 그런데 보따리는 어딨습니까?"

"어! 그 보따리? 여기에. 어, 어디 갔지? 아이고 내 보따리!"

깜짝 놀란 둘은 황급히 두치를 찾았으나 보따리와 함께 감쪽같이 사라지고 없었다. 의전 주인에게 두치가 어디 갔냐고 따져 물어봤지만 "난 모르는 사람이오"라는 퉁명스러운 대답만 돌아왔다. 두 사람은 미친듯이 시장통을 돌아다녔지만 두치는 보이지 않았다.

넋이 나간 조준과 판석은 시장 바닥에 털썩 주저앉고 말았다. 천천히 땅거미가 내리고 있었다.

제14화
# 세책방 객성

1800년 4월 하순 한양 광통교.

'따악!'

나무공의 경쾌한 타격음이 울려퍼졌다. 청계천변 공터에서 한 무리의 사내들이 타구(打毬)를 즐기고 있었다. 타구는 서로 편을 갈라 나무막대기로 달걀 크기의 나무 공을 쳐서 땅바닥의 구멍에 집어넣는 놀이였다. 한양 주민들이 닭싸움과 함께 가장 좋아하는 유희 중 하나였다. 천변 둑방 위에선 코흘리개 아이부터 꼬부랑 노인까지 많은 이들이 타구를 구경하고 있었다.

조준은 타구를 지켜볼 여유가 없었다. 그는 이옥과 함께 세책(貰冊)방 객성을 찾고 있었다. 닷새 전 배오개장에서 여리꾼 두치에게 속아 산삼 두 뿌리를 도둑맞았다. 판석과 함께 두치를 잡으려고 사흘 내내 배오개 일대를 뒤지고 다녔지만 모두 허사였다.

"쯧쯧쯧! 여리꾼 놈들 중에 가장 나쁜 놈들은 어리숙한 시골 사람들을 등쳐먹고 멀리 달아나 도박과 유흥을 실컷 즐기다가 몇 달이나 몇 년 후에 잠잠해지면 돌아온다오. 선비님의 산삼을 가져간 놈도 아마 지금쯤 평양 어디쯤에서 기생을 끼고 놀고 있을 것이오."

배오개 장터의 채소전 주인이 조준에게 알려준 말이었다. 그는 분했지만 두치를 잡는 일을 단념할 수밖에 없었다. 조준의 손에는 당장 엽전 한 푼 없었다. 이옥과 안두식에게 손을 벌리는 것도 한두 번이지 언제까지 그럴 수는 없었다. 한양 생활을 접고 고향으로 내려갈까도 생각해봤지만, 팔순의 조부를 뵐 낯이 없었다.

그때 그의 머릿속에 일전에 책쾌 조생이 난로회에서 던졌던 말이 떠올랐다.

'조 도령, 아니 설낭 도령! 혹시 나중에라도 마음이 바뀌어 전기수 해볼 마음이 생기면 광통방의 객성이라는 세책방을 찾아가보게. 그곳 주인장이 젊은 전기수를 찾고 있다 들었네.'

◆

조준은 고민 끝에 객성을 찾아가보기로 마음먹었다. 한양에서 글공부를 계속하려면 별다른 수가 없었다. 과거 시험 준비에 힘써야 할 선비가 엉뚱한 잡기에 빠져 허송세월한다는 소리를 들을까 걱정됐지만, 한편으로는 가슴속에서 묘한 흥분이 꿈틀거렸다. 반촌 난로회에서 사람들이 자신의 낭독에 빨려들 때 조준도 짜릿한 희열을 느꼈다. 발끝에서부터 등줄기를 타고 정수리 끝까지 소름이 돋는 듯한 느낌이었다.

"설낭, 뭘 그리 꾸물거리나. 어서 따라오게. 저쪽이 바로 책사와 세책방이 몰려 있는 골목이라네."

이옥이 광통교 건너편 동네를 가리켰다. 그곳에는 서화점과 골동품점이 즐비하고, 그 사이로 간간이 책사(서점)와 세책방(도서대여점)이 끼어 있었다. 서화점들은 그림과 족자, 병풍 등을 길 밖에 내놓고 손님들을 끌고 있었다. 젊은 화공이 길바닥 돗자리에 앉아 하얀 화선지 위에 인왕산 산수화를 그리고 있었고, 조금 떨어진 곳에선 탕건을 쓴 노인이 두 손으로 큰 붓을 잡고 '수여남산(壽如南山, 남산처럼 장수하기를 바람)'이라는 족자용 글씨를 쓰고 있었다. 책사에서는 젊은 선비들이 중국에서 들어온 새로운 서책을 고르고 있었고, 부녀자들은 소설책을 빌리러 세책방을 부지런히 들락거리고 있었다. 운종가의 시전 거리가 온갖 진귀한 물산으로 넘쳐났다면, 광통방 거리는 수묵과 종이, 그리고 책의 향기가 거리를 메우고 있었다.

이옥과 조준은 객성을 찾으려고 두리번거렸다. 한양 상점들은 가게 이름을 따로 바깥에 붙여놓지 않았다. 그렇다보니 세책방 객성을 찾기는 생각처럼 쉽지 않았다. 이옥도 책사는 많이 가봤지만 세책방은 가본 적이 없었다. 두 사람이 그 일대를 두 바퀴나 돌았는데도 객성의 객 자도 찾질 못했다. 이옥이 안 되겠다 싶었는지 자신의 단골 책사에 들어가 물어보고 나왔다.

"저 골목 안에 있다고 하네. 들어가보세!"

이옥은 서화점이 즐비한 큰길에서 안쪽 민가촌으로 꺾어진 작은 골목 하나를 가리켰다. 그 골목에는 작은 서화점과 점쟁이집, 국밥집, 붓과 먹, 벼루를 파는 가게, 그리고 다른 가옥들보다 지붕이 높이 솟은 낡은 기와집이 보였다. 그 지붕 높은 기와집의 한쪽 대문짝에 희미한 글자 흔적이 보였다.

"저거 객 자 아닌가?"

색칠이 거의 벗겨져 흐릿했지만 윤곽은 '객(客) 자'가 맞았다. 나머지 한 짝에도 반쯤 지워진 '성(星) 자'가 남아 있었다. 나중에 알았지만 30년 전 그 자리에 객성이라는 유명한 책사가 있었다고 한다. 숙종 임금 때부터 있던 책사였는데, 주인이 큰 죄를 지어 몰락하고, 한동안 여염집이나 국밥집으로 활용되다가 10년 전부터는 세책방이 다시 들어서 옛 이름 그대로 사용하고 있었다.

두 사람이 문안으로 들어가자 조준 또래의 사내 한 명이 앉아 있었다.

"선비님들은 무슨 책 빌리러 오셨소? 여긴 글공부 책 따위는 취급하지 않소."

"우리는 책을 빌리러 온 것이 아니라 조신선의 소개로 김 선달을 만나러 왔소이다."

이옥이 방문 목적을 말하자 사내는 그제야 뒤쪽 중문을 열었다. 그러자 스무 개 남짓의 서가에 소설책들이 빼곡하게 꽂혀 있는 널찍한 공간이 나타났다. 마당 공간까지 가게를 확장한 구조였다. 세책방 안에는 한낮인데도 부녀자 예닐곱 명이 책을 고르고 있었다. 점원은 구석의 작은 계단을 통해 위층에 갔다가 내려오더니 "선달님이 올라오시랍니다"라고 말했다.

객성의 2층 다락방은 천장이 낮았다. 이옥과 조준은 천장에 머리가 닿지 않도록 허리를 숙여야만 했다. 다락방은 다섯 평 남짓한 넓이였는데 중간에 대나무 발을 쳐 두 개의 공간으로 나뉘었다. 왼쪽에서는 중년 사내 둘이 소설책을 필사하고 있었다. 발 너머 옆방에는 주인 김 선달이 곰방대를 입에 물고 두 사람을 맞이했다.

'선달(先達)'은 무과에 합격하고도 무관직에 나가지 못한 사람을 일컫는 말이었다. 조선 후기에는 문과와 달리 무과의 경우 급제자가 한 해 수천 명씩 쏟아졌다. 급제자는 많고 무관 자리는 부족하다보니 무수한 선달들이 생겨났다.

김 선달은 30대 초반 무과에 급제했으나 하급 관직도 얻지 못하자 한때 방탕하게 살았다. 한양의 3대 시장을 중심으로 형성된 왈짜패나 검계 패거리와도 곧잘 어울려 다녔다. 하지만 10년 전 부친이 돌아가시자 가산을 모두 정리해 지금의 세책방을 차린 후에는 장사에만 힘을 쓰고 있었다. 인맥 넓고 수완 좋은 김 선달은 세책방 사업이 어느 정도 자리를 잡은 3년 전부터는 전기수 공연에도 손을 대기 시작했다.

그는 시장통이나 빨래터에서 푼돈이나 버는 전기수 공연을 경화세족이나 신흥 상인 부호들의 규방을 상대로 한 유희 공연으로 바꾸어 돈을 벌고 있었다. 요즘에는 특히 젊은 전기수 재목감을 찾으려고 혈안이 되어 있었다. 북촌 대감집들이나 중촌의 부잣집들, 마포나루의 객줏집들에 드나들려면, 낭독 실력은 물론이고 용모까지 출중한 젊은 전기수가 필요했다.

"어서 오시오. 이리 앉으시오. 일전에 조신선께 선비님 말씀은 한번 들었소이다."

김 선달은 조준의 용모를 위아래로 훑어보더니 나이와 고향, 낭독은 어디서 배웠는지 등을 물어봤다. 이어 중국소설 〈수호전〉을 내밀며 그 자리에서 한번 낭독해보라고 요청했다. 사실 수호전은 조준이 다섯 살 때부터 유모에게 제일 즐겨 듣던 이야기 중 하나였다. 그래서 세세한 내용까지 모두 암기하고 있었다. 조준은 책을 펼치지도 않고 양산박 호걸 무송이 자신의 친형을 죽인 반금련과 서문경을 응징하는 대목부터 술술 암송했다.

조준은 스스로 생각해도 손에 땀을 쥘 만큼 박진감 있게 수호전을 풀어냈다. 옆방의 필사공들은 조준의 이야기에 이끌려 어느새 건너왔다. 이옥은 조준이 지난번 난로회 때보다 구연하는 실력이 더욱 좋아졌다고 느꼈다.

김 선달의 작은 눈이 반짝였다. 그는 조준을 멈추게 하더니 1층 서가로 데려갔다. 그리고 소설책을 고르고 있던 부녀자들을 모이게 하더니, 조준에게 그녀들 앞에서 서포 김만중의 〈구운몽〉을 낭독해보라고 했다.

조준은 도입부에서 약간 더듬거렸지만, 이내 맑고 청아하면서도 감성 풍부한 목소리로 〈구운몽〉을 읽어나갔다. 다락방에서 수호전을 암송할 때와는 또다른 느낌이었다. 부녀자들은 미동도 하지 않고 초롱초롱한 눈빛으로 조준만 응시했다.

"통! 그만하면 됐소. 조신선이 괜히 숨겨진 보물이니 뭐니, 호들갑을 떤 게 아니었구만. 우리 장소를 옮겨서 목 좀 축이면서 진지하게 이야기 나눠봅시다."

"아니, 이런 법이 어딨어요? 김 선달님!"

"맞아! 한창 흥미진진해지는데 중간에 끊어버리다니 이게 뭔놈의 심보예요?"

부녀사 손님들은 조준의 이야기를 끝까지 듣게 해달라고 아우성이었다. 김 선달은 조준과 이옥을 데리고 밖으로 나가면서 점원에게 "여기 이 어여쁜 낭자들께 원하는 소설책 한 권씩 공짜로 빌려드리거라"고 말했다.

◆

'짤랑짤랑' 약방 출입문에 달린 풍경이 흔들렸다. 청색 너울을 쓴 의녀가 채 주부 약방에 들어섰다. 그녀는 사나흘에 한 번씩 그곳을 찾아와 선경을 치료해주고 있었다. 오늘은 마지막 치료 날이었다.

남소영 별시 과시장에서 당한 격축 때문에 장독(杖毒)이 단단히 올랐던 선경은 그녀의 뛰어난 의술 덕분에 몸이 꽤 회복했다. 선경은 그녀에게 고마움을 느끼면서 동시에 호기심을 느끼게 됐다. 너울을 쓰고 있는데다 약방 내실이 어두워서 그녀의 얼굴을 제대로 본 적이 없었다. 선경은 채 주부로부터 의녀에게 절대 먼저 말을 걸어서는 안 된다고 단단히 주의를 들었기 때문에 늘 침묵을 지켰다. 의녀도 선경에게 치료에 필요한 간단한 질문 외에는 사적인 말을 한마디도 하지 않았다.

의원과 환자로 만난 지 두 달이 넘었지만, 선경은 그녀에 관해 아는 것이 아무것도 없었다. 그녀가 관아에서 의녀로 일하고 있다는 사실만 어렴풋이 짐작할 뿐 어디 살고, 뉘 집 여식이며, 어디서 의술을 배웠는지는 물론이고, 이름 석 자와 나이조차 알지 못했다.

그녀는 이날도 능숙한 솜씨로 침을 놓고 부항을 떴다. 치료를 마친 그녀는 부항 도구를 챙기다가 실수로 작은 단지 한 개를 바닥에 떨어뜨렸다. 재빨리 무릎을 꿇고 깨진 조각들을 치우느라 너울이 살짝 벗겨져 그녀의 맨얼굴이 드러났다. 짧은 순간이었지만 침상에 누워 있던 선경과 눈이 마주쳤다.

'아!'

'어!'

둘 사이에 잠시 어색함이 흘렀다. 그녀는 얼른 시선을 돌렸다. 때마침 채 주부가 내실에 들어왔다. 그녀는 채 주부에게 선경이 추후 복용할 탕약에 관해 설명했다.

"채 주부 어르신, 소녀는 앞으로 그만 와도 될 듯합니다. 선비님의 몸에서 장독은 거의 다 빠졌습니다. 이제는 그간 쇠약해졌던 기력을 회복하시도록 돕는 데 힘쓰셔야 할 것입니다. 제가 골라서 가져온 이 약첩을 잘 달여 조석으로 드시게 하십시오."

"알았네. 역시 대단하네! 박 선비가 여기 처음 실려 왔을 때는 산송장이나 다름없었는데 이렇게 되살려냈구먼. 과연 군석(君錫, 강명길의 자)의 수제자답네! 돌아가거들랑 군석에게 내 안부나 잘 전해주시게."

그녀가 채 주부에게 사례를 받은 후 약방문을 나서려고 할 때 선경은 웃저고리를 간단히 걸치고 내실 밖으로 나왔다.

"의원님. 그간 치료해주셔서 고맙습니다. 훗날 이 은혜를 갚을 기회가 꼭 찾아왔으면 좋겠소이다. 부디 잘 살펴 가시오."

"네……."

그녀는 머리를 살짝 숙여 인사하더니 약방문을 나섰다.

## 제15화
# 거울 속 노인

"주상전하, 어의 강명길 대령했사옵니다."

정조는 혼자서 굳은 표정으로 책첩에 뭔가를 적고 있다가 멈췄다.

"기다리고 있었노라. 속히 안으로 들라."

강명길이 의녀 애월을 데리고 희정당 침소로 들어왔다. 애월은 은쟁반에 탕약 대접을 받쳐들고 있었다. 정조는 세손 시절부터 정적들에 의한 독살을 우려해 자기 입으로 들어가는 모든 것에 각별한 주의를 기울였다. 자신이 전적으로 믿고 있는 기미 상궁 두 명이 교차 검식하지 않은 것은 절대 입에 대지 않았다. 탕약도 마찬가지였다. 정조는 자신이 직접 처방하고, 강명길이 탕제 과정을 관리해 만든 것만을 복용했다.

강명길과 애월이 무릎을 꿇고 예를 갖추는 동안 정조는 화로 위에 놓여 있던 백동연죽을 집어들었다. 그는 연초를 한 모금 깊게 들이마셨다가 '휴우' 하고 내뱉었다. 딱딱하게 굳었던 정조의 표정이 조금 풀렸다.

"전하께서 분부하신 대로 찬 성질의 약재로 만든 탕약을 달여 왔습니다. 전하의 가슴속 뜨거운 기운을 내리는 데 효험이 있을 것이옵니다."

강명길이 보고를 마치자 애월이 은쟁반을 눈썹 높이에 맞춰 정조 앞에 내밀었다. 정조는 담뱃대를 내려놓고 탕약 대접을 들어 마셨다. 빈 대접을 은쟁반에 내려놓자 애월은 뒷걸음질로 침소에서 물러갔다.

애월이 나가고 침소 방문이 닫히자 정조는 강명길에게 책장 하단의 경대를 가져오게 했다. 정조는 경대에 얼굴을 비춰보며 걱정스러운 듯 말했다.

"거울 속 저 불쌍한 늙은이가 정녕 나란 말인가? 아직 지천명도 되지 않았거늘, 거울 속에 저 늙은이는 칠순이라고 해도 믿지 않겠는가? 짐 또래의 신하들은 아직도 젊고 기력이 왕성한 데, 어찌 나만 이토록 빠르게 늙어버렸다는 말인가?"

"전하. 팔순을 넘기셨던 선왕마마께서도 전하의 연치에는 나랏일에 바빠 몸져누우신 적이 한두 번이 아니었습니다. 전하께서도 밤잠을 못 주무시고 국사를 돌보시느라 최근 일시적으로 기력이 쇠하였을 뿐이옵니다. 좋은 보약과 음식을 드시면서 옥체를 돌보시면 예전의 강건함을 반드시 되찾으실 것이옵니다."

"그대의 말이 옳다. 그래 암, 그래야지! 내가 오늘 어의를 이 야심한 밤에 긴히 부른 것은 다름 아니라 두드러기 때문이라네. 아무래도 정석조가 준 고약도 이제 효험을 다한 것 같네. 계속 통증이 느껴지는데 자네가 직접 눈으로 살펴봐주게."

정조는 저고리와 속적삼을 벗고 맨몸을 드러냈다. 강명길은 한 달여 만에 정조의 환후를 맨눈으로 살피며 하마터면 헉하고 소리를 낼 뻔했다. 사그라들었던 두드러기가 등과 가슴, 목덜미로 다시 확산하고 있었다. 어떤 것은 이미 엄지손톱 크기만하게 커져 진물이 흘러나오고 있었다.

내의원 건물로 돌아온 어의 강명길은 마음이 무거웠다. 호전되는 듯 보였던 정조의 환후는 다시 악화하고 있었다. 그즈음 정조는 노론 벽파의 크고 작은 도발에 심신이 갈수록 황폐해지고 있었다.

강명길의 머릿속에 최근 조정에서 벌어진 일련의 사건들이 스쳐지나갔다. 그중에서도 윤사월 13일의 김기은(金箕殷) 사건은 정조가 평정심을 잃게 했다. 정조는 그날 초계문신들을 규장각에 모아 친시를 주재하려고 했다. 초계문신은 정조의 명에 따라 규장각에서 특별교육을 받는 신진 관료들이었다. 임금이 친히 주재하는 시험에 초계문신들이 결석하는 일은 특별한 경우를 제외하면 거의 없었다. 그런데 그날 노론 벽파 신진 관료인 김기은이 친시에 나오지 않았다.

"아니 뭐라고? 그자가 정말 그리 말하고 다녔더냐?"

정조는 규장각 관리들에게 김기은의 불출석 사유를 전해듣고 분노했다. 김기은은 겉으로는 신병을 핑계 댔지만, 주변 지인들에게는 남인 역적의 후손인 심영석(沈英錫)과 한자리에 있을 수 없다고 불참 이유를 밝혔다. 심영석은 지난봄 별시에서 급제해 이제 막 초계문신이 된 인물이었다. 그의 증조부는 숙종과 헌종, 영조 시대에 걸쳐 노론과 치열한 권력투쟁을 벌였던 남인 심단(沈檀)이었다. 심단은 노론과의 싸움으로 유배되는 등 정치적 부침을 겪기는 했지만, 영조로부터 충신이라고 평가받았던 인물이었다. 정조는 김기은의 행태가 선대의 케케묵은 당파감정을 들추어내 남인 인재의 등용에 흠집을 내려는 시도라고 판단했다. 그는 조정 대신들이 모인 자리에서 이 문제를 준엄하게 꾸짖었다.

"김기은이 자기가 태어나기도 훨씬 전에 있었던 일들을 가지고 새로 조정에 등용된 인물에게 역적 후손 운운하며 저리도 방자하게 행동하는 데는, 분명 그를 사주한 세력이 따로 있을 것이오. 새로운 대의리의 탕평 세상을 만들어야 할 젊은 신진 관료들

마저 오래전 해묵은 당파싸움에 말려드는 것을 짐은 결코 좌시하지 않을 것이오. 경들은 명심하시오."

심환지를 비롯한 노론 벽파 중신들은 정조의 비판에 일단 고개를 숙였다. 하지만 노회한 벽파 중진들은 내심 제2, 제3의 김기은을 내세워서라도 정조의 남인 등용 정책에 제동을 걸고 싶어했다.

정조의 몸이 쇠약해지면서 밀찰 정치도 점점 그 힘을 잃기 시작했다. 정조가 각 당파의 주요 대신들에게 비밀 편지로 협조를 요청해도, 그들은 예전처럼 고분고분하게 따라주지 않았다. 노론 벽파 영수 심환지가 특히 그랬다.

심환지는 얼마 전 정조에게 지난 2월 대사면 논란 때 내렸던 상소 금지령을 당장 폐지하라고 주청했다. 그는 정조의 면전에서 "옛말에 백성의 입을 막는 것은 냇물을 막는 것보다 어렵다고 했습니다. 삼사가 상소하지 못하게 막는 것은 어진 임금이 다스리는 세상에서 있을 수 있는 일이 아닙니다"라고 강조했다.

가뜩이나 신경이 예민해진 정조는 '어진 임금의 일이 아니다'는 말에 입술까지 부르르 떨었다. 예전의 정조 임금 같았으면 불호령이 떨어지고 유배형 같은 큰 처벌이 내려졌을 상황이었다. 하지만 정조는 분노를 꾹꾹 눌러 참았다. 그는 차분하게 '짐이 필요해 내린 조치'라며 심환지의 주청을 물리쳤다.

그러나 심환지의 도발은 여기에서 그치지 않았다. 그는 정조의 대표적인 개혁정책인 '신해통공'에도 수정을 요구했다. 신해통공은 정조가 1791년 백성들이 마음대로 장사를 할 수 있도록 시전상인의 금난전권을 폐지한 개혁 조치였다. 덕분에 한양 도성과 성저십리까지 물자와 사람 왕래가 늘어나면서 상업이 번창할 수 있었다. 반면 시전 세력으로부터 뒷돈을 챙기고 있던 노론 세력은 돈줄이 마르는 손해를 입었다.

심환지는 "시전의 어물전이 신해통공으로 피해가 심각해 파산할 지경"이라며 신해통공 변통을 요구했다. 신해통공의 일부 조항을 폐지해 어물전의 상권을 예전처럼 보장해주자는 것이었다.

정조는 그의 요구에 숨겨진 정치적 의도를 간파하고 있었다. 소론 시파인 우의정 이시수도 "이것은 함부로 결정할 일이 아니다"라며 반대했다. 정조는 심환지의 수정 요구를 끝까지 받아들이지 않았다. 심환지는 예전 같았으면 정조 앞에서 함부로 주장하기 어려웠던 사안들을 하나둘 끄집어내어 왕의 신경을 건드렸다. 아직은 왕이 그들의 요구를 물리칠 기력이 있었지만, 시간이 흐르면 어떻게 될지 몰랐다.

정조는 한때 자기 손바닥 위에 심환지와 벽파를 올려놓았다고 자부했지만, 당면한 현실은 정반대로 가고 있었다. 정조는 점점 더 벽파의 인적 포위와 파상공세 때문에 옴짝달싹할 수 없는 상황으로 치닫고 있었다.

◆

"하아!" "휴!" "꿀꺽!"

전기수 설낭 도령이 〈숙향전〉 낭독을 잠깐 멈추자, 방안 청중들 사이에서 저마다 짧은 탄식이 터졌다. 낙양 태수 김전이 친딸인지 모르고 숙향을 죽이려는 아슬아슬한 대목에서 잠시 호흡을 고른 때문이었다.

설낭은 얼굴을 덮고 있는 너울을 살짝 걷고 대접에 담긴 꿀물로입을 축였다. 방안에는 노파 두 명을 포함해 부녀자 일곱 명이 앉아 있었다. 그녀들은 설낭의 일거수일투족에서 눈을 떼지 못했다.

지리산 산골선비 조준은 한 달 전부터 설낭 도령이라는 예명으로 한양 구리개의 약방촌 일대에서 전기수 활동을 시작했다. 객성주인 김 선달은 설낭을 장터 공연에 내보내지 않고, 처음부터 방문 공연에만 투입했다. 설낭의 뛰어난 낭독 실력과 수려한 외모라면 한양 규방의 높은 벽을 넘을 수 있다고 믿었기 때문이었다.

김 선달의 판단은 적중했다. 설낭은 신출내기 전기수였지만 금세 약방촌 부녀자들 사이에서 유명해졌다. 비단 도포와 말총 갓을 쓴 잘생긴 젊은 도령이 들려주는 소설 이야기에 여인네들은 점점 깊게 빠져들었다. 이날 역시 설낭의 낭독이 끝났는데도 청중은 감동과 여운에 쉽게 자리에서 일어서지 못했다.

"난 설낭 도령한테 〈숙향전〉만 세 번째 들었는데, 들을 때마다 재밌소. 호호호."

"천안댁, 이게 다 설낭 도령님이 들려주니까 그렇게 재밌고 떨리는 거지. 다른 늙다리들 낭독은 들어봐야 우리 귀만 아프다우."

부녀자들은 저마다 설낭에 대해 칭찬을 쏟아냈다. 공연장을 제공한 그 집 할머니는 책 보따리를 챙기고 있던 조준에게 다가가 두 손을 덥석 잡으며 물었다.

"이보시오 설낭 도령. 올해 나이가 몇이신가? 띠는 무슨 띠요?"

갑자기 손을 잡힌 설낭은 바로 대답하지 못하고 머뭇거렸다. 노파의 며느리가 달려와 말했다.

"아, 어머니! 설낭 도령님 나이는 알아서 무얼 하려고요. 도령님은 다른 곳에 약속이 또 있으셔서 빨리 가셔야 한답니다."

"아니, 내가 우리 손녀랑 맺어주고 싶어서 그렇지. 어쩜 저리 손결도 곱누. 사내 손결이 비단결 같네!"

"어머니. 자꾸 이러시면 김 선달이 설낭 도령을 보내주지 않을 거라 했어요. 또 보고 싶으면 얼른 그 손 놓아드리세요."

노파는 마지못해 설낭의 손을 놓아줬다. 구리개는 의원과 약재상들이 밀집된 동네였다. 주민들은 대부분 중인 신분이었으며, 치료와 약재 판매 등으로 비교적 풍족하게 사는 지역이었다. 약방촌 부녀자들은 광통교 일대의 세책방 단골이자 전기수 방문 공연의 주요 청중이었다. 김 선달은 약방촌에서 통하면 한양 전체 규방에서도 통한다고 믿고 있었다. 조준이 이날 공연한 곳은 내의원 의관 피재길의 집이었다. 피재길은 7년 전 정조의 종기를 치료한 것을 계기로 내의원 침의가 된 자였다.

◆

약방촌 공연을 마치고 객성에 도착한 설낭이 1층 서가에 들어섰다. 서가에서 소설책을 고르던 여인들이 힐끔힐끔 설낭 쪽을 쳐다봤다. 비단 도포 차림의 선비가 세책방에 들어오니 눈에 확 띌 수밖에 없었다.

"저 선비, 설낭 도령님 맞지?"

"맞네! 맞아."

그녀들이 수군거리자 설낭은 다락방 계단으로 얼른 올라갔다.

"아이고, 우리 설낭! 어서 오시게. 고생하셨네."

곰방대를 입에 문 김 선달이 싱글벙글 웃으며 조준을 맞이했다.

"약빙촌이라는 곳이 온갖 신분의 사람들이 드나드는 곳일세. 그러니 곧 한양 바닥 전체로 자네 소문이 퍼질 것이네. 우대의 규방에서도 조금 전 처음으로 요청이 들어왔네. 신시쯤 나귀에 태워 보내줄 테니까 그때까지 저쪽에서 쉬고 있으시게, 하하하!"

"우대는 또 어디 붙어 있는 동네인가요. 저 혼자서 못 찾아갈 것 같은데요."

"걱정을 마시게나! 그쪽에서 길잡이까지 따로 보내줄 터이니. 자네는 그저 나귀에 실려가기만 하면 되네. 그리고 우대는 말일세, 경복궁 서편 쪽 인왕산 밑 동네로 관아의 경아전이나 서리가 많이 산다네. 그쪽 마나님들도 장차 자네의 주요한 청객이 될 것이니, 오늘 한번 제대로 홀려놓고 오시게."

# 제16회
## 은인

1800년 5월 중순 한양. 초여름 날씨에 반촌에서 광통교까지 걸어온 설낭은 이마에 땀이 살짝 맺혔다. 세책방 객성 앞에는 나귀 한 마리가 매어져 있었다. 1층에는 평소보다 많은 부녀자 손님들이 여기저기서 소설책을 고르고 있었다. 그날은 새로 필사된 소설책들이 서가에 꽂히는 날이었다.

김 선달은 대량으로 찍어내는 방각본보다는 소량의 필사본을 선호했다. 새 책을 판매하는 책사는 방각본이 좋겠지만 책을 빌려주는 세책방의 경우 그때그때 필요에 따라 소량으로 제본하는 필사본이 더 좋다는 생각에서다. 김 선달은 품삯을 조금 더 주면서라도 필사꾼들에게 기존 소설을 그대로 베끼지만 말고 독자의 구미에 맞게 고쳐달라고 요구했다. 이 때문에 객성의 필사본은 같은 제목의 소설이라 해도 언제 누가 필사했느냐에 따라 등장인물의 성격이나 상황묘사, 사건과 그 순서, 그리고 결말까지 조금씩 달랐다.

예를 들어 〈장화홍련전〉의 경우, 원본에서는 자매가 계모의 악행을 고발해 자신들의 억울함을 푼 후 천상에 올라가 선녀가 된다. 그러나 객성의 필사본에서는 억울함이 풀리는 즉시 어여쁜 처자로 환생해 각각 고을 원님과 부잣집 도령을 만나 백년해로하는 것으로 끝나기도 했다. 임경업 장군을 모함했던 역적 김자점이 천벌을 받은 것으로 끝나던 〈임경업전〉도 임경업이 백두산의 청룡이 되어 북방의 외적들을 통쾌하게 무찌르는 이야기가 추가되기도 했다.

김 선달의 이런 운영 방식은 전기수 장사에도 고스란히 이어졌다. 그는 전기수들에게 뻔한 이야기를 뻔하게 읽지 말라고 늘 강조했다. 청중의 반응을 살펴가며 분량을 조절하거나, 새로운 인물과 사건을 집어넣도록 권장했다.

객성에는 설낭 외에도 최 옹과 박 별감, 윤 도사 등의 전기수가 있었다. 최 옹은 올해 예순네 살로 운종가 일대에서 군담물을 읽어주고 있었다. 서른네 살의 박 별감은 듬직한 체격의 상남자로 주로 여염집 여인들을 상대로 연애물을 읊어주는 전기수였다. 서른 살의 윤 도사는 관기 소생으로 칠패와 마포나루를 중심으로 〈수호전〉과 〈삼국지〉, 〈금병매〉 등을 읽어주며 그 나름대로 인기를 얻고 있었다. 설낭이 2층 계단으로 올라가려는데 박 별감이 큼지막한 엉덩이부터 뒷걸음질로 계단을 내려오고 있었다.

"그간 안녕하셨습니까? 박 별감님."

"아이고, 설낭 아닌가! 이게 얼마 만인가. 내 오늘 운세가 좋으려나보네. 눈코 뜰 새 없이 바쁜 자네를 다 만나고 말이야. 내가 오늘 송파의 아낙네들한테 가기로 해서 자네와 술 한잔 못하고 가네만, 곧 좋은 쾌를 잡아 꼭 같이 한잔하세나."

"네 알겠습니다. 문 앞의 나귀가 박 별감님의 것이었군요!"

"하하하! 내 싫다고 자꾸 하는데도 선달 어른이 군이 타고 가라고 해서 말일세. 암튼 조만간 술 한잔 살 테니까 잊지 마시게! 전기수는 기생들을 홀려야 그때부터 진짜 전기수인 게야. 내 친히 그 비법을 전수해줄 터이니 조금만 참고 기다리시게."

다락방에서 김 선달의 호통이 날아왔다.

"박 별감! 빨리 안 가고 뭘 꾸물거려. 내 그리 술 마시지 말라고 했거늘 중요한 판을 잡아놓고 에이그……."

"아, 네. 지금 갑니다요. 설낭, 그럼 이만!"

김 선달은 설낭의 공연 장부를 들여다보며 흐뭇하게 웃었다. 설낭의 공연은 약방촌에 이어 우대 서리촌에서도 성공을 거두었다. 한 번 방문 공연에 5전이었던 사례비가 우대가 뛰어들면서 1냥(10전)으로 뛰었다. 그런데도 매일같이 양쪽에서 요청이 들어왔다. 오늘만 해도 우대에서 1회, 약방촌에서 2회가 잡혀 있었다.

김 선달은 돈 많은 역관들이 몰려 사는 중촌과 부유한 상인들이 밀집한 종루 일대, 그리고 한양 최고의 부촌인 북촌까지 설낭을 진출시킬 생각에 기분이 들떠 있었다. 한양의 남정네들은 기방이나 색주가를 출입하거나 야외꽃놀이, 뱃놀이, 활쏘기 등을 즐길 수 있었다. 그러나 규방의 여인네들은 특별한 여흥거리가 없었다. 그녀들에게 전기수 공연은 일상의 각박함과 무료함을 잊게 해주는 몇 안 되는 위안거리였다.

도성과 성저십리 내에서 활동하는 전기수는 대부분 50~60대 노인들이었다. 방문 전기수도 30~40대가 주류였다. 그런 전기수의 세계에 설낭처럼 좋은 목청과 뛰어난 이야기 능력, 그리고 수려한 외모까지 갖춘 젊은 도령이 혜성처럼 출현했으니, 반응이 뜨거운 것은 극히 당연했다. 김 선달은 턱수염을 매만지며 흡족한 표정으로 말했다.

"설낭, 때마침 잘 왔네! 이것 좀 보게. 중촌의 단골 부인한테 닷새 전에 나갔다가 지금 막 돌아온 언문 소설책이라네. 마지막 장 여백에 '설낭 도령 보고 싶어!'라는 글귀를 이렇게 떡하니 남겨놓질 않았겠나. 자네 소문이 빠르게 퍼지고 있다는 증거가 아니겠나!"

"잘되고 있다니 저도 기쁩니다. 그런데 선달 어른, 저는……."

설낭은 사람들에게 이야기를 들려주는 전기수 생활이 적성에 맞았다. 그러나 한편으로는 이러다가 과거 시험과는 영영 멀어지는 것은 아닌지 불안했다. 자신의 정체가 세간에 알려지면 나중에라도 성균관에 들어가거나 벼슬길에 오를 때 큰 흠결이 되지 않을까 하는 걱정도 들었다.

"선달 어른, 저는 전기수로 이름을 떨치거나, 큰돈을 버는 것은 원치 않습니다. 그저 얼마간 한양에 머물며 글공부를 할 수 있는 돈만 모이면 그만둘 생각입니다. 당장 가을부터는 학당에 들어가야 하고……."

김 선달은 설낭의 말에 깜짝 놀라 그 자리에서 벌떡 일어섰다가 다락방 천장에 머리를 부딪혔다.

"아이쿠! 자네 그게 무슨 소리인가? 그만둔다니! 물 들어왔을 때 열심히 노를 저어야지."

"글공부도 때가 있는 법인데, 이렇게 계속 외도를 하기에는……."

"아닐세, 아닐세! 과거 공부도 요새는 10년은 더 넘게 해야 방목 말단에라도 겨우 이름을 올릴 수 있다고 들었네. 저기 남산골에 가보게. 가족들 입에 풀칠도 못 시킬 만큼 찢어지게 가난한 선비들이 지천으로 깔렸네. 돈 없으면 과거 공부도 벼슬도 하기 힘든 세상이라네. 그러니 나랑 눈 딱 감고 3년만 고생해보세. 그러면 나중에 돈 걱정 없이 글공부에 매진할 수 있을 것이네. 여기서 지금 관두면 정말 이도 저도 아니게 되네."

김 선달은 조준이 대답을 주저하자 속이 타는지 물 한 잔을 벌컥 들이마시고 다시 설득을 이어갔다.

"자네 이야기 한 자락에 웃고 우는 사람들을 생각해보시게! 규방에 갇혀 평생을 바깥출입도 마음대로 못 하는 여인네들이 자네의 낭독을 듣고 얼마나 좋아들 하던가? 자네 나이 아직 스물도 안 되었네. 급하게 생각 말고 지금 이대로 좀더 가보세. 자네 정체는 내 어떻게 해서든 절대 드러나지 않게 해줄 것이니 염려치 말게나."

다음날 아침 성균관 활터. '피이잉~ 텅!' 박선경이 쏜 화살이 바람을 가르며 120보 밖의 과녁판에 보기 좋게 명중했다. 화살은 세 발 연속으로 과녁을 맞혔다. 활시위를 바짝 당길 때 선경은 아직도 오른쪽 어깨에 약한 통증을 느꼈다. 하지만 석 달 전과 비교하면 거의 회복된 셈이었다.

"지화자~ 명중이오! 얼씨구~ 좋다. 백발백중 진안의 주몽 박선경이 돌아왔다네! 다음 무과 급제는 따놓은 당상이네!"

뒤편에서 구경하고 있던 판석이 활터의 다른 유생들에게 다 들릴 만큼 큰 소리로 떠들었다. 이옥과 설낭은 판석의 옆에서 미소를 짓고 있었다.

"판석아! 창피하니까 그 입 좀 다물어라. 네 녀석 호들갑에 될 일도 안 되겠다."

활터 사대에서 빠져나온 선경이 야단쳤지만, 판석은 능글능글한 웃음으로 피했다. 안두식의 집으로 돌아온 네 사람은 모처럼 아침 겸상을 했다. 그들이 한자리에 모인 것은 오랜만이었다.

이옥은 낙향을 앞두고 한양의 벗들과 이별주를 나누느라 밤늦게 들어오는 날이 많았다. 설낭도 전기수로 뛰면서 아침에 나갔다가 인정(통금)이 되어서야 돌아오기 일쑤였다. 설낭의 산삼을 잃어버린 일 때문에 기가 죽어 있던 판석은 재인들이 도성 안의 다림방에 쇠고기를 배달하는 일을 도우며 소일하고 있었다. 선경은 채 주부가 지어준 탕약을 복용하면서 산책하거나 활을 쏘며 회복에 힘쓰고 있었다. 그들은 모처럼 서로의 근황을 확인하며 이야기꽃을 피웠다.

"자네 처음 피투성이로 판석의 등에 업혀 왔을 때는 다시 일어서지 못할까 걱정했다네. 그래도 타고난 강골이라 이처럼 다시 일어나서 활까지 잡을 수 있게 됐으니 참으로 다행이네."

"이게 다 채 주부 어른이 용한 의원을 불러와 빨리 손을 써준 덕분입니다. 그 의원이 아니었다면 저는 지금쯤 어디 한 군데 단단히 불구가 되어 있었을지 모릅니다."

선경은 자신을 치료해준 것이 남자 의원이 아니라 의녀라고 말하고 싶었으나 꾹 참았다. 그녀의 존재를 함부로 발설하지 말라는 채 주부의 경고가 떠올랐기 때문이다. 관아에 속한 의녀가 동네 약방에서 돈 받고 사람을 치료해준다는 소문이 퍼지면 좋을 게 없었다.

"그 의원이 누군지 몰라도 용하기는 용한데, 문제는 너무 비싸! 두 번 다시 치료받았다가는 집안 거덜나겠더라. 박 영감한테 팔았던 진안초 열 냥에다가, 나귀 한 마리 팔아치운 값 열다섯 냥까지 더해서 모조리 이 친구 약값으로 써버렸습니다요. 이제 수중에 남은 건 저기 저 늙은 놈뿐입니다요."

판석이 마당 구석의 늙은 나귀를 가리키며 말했다.

"판석 형님. 제가 지금 사람과 나귀가 필요합니다. 도성 이곳 저곳을 돌아다니다보니 함께 다닐 사람과 나귀가 필요한데, 저를 좀 도와주십시오."

"그, 그것이 정말이여! 암, 나야 좋고말고. 그렇지 않아두 우리 설낭 동상이 어떻게 공연하고 다니는지 직접 내 눈으로 구경하고 싶었는데 잘됐네! 당장 오늘부터라도 따라나설 참이니, 말만 하시게."

"잘됐습니다! 김 선달께서 따로 형님 품삯까지 쳐줄 겁니다."

정효연은 그날 오후 광통방의 한 서화점을 방문했다. 효연은 감색 보자기에서 돌돌 말린 그림 두 장을 꺼냈다. 화방 주인 장 씨는 효연의 그림을 탁자에 펼쳐보더니 흡족한 표정을 지었다. 첫 번째 그림은 살구꽃이 만발한 나뭇가지에 참새가 앉아 있다가 막 날아오르려는 순간을 그린 수묵 채색화였다.

"효연 아기씨, 살구꽃들은 물기를 머금어 생기가 가득하고, 참새들도 마치 살아서 금방이라도 푸드덕하며 날아오를 것 같습니다요. 소인의 눈에 도화서 화원들보다 아기씨 솜씨가 훨씬 더 뛰어납니다요. 그림 제목은 뭘로 할까요?"

효연은 장 씨의 칭찬에 부끄러운 듯 볼이 살짝 빨개졌다.

"아니에요. 과찬이세요. 저는 아직 많이 부족합니다. 그림의 제목은 〈새와 꽃〉으로 해주세요."

"알겠습니다. 아기씨. 그리고 이 그림도 혜원(신윤복)의 〈월하 정인〉에 비견할 만한 세밀한 묘사가 돋보입니다요. 갓과 도포를 벗은 젊은 도령이 술 취한 노인을 업고 달려가고 있고, 그 옆을 젊은 여인이 애타는 표정으로 따라가고 있네요. 저 두 젊은 남녀 에겐 필시 애틋한 사연이 있을 것 같네요. 호기심이 막 샘솟누구 먼요. 기방이나 술집에 팔 수 있을 듯합니다."

"애틋한 사연이요? 그, 그런 의도는 아니었는데……."

"어이쿠! 제 입이 주책입니다. 제가 그림을 잘못 봤나 봅니다. 업혀 있는 노인의 아들과 딸이라고 해두죠. 헤헤."

"그러실 필요 없어요. 그림이야 보는 사람 마음이지요."

"아기씨, 그럼 이 그림은, 제목을 뭐라 하시겠습니까?"

"은혜를 뜻하는 〈은恩〉으로 해주세요."

어느새 거리는 밤이 되었고, 남산 위에는 밝은 보름달이 떠 있었다. 그림을 판 돈으로 산 약첩과 쌀주머니를 들고 효연은 부지런히 발걸음을 옮겼다.

제17화

# 도고 최종만의 장례

이옥은 수표교 위에 멈추어 섰다. 그리고 다리 밑 청계천 물을 내려다봤다. 흐르는 물에 달빛이 어른거렸다.

"와! 야, 이놈아. 거기 서라!"

"에이씨! 너 혼자 다 처먹으면 안 돼!"

시커먼 거지 아이 셋이 동냥 바가지를 들고 쏜살같이 이옥의 옆을 스쳐 저만치 달려갔다.

한양은 전국에서 흘러들어온 유랑민들로 바글거리고 있었다. 유랑민들은 영조 때 청계천을 준설하며 천변에 쌓아놓았던 토사 더미에 작은 토굴을 뚫어 그곳에서 살고 있었다. 그들은 종루 시전과 남대문 칠패장, 동대문 배오개상에서 동냥하며 연명하고 있었다.

"천상천하유아독존! 문무자야! 게 섰거라!"

발걸음을 옮기려 할 때 등뒤에서 귀에 익은 목소리가 들렸다. 돌아보니 책쾌 조생이 다가오고 있었다.

"아니, 조신선 아니시오?"

"헤헤! 은은하게 달빛 받으며 어디 분 냄새라도 맡으러 가시는 겐가?"

"이곳저곳 여항의 시사 모임을 기웃거리다가 이제 반촌으로 돌아가려던 참입니다."

"그럼 잘됐네. 나랑 최 도고의 상가에 가세. 최 도고가 오늘 아침에 유명을 달리했다네. 생전에 종종 진귀한 고서를 사주었으니 그냥 보낼 수야 없지. 자네도 최 도고랑 연이 좀 있지 않았나?"

"한양에서 글 좀 쓰고 즐긴다는 문사라면 최종만 이름 석 자 모르는 자가 있을까요? 저도 함께 가겠습니다. 그런데 연세에 비해 정정하셨는데 어떻게 돌아가신 건지요?"

"흉흉한 소문들이 돌고 있네만…… 자세한 것은 가서 알아 봄세나!"

이옥은 조생과 함께 돈의문 근처의 최종만 저택을 찾아갔다. 올해 예순세 살인 최종만은 젊은 시절 마포나루 새우젓 장수로 출발하여, 미곡과 과일, 어물, 약재 등을 전국적으로 매점매석해 가격을 주무르는 도고(都賈)로 성장한 입지전적 인물이었다. 한 양에서 손꼽히는 부자였던 그는 뛰어난 상술로도 세간에 유명했지만, 유별난 골동벽으로 더 유명했다. 그는 중국과 조선의 유명한 글과 그림, 문집, 서책을 수집하는 것을 즐겼다. 진기한 동물과 나무, 도자기, 칠기, 명검, 서양 물건에도 천금을 아끼지 않았다. 또 장안의 명사들을 불러놓고 수집품을 보여주는 것을 큰 낙으로 삼았다.

최종만은 한양의 기예인들에게 큰 후원자가 되어주기도 했다. 불우한 문인과 소리꾼, 악기연주자, 재담꾼, 전기수, 곡예꾼 등을 자기 집으로 불러 서로 기예를 겨루는 자리를 종종 마련했다. 5년 전 이옥도 최 도고가 주최한 백전(白戰)에서 으뜸으로 뽑혀 고급 붓과 벼루, 종이를 상으로 받은 적이 있었다. 백전은 문인들끼리 글재주를 겨루는 일종의 백일장이었다.

정작 최종만 본인은 골동품과 기예를 감정하고 평가할 만한 높은 식견을 갖추고 있지는 않았다. 이옥이 볼 때, 그의 골동벽은 따지고 보면 벼락부자의 허영에 가까웠다. 하지만 호화사치와 주색잡기에 허우적대는 다른 부호들에 비하면 최종만은 결이 곧은 사람이었다.

◆

한양 연화방의 장용영 내영. 조기진은 군영의 깊숙한 막사에서 기찰군관들과 회의를 하고 있었다. '남곽 선생 비밀 체포 작전'을 논의하는 자리였다. 10여 명의 군관은 지난 넉 달간의 비밀활동으로 도성 안에서 서학 신도들이 자주 출입하고 왕래하는 거점들을 상당수 파악했다. 지금이라도 조 대장이 결단만 내리면 그 거점들을 급습해 서학쟁이들을 굴비 엮듯이 잡아들일 수 있었다.

하지만 충청 지역에서 잔챙이들까지 잡으려다가 대어를 놓친 실수를 한양에서 되풀이해선 안 되었다. 이번에는 다른 신도를 다 놓치더라도 남곽을 꼭 붙잡아야 했다.

"조 대장 어른. 도성 내에서 남곽이 숨었을 만한 장소는 이제 세 곳 정도로 압축됐습니다. 여기 남대문 명례방과 이곳 창덕궁 근방 계동, 그리고 구리개 약방촌의 이 가옥입니다. 세 장소를 동시에 급습하면 아무리 신출귀몰하는 남곽이라도 빠져나갈 수 없을 것입니다."

군관 하나가 도성 내부 지도에 표시된 곳들을 가리키며 조규진에게 말했다. 다른 참석자들은 그 군관의 말에 동조해 고개를 끄덕였다.

"자네 말대로 세 곳을 한 번에 치려면 많은 인원이 움직여야 할 것이고 그러면 훈련도감과 어영청은 물론 도성 전체가 우리의 일을 알게 되지 않겠나? 그것은 전하께서 원하는 바가 아니네. 게다가 서학 신도들은 남곽을 지키기 위해선 목숨까지 내던지는 자들이어서 쉽게 봐서는 안 되네. 을묘년(1795년) 때처럼 서두르다가 또 실패하면 이번엔 전하께서 우리를 용서치 않을 것이야."

조규진이 냉철한 표정과 말투로 군관들을 진정시켰다.

"알겠습니다. 그러면 시간이 좀더 걸리더라도 세 곳을 집중적으로 살펴 남곽의 은신처를 짚어내겠습니다. 그래서 소리소문없이 체포 작전이 진행되도록 신경쓰겠습니다."

"아무렴 당연히 그렇게 해야지. 우리 일이 이제 막바지에 이르렀네. 이번 여름까지는 무슨 일이 있어도 남곽을 끝장내야 하네. 명심들 하시게. 모든 실행은 마지막 마무리까지 잘해야 인정받을 수 있는 법이네. 자네들 모두 마지막까지 신중에 신중을 기해주게."

"네, 조 대장! 알겠사옵니다."

조규진의 명령에 군관들이 우렁차게 답했다. 조규진이 회의를 끝내려 하는데, 군관 중 한 명이 어른 손바닥만한 크기의 그림 너덧 장을 탁자에 올려놓으며 추가로 보고했다.

"최근 여주에서 붙잡힌 무리가 몸에 지니고 있던 것이옵니다. 놈들이 성화라고 부르는 물건인데, 처음 보는 매우 정교한 필치와 색감입니다. 시골 바닥의 한미한 자들이 이런 것을 그렸다고 보기는 어렵습니다. 남곽이 여주의 신도들에게 내려보내준 것이라 하는데, 이쪽으로도 조사를 해봐야 할 것 같습니다."

"허허. 이따위 요상한 그림을 조상님 신주보다 귀중하게 여기다니 쯧쯧. 도성 내 서화점들을 중심으로 이런 불온한 것들을 그렸거나 도와줬을 법한 자들을 수소문해보게. 어쩌면 의외의 소득이 나올지 모르겠네."

"네, 대감. 알겠습니다."

◆

대정동의 최종만 상가는 늦은 밤까지 문상객들로 붐볐다. 대부분 마포 일대의 경강상인들과 한양의 3대 시장 상인들, 그리고 그에게 평소 신세 졌던 문인들과 기예인들이었다. 그와 개인적 교류가 있었던 벼슬아치들이나 경화세족들은 직접 조문하지 않고 자신들의 겸인을 보내 애도를 전했다.

최종만의 99칸짜리 대저택에는 방마다 문상객들을 위한 식사가 차려졌다. 나중에는 밀려드는 문상객 때문에 장소가 부족해지자 큰 마당과 작은 마당, 그리고 뒤뜰에까지 천막을 여러 개 설치해야 했다.

비교적 초저녁에 찾아온 이옥과 조생은 다행히 사랑채 마루에 앉아 식사할 수 있었다. 최종만의 체취가 깃든 사랑채는 방마다 미닫이문이 반쯤 열려 있었다. 그 안에는 주인 잃은 서화와 골동품이 빼곡하게 진열되어 있었다.

"저건 일부에 불과하네. 진짜 진귀한 것들은 안채의 비밀창고에 따로 보관되어 있다고 최 도고가 내게 자랑했었다네."

처음 보는 골동품들에 눈을 못 떼는 이옥에게 조생이 말했다.

이옥의 시선은 건넌방에 걸린 최종만의 초상화에 꽂혔다. 3년 전 환갑 때 그린 초상화였다. 구레나룻을 기른 최종만이 상대를 압도하는 강렬한 눈빛을 뿜어내고 있었다. 이재에 밝은 상인보다는 북방을 호령할 장군에 더 가까운 풍모였다.

"쯧쯧쯧! 저 그림을 그릴 당시만 해도 쌀 한 가마를 혼자서 번쩍번쩍 들 만큼 기력이 남달랐던 사람이었는데, 이렇게 빨리 갈 줄 누가 알았겠나?"

조생이 이옥의 잔에 술을 따라주며 말했다.

"이거 조신선 아니시오? 오랜만이외다."

문상객들 중 한 명이 조신선을 알아보고 다가와 옆자리에 앉으며 말했다.

"아이고 장 진사 반갑소이다. 세월이 흘러도 여전히 신수가 훤하시오. 대감 어르신도 잘 계시지요? 요새 통 뵙지를 못해서……."

"대감 어른께선 요새 조정의 일이 바쁘셔서 예전처럼 서책을 가까이하지 못하고 계신다오. 그 대신 우리 안방마님께서 중국 서적을 좀 찾으셔서 내 조만간에 조신선께 기별을 넣을 참이었소."

"오! 그러셨소? 저야 언제든 불러만주면 한걸음에 달려가지요. 아, 참! 소개가 늦었소이다. 이쪽은 문무자 이옥이라고 하오. 여기는 이시수 대감을 모시는 장 진사라고 하네. 서로 인사들 나누시지요."

장 진사는 소론 시파인 우의정 이시수의 겸인으로 이옥보다 한

살 위였다. 그는 이 대감 집안의 대소사, 특히 재물 관리를 도맡아 하며 두터운 신임을 얻고 있는 인물이었다. 소과에 급제해 정식으로 진사를 딴 것은 아니었지만 주변에선 다들 그를 진사라고 높여 불렀다. 장 진사는 최 도고의 초상화를 보다가 뭔가 생각난 듯 말했다.

"내가 석 달 전쯤 최 도고에게 전할 말이 있어 찾아왔던 적이 있소. 그때 몸이 편찮다고 해서 저 사랑방에서 인사만 나누고 대화는 셋째 창례와 나눴소만. 그때 잠깐 보니 최 도고가 청에서 들여온 요상한 담뱃대를 입에 물고 보료 위에 비스듬히 기대어 누워 있었소. 그런데 온몸에 맥이 풀린 것 같은 모습이었소이다."

"최 도고가 피운 것이 아편이라는 물건일 게요. 조선에선 흔한 연초가 청에서는 황제의 명으로 금지되어 있어서 사람들이 연초 대신 앵속(양귀비꽃)에서 나온 진액을 말린 아편을 피운다고 들었소이다. 연초보다 훨씬 중독성이 강해서 그 깊은 맛을 알고 나면 절대 끊을 수 없다고 들었소. 최 도고도 말년에 거기에 손을 댄 게로군."

박학다식한 조생이 아편에 대해 술술 설명했다. 이옥은 예전에 중국 연행사로 다녀온 이종사촌 형 유득공에게 들었던 아편에 관한 이야기들이 새삼 떠올랐다.

"그나저나 최 도고의 가업은 누가 이을까요? 아까 보니 상주 자리에 장남만 보이던데요."

이옥이 최종만과 교류가 활발했던 조생과 장 진사에게 후계 문제를 물었다. 예전에 최 도고가 자식들의 문제로 골머리를 앓고 있다는 이야기를 들은 적이 있어서였다.

　"그러게 말이네. 장남 창인이는 식리로 워낙 개망나니짓을 하고 다녀서 일찌감치 내쳤고, 둘째는 스무 살에 병으로 죽었지 않은가. 그래서 최 도고가 생전에 셋째 창례를 서자라도 곁에 끼고 장사를 가르쳤다네. 매사 철저한 최 도고이니 앞날을 헤아려 진작에 유서를 준비하였을 터이니, 아마 창례가 맡지 않겠는가? 그러고 보니 창례가 인물도 훤하고 행동거지도 부친을 제일 많이 닮았네그려."

　조생이 그렇게 말하자 장 진사가 "어허, 조신선도 모르는 게 있으시군요"라며 두 사람에게 가까이 다가오라고 손짓하더니 귓속말로 소근거렸다.

　"최 도고가 눈을 감을 때 방안에는 첫째 창인이만 있었고, 창례는 근처에도 못 갔다고 하오. 유서는 없었고 최 도고가 임종 전에 모든 재산을 장남에게 남기고 떠났다는데, 창인이 말고 그걸 들은 사람이 없다는구려! 창인이는 선친의 뜻이라며 상주 노릇을 홀로 하고 있고, 창례는 근처에도 못 오게 하고 있소. 아무래도 조만간 뭔 일이 나지 싶소."

## 제18화
# 황금빛 고래 - 오회연교

　검푸른 바다는 숨 막힐 듯 고요했다. 정조는 홀로 조각배에 타고 있었다. 창덕궁 침소에 있어야 할 자신이 왜 그곳에 있는지 잠시 의아했다. 하지만 이내 깨달았다.

　'꿈이로구나! 또 악몽을 꾸는 게야. 어서 깨야 해!'

　정조는 손가락 끝을 움직여 잠에서 깨려고 안간힘을 썼다.

　'우르르! 철썩! 콰쾅!'

　그 순간 잠잠하던 바다에서 굉음이 일더니 집채만한 파도가 솟구쳐 조각배를 덮쳤다. 바다에 빠져 허우적거리는 정조의 주위로 작은 물고기들이 새카맣게 몰려들었다. 그의 몸은 어느새 한 마리의 황금빛 고래로 변해 있었다. 물고기떼가 미친듯이 고래의 살점을 물어뜯기 시작했다. 고래는 고통에 몸부림치며 수면 위로 솟구쳤다가 떨어지길 반복했다. 그럴수록 물고기떼는 더 집요하게 달려들었다. 고래 주변의 물빛이 시뻘겋게 변하기 시작했다. 마침내 거대한 등뼈가 드러났다.

"으아악! 안 된다. 이놈들아. 안 돼!"

정조는 잠결에 소리를 지르며 눈을 번쩍 떴다.

"전하! 전하! 무슨 일이옵니까? 전하!"

입직 내관이 침소 밖에서 황급히 들어오며 걱정스러운 듯 물었다.

"날이 밝았느냐? 입진 들어올 때가 되었느냐?"

왕은 대답 대신 시각을 물었다.

"전하, 아직 인시(오전 3시~5시)밖에 되지 않았사옵니다."

정조는 자신이 누웠던 이부자리를 만져봤다. 땀에 젖어 축축했다. 그는 머리맡에 놓인 탕약을 벌컥벌컥 마셨다. 부친이 뒤주에 갇혀 죽기 전날 밤에도 작은 고기떼에게 살점이 모두 뜯겨 죽는 금빛 고래 꿈을 꿨었다. 갑자기 불길한 생각이 들었다.

1800년 6월 14일 창덕궁 희정전. 이틀째 내린 장맛비에 침소의 공기는 덥고 눅눅했다. 왕은 경내에 비친 자신의 수척한 얼굴을 보며 수심에 잠겨 있었다. 상반신에 번지고 있는 종기도 문제였지만 열흘 전부터는 가슴속에 화기가 차올라 거의 잠을 잘 수 없었다. 수면이 부족해지다보니 몸은 물먹은 솜처럼 무거워지고 입맛이 떨어져 식사도 제대로 할 수 없었다.

그는 백동연죽을 꺼내어 입에 물었다. 잠시 후에 휴우 하고 소리를 내며 흰 연기를 내뱉었다. 연기는 살아 있는 것처럼 꿈틀거리며 방안으로 퍼져나갔다. 그제야 고통이 조금 진정되는 것 같았다. 정조는 어려서부터 종기 외에도 가슴에 뜨거운 기운이 차는 고질병을 앓고 있었다. 부친을 죽음으로 내몰았던 역적들이 득세하는 모습을 볼 때마다, 자객의 습격을 걱정해가며 밤을 새워 서책을 읽을 때마다, 백성들의 피폐한 삶과 탐관오리의 학정을 고발하는 피 끓는 상소문을 접할 때마다 배꼽에서부터 목구멍까지 차오르는 뜨거운 기운에 괴로워했다.

정조는 그 증상을 스스로 울화병이라고 진단했다. 어의 강명길은 찬 성질의 약재로 세손의 울화병을 다스리려고 시도했다. 하지만 일시적 효과만 있을 뿐 병증은 수시로 재발했다. 아마 그대로 계속 살아야 했다면, 집권을 하기도 전에 미쳐버리거나 쓰러졌을지도 모를 일이었다. 그런데 우연한 기회에 연초를 피우게 되면서, 정조는 가슴속 화기가 진정되는 것을 느꼈다. 내의원에서 가져온 약재보다 연초 한 줌이 훨씬 더 자신의 고질병에 효과적이라고 생각했다. 그때부터 정조는 늘 연초를 곁에 두고 살아왔다.

잠시 연초 흡연으로 화기를 누른 왕은 속적삼을 벗고 거울에 비친 자신의 맨몸을 살피기 시작했다. 좁쌀보다 작았던 두드러기들은 긁을 때마다 짓무르며 커지더니 이젠 엽전만한 종기로 악화해 있었다.

◆

'그때, 끝까지 평정심을 잃지 말았어야 했어!'

거울 속 자신의 처참한 몸뚱이를 두 눈으로 확인한 정조는 보름 전의 사건을 떠올렸다. 그의 건강이 급격히 나빠지는 데 기름을 부은 정치적 사건이었다. 정조는 5월 그믐날 열린 경연에서 범노론 세력과 충돌했다. 싸움의 도화선은 정조가 소론 출신 이만수를 이조판서로 임명한 것이었다.

노론 시파 출신 홍문관 수찬 김이재가 정조의 인사 결정에 반대 상소를 올렸다. 김이재는 이시수가 우의정을 맡은 상황에서 동생인 이만수를 신임 이조판서로 앉히는 것은 '상피제'에 저촉된다는 점을 반대 명분으로 내세웠다. 경연장을 가득 메운 노론 신하들은 김이재의 주장에 고개를 끄덕였다.

그들에게 사실 상피제는 표면상의 명분일 뿐이고 실제로는 얼마 전 이조참의(지금의 차관보)도 소론 출신 윤광안이 임명됐는데 이조판서(장관)마저 소론 출신이 차지하게 되면 노론의 조정 장악력이 흔들릴까 걱정됐기 때문이었다. 이조판서는 조정 대소신료들의 인사를 관장하고 근무 성적을 평가하는 중요한 자리였다. 벽파와 시파를 떠나 노론 전체가 권력을 유지하려면 절대 소론이나 남인에게 뺏기면 안 되는 요직이었다. 그들의 숨겨진 속내를 모를 정조가 아니었다. 그는 목에 핏줄이 설 정도로 신하들을 호되게 꾸짖었다.

"군왕이 정사에 필요한 인재를 중용해 쓰겠다는데 신하 된 자들이 온갖 낡은 습속을 들어 반대하는 것은 용납할 수 없다. 조정의 일부 무리에게 분명히 경고한다! 외척이나 특정 당파들과 결탁해 군신의 의리가 아닌 당파의 의리를 관철하려는 행태를 짐은 결단코 좌시하지 않겠다. 김이재를 당장 귀양보내라!"

하지만 노론 신하들은 왕의 호통과 질책에도 쉽게 물러설 기세가 아니었다. 정조는 그들의 오만한 태도를 보자 그동안 가슴속에 쌓였던 분노의 응어리가 활화산처럼 분출하기 시작했다. 그는 군신 간 의리의 역사를 하나하나 짚어가며 열변을 토했다. 숙종 임금 사후에 경종 대신 연잉군(영조)을 지지했던 노론의 '신임의리', 사도세자를 죽음으로 내몰았던 영조와 신하들의 '임오의리', 그리고 정조 자신이 즉위할 때 동덕회가 보여준 '명의록 의리' 등의 연원과 맥락을 장황하게 설명했다. 이어 자신은 이 세 의리를 존중해서 지금까지 8년을 주기로 이들 의리와 관련된 인재들을 돌아가며 중용해왔다고 말했다.

"이제는 이들 세 의리를 통합한 새로운 '대의리'를 천명하고 이를 중심으로 새로운 정치를 펼치고자 하니, 신하들은 짐의 깊은 뜻을 이해하고 적극 동참하라!"고 왕은 거듭 강조했다. 또한 자신의 긴 연설을 사관에게 하나도 빼지 말고 통으로 기록하여, 조정에 회람시키라는 하교까지 내렸다. 그의 이날 발언은 훗날 '오월 그믐날 내린 교시'라는 뜻의 '오회연교(五晦筵教)'라고 불리게 됐다.

심신이 몹시 지쳐 있었던 탓일까, 정조의 오회연교는 차분함을 잃고 두서없이 장황했다. 정조가 의식의 흐름에 따라 과거와 현재를 오가며 설명하는 바람에 경연에 참석한 신하들은 대부분 오회연교의 정확한 취지를 파악하지 못했다. 그들의 귀에는 병색이 완연한 임금이 신경질적으로 횡설수설 장광설을 늘어놓은 것으로밖에 들리지 않았다.

하지만 심환지 같은 노회한 대신들은 왕의 발언에 담긴 깊은 뜻을 경계했다. 오회연교는 표면상 왕의 인사명령에 반발한 시파를 꾸짖는 형식을 취하고 있었지만, 속을 들여다보면 앞으로 그 어떤 당파도 왕의 관료 인사권 행사에 함부로 토를 달지 말라는 강력한 경고의 성격을 띠고 있었다. 심환지는 그렇지 않아도 정조가 정약용과 이가환, 이승훈 등의 남인 세력을 다시 조정에 불러들이기 위해 물밑에서 민가 일을 꾸미고 있다는 의심을 품고 있었다. 내관의 부축을 받으면서 경연장을 빠져나가는 왕의 뒷모습을, 심환지는 의심 반 걱정 반의 눈빛으로 바라봤다.

◆

"전하, 약원제조 서용보와 의관 백성일, 정윤교가 대령했사옵니다."

오월 그믐날의 사건을 곱씹고 있던 정조는 침소 밖에서 들려오는 승전색의 목소리에 퍼뜩 정신이 들었다. 그는 몸 상태가 다시 악화한 후 어의 강명길 외에는 궁궐의 그 누구에게도 환후를 보여주지 않았다. 강명길과 함께 비밀리에 건강을 회복하려고 여러 처방과 수단을 동원했지만, 병세는 좀처럼 호전되지 않았다. 두드러기들은 엽전 크기로 부풀어 있었고, 가슴속 화기도 갈수록 심해져 냉한 약재로 지은 탕약과 얼음물을 수시로 들이켜도 좀처럼 진정되지 않았다.

정조는 이제 자신의 건강 상태를 더이상 신하들에게 숨길 수만은 없다고 느꼈다. 눈이 달린 사람이라면 누구나 왕의 건강에 큰 문제가 생겼다고 생각할 정도였기 때문이다. 정조는 서용보와 백성일, 정윤교에게 자신의 증세를 설명하고, 가감소용산을 탕제하도록 명했다. 또한 자신의 건강을 둘러싼 이상한 소문이나 추측이 나돌지 않도록, 이날 의관들을 만나 치료받은 내용을 조보에 실어 조정 전체가 알 수 있게 하라고 지시했다.

◆

　6월 15일 밤 한양 북촌에 있는 심환지의 집 사랑채. 노론 벽파의 영수 심환지는 정조의 밀찰을 신중하게 읽어 내려갔다. 정조는 비밀 편지에서 자신의 오회연교를 시파에 대한 정치적 경고라고 애써 강조하고 있었다. 왕은 이만수가 소론으로 알려졌으나 사실은 노론 벽파라고 했다. 그런 이만수를 이조판서에 앉히자 김이재를 비롯한 시파들이 낡은 습속을 내세워 반대하고 나섰으므로, 군왕으로서 준엄하게 꾸짖었노라고 설명했다. 심환지의 눈에는 '그날 내 발언은 벽파를 겨냥한 것이 아니니, 그대는 괜히 오해하지 말라'는 뜻으로 읽혔다.

　'허허! 주상전하께서 이시수에게 보낸 밀찰에선 또 뭐라 말씀하셨을꼬?'

　심환지의 입가에 살짝 비웃음의 기운이 번지려다가 사라졌다. 그는 녹차를 한 모금 마시고는 편지를 마저 읽었다. 왕은 밀찰에서 자신의 건강이 좋지 못하다는 사실을 처음으로 언급했다. 옥체의 상태가 노론 벽파의 귀에 들어가지 않도록 각별하게 신경을 썼던 정조가 심환지에게 스스로 병환을 호소한 것이었다.

　'주상전하의 병환이 더이상 외부에 숨길 수 없을 정도로 깊어진 것인가?'

　밀찰을 다 읽은 심환지는 사랑방 창문을 열었다. 보름달이 먹구름에 가려 보이지 않았다. 이번에도 밀찰의 말미에는 '읽고 반드시 태워버리라'는 글귀가 빠지지 않았다. 심환지는 방구석의 책궤에서 자물쇠가 채워진 나무상자를 꺼냈다. 그 상자 안에는 그가 정조로부터 받았던 밀찰들이 수북하게 쌓여 있었다. 그는 또 한 장의 서신을 그 위에 더했다.

### 제19화
# 특별한 부탁

구리개 약방촌의 피재길 집에서 오랜만에 설낭의 〈구운몽〉 공연이 열렸다. 그 집은 설낭이 전기수 활동을 막 시작했을 때 집중적으로 공연판을 열었던 장소였다. 설낭의 명성이 높아지고, 다른 동네들로 활동무대가 넓어지면서 요새는 예전처럼 자주 찾지 못하고 있었다. 설낭은 이날 판석과 함께 공연장에 왔다. 판석은 이번 가을 진안초를 실은 황포돛배가 마포나루에 당도할 때까지만 설낭을 따라다니며 도와주기로 했다. 설낭과 판석은 공연을 앞두고 작은 방에서 대기했다. 판석은 공연이 열릴 안방을 문 틈새로 부지런히 살펴봤다.

피재길의 부인 윤씨는 그 동네에서 소문난 마당발이었다. 그녀의 안방은 약방촌의 대표적인 사교 장소였다. 이날도 부녀자 십여 명과 초로의 사내 두 명이 설낭의 낭독을 들으려고 와 있었다. 그들은 대부분 곰방대를 하나씩 입에 물고 있어서, 방안은 연초 연기로 뿌옇게 보였다.

"이봐 강화댁 소문 들었어? 숭례문 근처 창동에서 전기수 공연 판이 벌어졌는데, 글쎄 기찰 포졸들이 갑자기 들이닥쳐서 난리가 났었다지 뭐야. 알고 보니 사람이 많이 모이는 걸 보고 누군가 서학 집회로 의심해서 밀고한 거라더군."

"응, 나도 들었지. 요새는 정말 뭔 일이 터질까봐 조마조마해. 포졸들 말고도 수상한 사내들이 동네 여기저기를 돌아다니면서 서학쟁이들의 행적을 캐고 다닌다니까. 사흘 전 우리 약방에도 낯선 사내가 보약을 짓는 것처럼 찾아와서는, 이 댁에 부녀자들이 자주 모이는 이유를 캐묻더라고. 우리 바깥어른이 전기수 공연 때문이라고 말해주니 그러냐면서 그냥 돌아갔는데도 괜스레 무서운 생각이 들더라고."

두 부녀자의 대화를 들은 윤씨 부인은 불편한 듯 담뱃대로 재떨이를 톡톡 치며 큰 소리로 말했다.

"자네들은 천주쟁이들도 아니면서 뭔 걱정을 그리들 하시는가? 우리야 국법을 잘 지키면서 재밌는 소설 낭독을 듣는 선량한 백성들일 뿐인데 무슨 큰일이 있겠소? 기찰들이 들이닥칠까봐 걱정되면 지금이라도 돌아가시오. 우린 자리만 넓어져서 좋으니까."

윤씨 부인의 말에 강화댁은 깜짝 놀라며 매달렸다.

"아이고, 내, 요 입방정! 우리 말은 약방촌에 서학 신도들이 많이 산다는 소문이 파다해서 잘못하면 억울하게 다치는 사람들이 나올 것 같아 걱정된다는 거지요. 피 의관 댁이 그렇다는 게 아니고요. 암튼 난 이놈의 세상이 어찌되든지 상관없고, 그저 우리 설낭 도령 목소리나 한번 더 듣고 싶소! 호호호."

청중 가운데 제일 나이 어린 새색시가 매캐한 연초 연기 때문에 연신 기침을 해댔다. 그녀의 시어머니로 보이는 중년 여인이 방안의 흡연자들이 들으라고 볼멘소리를 했다.

"어휴, 이 뿌연 연기 좀 봐! 설낭을 보기도 전에 우리 애기 숨막혀 죽겠네. 그 말라비틀어진 풀잎 쪼가리는 좀 나가서 피우면 안 되오? 그 독한 연기가 뭐 그리 좋다고 밤이나 낮이나 물고 빨고 하는 겐지! 쯧쯧쯧."

윤씨 부인이 그녀의 항의를 듣고 방문을 활짝 열어 공기를 한번 갈아주었다. 잠시 후 옆방에서 설낭이 "에헴, 에헴!" 헛기침으로 신호를 보냈다. 윤씨가 옆방의 문을 슬며시 열어주자 설낭이 들어왔다.

인왕산 너머 서쪽 하늘이 붉은 노을로 물들고 있었다. 하루 공연을 모두 마친 설낭은 판석이 끄는 나귀를 타고 세책방 객성으로 돌아가는 중이었다. 그날은 피재길 집을 시작으로 장소를 옮겨다니며 세 차례나 공연이 있어서 설낭은 몹시 지쳤다. 두 사람이 광통방 서화점 골목 어귀에 다다랐을 무렵이었다.

"여봐라. 어디서 길을 막고 서 있는 게냐? 꾸물거리지 말고 당장 비키지 못할까!"

설낭의 뒤편에서 호통 소리가 들렸다. 판석이 뒤돌아보니 주먹코 사내가 눈을 부라리고 있었다. 주먹코가 끄는 나귀에는 청색 비단 도포를 걸친 젊은 선비가 타고 있었다.

"귀한 분이 지나가시니 당장 비키라는데 촌놈들이 뭘 그리 빤히 쳐다보고 있는 것이냐? 뜨거운 맛 좀 볼 테냐?"

주먹코가 판석에게 계속 반말로 호통쳤다. 그곳은 큰길이어서 옆으로 지나가도 될 터인데 굳이 비키라고 시비를 걸고 있었다.

"뭣이여? 당신 내가 누군지 알고 초면에 반말이야. 그 못생긴 코를 내가 진짜 한번 제대로 뭉개줄까?"

판석이 주먹코를 멱살잡이하려는데 설낭이 손을 뻗어 제지했다. 주변 행인들이 싸움을 구경하려고 몰려들었다.

"뉘신지 모르겠으나, 옆으로 비켜 가면 될 일을 대로에서 왜 이리 목청을 높이는 게요?"

설낭이 점잖게 말하자 주먹코 뒤의 청색 도포가 이때다 하며 끼어들었다.

"어디서 촌뜨기가 굴러들어와 위아래도 몰라보고 물을 흐리고 다닌다더니만, 내 오늘에서야 그 상판대기를 확인하는구만! 어려서 잘 몰라 그러는 것으로 오늘은 봐줄 테지만 다음부턴 조심하거라. 덕팔아, 어서 가자!"

그의 말이 끝나자 주먹코가 판석을 옆으로 밀치며 지나가려고 했다. 조준은 괜한 소동이 일어날까 잠자코 있었으나 다혈질인 판석은 참지 않았다. 그는 지팡이로 주먹코의 발을 슬쩍 걸었다. 주먹코가 중심을 잃고 비틀거리면서 고삐가 확 당겨지는 바람에 나귀가 제자리에서 펄쩍 뛰었다.

"아이쿠! 사람 살려!"

나귀에 타고 있던 청색 도포는 서화점의 가판대 위로 떨어져 땅바닥에 나뒹굴었다. 가판대에 올려져 있던 족자와 액자 그림들도 바닥에 어지럽게 흩어졌다.

"아이고 이를 어쩌나. 우리 서향 거사님. 감히 촌뜨기 놈들이 우리 거사님에게 이런 짓을 해놓고도 무사할 것 같으냐!"

주먹코가 판석을 죽일 듯 노려본 후 청색 도포를 일으키려 했지만, 그는 기절한 상태였다. 서화점 주인이 달려나와 길바닥에 흩어진 그림들을 주워모았다. 판석은 휘파람을 불며 유유히 그 옆을 지나치려 했다.

그때 설낭이 "형님. 잠깐 멈추세요!"라더니 나귀에서 뛰어내렸다. 바닥에 펼쳐진 그림 한 장을 집어늘더니 한참을 뚫어져라 쳐다봤다.

"왜 그래, 동생! 그 그림에 뭐라도 있는 거여?"

◆

"선달 어른. 제가 그 주먹코 놈의 발을 건 게 아니라 그놈이 칠칠치 못하게 제 지팡이에 걸린 겁니다요. 진짜 제가 혼쭐을 내려고 생각했으면 그 정도로는 안 끝났습죠. 헤헤! 선달 어른도 서향인가 뭔가 하는 자의 기절한 꼴을 보셨어야 했는데……."

판석은 객성 주인 김 선달에게 조금 전 서화점 앞에서 벌어졌던 사건을 열심히 설명했다. 주먹코가 현장에서 기절한 서향 거사를 둘러업고 근처 의원으로 달려가고, 설낭은 서화점 주인에게 그림 한 장을 사주는 것으로 소란이 마무리됐다고 말했다.

김 선달의 설명에 따르면 서향(書香) 거사는 서른두 살로 충청도 어느 고을의 향리 아들이라는 소문이 있었지만 정확한 이름과 출신은 아무도 몰랐다. 그는 준수한 용모와 낭독 실력으로 북촌 명문가의 규방을 제집 안방 드나들 듯하고 있는 전기수였다. 정승댁 안방마님이 서향의 뒤를 봐준다는 소문도 있었다.

"서향이 설낭 자네에게 일부러 시비를 거는 걸 보니 자네가 꽤 의식됐던 모양이네. 허허! 전기수로서 능력도 좋고 인물도 훤칠하나, 제일 중요한 심성이 글러먹은 놈이니 가까이하지 말게. 더러운 똥은 피하는 게 상책 아닌가?"

김 선달이 서향을 조심하라고 신신당부하는데, 조준은 아무런 대꾸도 하지 않았다. 그는 골똘히 혼자만의 생각에 잠겨 있었다.

"이보게, 설낭! 무슨 생각을 그리하나?"

김 선달이 재차 묻자 그제야 퍼뜩 정신을 차렸다.

"아! 아무것도 아닙니다."

"아까부터 저 족자 그림에 온통 정신을 뺏겨 있네요."

설낭이 사 온 그림을 가리키며 판석이 대신 답했다. 흙이 묻어 살짝 더러워졌지만, 아주 잘 그린 풍속화였다. 젊은 선비가 늙은 유생을 등에 업고 달려가고 있고, 그 뒤를 젊은 여인이 도령의 것으로 보이는 갓과 도포를 들고 뒤따라가고 있는 섬세한 필치의 그림이었다. 족자 하단에는 〈은恩〉이라는 그림 제목과 '이사(理思)'라는 화공 이름이 적혀 있었다.

설낭이 허리춤에서 유모의 노리개가 달린 자신의 호패를 꺼내 보여주며 두 사람에게 물었다.

"이거하고 저 그림 속 사내의 허리춤에 달린 노리개 호패가 비슷하지 않습니까?"

설낭의 말대로 그림 속 젊은 선비는 허리춤에 설낭이 내민 것과 매우 비슷하게 생긴 노리개 호패를 차고 있었다.

"그러고 보니 비슷하네. 그런데 뭐 저런 형태의 노리개가 자네 것 딱 하나만 있겠나? 내가 그쪽은 잘 모르긴 해도, 아마 종루 패물 가게에 가보면 널려 있을 걸세."

"이건 제 유모께서 남겨주신, 세상에 하나밖에 없는 노리개입니다!"

"그 말인즉슨, 저 그림 속 선비가 자네라는 말인가?"

"아직은 잘 모르겠습니다. 제가 오해하는 것일 수도 있지요. 나중에 더 알게 되면 다시 말씀드리겠습니다."

"알겠네! 이 그림은 저 도령과 낭자 사이에 뭔가 애틋한 사연이 담겨 있을 것 같아서 우리 1층 서가에 걸어두면 딱 좋을 듯싶네. 두 사람이 꼭 이야기에 나오는 연인들 같지 않은가? 손님들이 아주 좋아하겠구먼."

인정 종소리가 곧 들릴 야심한 시각이었다. 이옥은 반촌 하숙방에서 이종사촌 형님인 풍천도후부 부사 유득공에게 보내는 안부 서찰을 작성하고 있었다. 유득공은 서얼 출신임에도 박제가, 이덕무 등과 함께 규장각 검서에 발탁되어 정조의 총애를 받던 인물이었다. 유득공은 사흘 전 이옥 앞으로 "지금 주상전하께선 탐욕으로 가득찬 승냥이 무리에게 온통 둘러싸여 계시네. 아우 같은 젊은 인재들이 하루라도 빨리 조정에 나아가 전하를 지켜야 하네! 초야에 묻힐 생각일랑 그만하고 다시 과거를 보시게"라는 내용의 장문 편지를 보내왔다. 이옥은 그에 대한 답장을 쓰는 중이었다.

"스승님, 다녀왔습니다. 오늘은 손님을 모시고 왔습니다."

설낭의 목소리였다. 이옥이 그렇게 자주 주의시켜도 설낭은 이옥을 꼭 '스승님'이라 불렀다. 이옥이 방문을 열어보니 설낭, 판석과 함께 객성 주인 김 선달이 마당에 서 있었다. 설낭과 판석의 손에는 탁주 항아리와 안주 찬합이 들려 있었다.

"김 선달 아니시오? 누추하지만 어서 방에 들어오시지요."

"그럼 실례하겠소이다."

김 선달이 이옥의 방에 들어가자, 조준과 판석도 따라 들어왔다. 판석이 건넛방에서 자는 선경도 깨워서 데려왔다. 다섯 명은 둘러앉아 조촐한 술자리를 벌였다.

"넉 달 전 설낭과 함께 객성에 찾아오셨을 때 뵙고 이번이 두 번째 뵙는군요. 그때는 미처 몰라뵈었습니다. 연암의 뒤를 이을 뛰어난 문장가를 몰라보다니 큰 결례를 범했습니다."

"과찬이십니다. 그런데 한양 제일의 세책방 주인장께서 이 야심한 밤에 한미한 유생에게 무슨 볼일이 있으신지요?"

"실은 아주 특별한 청을 드리려고 이렇게 무례를 무릅쓰고 왔습니다. 설낭과 저를 좀 도와주셔야겠습니다!"

제20화

# 깊어지는 병세

1800년 6월 21일 창덕궁 내의원 궐내각사. 내의원 도제조를 겸직하고 있는 우의정 이시수와 제조 서용보가 참석한 가운데, 어의 강명길과 의관 피재길을 비롯한 내의원 의관들이 대책 회의 중이었다. 회의 분위기는 무거웠다. 정조는 밤잠을 통 못 자면서 기력이 더욱 떨어져 이제는 가벼운 산책이나 신하 접견도 제대로 못 하는 상태였다.

그런데도 정조는 의관들에게 자신의 병증에 대해 구두로만 설명해줄 뿐 환후를 직접 보여주지 않았다. 조정 대신들이 의관들의 직접 진찰을 허용해달라고 간청했지만, 왕은 허락하지 않았다. 그는 대신에 의술이 뛰어난 방외의관을 구해오라는 지시만 되풀이했다.

"도제조 대감! 저희 내의원 의관들도 전하의 옥체를 눈으로 뵈옵고 맥도 짚어보아야 제대로 탕약을 지어드리든지, 고약이나 침 시술을 해드리든지 뭐라도 해드릴 게 아닙니까? 저희를 믿지 못하시고 방외의관만 찾으시니 참으로 답답할 따름이옵니다."

내의원 의관들은 회의에서 현상황에 대한 불만을 토로했다. 이시수는 눈을 감고 의관들의 목소리를 다 들은 후 말했다.

"내가 좌의정과 함께 주상전하께 다시 주청을 넣겠네. 전하께서 지난봄부터 미리 내의원 의관들의 처방을 받으셨으면 이리되시지는 않았을 터인데……. 그저 방외의관만 찾으시다가 더 악화되신 것 아닌가! 어의 자네는 그동안 무얼 하고 있었단 말인가?"

이시수의 질책에 강명길은 눈을 감은 채 아무 말도 하지 못했다. 정조가 왜 내의원보다 방외의관을 더 신뢰하는지 강명길은 그 이유를 알고 있었다. 하지만 당사자들 앞에서 그 이유를 밝힐 순 없었다.

정조는 도제조 겸 우의정 이시수와 조정 실세인 좌의정 심환지의 거듭된 요청에 결국 의관들의 식접 진찰을 허용했다. 내의원의 종기 치료 권위자인 피재길이 다음날 방외의관 김한주, 백동규를 데리고 정조의 환후를 진찰하게 됐다.

"전하, 피재길과 방외의관들이 대령했사옵니다."

"어서 들라 하라!"

피재길은 침소에 들어서면서 정조의 용안부터 유심히 살폈다. 왕의 안색은 어두웠고, 두 눈은 움푹 패고 퀭했다. 세 의관은 왕께 무릎을 꿇고 예를 갖추었다. 정조는 내관의 도움을 받아 속적삼을 벗었다.

왕의 옥체를 본 피재길은 하마터면 '헉!' 하고 소리를 낼 뻔했다. 7년 전 자신이 종기 치료를 했을 때와는 전혀 다른 몸이었다. 체중은 눈에 띄게 줄었을 뿐만 아니라 등과 가슴, 목, 그리고 뒷머리까지 종기가 번져 있었다. 큰 종기들은 농익다못해 문드러져 탁한 피고름이 흘러나오고 있었다. 난생처음 임금의 옥체를 직접 대면한 두 방외의관은 피재길보다 더 긴장한 눈빛으로 환부를 주시했다.

"종기 상태가 어떠한가? 어서들 말해보라."

정조는 진찰을 마친 두 의관이 서로 논의할 시간조차 주지 않고 바로 진찰 결과를 물었다. 김한주는 잠시 주저하다가 "종기가 푹 곪았으니 이제는 곪은 살을 제거하고 새살을 돋게 하는 약재를 써야 한다"는 진단과 처방을 내놓았다. 반면 백동규는 "아직 충분히 곪지 않았으니 곪은 살을 제거하는 약재를 쓰기는 이르다"는 의견을 제시했다.

두 방외의관의 진단과 처방은 상반된 것이었다.

'누구의 말이 맞단 말인가?'

실망하는 빛이 용안을 스쳤다. 내의원을 대표해서 방외의관들을 데리고 들어온 피재길은 당혹감을 감추지 못했다.

"피 의관, 자네는 어찌 생각하는가?"

"전하, 아뢰옵기 송구하오나, 종기 중 어떤 것은 충분히 곪지 않았고, 어떤 것은 또 너무 농익은 상태가 맞사옵니다. 각각의 종기는 상태에 맞추어 치료하되, 몸 전체 기력 회복에 도움이 되는 약재를 쓰는 것이 더 시급한 것 같사옵니다."

"으음, 알았다. 그리하여라. 그대들은 그만 돌아가보거라."

정조는 피재길 일행이 침소에서 빠져나가자 습관처럼 백동연죽을 입에 물었다.

◆

피재길은 그날 저녁 퇴청하려고 돈화문 앞까지 갔다가 발길을 되돌려 강명길을 찾아갔다. 정조를 직접 진찰한 내용을 놓고 내의원 의관들과 한차례 회의를 했으나, 그 자리에선 차마 입에 올리지 못한 내용이 있었기 때문이었다.

피재길은 옥체를 직접 보고 큰 충격을 받았다. 그는 자신의 종기 특효약인 웅담고가 듣지 않았던 이유를 이제야 알 것 같았다.

종기 자체가 아니라 극도로 쇠약해진 기력이 왕에게는 더 큰 문제였다. 왕의 지금 몸 상태로는 어떤 종기약을 써도 듣지 않을 수밖에 없었다.

정조에게 종기는 새삼스러운 병이 아니었다. 그는 어린 시절부터 크고 작은 종기를 달고 살았다. 그러나 왕은 젊은이들도 당기기 힘든 흑각궁을 50발이나 쏴서 200보 밖 과녁을 맞힐 정도로 기운이 넘치는 분이었다. 피재길 자신이 계축년(1793년) 왕의 머리와 얼굴에 난 심한 종기들을 우황고로 치료할 수 있었던 것도 어쩌면 정조의 기력 자체가 남달랐기 때문이었다. 그런데 그날 육안으로 확인한 정조의 몸은 일흔 살 노인보다 더 쇠약해져 있었다.

피재길이 내의원에 들어섰을 때 강명길은 수제자 애월과 함께 다음날 오전 정조에게 올릴 탕약재를 준비하고 있었다.

"아니, 피 의관! 어제 입직을 했으니 오늘은 일찍 들어가서 쉬라고 했거늘 왜 다시 왔소?"

"어의 어른께만 긴히 드릴 얘기가 있습니다."

피재길은 강명길의 인품과 의술, 그리고 임금에 대한 충정을 깊이 신뢰해서 평소에 잘 따르고 있었다. 강명길도 피재길이 배움은 짧으나 현장 치료로 체득한 의술이 대단하다는 것을 알기에 그를 아꼈다. 강명길은 피 의관을 자기 방으로 데려갔다. 피재길은 자리에 앉자 흉중에 담아둔 이야기를 꺼냈다.

"어의 어른. 오늘 제가 본 전하의 환후는 단순히 종기의 문제가 아니었습니다. 무슨 일이 있었길래 저리도 빨리 쇠약해지신 것인지 의심이 들었습니다. 이는 분명히 정상적인 경우가 아닙니다!"

◆

1800년 6월 23일 오전. 도제조 이시수는 강명길을 비롯한 내의원 의관들을 불러 대책 회의를 열었다. 좌의정 심환지를 비롯한 주요 대신들도 함께 참석했다.

"자네들도 이미 들어 알고 있겠지만 전하께서 용한 방외의관을 찾아 추천하라고 또 명을 내리셨네. 좌의정 대감께서 그와 관련해 중요한 천거를 하겠다고 하시니 한번 들어보세."

이시수가 의관들에게 회의 소집 목적을 설명하자 심환지가 곧이어 발언했다.

"방외의관 심인과 그의 지인 변 씨가 종기 치료에 효험이 있는 민간 치료 비법을 가지고 있다고 하네. 심인은 종기 환부에 수은 연기를 쐬어 치료하는 연훈방을 사용하고, 변 씨는 토끼 가죽으로 종기를 가라앉힐 수 있다고 하네. 그들에게 치료받아 효험을 본 자가 한둘이 아니라고 하니 전하께서도 받아보시는 게 어떻겠나?"

심환지의 제안에 의관들이 잠시 술렁였다. 종기 치료 전문인 피재길은 연훈방이라는 말에 깜짝 놀랐다.

"좌의정 대감, 연훈방은 저도 들어 알고 있사옵니다. 그 치료법은 독성이 매우 강해 함부로 사용하면 오히려 몸을 해칠 수 있사옵니다. 지금 전하께서는 기력이 매우 약해진 터라 연훈방은 맞지 않을 듯하옵니다."

강명길을 비롯한 다른 의관들도 피재길과 의견이 같았다. 그들은 정통적인 종기 치료 처방으로 피고름을 빼고 종기의 뿌리를 녹여야 한다며 근본도 명확지 않은 잡술을 써서는 안 된다고 생각했다.

심환지는 의관들이 자신의 방외의관 천거에 부정적 반응을 보이자 표정이 굳어졌다. 그의 안색을 살피던 이조참판 조윤대가 의관들을 꾸짖듯 말했다.

"전하께서 그대들의 치료나 처방은 받지 않으시려 하는데, 그럼 이렇게 마냥 손놓고 있을 텐가들? 오죽 답답하면 조정의 최고 어른이신 좌의정 대감께서 직접 수소문해 천거하시겠나! 자네들은 근본 없는 잡약이라고 폄하하지만 초계문신 신봉조가 이미 변씨의 토끼 가죽 요법으로 효험을 보았고, 경기감사 서정수도 연훈방으로 종기를 고쳤다고 하네. 이처럼 효험이 입증되었는데도 아니 쓸 이유가 있는가?"

조윤대의 발언에도 의관들은 입을 다물었다. 회의 분위기가 냉랭하게 흐르자 이시수가 중재에 나섰다.

"전하의 옥체를 걱정하는 충심은 여기 모인 모두가 똑같을 것이오. 오후 입진 때 내가 전하께 직접 이 문제를 여쭈어보겠소. 우리 전하께서 어지간한 의관들보다 의술에 훨씬 더 밝으신 분이시니 스스로 어떤 치료를 받으실지 결정하실 수 있을 것이오."

이시수는 오후 입진에서 정조에게 심인의 연훈방에 대해 아뢰었다. 정조는 잠시 생각에 잠겼다가 이시수와 강명길 등에게 되물었다.

"연훈방이라? 처음 듣는 치료법이다. 경들의 생각은 어떤가?"

"종기란 대체로 빠른 시일 내에 효과를 기대할 수 없는 병이옵니다. 지금 받으시는 처방이 차츰 효과를 보고 있으니 마음을 느긋하게 잡수시고 계속 치료를 이어가시는 것이 좋을 듯하옵니다."

이시수와 강명길은 연훈방 사용에 신중해야 한다고 입을 모았다. 정조는 때마침 종기 통증을 느낀 듯 어깨 부위를 어루만지며 "짐이 좀 생각해보고 결정하겠으니 오늘은 그만 물러들 가시오"라고 말했다.

그날 저녁 북촌 심환지 저택에 벽파 대신들이 모여들었다. 그들은 심환지가 정조에게 방외의관을 추천했다는 소식을 듣고 걱정되어 찾아온 것이었다.

"대감께서 추천하신 의관들이 잘 치료하여 전하께서 용케 회복하신다면 모르겠지만 만일 예기치 못한 일이 생긴다면 그 뒷감당을 어쩌시려고 그러십니까? 굳이 나설 필요 없이 그냥 지켜보시는 게 어떻겠사옵니까?"

"맞습니다. 전하께서 우리 벽파들에게 자신의 병환을 한사코 숨기시려고만 하셨잖습니까? 지금도 우리 편 의관들에게는 눈길조차 주시지 않는다고 들었습니다. 그런데도 이 상황에서 대감께서 직접 방외의관을 구해 바치시다니요?"

참석자들은 심환지에게 따지듯 반대의견을 쏟아냈다. 심환지는 그들의 발언을 잠자코 들어주다가 회의 말미에야 입을 열었다.

"너무 걱정들 마시게. 이 늙은이도 다 생각이 있소. 전하의 옥체를 염려하는 것은 신하의 도리가 아니겠소? 국정을 이끄는 우리 벽파가 전하의 병환을 그저 손놓고 보고만 있어야 하겠소? 전하를 치료하는 현장에 우리 사람이 반드시 있어야 하오. 그래야 전하의 용태와 관련한 모든 것을 소상히 알 수 있고, 어떻게 대응할지 그 방안도 나오는 것이오. 오늘은 밤이 늦었으니 그만 물러들 가시게."

잠시 후 사랑방에 홀로 남은 심환지는 골똘히 생각에 잠겼다. 그가 추천한 심인은 청송 심씨로 그의 먼 친척이었다. 영조 때 노론 벽파 영수였던 청풍 김씨 김종수의 외척이기도 했다. 심인은 글공부에는 재주가 없어 하급 무관으로 관직을 시작했으나, 의술과 병법, 건축 등 다방면에 잔재주가 많았다. 문희묘(정조와 의빈

성씨 사이에서 태어난 문효세자의 묘)를 이장할 때와 수원화성 초
루(譙樓)를 건설할 때 그 같은 잔재주로 조그만 공을 세워 함안군
수와 거제부사, 가산군수 등을 역임했다. 부임해 가는 곳마다 탐
관오리 짓을 일삼다가 쫓겨났지만, 당대 두 실세 가문과 얽혀 있
는 덕분에 매번 오뚜기처럼 관직에 복귀했다. 그런 심인이 며칠
전 심환지를 찾아왔다. 그는 자신이 임금의 병환을 치료할 수 있
는 비법을 가지고 있으니 다리를 놓아달라고 심환지에게 부탁했
다. 심환지는 촛불을 끄고 사랑방을 나서면서 속으로 이렇게 되
뇌었다.

'전하께서는 이번 기회에 똑바로 아셔야 할 것입니다! 왕가의
일이건, 조정의 업무이건, 전하의 옥체 문제이건, 그 어떤 일도
이제 소신과 우리 벽파의 도움이 없이는 하나도 이룰 수 없다는
것을 말이옵니다.'

# 제21화

# 연훈방

"나라를 세운 것은 임금을 위한 것이더냐? 백성을 위한 것이더냐?"

어디선가 할바마마의 옥음이 들려왔다. 어린 세손은 시강원 강당에서 두 눈을 비비며 잠을 깼다. 그의 앞에는 영조 임금이 앉아 있었다.

"세손은 어찌 말이 없느냐? 이 할애비가 다시 묻겠다. 나라를 세운 것이 임금을 위한 것이냐? 아니면 백성을 위한 것이냐?"

"임금도 위하고, 또한 조선을 위한 것이옵니다."

세손의 답변에 영조의 용안에 실망한 기색이 스쳤다.

"세손은 듣거라! 너의 그 대답에는 아직 깨치지 못한 점이 있구나. 하늘이 나라를 세운 본뜻은 백성을 위한 것이다. 하늘이 임금을 세운 것은 임금을 높이고자 함이 아니라 백성을 봉양하기 위해서다. 그러니 민심을 한번 잃으면 임금이 되고자 하더라도 될 수 없는 것이다. 세손 너는 백성 생각하기를 결코 잊어서는 안 될 것이다!"

"⋯⋯."

"어찌 또 꿀 먹은 벙어리가 되었느냐?"

'할바마마, 말씀대로 하늘이 나라를 세운 뜻은 백성을 위한 것이옵니다. 하지만 임금을 높이는 것 또한 백성을 위하는 것이옵니다. 사림의 무리가 툭하면 임금도 세자도 갈아치우는 세상은 임금에게도 백성에게도 좋은 세상이 아니옵니다. 소자는 감히 그 누구도 넘볼 수 없는 강력한 군주의 나라를 만들 것이옵니다!'

세손은 그렇게 외치고 싶었으나 입술이 떨어지지 않아 "음, 음" 소리만 났다. 뒤에 서 있던 신하들이 비웃기 시작했다.

"어, 안 돼, 안 돼!"

정조는 침상에서 두 손을 허우적거리다가 눈을 번쩍 떴다. 또 다시 악몽이었다. 이번에는 11살 때 경희궁 경현당에서 영조와 회강을 했던 기억을 악몽으로 꾼 것이었다. 사도세자가 뒤주에 갇혀 죽기 석 달 전의 일이었다.

◆

1800년 6월 24일 한양 하늘에 먹구름이 잔뜩 끼었다. 아침부터 비가 오락가락 내리고 있었다. 간밤에 잠을 거의 못 잔 정조는 아침 입진 때 도제조 이시수에게 심인의 연훈방 치료를 받겠다고 밝혔다.

방외의관 심인은 정조의 부름을 받고 편전에 들었다. 심인은 정조를 알현하자마자 납작 엎드려 몸 둘 바를 몰라했다.

"주상전하. 성은이 망극하옵니다. 소인 심인, 전하께옵서 쾌차하시는 데 제 작은 재주가 조금이라도 도움이 될 수만 있다면 지금 죽어도 여한이 없사옵니다. 제 모든 의술과 정성을 이번 치료에 다 쏟아붓겠습니다."

심인은 그렇게 말하며 속으로는 일생일대의 출세 기회를 잡았다고 호재를 부르고 있었다. 정조는 퀭한 눈으로 심인을 바라보며 물었다.

"그대에게 연훈방 치료를 몇 번이나 받아야 짐의 병이 나을 것 같은가?"

"소인이 전하의 환부를 아직 보지 못해 정확히 말씀드리기는 어렵사오나, 지금까지 소인이 완치시킨 종기 환자들의 사례에 비춰볼 때 세 번 정도 연훈방을 받으시면 반드시 효험을 보실 것이옵니다."

강명길과 피재길은 심인이 지나치게 자신 있어하자 오히려 불안했다. 하지만 정조는 심인의 대답이 흡족한 듯 "그래, 그렇게 빠르게 효험을 볼 수 있다면 당장 오늘부터 치료를 시작하라"고 명했다.

바로 그날 오전 희정전 침소에서 심인의 첫 연훈방 치료가 시작됐다. 피재길이 입회한 상태에서 심인이 시술을 시작했다. 연훈방은 수은이 들어간 약재를 태워 발생하는 독한 연기를 종기 환부에 쏘여서 종기의 독성을 약화하는 치료법이었다. 심인은 먼저 수은을 태운 연기가 침소 밖으로 빠져나가지 못하도록 출입문과 창문을 모두 닫게 했다. 그리고 나무상자에서 연훈방 도구들을 꺼내 탁자 위에 가지런하게 놓았다. 정조는 피재길의 도움을 받아 웃옷을 벗고 침상에 누웠다.

'헉, 아니……!'

정조의 환부를 처음으로 본 심인은 흠칫 놀랐지만 내색할 수 없었다. 가슴과 등에 번진 종기들이 짓무른 채 뻘겋게 부풀어올라 있었다. 그러나 자신의 치료 경험으로 보아 정조의 종기는 최악의 상태까지는 아니었다. 그가 놀란 것은 마흔일곱 살이라고는 도저히 믿기지 않을 정도로 옥체가 쇠약해 보였기 때문이었다.

광목천으로 코와 입을 가린 심인이 연훈방 약재에 불을 붙이자 흰 연기가 피어올랐다. 그는 연기를 왕의 종기에 가까이 갖다댔다. 치료가 계속되면서 그의 이마에 구슬땀이 맺혔다.

피재길은 긴장된 눈빛으로 치료 과정을 주시했다. 침상 위의 정조는 어느새 선잠이 들었는지 조용했다. 마침내 심인은 준비해 온 약재를 모두 태웠다. 그리고 종기에 고약의 일종인 성전고(聖傳膏)를 붙이는 것으로 그날 치료를 모두 마쳤다. 그는 피 의관에게 치료가 끝났다는 손 신호를 보냈다. 피재길은 방문과 창문을 활짝 열었다. 방안을 가득 채웠던 매캐한 연기가 공기의 흐름을 타고 흩어지기 시작했다.

"전하, 치료를 마쳤사옵니다."

피재길이 얕은 잠에 빠진 정조를 깨웠다. 그는 정조가 상체를 일으키도록 부축하며 "전하, 연기가 독하오니 환기를 마칠 때까지는 호흡을 조심하셔야 합니다"라고 말했다. 심인은 피재길의 말이 끝나자마자 반박하듯 말했다.

"연기의 독성이라면 그리 염려치 않으셔도 되옵니다, 전하. 연훈을 며칠이고 계속 들이마신다면 피 의관의 말대로 건강에 심각한 문제가 생길 수 있지만 지금 이 정도로는 크게 해롭지 않사옵니다."

정조는 그날 오후에 두 번째 연훈방 치료를 받았다. 심인은 그 치료가 끝난 후 정조에게 종기의 상태가 호전되고 있다는 희망적인 소견을 내놓았다.

"전하, 등 쪽 종기들의 색깔이 붉어졌고, 고름의 빛깔도 탁해졌습니다. 이는 연훈방의 효과로 종기가 농익기 시작했다는 증거이옵니다. 이대로 더 치료하면 반드시 종기의 뿌리를 제거할 수 있을 것입니다."

종기가 호전되고 있다는 심인의 소견에 정조는 표정이 밝아졌다. 하지만 등 척추를 따라 난 종기에 강한 통증이 여전히 남아 있어 이내 다시 표정이 일그러졌다. 편전 밖 뜰에는 장맛비가 주룩주룩 내리고 있었다.

"아이고, 또 오셨네! 나이도 어리신 분이 참 끈질기기도 하시네. 아무리 그래도 안 되는 것은 안 되는 것입니다. 소인들은 화공이 원치 않으면 그가 누구인지 절대 가르쳐드릴 수 없습니다요."

서화점 주인 장 씨는 그림 〈은〉의 화공을 만나게 해달라는 설낭의 집요한 요구에 계속 선을 그었다. 광통방 서화점들은 화공들이 그려온 그림을 벽과 가판대에 전시해놓고 손님들이 마음에 드는 것을 사 가도록 했다. 또 손님이 화첩을 보고 원하는 화풍을 선택하면 그에 맞는 화공을 섭외해주기도 했다.

화공들 가운데는 자기 이름과 호를 내걸고 활동하는 이도 많았지만, 신분과 이름을 드러내지 않고 은밀하게 그림만 내다파는 이들도 적지 않았다. 조준은 자신도 신분과 이름을 감추고 전기수 설낭으로 살아가고 있기에, 신상 노출을 꺼리는 무명 화공들의 속사정을 헤아리지 못한 것은 아니었다.

"그래도 이거면 어찌 안 되겠소?"

조준이 엽전 두 냥을 내밀며 애원했다. 장 씨는 화가 난 듯 "이거 참, 고래 심줄 같은 선비님이시구먼. 글쎄, 쓸데없는 짓 하지 마시래두, 못 알려준다니까요! 아무튼 다른 그림 안 살 거면 인제 그만 돌아가세요"라고 말했다. 조준은 더이상 어쩔 수 없어서 서화점을 나왔다.

'절대로 우연히 그린 그림이 아니야! 하나밖에 없는 유모의 노리개를 찬 젊은 선비는 아무리 봐도 나를 그린 것이야. 등에 업힌 노인과 뒤따르는 젊은 낭자……. 상황이 조금 다르긴 해도 별시 때의 그 사건이 떠오르지 않는가.'

터벅터벅 걷던 그가 객성 골목 초입에 다다랐을 즈음 뒤편에서 "저 선비님!"하고 부르는 소리가 들렸다. 뒤돌아보니 장 씨 서화점에서 일하는 댕기 머리 총각이었다. 그는 자신에게 엽전 한 냥만 주면 〈은〉을 그린 화공이 누군지 알려주겠다고 했다.

장마로 며칠 동안 우중충했던 한양 하늘이 오랜만에 쾌청해졌다. 이옥은 선경을 데리고 혜화문에서 출발해 인왕산 부근까지 산책을 나갔다. 그곳은 봄철 꽃놀이 명소로 알려진 곳이었지만 여름 경치 또한 볼만했다. 특히 정조가 신하들과 함께 자주 들르는 세심대에서 바라보는 풍경은 한 폭의 수묵화를 연상시켰다. 빈터만 남아 수풀이 울창한 경복궁과 가지런한 운종가의 가옥 지붕들, 그리고 저멀리 남산 봉수대까지 한눈에 훤히 들어왔다.

처음에 이옥은 김 선달에게 부탁받은 언문 소설을 구상하려고 송동 뒷산까지 가볍게 산보를 다녀올 생각이었다. 그런데 선경이 따라나서면서, 두 사람은 한양 성곽 둘레를 따라 어느새 인왕산 기슭까지 가게 되었다.

"저희 부친께서 십 년 전부터 논농사 짓던 땅을 죄다 연초밭으로 바꿨는데 지금 생각해보니 혜안이 있으셨던 것 같습니다. 한양 사람들 대부분이 곰방대를 입에 물고 사니까 품질만 좋으면 날개 돋친 듯 팔리지 않겠습니까? 지금쯤 올가을 도성에 올라올 진안초 잎들이 파릇파릇 제대로 물이 오르고 있을 겝니다."

선경은 조만간 운종가 연초전의 주인 박 영감이 붙여준 거간꾼과 함께 진안에 내려가 연초 농사 작황을 확인할 생각이었다. 거래가 잘만 성사되면 진안초로 큰돈을 벌 기회였다. 그래서일까 선경은 덩치에 맞지 않게 평소보다 말이 많았다.

선경은 필운대 부근에서 잠깐 소변을 보겠다며 숲에 들어갔다. 혼자 남은 이옥은 저멀리 광통교 언저리를 바라보며 열흘 전 김 선달의 부탁을 떠올렸다. 김 선달은 이옥에게 설낭이 낭독할 새로운 소설 집필을 의뢰했었다.

"나는 설낭을 조선 최고의 전기수로 만들어보고 싶소. 구래의 낡고 뻔한 이야기들을 읽어주는 데 그치지 않고, 지금 시류에 맞는 새로운 소설을 처음 낭독하게 하고 싶소. 서포 김만중의 〈구운몽〉이 나온 지가 언제요? 이미 100년이 넘지 않았소? 이제 새로운 게 나올 때가 된 것이외다. 한양의 이야기판에 혜성같이 등장한 우리 설낭 곁에, 소품체 대가인 문무자께서 떡하니 있다는 것은 천우신조가 아니면 무엇이겠소! 영웅적이면서도 아름다운 사랑의 이야기, 그러면서도 후세에 오래오래 살아남아 교훈을 전해줄 그런 이야기! 딱 한 편만 지어주시오. 더는 바라지 않으리다. 물론 내 사례금은 섭섭지 않게 드리겠소이다."

옆에 있던 설낭도 "제가 스승님의 소설을 낭독할 수만 있다면 큰 영광입니다. 꼭 좀 부탁드리겠습니다"라고 김 선달을 거들었다. 이옥은 즉답하지 못하고 술만 마셨다. 한시를 짓고, 잡문을 쓰는 데는 익숙했으나 세책방에서 유통되고 있는 언문 소설들처럼 긴 호흡의 이야기를 써본 적은 없었다. 김 선달과 설낭은 포기하지 않고 밤새도록 이옥을 설득했다.

술기운 탓이었을까? 아니면 과거 시험도 포기한 마당에 뭔가 몰두할 것이 필요했던 것일까? 취기가 오른 이옥은 자신이 쓴 소설을 설낭이 낭독하는 것도 꽤 멋진 일이라는 생각이 들었다. 그래서 "좋소! 한번 써보리다"라며 제안을 수락했었다.

풀숲에서 나온 선경은 이옥이 광통방 쪽을 쳐다보며 미동도 하지 않고 서 있자 일부러 큰 소리로 말했다.

"무슨 생각을 그리 골똘히 하시는 겝니까? 어서 가시죠. 오늘 저녁은 제가 반촌 주막에서 탁주 한 사발 사겠습니다."

"허허, 그렇게 하세. 설낭과 판석도 부르세."

## 제22화

# 여화공 이사

전기수들이 북촌 규방에서 공연할 때는 사람들의 눈을 피해 가마를 타고 드나들어야 했다. 외간 남정네가 들락날락한다는 소문이 나는 걸 안방마님들이 원치 않기 때문이었다. 보통 초대한 집에서 전기수를 가마에 태워 데려갔다가 공연이 끝나면 다시 가마로 북촌 밖까지 내보내주었다. 이날 북촌 공연은 노모의 생신을 맞아 현직 관료인 두 아들이 마련한 잔치 자리였다. 설낭이 그 집에 당도했을 때 대문 앞은 생일 선물을 전하려는 사람들로 붐볐다. 하인들은 앞마당에 쌓인 비단과 명주, 과일, 생선 등의 선물을 부지런히 정리하고 있었다.

잔치는 안채 마당에서 열렸다. 곱게 차려입은 노모와 붉은색 관복을 입은 두 아들이 참석한 가운데 소리꾼과 춤꾼, 악공의 공연이 순차적으로 이어졌다. 설낭의 낭독은 잔치의 마지막 순서였다. 공연 장소는 마당이 아니라 대청마루였다. 노모와 며느리들, 그리고 친인척들이 30여 명 대청마루에 다소곳이 앉았다.

"아따. 지는 쩌그서 온 판석이라고 하옵니다. 쩌그가 어디냐고요? 마님들께선 거시기 진안초라고 들어보셨습니까요? 둘~이 피우다가 하나가 죽어도 모를 만큼 맛난 담바고가 바로 진안초인디, 그것이 지가 태어난 진안의 명물입죠. 아이고 이런 쓸데없는 서설이 길었습니다요. 우리 설낭 도령이 나올 채비를 마칠 때까정, 지가 잠시 잔재주로 재롱을 쪼까 떨어보겠습니다요."

그러더니 판석은 구기로 청중의 분위기를 돋웠다. 그는 심술 많은 원숭이와 먹성 좋은 돼지, 머리 나쁜 황구, 허풍쟁이 수탉 등을 소재로 다양한 표정과 울음소리를 흉내냈다. 이옥의 말대로 연초 농사꾼으로 썩기에는 아까운 재주였다. 점잖은 마님들도 판석의 재롱에 웃음을 참지 못했다. 판석이 분위기를 잘 풀어서 설낭의 공연에도 한결 여유가 생겼다. 얇은 너울을 쓴 설낭이 한 손에는 〈사씨남정기〉를 펴들고, 다른 손에 부채를 쥐고 낭독을 시작하자 청중들은 쥐죽은듯 조용해졌다.

공연은 성공적으로 마무리되었다. 좀더 듣고 싶어 아쉬워하는 목소리도 적지 않았다. 설낭은 다시 가마를 타고 북촌 입구인 계동으로 나왔다. 그는 가마에서 내려 판석의 나귀로 갈아탔다.

"형님, 광통방 화방으로 가시죠! 어서요! 서둘러야 합니다."

"알았네. 걱정일랑 붙들어 매게. 그건 그렇고 이야기 한판에 닷 냥이라니! 이렇게만 벌면 자네는 우리 연초꾼들보다 더 빨리 부자가 될 것 같네."

"그게 어디 저만의 돈이겠습니까? 우선 선달 어른께 두 냥을 드리고, 남는 세 냥 중에 한 냥은 형님의 것입니다. 오늘도 형님이 없었더라면 그렇게 부드럽게 흘러가지 못했을 겁니다."

"헤헤헤, 자네가 봐도 그런가? 내가 소싯적부터 동네 어른들한테 사람 웃기는 데는 신동이라는 말을 수없이 들었다네. 근디, 아무리 그래도 한 냥은 너무 많네. 반 뚝 잘라 5전으로 하세. 나도 염치가 있지."

쓰개치마를 뒤집어쓴 젊은 여인이 한양 송현의 한 기와집 대문을 나섰다. 그 여인은 주변을 잠시 살피더니 종루 방향으로 걸음을 옮겼다. 근처 샛길에 몸을 숨기고 있던 사내 둘이 그녀를 은밀하게 미행했다.

그녀는 남산골 남인 선비 정남윤, 일명 정 초시의 딸 효연이었다. 정 초시는 젊은 시절 나이 스물에 소과에 합격할 만큼 뛰어난 선비였다. 하지만 남인 세력이 노론과의 권력투쟁에서 패하여 중앙 정계에서 밀려난 이후 대과 초시에는 여러 번 붙었으면서도

2차 복시에서 번번이 낙방하며 좌절을 거듭했다. 그의 집안은 원래 살림이 풍족했으나 40년간 글공부만 하며 지내느라 가세가 크게 기울었다. 지금은 남산골 기슭의 다 쓰러져가는 초가집에서 살았다.

효연은 정 초시가 첫 부인과 사별하고 둘째 부인에게서 늘그막에 얻은 외동딸로 올해 열일곱이었다. 그녀는 어머니와 오라비가 병으로 죽고 아버지까지 병석에 눕자 집안 살림과 생계를 떠맡아 왔다. 효연은 글씨와 그림에 뛰어난 재주가 있었는데, 그 재주로 부친을 근근이 봉양하고 있었다. 송현을 빠져나온 효연은 광통방의 장 씨 서화점으로 향했다. 자신이 미행당하고 있다는 사실을 까맣게 몰랐다. 그녀는 유시에 서화점에서 한 선비의 초상화를 그려주기로 약속되어 있었다.

◆

광통방 장 씨 서화점은 밖에서도 가게 안이 훤히 보였다. 행인들이 그림을 보고 고를 수 있도록 가판대에 서화 작품들이 진열되어 있고, 벽면에도 크고 작은 그림과 글씨들이 보기 좋게 걸려 있었다. 가게 안에는 그림 작업을 할 수 있는 내실이 따로 있었다. 효연은 그 내실에서 붓, 벼루, 먹, 물감, 고급 한지, 칠실파려안 등을 놓고 초상화 작업을 준비했다. '칠실파려안'은 바늘구멍

같은 작은 구멍이 뚫려 있는 나무상자의 형태를 하고 있었다. 그 구멍의 유리알을 통해 피사체의 형상이 빛을 타고 들어와 어두운 상자의 벽면에 투영된다. 화공은 그 위에 종이를 대고 피사체의 윤곽을 그렸다. 청나라에서 들어온 신문물이었는데, 주로 초상화 작업에 활용되었다.

효연은 사흘 전 장 씨 서화점을 통해 초상화를 의뢰받았다. 장 씨는 어떤 젊은 선비가 화공 이사의 화풍을 무척 마음에 들어하며 자기 초상화를 꼭 그려달라고 요청했다고 했다. '이사'는 효연이 화공으로 활동할 때 쓰는 가명이었다. 그녀는 처음엔 망설였다. 양반가와 중인가의 부녀자 초상화를 그린 적은 있었지만, 지금껏 남성의 초상화를 그린 적은 없기 때문이다.

"효연 아기씨, 그 선비님은 아기씨의 그림을 석 점이나 사 갈 정도로 아기씨의 실력을 높이 사는 분입니다. 눈이 맑고 풍채에 기품이 있는 것이 허튼짓할 자는 아닌 것 같습니다. 무엇보다 사례비로 닷 냥이나 내놓겠다고 하니 아씨에게도 목돈이 생기는 좋은 기회가 아니겠습니까?"

적지 않은 돈을 벌 수 있기도 했지만, 화공 이사의 실력을 알아주는 사람이라는 말에 효연의 마음이 움직였다.

"효연 아기씨, 선비님께서 오셨습니다요. 헤헤헤."

댕기 머리 점원이 효연에게 선비가 도착했음을 알렸다. 그녀는 얼른 두 팔에 토시를 끼고, 작업용 앞치마를 둘렀다. 주인 장 씨가 선비를 내실로 안내했다. 효연은 선비를 향해 가볍게 목례했다. 장 씨는 선비를 방 중앙의 의자에 앉혔다. 창문으로 쏟아져 들어온 햇살이 선비의 몸을 감쌌다. 살굿빛 비단 도포와 말총 갓을 쓰고, 얇은 너울로 얼굴을 가리고 있었다. 행색만 보면 글공부하는 선비라기보다는 풍류를 즐기는 부잣집 도련님의 행색이었다.

효연은 살며시 칠실파려안을 열었다. 상자 앞쪽의 작은 유리 구멍을 선비에게 맞췄다. 그러자 그 구멍을 통해 들어온 선비의 모습이 상자 속에 거꾸로 맺혔다. 이제 그 형상에 종이를 대고 초벌 윤곽을 따면 되었다.

"선비님. 그 너울을 좀 벗어주십시오."

효연이 부탁하자 선비는 천천히 너울을 벗었다. 흐릿하게 가려져 있던 선비의 얼굴이 훤히 드러났다. 효연은 칠실파려안에 맺힌 그의 얼굴을 뚫어지게 봤다. 잠시 정적이 흘렀다. 지난봄 춘당대에서 만났던 선비님이었다! 옷차림이 많이 달라졌으나 얼굴은 그대로였다. 실신한 부친을 반촌 약방으로 옮겨준 바로 그 은인이었다.

'헉!' 설마설마했는데 설낭의 추측이 맞았다. 어딘지 여리고 가냘프게 보였던 그 젊은 사수는 남장한 여인이었다. 갓과 도포를 벗고 이렇게 마주앉아 있으니 눈부시게 아름다운 여인이었다. 설낭은 얼굴이 빨개지고 가슴이 두방망이질 쳤다.

그런데 맞은편에 앉은 여화공은 이상하리만치 아무런 표정의 변화가 없었다. 아예 그를 몰라보는 것 같았다.

'그때와 차림새가 달라서일까? 아니면 그 그림은 그저 우연……?'

조준은 그녀가 자신을 알아보는지 시험해보려고 허리춤의 노리개 호패를 일부러 노출해보았다.

"선비님, 움직이시면 안 됩니다."

그녀는 건조한 말투로 그렇게 말하며 계속 그림을 그렸다. 효연에게 초상화를 의뢰해보라고 조언한 것은 문무자 이옥이었다. 설낭이 그림 〈은〉에 얽힌 사연을 들려주자, 이옥은 "말 한번 섞어보지 못하고 속으로 끙끙 앓아봐야 죽도 밥도 안 되는 법이네. 그 화공에게 자네 초상화를 한 폭 그려달라고 부탁해보게. 그러면 둘이 자연스럽게 마주할 자리가 만들어지지 않겠나?"라고 조언했다.

이옥의 조언대로 설낭은 초상화를 매개로 여화공과 마주앉는 데 성공했다. 그러나 그다음에는 무엇을 어찌해야 할지 몰랐다. 한양 도성의 부녀자들을 홀리던 세련된 전기수 설낭은 온데간데 없이 사라졌다. 여화공 앞에 앉아 있는 것은 어리숙한 산골선비 조준이었다.

효연은 달빛을 받으며 남산골로 올라가고 있었다. 한 시각 전 광통방 장 씨 서화점에서 있었던 일이 자꾸 떠올랐다. 애써 모른 척하며 초상화 작업에만 집중했지만, 사실 속으론 무척 동요하고 긴장했었다. 효연은 인물의 윤곽과 구도를 잡으려고 칠실파려안에 맺힌 선비의 얼굴을 응시했다가 깜짝 놀라 하마터면 '어머나!' 하고 크게 소리를 낼 뻔했다.

그후로 어떻게 작업을 마쳤는지, 어떻게 여기까지 왔는지, 기억이 잘 나지 않았다. 화방을 나올 때 주인 장 씨와 사흘 후 다시 같은 시각 같은 자리에서 나머지 작업을 진행하기로 약조한 것만 떠올랐다. 정작 그 선비에게는 인사도 제대로 못 건네고 황급히 화방을 빠져나왔다.

'선비님은 어떻게 나를 찾아온 것일까? 그 그림을 보고 나라는 것을 아신 걸까? 그런데 왜 내게 한마디 말도 걸지 않으신 거지? 마지막에는 표정이 굳으셨는데, 내게 화가 나셨던 것일까? 그렇게 큰 도움을 받았는데 인사조차 못 드렸으니!'

무수한 상념이 그녀의 머릿속을 스쳤다.

"효연 아씨. 밤길 넘어지지 않게 조심하셔야겠어요."

독항아리 행상인 주 영감이 그녀를 앞지르며 작은 목소리로 말했다. 주 영감은 효연과 같은 서학 신도이자 이웃 주민이었다. 그제야 효연은 그날 낮 회당에서 들었던 말이 떠올랐다.

'이사발(二四發, 효연의 세례명 이사벨의 음차)! 요사이 수상한 사내들이 우리 교인들의 주변에 출몰하고 있다네. 아무래도 기찰 꾼들 같으니, 성화 작업 때문에 회당에 출입할 때는 전보다 훨씬 더 조심해야겠네.'

그녀는 무거운 보따리를 잠시 내려놓고 팔을 주무르면서 슬며시 뒤를 살폈다. 수상한 사내 둘이 저만치 떨어져 멈춰 서 있었다. 그녀는 재빨리 보따리를 들더니 옆 골목길로 들어가 샛길로 사라졌다. 두 사내는 효연을 놓치고 그 근방에서 한참을 서성거리다가 돌아갔다.

## 제23화
# 정조 승하

1800년 6월 25일 아침. 정조의 종기에서 밤새 피고름이 흘러나왔다. 임금의 속적삼까지 피고름에 흠뻑 젖은 것을 확인한 내의원 의관들은 "주상전하의 종기 뿌리가 녹았다"며 연훈방의 효험에 놀라워했다. 심인은 왕의 종기를 완치할 수 있다는 강한 자신감을 드러냈다.

"전하! 연훈방의 효험으로 등 쪽의 종기에서 피고름 찌꺼기가 빠져나오고 있는 것입니다. 소인이 말씀드렸듯이 이렇게 계속 치료하시면 종기가 머지않아 씻은 듯 사라질 것이옵니다."

정조는 크게 기뻐했다. 도제조 이시수와 의관들도 표정이 밝아졌다. 그러나 어의 강명길은 여전히 조심스러웠다.

"전하. 종기도 종기입니다만 전하께서 기력이 극도로 떨어지신 것이 제 마음에 걸리옵니다. 이대로 기력 손상이 방치되면 무슨 큰 병을 얻을지 모릅니다. 이제 냉약재 탕약 복용을 멈추시고 몸에 원기를 회복시켜줄 팔물탕 같은 보약을 집중적으로 드시옵소서."

잠시 연훈방 효험에 도취됐던 심인은 강명길의 진언을 듣고 '아차!' 싶었다. 심인이 보기에도 전하의 건강이 이렇게 나빠진 것은 종기 때문만이 아니었다. 강명길의 소견에는 분명 일리가 있었다.

"어의는 너무 걱정하지 말라. 종기를 잡으면 기력도 금세 돌아올 것이니라. 연훈방의 효험이 이처럼 눈으로 확인됐으니 오늘도 받는 게 좋을 것 같다. 그렇지 않은가, 심 의관?"

"주상전하! 연훈방을 견디시려면 어느 정도 기력이 필요하옵나이다. 오늘은 어의의 말대로 팔물탕 같은 보약으로 원기를 회복하신 후, 내일 다시 받으시는 것이 좋을 듯하옵니다."

정조는 당장이라도 연훈방 시술을 더 받고 싶었으나 심인은 조심스럽게 다음날 치료를 재개할 것을 권했다. 정조는 심인의 권고를 받아들였다.

◆

6월 26일 오후. 정조는 몽롱한 의식 상태에서 눈을 떴다. 희정당 침소 안은 연기로 자욱했다. 수은 약재를 태워서 발생하는 연훈방 연기는 연초의 그것과 달리 매캐하다못해 역겹기까지 했다. 연훈방 시술을 마친 심인은 타다 남은 재를 치우고 있었다. 피재길은 방문과 창문을 모두 열어 환기를 시도했다. 장마철 습한 공기 탓에 연기는 쉽게 흩어지지 않고 바닥으로 깔렸다.

"심 의관, 오늘밤에라도 한번 더 연훈방을 해보거라. 짐은, 처리해야 할 국사가 산적해서 이렇게 마냥 누워만 지낼 수 없다. 어서 빨리 일어나야 한다."

잠들어 있는 줄 알았던 정조가 불쑥 말을 던지자 심인은 흠칫 놀라 답변했다.

"전하, 오늘은 이미 등과 어깨의 환부에 충분히 연훈을 쐬었사옵니다. 연훈에는 독성이 있는 바, 너무 장시간 마시면 그 또한 옥체에 좋지 않사옵니다. 그래서 연훈방을 쓸 때는 그 양과 횟수를 잘 조절해 연독을 피하도록 각별하게 신경써야 하옵니다. 오늘은 그만하심이 좋을 듯합니다."

"그렇더냐, 알았노라! 짐의 마음이 조급했다. 심 의관 그대의 말을 따를 것이다."

심인과 피재길이 물러가고 정조는 홀로 침소에 누었다. 피곤이 밀물처럼 밀려오며 의식이 재차 몽롱해졌다. 얕은 잠을 자다 깨기를 반복하던 중 천상 대들보 부근에 고여 있던 흰 연기가 왕의 눈에 들어왔다. 피재길이 환기를 시킨다고 시켰는데도 아직 다 빠져나가지 않았던 모양이었다.

처음엔 천천히 천장 주위를 맴돌던 연기는 차츰 살아 있는 생물처럼 꿈틀거렸다. 그러다 순식간에 무서운 형상의 연귀(煙鬼)들로 변했다. 그 형상들은 하나같이 정조 자신이 왕위에 오르면서 죽인 역적들의 모습을 하고 있었다. 공중을 둥둥 떠다니던 연귀들이 침상으로 내려오더니 정조의 가슴을 짓누르기 시작했다.

"으아악! 안 된다. 이놈들아!"

정조는 역적들을 밀어내려고 두 손을 높이 들어 휘저었다. 그의 손짓은 허공만을 가를 뿐이었다. 연귀들은 낄낄 비웃으며 더욱더 세차게 그의 목을 졸랐다. 정조는 숨이 끊어질 것 같은 극한의 고통에 몸부림쳤다. 그때 살짝 열려 있던 창문 틈으로 한 줄기 바람이 들어왔다. 연귀들은 그 바람을 맞고 스르르 흩어졌다.

정조는 상체를 힘겹게 일으켜 문갑까지 기어갔다. 그는 문갑 선반의 붓걸이에서 큰 황모붓을 꺼냈다. 붓 두껍을 열자 작은 열쇠가 나왔다. 이어 문갑의 제일 밑 칸 서랍에서 손때 묻은 나무상자를 끄집어냈다. 세손 시절부터 비밀창고처럼 쓰던 상자였다. 상자를 열자 책자 몇 권과 부친의 풍잠, 의빈 성씨의 손수건 등이 보였다.

정조는 그 가운데 책자 한 권을 꺼내 한참을 살펴보더니 가는 붓으로 뭔가를 적기 시작했다. 이어 방구석의 사방탁자에 놓여 있던 담배합을 집어올리다가 놓치고 말았다.

'쿵! 투드닥!'

담배합의 내용물들이 쏟아졌다. 침소 밖 복도에서 졸고 있던 입직 내관이 퍼뜩 잠을 깼다.

"전하. 전하. 무슨 일이옵니까? 제가 들어가겠사옵니다."

"아니다. 들어올 필요 없다. 연초를 조금 피우고 곧 다시 누울 것이다."

그는 담배합과 백동연죽, 화로, 재떨이를 나란히 놓고 골똘히 생각에 잠겼다. 정조는 담배합에서 삼등초 연초 가루를 꺼내 냄새를 맡아보고 혀끝으로 맛을 보더니, 부싯돌로 불을 붙인 후 피어오르는 연기를 물끄러미 바라봤다.

날이 밝으려면 아직 이른 시각이었다. 정조는 내관에게 내의원 궐내각사에서 입직중인 어의 강명길을 데려오라고 명했다. 침소에 들어간 강명길은 한참 동안 정조를 독대했다. 방안에선 소곤거리는 소리가 났다. 내관과 궁녀들이 침소 밖에서 귀를 쫑긋 세웠지만 두 사람이 무슨 얘기를 나누는지 알아들을 수 없었다. 강명길이 침소를 빠져나가자 정조는 이내 다시 의식이 몽롱해지며 얕은 잠에 빠졌다.

다음날 이른 아침. 도제조 이시수와 좌의정 심환지, 어의 강명길 등이 내의원 의관들과 함께 정조의 용태를 살피기 위해 침소에 들어왔다. 정조는 아직 잠에 취해 있었다. 그들은 먼저 입직 내관으로부터 간밤 왕의 용태에 관한 설명을 들었다.

"지난밤 기력 회복에 도움을 드리고자 인삼을 섞은 속미음을 올렸으나 한 입도 젓수지 못하셨습니다. 그나마 팔물탕을 조금 드셨을 뿐입니다. 새벽에도 깊이 잠들지 못하시고 주무시다 깨시다를 반복하셨습니다. 오밤중에는 악몽을 꾸시고 비명을 지르시기도 하였사옵니다."

입직 내관의 설명을 들은 신하와 의관들은 불안과 걱정을 감추지 못했다.

"전하! 전하!"

이시수가 정조를 깨우려고 몇 차례 불렀으나 아무 반응이 없었다. 강명길이 다가가 정조의 한쪽 어깨를 조심스럽게 만지자 왕은 그제야 눈을 떴다. 왕은 게슴츠레한 눈빛으로 신하들을 응시했다. 새로운 방외의관 김기순과 강최현이 그를 진맥했다. 그들의 질문에 답하는 과정에서 정조는 의식이 다시 흐려져 정상적인 문답을 나눌 수 없었다.

방외의관들은 종기 증세가 호전되고 있지만 정조의 몸에 원기가 부족하고, 풍기까지 있다는 진단을 내놓았다. 강최현은 인삼 3돈쭝이 들어간 가감내탁산을 지어 올렸다. 인삼이 체질적으로 맞지 않다며 계속 거부했던 왕도 이번에는 토를 달지 않고 순순히 받아 마셨다.

그 덕분일까, 정조는 정오 무렵 잠시 의식을 되찾았다. 신하들과 대화를 나눌 수 있을 정도로 의식이 또렷했다. 기운을 좀 차리자 정조는 갑자기 일욕심을 부렸다. 좌부승지 한치응을 김조순으로 교체하라는 하명을 내렸다. 곤룡포를 입고 익선관을 쓰더니 서재와 집무실로 이용하는 영춘헌으로 가겠다고 고집을 피웠다. 의관들이 "편전에 계속 머물며 몸을 보호하셔야 한다"고 만류했지만, 왕은 듣지 않았다.

"이제 다 괜찮아졌다! 걱정하지 마라. 짐이 지금 이렇게 누워 있을 때가 아니야! 국사가 산적한데 국왕이라는 자가 마냥 이리 누워지낼 수는 없는 것이다. 뭣들 하느냐? 어서 영춘헌으로 가자꾸나."

정조는 결국 가마를 타고 영춘헌으로 이동했다. 그는 그곳으로 김조순을 비롯해 서정수, 서용보, 이만수 등의 주요 대신들을 불러 접견했다.

"짐이 이 나라를 그 어떤 오랑캐도, 그 어떤 난신적자도 넘볼 수 없는 성군의 나라로 만천하에 우뚝 세울 것이야. 우리 어린 세자가 요순을 뛰어넘는 태평성대 성군이 될 수 있게 내가 그 주춧

돌을 놓을 것이야. 이제 갑자년까지 멀리 갈 것도 없다. 바로 경신년 올해 당장 그리할 것이니라. 그때까지 짐은 쓰러지지 않을 것이야. 절대 무너지지 않아. 경들은 그 사실을 똑똑히 알아야 해!"

정조는 영춘헌에 모인 신하들에게 자신의 삶과 왕도정치에 대한 강한 의지를 드러냈다. 잠시나마 몇 해 전의 활력 넘치던 왕의 모습으로 되돌아간 듯 보였다. 그는 "여기 없는 다른 신하들도 짐의 뜻을 알아야 한다. 다들 이곳으로 건너오게 하라"고 명했다.

그러나 거기까지였다. 열변을 토하느라 기력을 다 쏟아낸 정조는 점점 말에 조리가 없어지더니 이내 의식이 혼미해졌다. 부름을 받고 달려온 심환지 등이 앞으로 나가 "전하. 소신들 대령하였습니다"라고 말했으나, 정조는 아무 반응이 없었다. 상황이 심상치 않음을 직감한 이만수가 영춘헌 밖에 대기하고 있던 의관들을 급히 불러들였다. 내관들이 이부자리를 펴 정조를 눕히고 진맥을 시도했으나 맥이 잡히지 않았다. 의관들의 얼굴이 흙빛으로 변했다.

깜짝 놀란 도제조 이시수가 급히 인삼 5돈중이 들어간 좁쌀미음을 들여오라고 내의원에 시켰다. 곧이어 청심원 두 알과 소합원 다섯 알을 가져오도록 명했다. 숟가락으로 정조의 입에 미음을 넣었으나 한 모금도 삼키지 못했다.

정조는 혼수상태 속에서도 뭔가를 계속 중얼거렸다. 이시수가 왕의 입에 귀를 대어보니 '수정전'이라는 말이 들렸다. 수정전은 정순왕후의 거처였다.

정조의 용태가 심상치 않다는 급보를 접한 정순왕후는 이시수에게 성향정기산을 올리라고 하교했다. 정순왕후는 "선왕(영조)께서도 병술년(1766년)에 지금의 주상전하와 비슷하게 의식이 혼미했던 적이 있었는데 성향정기산을 드시고 효험을 보았으니 주상께도 어서 올리시오"라고 말했다.

　이시수는 내의원에 성향정기산을 조제하라고 명했다. 그사이 혜경궁 홍씨와 세자가 영춘헌을 찾아와 정조의 상태를 살펴보고 크게 걱정하며 돌아갔다. 성향정기산이 도착하자 이시수가 정조의 입에 직접 두세 숟갈을 넣었다. 그러나 왕은 한 모금도 삼키지 못했다. 이시수가 정순왕후에게 이 사실을 알렸다. 정순왕후는 친히 영춘헌으로 찾아왔다.

　"내가 직접 탕약을 올려드리고 싶으니 경들은 잠시 물러가 있으시오."

　정순왕후는 방안의 신하들과 의관들을 모두 밖에 나가게 한 뒤 의식불명의 정조와 독대했다. 그녀가 방에 혼자 남은 지 얼마 지나지 않아 울음소리가 흘러나왔다.

　"흑흑흑, 전하!"

　방밖에서 기다리고 있던 신하들과 의관들은 가슴이 철렁했다. 조선에서 국왕의 임종은 그 유언과 유지가 왜곡되지 않도록 왕족이 아닌 신하들이 지켜야 했다. 아무리 왕실의 최고 어른인 정순왕후라도 혼자 임금의 임종을 지키는 것은 법도에 어긋나는 처사였다. 그녀가 홀로 곡소리를 내자 심환지와 이시수가 방문 앞에 바짝 다가가 아뢰었다.

"왕대비마마! 왕실의 최고 어른이신데 어찌 이러십니까? 국가 예법에 어긋나오니 속히 내전으로 돌아가십시오."

그제야 정순왕후가 방에서 나오고 신하들과 내관들이 급히 뛰어들어갔다. 어의 강명길이 정조의 맥을 짚어본 후 고개를 떨구었다.

"가망이 없습니다."

강명길의 이 한마디에 영춘헌에 모여 있던 신하들과 의관들, 내관들, 궁녀들이 일제히 그 자리에서 무릎 꿇고 통곡하기 시작했다.

정조는 유시에 승하했다. 질병 내시가 죽은 정조의 머리 방향을 동쪽으로 반듯하게 눕혔다. 이어 종척집사가 정조의 입과 코 사이에 햇솜을 놓고 숨을 쉬는지 마지막으로 확인하는 속광(屬纊)을 실시했다. 내관이 편전 지붕에 올라가 북쪽을 향해 정조의 곤룡포를 흔들며 '왕의 영혼이 다시 돌아오라'는 뜻으로 '상위복(上位復)'을 세 번 외쳤다. 한양 도성의 서편 하늘로 붉은 노을이 장엄하게 지고 있었다.

제24화

# 효연의 비밀

"이보게 설낭. 자네는 아직 스무 살도 되지 않았는데 초상화가 뭐 그리 급한 일이란 말인가? 북촌 마님댁에서 판을 열자는 요청이 들어왔네. 오늘 오후까지는 쉬게 해줄 테니까 저녁은 어떻게 좀 안 되겠나?"

세책방 객성의 주인 김 선달은 전기수 관리 장부를 들여다보며 설낭에게 애걸하다시피 부탁했다. 설낭을 집에 불러 낭독 공연을 들으려면 거마비로 한 번에 엽전 세 냥을 내야 했다. 5전에서 출발해 무려 6배나 몸값이 뛴 셈이었다. 북촌의 단골 마님 중 한 명이 그날 저녁 공연을 요구하며 다섯 냥을 주겠다고 제안했다. 한양 최고의 전기수 서향 거사와 어깨를 나란히 하는 대우였다. 그런데 설낭이 효연과의 초상화 약속 때문에 하루를 통으로 쉬겠다고 고집을 피우니 김 선달로서는 안달이 날 수밖에 없었다.

"선달 어른, 제가 다른 날 더 열심히 뛰겠습니다. 미리 말씀드린 대로 정말 어렵게 잡은 약속이어서 무를 수 없습니다. 오늘 하루는 부디 제 사정을 살펴주십시오."

"그 화공이 단원이나 혜원이라도 되는 건가? 대체 누구길래 손해를 보면서도 약속을 무르지 못한다는 말인가? 에잇! 참, 속 터져!"

설낭은 효연에 관한 이야기를 해줄까 하다 잠시 망설였다. 그때 다락방 계단으로 누군가 올라오는 소리가 났다. 장 씨 서화점의 점원이었다.

"선비님. 여기 계셨군요. 효연 아기씨가 급한 사정이 생겨서 오늘은 서화점에 나오실 수 없다는 기별이 조금 전에 왔습니다요."

소식을 들은 설낭은 몹시 실망했다. 그는 사흘 전 효연과 대면하고 나서부터 다시 만날 날만을 손꼽아 기다리고 있었다. 반면 김 선달은 반색하여 말했다.

"그럼. 오늘 그 초상화 약속은 깨진 겐가? 그러면 지금이라도 다시 북촌 마님께 알려야겠군! 내 다른 전기수를 보내겠다고 하니까 설낭 아니면 절대 안 된다고 어찌나 성화던지. 이 소식 들으면 무척 좋아할 게야."

◆

효연은 남산골 내리막길을 쭉 내려와 명례방 쪽으로 걸음을 옮기고 있었다. 그녀가 얼마쯤 걸었을까, 뒤편에서 이상한 느낌을 받았다. '미행!' 그녀가 고개를 살짝 돌려서 보니 사내 두 명이 따라오고 있었다. 한 명은 짚신 장수 차림이었고, 다른 한 명은 챙이 좁은 갓을 쓴 중인 차림이었다.

효연은 사흘 전에도 조준의 초상화 작업을 끝내고 귀가할 때 미행을 당했다. 그녀는 자신에게 계속 미행이 붙어서 매우 불안했다. 그녀는 이날 여신도 회장에게 성화를 전하러 가야 했다. 이대로 명례방 회당까지 가면 큰 위험을 초래할 수 있었다. 그곳엔 남곽 선생이 머물고 있었기 때문이었다.

효연은 두 갈래 갈림길에서 광통방으로 방향을 돌렸다. 기찰들은 계속 그녀의 뒤를 따라왔다. 그녀는 걸음을 재촉했지만 건장한 사내들의 미행을 따돌리기에는 역부족이었다. 광통방 어귀에 이르자 효연은 근처 장 씨 서화점으로 들어갔다.

"아이고, 효연 아기씨. 오늘 못 나오신다더니 어찌된 일입니까?"

"어르신! 저 좀 도와주세요. 제가 지금 수상한 자들에게 쫓기고 있습니다. 사세한 사정은 다음에 말씀드릴게요. 여기서 몰래 나가게 좀 도와주세요."

장 씨는 효연의 말을 듣고는 가게 밖을 슬쩍 내다봤다. 수상한 짚신 장수가 근처를 서성거리고 있었다. 장 씨는 효연에게 내실을 통해 뒤편 골목길로 나가는 법을 알려줬다. 덕분에 그녀는 무사히 피신했다. 안도의 한숨을 쉬었으나 그것도 잠시 또다른 기찰꾼이 그 뒷골목 어귀에 나타났다.

효연은 그를 피해 골목 안쪽으로 뛰어들어갔다. 반달처럼 휘어진 골목길을 따라 달려가자 한 무리의 부녀자들이 세책방에서 쏟아져 나오고 있었다. 효연은 그녀들의 틈을 비집고 세책방으로 뛰어들었다. 그곳은 객성이었다.

◆

"아이고. 진정하세요. 무슨 책을 빌리러 오셨어요?"

객성의 점원이 갑자기 뛰어들어와 숨을 몰아쉬고 있는 효연에게 물었다. 효연은 조용히 하라는 뜻으로 중지를 입술에 갖다댄 후 출입문 틈새로 바깥을 내다봤다. 그녀를 놓친 기찰들이 객성 앞을 서성거리고 있었다. 객성 구석의 작은 평상에 걸터앉아 있던 판석이 때마침 효연을 알아봤다. 판석은 설낭의 초상화 초벌을 뜨던 날 봤던 화공의 얼굴을 기억하고 있었다. 그는 효연에게 말을 붙였다.

"아니. 장 씨 화방의 여화공 아니시오? 여기는 어인 일이시요?

바쁘셔서 바람맞혔다고 설낭이 말하던데."

"저, 그게……."

효연은 판석의 질문에 대꾸하지 못하고 자꾸 바깥을 곁눈질했다.

"왜? 바깥에 뭐라도 있소? 뭘 그리 눈치를 보는 게요?"

'덜컹! 덜컹!'

기찰꾼들이 객성의 안쪽 덧문을 밀고 들어오려고 했다. 효연이 두 손으로 빗장을 붙잡고 있었지만 그들은 완력으로 밀고 들어올 참이었다. 판석은 효연에게 손가락으로 다락방 계단을 가리키면서 동시에 빗장을 두 손으로 꽉 붙잡더니 "아니. 왜 이렇게 문이 빡빡한 겨. 이거 고장났나보네"라고 너스레를 떨었다.

그사이 효연은 재빨리 2층 다락방으로 올라갔다. 판석이 문을 열어주자 기찰꾼들이 객성 안으로 들어오려고 했다. 판석이 두 팔로 그들을 막아섰다.

"어허! 여긴 아무나 받는 세책방이 아니오. 귀하신 부녀자들이 자주 찾는 곳이어서 낯선 남정네들은 함부로 들여보낼 수 없소. 그러니 어디서 오신 뉘신지부터 먼저 밝히시오!"

출입문 앞에서 소란이 벌어지자 가게 안의 부녀자 손님들이 입구 쪽으로 몰려들었다. 기찰꾼들은 상황이 불리하다고 느꼈는지 그대로 물러났다. 다락방에서 방문 공연 채비를 갖추고 있던 설낭은 효연이 불쑥 등장하자 매우 놀랐다. 김 선달도 두 눈이 동그래졌다. 필사꾼들도 작업을 멈추고 효연을 뚫어지게 쳐다봤다.

◆

객성 앞에 잘 꾸며진 꽃가마가 도착했다. 그날 저녁 설낭의 공연이 예정된 북촌의 판서댁에서 보낸 가마였다. 차선으로 얼굴을 가린 전기수 설낭이 그 가마에 올랐다. 가마는 광통교를 건너 북촌 쪽으로 향했다. 판석이 늙은 나귀를 끌고 가마 뒤를 졸졸 따랐다.

가마는 객성 주변을 맴돌며 효연을 찾고 있던 기찰들의 앞을 지나쳤다. 그들은 효연이 아직 세책방 안에 있다고 생각했다. 그래서 세책방에서 나오는 부녀자들을 유심히 살펴보고 있었다.

설낭을 태운 가마는 피맛골을 가로질러 인적 드문 골목에 멈췄다. 가마 문이 열리고 밖으로 내린 것은 설낭이 아니라 남장한 효연이었다. 미리 그 골목에 와 기다리고 있던 설낭이 효연 대신 가마에 올라탔다. 진짜 설낭을 태운 가마는 북촌 판서댁으로 떠나고, 남장한 효연은 판석의 나귀를 타고 장통교를 거쳐 명례방으로 향했다.

그것은 효연을 도와주려고 설낭이 짜낸 묘책이었다. 효연은 설낭에게 자신이 왜 쫓기고 있는지, 추격자들은 누군지에 대해 일절 말하지 않았다. 설낭도 피치 못할 사정이 있겠거니 생각해 이유를 캐묻지 않았다. 설낭의 묘책 덕분에 효연은 기찰꾼을 피해 명례방의 목적지까지 순조롭게 이동했다.

"고맙습니다. 덕분에 무사히 왔습니다. 이제는 그만 돌아가셔도 될 듯합니다. 설낭 도령께도 고맙다는 말씀 꼭 전해주세요. 나중에 따로 은혜를 갚겠습니다. 그럼 이만……."

판석은 효연이 한 기와집으로 들어가는 것을 보고 그 동네에서 뒤돌아나왔다. 그는 늙은 나귀를 끌고 설낭과 만나기로 약속된 계동으로 향했다. 그는 도중에 길가의 큰 버드나무 밑에서 진안초를 피우며 잠시 쉬었다. 몽둥이를 든 건장한 사내 십수 명이 그 앞을 지나 명례방으로 달려갔다.

"뭐여? 어느 동네 왈짜들끼리 패싸움이라도 났나? 구경하고 싶지만, 오늘은 내가 바빠서 헤헤헤." 판석은 혼잣말을 중얼거리더니 계동 어귀로 출발했다.

같은 시각 여신도 회장 집의 사랑방에서는 명도회(천주교 교리를 공부하는 신자들의 모임) 간부들이 효연으로부터 보고를 받고 심각한 표정으로 대책을 상의하고 있었다.

"이사발 사매도 기찰들의 미행을 받았다고 합니다. 주요 신도들에게 미행이 따라붙은 것 같소. 뭔가 큰일이 날 조짐입니다."

"지금 이러고 있을 때가 아니에요. 오랫동안 우리를 미행했다면 이미 이곳도 집회 장소라는 것을 알아챘을 것이오. 어서 빨리 신부님을 안전한 곳으로 피신시켜야 합니다."

"아니오, 안 돼요. 섣불리 신부님이 움직이면 그게 더 눈에 띄어 위험할 수 있습니다. 제가 다행히 포도청에 잘 아는 포교 친구가 있습니다. 일단 제가 무슨 일인지 사정을 알아보겠습니다."

그때였다. 그 집 행랑채 머슴이자 서학 신도인 김 씨가 방문 밖에서 다급하게 말했다.

"형제자매님들, 지금 대문 밖에 몽둥이를 든 수상한 사내들이 진을 치고 있습니다. 당장이라도 대문을 부수고 쳐들어올 기세입니다요. 어서 피하셔야 합니다."

명도회 간부들은 순간 모두 표정이 굳어졌다. 여신도 회장은 대문 밖을 살피러 갔고, 나머지 간부들은 남곽 선생을 피신시키기 위해 별채로 급히 달려갔다.

1800년 6월 28일 초저녁 땅거미가 내려앉은 직후였다. 명례방의 서학 비밀회당 앞 골목에 건장한 사내 30여 명이 속속 집결했다. 그들은 회당 주위를 빙 둘러쌌다. 상민 복장을 하고 있었지만 모두 장용영에 속한 기찰군관들이었다.

전 포도대장 조규진이 부관과 함께 50여 보 정도 떨어진 장소에서 모든 작전을 지휘하고 있었다. 조 대장에게 이날은 3여 년에 걸친 남곽 체포 작전에 종지부를 찍을 수 있는 중요한 날이었다. 그는 정조의 밀명을 받은 이후 몇 차례 남곽을 잡을 좋은 기회를 얻었으나 그때마다 예기치 못한 변수로 허탕을 쳤었다.

이날은 같은 실수를 반복하지 않기 위해 사전에 철저히 준비했다. 잘 훈련된 기찰들을 동원해 서학 간부와 핵심 신도들을 장기간 미행한 끝에 도성 안의 주요 거점을 거의 다 파악했다. 조 대장은 밀정들을 비밀리에 서학 집단에 잠입시킨 결과, 드디어 전날 저녁 명례방의 한 가옥에 남곽이 숨어 있다는 첩보를 입수했다. 조 대장에게 그 첩보를 제공한 자는 조필공이었다. 그는 정조가 조 대장에게 직접 천거한 밀정이었다. 붓장수로 위장한 조필공은 충청 내포와 경기 양평 일대의 서학 조직에 침투해 그들을 소탕하는 데 공을 세웠다. 조 대장은 그의 이번 보고도 신뢰했다. 조 대장이 체포 개시 수신호를 올리려는 찰나였다.

'히이잉!'

기마군관이 조 대장 앞에 급하게 말을 멈췄다. 그는 조 대장에게 다가가 귓속말로 뭔가를 보고했다. 조 대장이 쓰러질 듯 휘청이더니 두 손을 부들부들 떨었다. 흙바닥에 무릎을 꿇더니 창덕궁 방향으로 큰절을 올렸다.

"전하! 전하! 흑흑흑!"

조 대장의 곡소리가 골목에 퍼졌다. 비밀 가옥의 대문을 부수고 들어가려던 기찰군관들도 이내 정조 승하 소식을 알게 되었다. 왕의 밀명으로 시작된 남곽 사냥은 왕의 죽음과 함께 끝났다. 조 대장은 군관들을 데리고 장용영 내영으로 복귀했다.

## 제25화
# 선왕의 밀명

6월 29일 이른 새벽. 술이 덜 깬 이옥은 논둑길을 따라 비틀거리며 걸어가고 있었다. 그는 얼마 가지 못해 논두렁에 우웩 하고 토사물을 쏟아냈다. 속을 모두 게워낸 이옥은 도포 소매로 입가를 닦았다. 하늘은 아직 어두웠다.

이옥은 전날 도봉산 인근의 한 부호 별장에서 시사 모임을 했다. 그곳에 모인 10여 명의 문인은 대부분 한시를 즐기는 중인들과 서얼들이었다. 그들은 양반 유생들과 달리 과거 시험을 볼 일도, 벼슬에 오를 일도 없었기에 거리낌없이 소품체를 사용했다. 그들끼리는 귀정을 의식하지 않아도 됐다. 처음에는 각자 한시를 한 수씩 써서 돌려 읽으면서 서로 품평하다가 어느 순간부터 술자리로 바뀌었다.

술자리는 깊은 밤에야 끝났다. 다들 술에 곯아떨어진 깊은 새벽, 이옥은 홀로 눈을 떴다. 간밤 기억이 드문드문 떠올랐다. 자신이 빈 잔을 방밖 마당으로 내던지며 "앞으로 누구의 눈치도 보지 않고 우리 당대의 문장으로, 아니, 나 이옥의 문장으로 표현하겠다!"고 객기를 부렸던 것이 기억났다. 얼굴이 화끈거려 그 자리에 더 있을 수 없었다. 그는 주섬주섬 옷을 챙겨 입고 밖으로 나왔다.

이옥은 부지런히 걸어 동트기 전 혜화문 앞을 지났다. 저멀리 동편 하늘 끝에선 희미한 빛의 기운이 비치고 있었다.

잠시 후 반촌 하숙집에 들어서는 그에게 안두식은 청천벽력 같은 소식을 전했다.

"자네 밤새 어딜 갔다 오는 겐가? 엊저녁 주상전하께서 승하하셨다네."

"뭐라고요? 그게 정말입니까?"

술기운이 확 달아났다. 쇠망치로 뒤통수를 맞은 것처럼 얼얼했다. 아까 반촌 어귀에 이르렀을 때 돈화문 방향으로 삼삼오오 걸어가는 어두운 표정의 상복 차림 유생들과 마주친 것을 떠올렸다.

'뭔 일이지? 어디 지체 높은 이가 갑자기 죽기라도 했나?'라는 생각을 했었지만, 전하께서 승하했을 것이라고는 미처 생각지도 못했다.

이옥은 깨끗한 옷으로 갈아입은 후 설낭, 선경, 판석과 함께 돈화문 앞으로 나갔다. 그곳은 이미 정조의 승하를 애도하는 인파로 가득했다.

땅바닥에 주저앉아 울부짖는 자. 바닥에 엎드린 채 어깨를 들썩이는 자. 두 주먹을 쥐며 슬픔을 참고 있는 자. 낮은 목소리로 뭔지 모를 말을 중얼거리는 자. 두 눈을 감은 채 미동도 하지 않고 정좌한 자. 궁궐을 향해 끊임없이 큰절을 반복하는 자!

돈화문 앞에 모인 사람들은 저마다의 방식으로 왕의 황망한 죽음을 애도하고 있었다.

이옥 일행도 무릎을 꿇고 궁을 향해 큰절을 올렸다. 이옥을 제외한 나머지 세 사람은 정조 임금과 특별한 인연이나 추억이 없었기에 그 상황을 비교적 담담하게 받아들이는 듯했다.

그러나 이옥은 달랐다. 그에게는 왕에 대한 기억이 참 많았다. 성균관 입학 후 먼발치에서 처음으로 그 위풍당당한 용안을 뵈었던 일, 명륜당에 유생들을 모아놓고 친히 강의하셨던 일이 그의 눈앞에서 조금 전의 일처럼 생생하게 떠올랐다. 애써 잊으려 했던 아픈 기억도 스멀스멀 다시 살아났다. 왕께서 이옥이 적어낸 시권을 찢어버리며 충군형에 처하라고 호통치셨던 순간은 특히 그를 오래 사로잡았다.

정조는 이옥이 철들 무렵부터 이 나라 조선의 국왕이었다. 조정 신료들을 호령하던 강력한 군주이자, 뭇 선비들을 계도하는 학문적 스승이자, 만백성의 삶을 굽어살피던 '만천명월주인옹'이었다. 참으로 애통한 죽음이 아닐 수 없었다!

그러나 동시에 이옥은 묘한 해방감을 느끼고 있었다. 이러면 안 된다고 생각했지만 어쩔 수 없었다. 지난 8년간 이옥은 귀정이라는 거미줄에 걸린 한 마리의 나비였다. 참으로 긴 애증의 세월이었다! 이제 비로소 자신을 옥죄고 있던 그 거대한 거미줄에서 풀려난 것만 같았다. 통곡소리로 가득한 창덕궁 앞에서 유생 이옥은 울지도 웃지도 못하고 멍하니 있었다.

국상 준비로 부산했던 창덕궁에 어둠이 내려앉았다. 금군 군사들이 횃불을 환하게 밝혀놓고 정조의 시신이 봉안된 빈전(殯殿)을 삼엄하게 지키고 있었다. 주인 잃은 편전은 불이 모두 꺼진 채 텅텅 비어 있었다.

'사락사락!' 누군가 편전 복도에 나타났다. 그는 깜깜한 복도를 빠르게 통과해 정조의 침소로 들어갔다. 그곳에는 아직 왕의 체취와 유품들이 그대로 남아 있었다. 침입자는 문갑의 하단 서랍을 열더니 나무상자를 꺼냈다. 이어 붓걸이에서 황모필을 빼내더니 붓 두껍에서 작은 열쇠를 꺼냈다. '딸깍!' 그는 조심스레 상자를 열었다. 상자는 텅 비어 있었다. 누군가 먼저 다녀갔던 것이다.

한 시각 후 규장각 개유와에도 같은 침입자가 들었다. 이번에는 창문을 통해 서고에 숨어들었다. 그는 정조가 애용했던 책상과 책꽂이, 서랍, 병풍 뒤 같은 곳을 샅샅이 뒤졌다. 침입자는 한참을 뒤져도 찾는 물건이 나오지 않자 짧은 한숨을 내뱉었다. 잠시 후 몸을 일으키다가 소맷자락으로 탁자의 붓통을 건드렸다.

'터덩! 우르르!'

서고 마룻바닥에 붓통이 떨어지면서 제법 큰 소리가 났다. 선잠이 들었던 입직 검서관이 눈을 뜨더니 "거기 누구요?"라고 외쳤다. 검서관은 초롱을 들고 달려왔다. 서고 바닥에 크고 작은 붓들이 흩어져 있었다. 휑하니 열린 창문으로 습한 바람이 불어오고 있었다.

정조 승하 이후, 정순왕후의 처소인 수정전은 숨가쁘게 돌아가고 있었다. 조정 대신들이 다양한 현안과 민원을 가지고 수정전을 드나들었다. 이제 정순왕후는 왕실의 최고 어른으로서 열한 살 어린 순조를 대신해 수렴청정을 펼칠 사실상의 최고 권력자였다.

그녀는 열다섯 나이에 영조의 중전으로 입궁한 뒤 지난 40여 년간 조정의 온갖 풍파를 다 지켜본 인물이었다. 조정의 닳고 닳은 늙은이들을 어떻게 다뤄야 하는지 너무나 잘 알고 있었다. 그녀는 사관도 승지도 함부로 들어오지 못하는 수정전 내실에서 주요 대신들을 한 명씩 불러 독대하면서 새로운 기강을 잡아가고 있었다.

"대왕대비마마, 영의정 심환지 대령했사옵니다."

노론 벽파의 영수 심환지가 정순왕후를 찾아왔다. 그녀는 정조 승하 다음날 바로 심환지를 영의정에 임명하여 벽파에 힘을 실어 줬다.

"내의원 의관들에 대한 상소가 계속 들어오고 있다면서요? 경은 어찌 처리할 생각이시오?"

정순왕후는 심환지가 자리에 앉자 의관들에 대한 탄핵 상소 건을 물었다. 심환지는 즉답하지 못하고 머뭇거렸다. 실제로 승정 원에는 어의 강명길과 내의원 종기의 피재길, 방외의관 심인 등을 '역의(逆醫)'로 지목하며 극형에 처해달라고 요구하는 상소문이 물밀듯 밀려들고 있었다. 그중에서도 심인은 연훈방이라는 사술로 선왕의 옥체를 손상한 주범으로 낙인찍혀 있었다. 심인 때문에 심환지도 곤란한 입장이었다. 심인이 심환지의 먼 친척이라는 사실이 알려지면서 벽파가 선왕을 독살했다는 소문이 퍼지고 있었다.

의금부 감옥인 금부옥은 어둡고, 냄새나고 눅눅했다. 강명길과 피재길, 심인은 목칼을 차고, 쇠사슬에 손발이 묶인 채 그 안에 앉아 있었다.

"어의 대감! 우리가 하옥된 지도 이미 여드레가 지났는데 추국이 진행될 기미가 보이지 않습니다. 면회마저 허용되지 않아서 도대체 바깥에서 무슨 일이 벌어지고 있는지 알 수 없으니 참으로 답답합니다."

"연훈방으로 전하의 종기가 분명히 나아지고 있었소! 어의 어른과 침의께서도 똑똑히 보지 않으셨습니까? 전하께서 승하하신 것은 저의 연훈방 때문이 아닙니다. 전하를 살리기 위해 최선을 다한 대가가 의금부 하옥이라니……."

피재길이 열흘째 외부와 단절된 채 감옥에 갇혀 있는 답답함을 토로하자, 심인은 자신이 역의로 낙인찍힌 억울함을 호소했다. 이러다가 언제 극형을 당할지 모른다는 두려움을 느끼고 있었다.

"전하께서 잘못되시면 어의는 어떻게든 처벌을 받는 것이 조정의 관례 아닌 관례였소. 나는 이미 어떤 처벌도 받을 각오가 되어 있소. 그러나 두 사람은 이 몸과는 사정이 다르오. 조정에서도 그대들이 선왕마마를 위해 애쓴 것을 소상히 알고 있으니 곧 풀려날 게요."

강명길이 내의원의 최고 어른답게 겁에 질린 두 의관을 다독였다.

"그런데 말입니다, 어의 대감! 혹시 이 모든 게……."

피재길은 뭔가 말을 꺼내려다가 옆의 심인을 의식해 멈췄다. 때마침 간수들이 교대하는 소리가 들렸다.

밤이 깊어지자 심인과 피재길은 목칼을 차고 바닥에 주저앉은 채로 잠이 들었다. 강명길은 쉽게 잠을 이루지 못하고 골똘히 생각에 잠겼다.

'애월이 그 아이가 잘해줘야 할 터인데……'

정조가 승하하기 바로 전날 새벽. 강명길은 편전 침소에서 살아 있는 왕을 마지막으로 독대했다. 그 자리에서 정조는 담배합에서 연초를 꺼내 보여주며 강명길에게 뜻밖의 밀명을 내렸다.

"어의는 이 연초에 어떤 것들이 섞여 있는지 비밀리에 알아보거라. 결과를 되도록 빨리 내게 갖고 오라!"

강명길은 정조의 지시를 받고 처음에는 어리둥절했다. 왕은 연초가 가슴속 울열을 진정시키는 데 탁월한 효과가 있다며 늘 입에 달고 살았다. 한때 창덕궁 후원에서 직접 연초를 키웠을 정도로 연초 사랑이 각별했다. 신하들이 연초 경작이 늘면서 쌀농사 경작지가 줄어들고 있다며 흡연을 금해달라고 상소를 올렸을 때도 정조는 이를 거부했다. 그는 오히려 초계문신들에게 '남령초의 유용성을 논하라'는 책문 시제를 출제하며 연초 흡연을 장려했다. 정조의 연초 사랑이 남다르니 궁궐 안에선 누구도 그에게 연초를 끊으라고 말할 수 없었다. 강명길도 임금에게 금연을 권했다가 혼난 기억이 생생했다.

그토록 애연가였던 정조가 연초를 의심하고 있다는 사실에 강명길은 놀라지 않을 수 없었다. 정조는 그가 보는 앞에서 자신이 어의에게 밀명을 내렸다는 것을 비밀 일지에 초서체로 적고 그 위에 옥새까지 찍었다. 그리고 자신의 신변에 무슨 일이 있더라도 이 밀명을 근거로 조사를 끝까지 진행하라고 당부했다. 그렇게 밀명을 내린 정조는 기력이 다한 듯 다시 의식이 몽롱해졌다.

28일 오전, 강명길은 정조의 흡연 시중을 전담해온 대전 설리 내관을 불렀다. 그 앞에 나타난 내관은 그가 익히 알고 있던 유 내관이 아니었다. 오랫동안 연초 관리를 맡았던 유 내관은 석 달 전 장번(長番)을 끝내고, 신병을 이유로 고향에 내려간 상태였다.

강명길은 뭔가 석연치 않음을 느꼈다. 당장 쫓아가 직접 조사하고 싶었지만 그럴 수 없었다. 위중한 왕을 놔두고 어의가 함부로 궁 밖에 나갈 순 없었다. 그는 정조가 죽자 다음날 아침 수양딸 겸 수제자인 애월을 불러 특별한 지시를 내렸다. 애월은 곧바로 텅 빈 편전 침소에 들어가 담배 도구와 비밀 일지를 몰래 챙겨 궁궐을 빠져나갔다.

# 제26화
# 의녀 애월

1800년 7월 중순, 한양은 국왕을 잃은 슬픔으로 가득했다. 사대부들은 도포 대신 상복을 입고 다녔다. 일반 백성들도 최대한 몸가짐을 삼가며 깊은 애도를 표했다. 매일 저녁 불야성을 이뤘던 기방촌과 색주가, 주막집, 주점 등은 국상이 끝날 때까지 영업을 멈춰야 했다. 도성 백성들을 즐겁게 해줬던 각종 기예 공연도 한동안 열릴 수 없게 되었다.

진안 선비 박선경은 운종가의 박 영감 연초전으로 향했다. 그는 사흘 전 진안 고향집으로부터 올해 연초 작황이 풍년이라는 서찰을 받은 터였다. 그는 이번 가을 한양에 가져올 진안초 물량을 당초 책정했던 것보다 더 늘리는 문제를 상의하기 위해 박 영감을 만나러 가는 길이었다.

선경이 연초전에 들어서자 연초잎을 썰고 있던 일꾼들이 먼저 그를 알아보고 인사했다. 점포 안은 댕기 머리 총각부터 털보 사내, 꼬부랑 할멈, 심지어 심부름꾼 꼬마까지 다양한 연초 손님들로 붐비고 있었다. 선경이 판매대 점원인 도만에게 물었다.

"박 영감님을 만나러 왔소. 안에 계시오?"

"주인 어르신은 지금 내실에서 손님을 만나고 계십니다요. 여기서 좀 기다리시죠."

선경은 판매대 옆 툇마루에 걸터앉아 잠시 연초들을 구경했다. 판매대에는 품질이 낮고 값이 싸서 가난한 서민들이 주로 피우는 시초(市草), 일본에서 들어온 왜초(倭草), 중국산 금사초(金絲草), 여행할 때 피우는 행초(行草), 돈 많은 양반과 부자들이 즐기는 삼등초까지 다양한 연초들이 진열되어 있었다. 판매대의 중앙은 역시나 삼등초가 차지하고 있었고, 진안초는 구석 자리에 초라하게 놓여 있었다. '조금만 기다려라. 우리가 키운 최상품 진안초로 판매대 가운데를 떡하니 차지하고 말 테다!' 선경은 속으로 그렇게 되뇌었다.

드르륵! 복도 안쪽에서 미닫이문이 열리는 소리가 났다. 선경은 자리에서 일어났다. 어깨에 푸른색 비단 장옷을 걸친 젊은 여인이 어두침침한 복도 끝에서 걸어나오고 있었다. 그녀가 판매대 옆을 지나칠 때 선경은 놀랐다. '아니. 그 의녀!' 지난봄 반촌 약방에서 만신창이가 된 선경을 치료해줬던 바로 그 의녀였다. 그녀는 선경의 존재를 의식하지 못한 채, 가게를 나서더니 장옷으로 얼굴을 깊게 가렸다.

"이보시오! 의원님!"

선경은 의녀를 가게 밖으로 따라 나가며 불러 세웠다. 그녀가 놀란 듯 뒤돌아봤다. 그녀는 한 손에 청색 비단 보따리를 들고 있었다. 선경은 밝은 햇빛 아래서 본 그녀의 모습에서 청초한 기품을 느꼈다.

"의원님. 저를 기억하시겠소? 지난봄 반촌 약방에서 치료받았던 박선경이라 하오! 덕분에 이렇게 회복했소이다."

처음엔 경계하는 눈빛이었던 그녀는 그제야 선경을 알아보고 옅은 미소로 말했다.

"아…… 그 선비님이시군요. 이제 건강하시다니 잘됐습니다. 다친 이를 치료하는 것은 의술을 가진 자로써 당연한 일이지요. 그럼, 저는 이만."

선경이 몇 마디 말을 더 붙여보려 했지만, 그녀는 이미 인파 속으로 걸어가고 있었다. 선경은 그녀의 뒷모습이 가뭇없이 사라질 때까지 눈을 떼지 못했다. 잠시 후 박 영감이 도포와 갓을 차려입고 연초전 밖으로 나오다가 선경과 마주쳤다.

"박 선비가 예고도 없이 어쩐 일이시오?"

"연초 물량과 관련해 긴히 상의드릴 내용이 있습니다. 고향에서 서찰이 왔는데……."

"이거 미안하오, 박 선비! 오늘은 내가 급히 가봐야 할 곳이 생겼으니 다른 날 다시 오시오. 사나흘 후가 좋겠소!"

"아, 알겠습니다. 그런데 아까 그 의녀는 무슨 일로 온 겁니까?"

박 영감은 선경의 입에서 의녀라는 말이 나오자 흠칫 놀라는 표정이었다.

"아니, 박 선비가 애월 의녀를 어떻게 아시오? 무슨 개인적 인연이라도?"

"제가 지난봄에 몸을 크게 다쳐 그분께 치료받은 적이 있었지요. 오늘 여기서 다시 볼 줄은 몰랐습니다."

선경은 그렇게 답하면서 속으로 '이름이 애월이었구나!'라고 생각했다.

"그러셨군! 별일 아니니, 박 선비는 신경쓰지 마시오. 연초가 배앓이에도 잘 들으니 내의원 의관들도 가끔 우리 가게에 질 좋은 연초를 구하러 사람을 보낸다오. 그럼 나는 바빠서 이만……."

연초상 박 영감은 일꾼이 끌고 온 나귀에 올라타더니 돈의문 방향으로 출발했다.

◆

'탁!'

설낭 조준은 또다시 글공부 서책을 덮었다. 아침부터 몇 번이나 경서를 읽으려고 노력했으나 눈에 잘 들어오지 않았다. 서화점 내실에서 봤던 효연의 얼굴이 자꾸 눈앞에 떠올랐기 때문이었다. 모든 사람이 선왕의 죽음을 슬퍼하고 있는데, 자신만 외사랑의 열병에 빠진 것 같아 내심 부끄럽기도 했다. 그는 마당에 나와 멀리 목멱산(남산) 쪽을 바라봤다.

11월 초 선왕의 능이 조성되고 국상 절차가 모두 끝날 때까지 도성 안에서 음주가무와 기예 활동이 금지됐다. 보름 전까지만 해도 그토록 번성했던 도성 내 술집들과 기방들이 죄다 문을 닫았다. 전기수 공연도 당분간 할 수 없게 되었다.

전기수 일이 끊긴 설낭은 이번 기회에 글공부에 다시 정진하려고 마음먹었다. 전기수 노릇은 한양에서의 생활비를 벌기 위한 일시적 방편일 뿐이고, 본업은 어디까지나 과거 시험을 준비하는 유생이라고 생각하는 설낭이었다. 새 임금이 즉위하였으니 내년에는 경과나 식년시가 열릴 것이 분명했다. 그러니 지금부터라도 마음을 잡고 다시 과거 준비를 해야 했다.

하지만 책을 펴고 앉아도, 심기일전을 위해 산책을 나서도 열여덟 살 설낭의 머릿속은 온통 효연으로 가득차 있었다. 기찰들에게 쫓기던 효연을 기지로 구해준 후, 설낭은 그녀를 다시 보지 못했다. 효연이 괜찮은지 걱정돼서 광통방 장 씨 서화점을 찾아가 중단된 초상화 작업을 빨리 재개하자고 해보았다. 그러나 장 씨는 '화공 이사에게 급한 사정이 생겼으니 당분간 기다려달라'

고만 할 뿐 자세한 설명을 피했다. 여러 차례 다시 서화점을 찾았으나 그녀와 약속을 잡을 수 없었다.

마침내 설낭은 남산골로 직접 효연을 찾아 나서기로 했다. 남산골이 작은 동네가 아니어서 처음에는 어떻게 찾을지 막막했다. 다행히 안두식이 남산골의 유명한 가쾌 장무달을 소개해줬다. 장무달은 남산골에서만 무려 50년 동안 집 거래를 중개하는 가쾌로 살아온 60대 후반의 노인이었다. 그는 남산골의 양반은 물론 중인, 평민까지 누가 어디에 사는지 훤히 꿰고 있었다. 덕분에 설낭은 정 초시의 집을 어렵지 않게 찾을 수 있었다.

장 가쾌는 명례방의 커다란 기와집을 가리키며, "저기 저 큰 집이 원래 정 초시의 부친 집이었소. 3대째 급제자를 못 내고 집안에 우환이 들더니 쫄딱 망해서 지금은 저 위까지 밀려났다오"라며 저멀리 남산기슭을 가리켰다. 그곳에는 다 쓰러져가는 초가집 세 채가 서 있었다.

설낭은 장 가쾌가 가리킨 초가집을 찾아가 기웃거려봤지만, 효연의 모습은 보이지 않았다. 집안에서 인기척이 느껴지지 않아 그냥 돌아설까 생각하다가 그래도 마지막으로 용기를 내어 불러보았다.

"계십니까?"

아무런 반응이 없었다. 설낭은 싸리문을 열고 마당으로 들어가 더 크게 외쳤다. 역시 썰렁했다. 그가 포기하고 발걸음을 돌리려고 할 때였다.

"뉘시오?"

방문이 슬며시 열리더니 비쩍 마른 노인이 밖으로 얼굴을 내밀었다. 조준이 별시 때 봤던 그 늙은 거벽이었다.

◆

한낮인데도 방안은 볕이 잘 들지 않아 어두침침했다. 정 초시는 지난봄 별시 때보다 훨씬 더 수척해져 있었다. 벽에는 선왕의 승하를 애도하는 글이 붙어 있었다. 그 아래 작은 상에 정화수 한 대접이 올려져 있었다.

"이런 누추한 곳까지 무슨 일로 찾아오셨소? 우리 효연이와는 어떻게 아는 사이시오?"

"저는 유생 조준이라고 하옵니다. 효연 낭자께서 초상화를 그려주시기로 하셔서 확인차 와봤습니다."

설낭은 정 초시가 별시 때의 일을 잘 기억하지 못하는 것 같아 그냥 초상화 얘기만 꺼냈다.

"효연이는 요새 그림 일이 많아져서 아침에 나가서 밤늦게 돌아온다오. 이 못난 애비 약값이라도 벌겠다고 고생이라오. 그런데 선비는 부친 함자가 어떻게 되시오?"

정 초시는 설낭의 신상 내력에 대해 꼬치꼬치 캐묻기 시작했다. 화려한 비단 도포와 말총 갓을 차려입은 행색을 보고 괜찮은 집안 출신일 것이라 짐작한 것 같았다. 그러나 설낭이 경상도 산골 출신이며, 벼슬하는 친척이 없으며, 당파도 소북임을 밝히자 낙담하는 눈치였다.

"조 선비! 글공부하느라 바쁘실 텐데, 이 멀고 누추한 곳까지 직접 발걸음하신 걸 보니 효연이를 단순히 화공으로 생각하는 것 같지만은 않구먼. 이 늙은이가 잘못 본 겐가?"

"아니, 저는 그냥, 그게 저는……."

"콜록콜록! 다 소용없는 짓이네. 내 자네가 괜한 헛고생하지 않도록 미리 일러두고자 하니 지금부터 하는 말 잘 들으시게."

정 초시는 냉수로 입술을 조금 축이더니 그와 딸 효연에 얽힌 긴 사연을 털어놓았다.

한 시각 정도 후 조준은 운종가 피맛길 인파 사이로 반쯤 넋이 나간 채 걸어가고 있었다. 포목전 주인 아낙과 손님이 가게 앞을 지나가는 설낭을 보고 수군거렸다.

"아니, 저 젊은 선비 말이오. 설낭 도령님 아냐? 아 그때 유기전 주인 윤 씨 집에서 봤던 그 잘생긴 전기수 말이야."

"맞네! 맞아. 근데 표정이 왜 저래? 꼭 실성한 사람 같네."

책쾌 조생이 객성 다락방에서 언문으로 쓴 글을 한 장 한 장 넘겨가며 주의깊게 읽고 있었다. 조생은 100살이 넘었다는 소문이 돌 정도로 나이를 많이 먹었지만 애체를 쓰지 않고도 글을 척척 잘 읽었다. 그 옆에서는 김 선달이 곰방대를 물고 조생이 글을 완독하기를 기다리고 있었다. 그것은 전날 이옥이 김 선달에게 넘긴 언문 소설 초고였다. 조생은 마지막 장까지 다 읽더니 고개를 끄덕끄덕했다.

"어떻게 보셨습니까, 조신선?"

"으음…… 주인공 설화의 눈물겨운 성장과 애틋하고 기구한 사랑, 그리고 부친을 죽인 악녀에게 천벌이 내리는 막판의 통쾌함이 참으로 재밌구려. 이만하면 중국 소설과 비교해도 손색이 없겠네! 이 늙은이가 오랜만에 좋은 구경했네. 자네는 이걸 방각본으로 찍을 생각인가?"

"아닙죠. 방각본으로 찍어내는 것은 나중의 일이고, 당장은 설낭의 입을 통해 조선팔도에 퍼뜨릴 생각입니다. 서책부터 먼저 내면 금세 필사본이 나돌 것이고, 곧이어 각종 이본이나 방각본이 속출하여 값어치가 떨어지고 맙니다. 그러기 전에 설낭을 통해 충분히 본전을 뽑을 생각입니다."

"어허, 국상이 끝나는 11월까지는 전기수 공연을 제대로 열기 어려울 텐데……. 그러면 그때까지 그냥 창고에 묵혀두겠다는 말인가?"

"사정이 사정이다보니 어쩔 수 없습죠. 대신 잘 준비해뒀다가 금령이 풀리는 대로 바로 설낭의 공연을 돌릴 생각입니다. 연암의 뒤를 잇는 최고의 문장가 문무자와 심금을 울리는 젊은 낭독꾼 설낭이 한양을 아니, 조선팔도를 뒤집어놓을 겝니다!"

김 선달은 성공을 확신하며 벌써부터 기대감에 들떠 있었다. 하지만 조생은 걱정스러운 듯 말했다.

"별일 없다면 그렇게 될 걸세! 허나, 요새 세상 돌아가는 꼴이 참으로 흉흉하기 그지없어 하루 앞도 못 내다보겠네. 자네도 돌아가신 선왕을 치료했던 어의가 사흘 전 금부옥에서 갑자기 숨졌다는 소문 들었나? 선왕 죽음에 대한 의혹이 퍼지고 있는데 어의마저 추국받기도 전에 감옥에서 급사하다니 나라 꼴이 어찌될지 참으로 걱정이네!"

"뭐 사대부 벼슬아치들의 피비린내나는 권력 싸움이야 어제오늘의 일이 아니지 않습니까? 우리 같은 저잣거리 책장수들에게까지 무슨 불똥이야 튀겠습니까? 그저 휙 하고 한번 지나가는 바람이겠지요."

"아닐 걸세! 그건 자네가 몰라서 그러는 것이네. 80년이나 책쾌 노릇을 하면서 구중궁궐의 피바람이 궁궐 담을 넘어 저잣거리의 무고한 인명까지 휩쓰는 꼴을 여러 번 보았다네. 이럴 땔수록 조심하는 게 상책이라네."

## 제27화

# 연초상의 죽음

한양 최대 번화가인 운종가에 초저녁 어스름이 살포시 내려앉았다. 박 영감은 연초전 일꾼들을 평소보다 일찍 귀가시켰다. 혼자 처리할 일이 남았다며, 판매대를 맡은 데릴사위 도만까지도 중촌 자택으로 들여보냈다. 가게에 홀로 남은 박 영감은 출입문을 모두 닫고 내실로 들어갔다. 내실 한쪽 벽면의 8첩 병풍을 걷자 작은 쪽문이 나왔다. 쪽문을 열자 제법 넓은 공간이 드러났다.

벽 상단에는 환기를 위한 창문 두 개가 뚫려 있었다. 한쪽에는 마른 연초잎이 든 궤짝들이 차곡차곡 쌓여 있었다. 천장에는 연초잎 다발이 주렁주렁 매달려 있었다. 탁자 위에는 작은 항아리와 호리병, 놋그릇, 주전자, 사기 접시, 도마, 절굿공이, 젓가락, 수저 등이 가지런히 놓여 있었다. 그곳은 박 영감이 연초잎에 특

수한 재료를 첨가해 최고급 풍미의 연초를 만들어내는 비밀 작업
장이었다.

　박 영감은 며칠 전 내의원 의녀라고 신분을 밝힌 애월에게 건
네받은 약첩 봉지를 조심스럽게 펼쳤다. 한약재 대신 마른 연초
잎이 나왔다. 그의 손을 거쳐 궁궐에 진상된 '삼등초'였다. 박 영
감은 돌절구에 바싹 마른 연초잎을 넣고 공이로 빻아 가루로 만
들었다. 이어 그 위에 뜨거운 물을 부었다. 연초 가루가 물기를
머금자 광목천에 붓고 탕약처럼 짰다. 짙은 색깔의 액체가 뚝뚝
놋그릇에 떨어졌다. 같은 과정을 한참 동안 반복해 액체가 제법
모이자 박 영감은 품속에서 은수저를 꺼내 놋그릇 액체에 담갔
다. 은수저가 차츰 검은빛을 띠기 시작했다.

　'맙소사! 이럴 수가! 의녀의 말이 맞았어. 어찌 이런 일이…….'

　박 영감은 믿을 수 없다는 듯 머리를 감싸쥐었다. 누군가 자신
이 진상한 연초에 독을 탄 것이 틀림없었다.

　'드르륵!'

　비밀 작업장 밖의 내실 문이 열렸다.

　'누구지?'

　효연은 부친에게 아침상과 탕약을 올린 후 외출 준비를 했다.

정 초시는 그런 효연을 걱정스러운 눈길로 바라보았다. 그녀는 요즈음 밤늦게 돌아오는 날이 더욱 잦아졌다. 전날 밤에도 인정을 넘겨 귀가했다.

효연은 어려서부터 남달리 총명한 아이였다. 또래보다 글을 빨리 깨쳤고, 그림과 글씨는 집안 어른들의 감탄을 자아낼 정도로 빼어났다. 정 초시는 그녀의 재주가 아까워 차라리 아들로 태어났더라면 하고 바랐던 적도 있었다.

"얘야, 너무 밤늦게까지 다니지 마라. 무슨 일이라도 생기면 어쩌려고."

"염려 마세요, 아버님. 요새 부잣집의 병풍 그림을 그려주고 있어요. 어제는 채색을 모두 끝내려다보니 밤이 깊어진 것도 몰랐지 뭐예요. 오늘은 해질녘까지는 어떻게든 꼭 돌아올게요."

정 초시는 딸의 설명이 거짓임을 알고 있었다. 그는 며칠 전 그녀의 짐보따리에서 우연히 십자가와 성화 몇 장을 발견했었다.

'이 아이도 제 어미의 영향을 받은 것인가?'

3년 전 병으로 죽은 효연의 모친은 독실한 서학 신도였다. 남산골에 사는 불우한 남인 가문의 선비와 부녀자들 가운데는 서학에 심취한 이들이 적지 않았다. 젊은 남인 선비들 사이에선 성리학은 낡은 것이고, 서학은 새로운 것이라는 분위기가 퍼지고 있었다. 완고한 성리학 유생인 정 초시는 서학을 천하의 근본을 모르고 떠드는 잡설로 여겼다. 그는 남인 중에서도 서학에 비판적인 공서파(攻西派)에 가까웠다.

하지만 그는 부인이 서학을 믿는다는 것을 알고도 막지 못했다. 자신에게 시집와 삯바느질로 집안 생계를 꾸려온 불쌍한 부인에게 서학은 유일한 삶의 버팀목이었다. 그런 부인에게 차마 배교의 고통까지 강요할 수 없어 그냥 모르는 척했다.

"얘야, 네 얼굴을 제대로 볼 시간이 없어서 말을 못 했다만⋯⋯. 며칠 전 네가 없을 때 웬 젊은 선비가 다녀갔다."

방문을 나서려던 효연이 그 말에 걸음을 멈췄다. 정 초시는 젊은 선비와 나눈 대화를 찬찬히 옮겼다. 그러면서 베개 밑에서 엽전 10냥을 꺼내 효연에게 내밀었다.

"내가 거절했는데도 그림값이라며 막무가내로 놓고 갔다. 아무래도 그 선비가 너를 각별하게 여기는 것 같더구나."

◆

설낭 도령 조준은 오랜만에 비단 도포를 차려입고, 광통방으로 향하고 있었다. 전날 밤 서화점 주인 장 씨가 드디어 '내일, 남은 초상화 작업을 하러 오시라'고 연락했기 때문이었다.

정 초시를 만난 후, 조준은 효연을 포기하자는 마음이 들기는커녕, 오히려 그녀에 대한 연모와 걱정이 더 커지는 것을 느꼈다. 며칠째 잠을 통 못 자고 있었지만, 다시 효연을 볼 수 있다고 생각하니 피곤함은 씻은듯 사라졌다. 광통방으로 달려가는 조준의 머릿속에는 효연의 부친 정 초시에게 들었던 안타까운 이야기들이 떠올랐다.

3년 전, 정 초시는 중병에 걸린 효연의 오라비를 살릴 약값을 마련하느라 마포나루의 식리인(殖利人, 사채업자)으로부터 50냥을 빌렸다. 50냥은 남산골에 작은 집 한 채를 살 수 있는 거금이었다. 식리인은 담보 잡힐 물건이 아무것도 없었던 정 초시에게 제안했다. '빚을 갚지 못할 시, 효연을 후실로 준다'고 약조하면, 돈을 빌려주겠다는 것이었다. 집안의 대를 이을 아들을 살려야 한다는 절박함에 사로잡힌 정 초시는 해서는 안 될 짓을 저지르고 말았다.

그렇게 빌린 돈으로 유명한 의원을 찾아가 비싼 약재를 써봤지만, 끝내 아들을 살리지도 못했다. 밤낮없이 아들을 간호했던 그의 부인마저 석 달 뒤 아들을 따라갔다. 정 초시는 오랫동안 충격에서 헤어나지 못했다. 그사이 이자는 계속 불어나, 이제는 갚을 돈이 500냥에 달했다. 젊었을 때처럼 거벽질로 그 돈을 만들어보려고 했지만, 늙고 병든데다 총기마저 예전 같지 않아서 그마저 쉽지 않았다. 결국 올해 11월 중순까지 빚을 갚지 못하면, 딸 효연은 식리인의 첩이 될 운명이었다.

마침내 조준이 서화점에 당도하자 주인 장 씨가 내실로 그를 안내했다. 그곳에는 그토록 그리워했던 화공 이사, 효연이 그림

그릴 준비를 끝내고 다소곳이 앉아 그를 기다리고 있었다.

◆

연초상 박 영감을 찾아가는 박선경은 만면에 미소를 머금고 콧노래를 흥얼거리고 있었다. 그는 진안초 장사로 큰돈을 만질 꿈에 부풀어 있었다. 그런데 박 영감 연초전에 도착해보니 가게문은 굳게 잠겨 있었고, 상(喪)중임을 알리는 벽보가 출입문에 붙어 있었다.

'박 영감님 가족 중에 누가 돌아가셨나? 이제 곧 동업자가 될 분이니 문상하러 가야겠군.'

선경은 인근 포목전 주인에게 박 영감의 집 위치를 묻다가 충격적인 소식을 듣게 됐다. 박 영감이 전날 스스로 목을 매어 죽었다는 얘기였다. 깜짝 놀란 선경은 중촌 박 영감 집으로 곧장 달려갔다. 데릴사위 도만이 상주로 문상객을 맞고 있었다. 박 영감의 부인과 외동딸은 너무 울어서 탈진한 상태였다.

"그저께 밤에 처리할 일이 남았다며 장인어른만 홀로 점포에 남아 계셨습니다. 평소에도 혼자 연초 작업을 하시곤 했기 때문에 별 의심 없이 그 말씀에 따랐는데, 어제 아침 일찍 가게에 나가보니⋯⋯."

박 영감은 가게 천장 대들보에 목을 매단 채 죽었다. 포도청 포교들은 가게에서 없어진 물건이나 돈이 없고, 망자의 몸에 상처도 없다며 자살로 결론을 내렸다. 가족들은 박 영감이 유서도 남기지 않고 목숨을 끊을 이유가 없다며 포도청의 조사를 믿지 않고 있었다. 선경도 종루 바닥에서 꼬마 심부름꾼으로 시작해 한양 제일의 연초전을 일궈낸 억척꾼 박 영감이 스스로 목숨을 끊었다는 사실을 도무지 믿을 수 없었다. 더군다나 며칠 전에는 선경과 함께 진안초를 팔 계획을 세우며 큰돈을 만질 기회라며 좋아하기까지 했다.

"혹시 최근에 주인 어르신께 뭔가 이상한 느낌은 없었소?"

"아니요, 아무리 생각해도……. 아! 잠시만. 선비님을 보니 한가지 생각이 났습니다. 나흘 전 어떤 젊은 여인이 장인어른을 찾아와서 내실에서 한참 머물다가 돌아갔습니다. 그 이후 장인은 집에 보관해둔 예전의 낡은 장부를 죄다 꺼내서 뭔가를 조사하셨죠. 제가 무슨 일이냐고 여쭈어도 알 것 없다고 하셔서 내용은 모릅니다만……. 암튼 그 일이 이상했다면 좀 이상했지요."

"나흘 전 내가 가게를 찾아왔었을 때 봤던 남색 비단 장옷을 입고, 키가 이만치나 큰 여인 말이오?"

정오 무렵 시작된 초상화 작업은 창밖이 어둑해질 무렵에야 끝났다. 효연은 화구들을 거두고 남은 안료들을 정리하기 시작했다. 오랫동안 침묵을 지켰던 설낭이 마침내 용기를 내어 그녀에게 말을 걸었다.

"효연 낭자, 이렇게 직접 만나 이야기하고 싶었소! 무례한 줄은 알지만 나도 내 마음을 어쩌지 못하겠으니 혜량하여주시오. 부친께 들었습니다만, 낭자가 그 악독한 식리놈의 첩이 되다니 있을 수 없는 일입니다. 그리되도록 내버려두지 않을 것입니다!"

효연은 남은 안료를 빈 대접에 따르다가 손을 멈췄다. 그녀는 아무 말도 하지 않고 설낭을 잠시 바라봤다. 설낭은 '아차!' 싶었다. 별시 이야기며, 그림 이야기며 다 제쳐놓고 식리인의 첩 같은 껄끄러운 얘기부터 꺼낸 것을 속으로 후회했다. 청중 앞에서는 애정 소설을 그리도 유창하게 읽어주는 전기수인데도, 현실 속 자신의 사랑 앞에선 숙맥이나 다름없는 자신이 원망스러웠다.

"선비님은 제게 두 번이나 큰 도움을 주신 은인이십니다. 그 은혜는 평생 감사하여도 부족할 것입니다. 그러나 아셔야 할 것이 있습니다. 저는 세상 만물의 유일한 창조주이신 천주님을 믿는 자녀입니다……."

"알고 있소! 아, 아니 그때 기찰에게 쫓기는 것을 보고 짐작하고 있었소. 걱정하지 마시오. 내 누구한테도 말하지 않으리라."

효연은 설낭의 반응에 살짝 미소를 짓더니 이내 다시 말을 이어갔다.

"저는 지금까지 세상을 탓하며, 부친을 탓하며, 여자로 태어난 것을 탓하며 살아왔습니다. 그러나 천주님을 알게 되고부터 모든 생각이 달라졌습니다. 어떤 고난과 불행도 이겨낼 힘을 천주님의 품안에서 얻었습니다. 하오니 너무 염려치 마세요."

"이겨낼 힘이오? 그게 무슨 말이신지……? 그 천주라는 분이 낭자에게 도대체 무슨 힘을, 어떻게 주셨다는 것인지요?"

"천지 만물의 창조주이신 천주님이 하해와 같은 사랑으로 우리를 굽어살피고 계시니, 포도청의 기찰이건 저잣거리의 식리인이건 저는 두렵지 않습니다. 저의 죄를 사하여 받고 구원받을 수 있다면, 그 어떤 시련도 문제가 되지 않습니다."

"난 도통 무슨 말인지 모르겠소. 11월까지 500냥을 갚지 못하면 첩살이를 해야 하는데, 자꾸 이겨낼 수 있다고 말씀하시니……. 참으로 답답하오! 나는 낭자를 깊이 은애하고 있소. 이대로 식리인의 첩이 되도록 놔두지 않을 것이오!"

"선비님이 신경쓰실 일이 아닙니다. 저는 천주님의 어린양으로서 걸어갈 길이 이미 정해져 있습니다. 저에게 닥치는 모든 일은, 그것이 행복이건 불행이건 천주님 안에서 제가 온전히 감당할 것입니다. 괜히 저 때문에 선비님까지 화를 입으시지 않았으면 좋겠습니다."

설낭은 효연의 입에서 나온 '천주님과 구원, 믿음, 영혼, 정해진 길' 따위 말들의 의미를 온전히 파악할 수 없었다. 그러나 그녀의 말에는 비관이나 체념이 아닌 강한 의지와 결의가 담겨 있다는 것만은 느낄 수 있었다.

"그대가 말하는 천주님이 누구인지 나로서는 잘 모르겠지만, 그 천주라는 분도 낭자가 세간의 손가락질을 받는 식리놈의 첩이 되는 걸 원치는 않으실 거요. 나도 절대로 낭자가 그리되도록 내버려둘 수 없소! 무슨 일이 있어도 내가 막을 것이오!"

설낭은 거의 소리치듯 말했다. 효연은 대답 대신 그가 집에 와서 두고 간 엽전 꾸러미를 내밀었다.

"초상화값은 이미 주셨던 걸로 기억합니다. 그러니 이것은 되돌려 드리겠습니다. 초상화는 닷새 후 서화점을 통해 전해드리지요. 앞으로는 뵙기 어려울 듯합니다. 그동안 정말 감사했습니다."

잠시 후 서화점을 나온 효연은 보따리를 들고 남산골 쪽으로 바삐 걸어갔다. 뒤이어 조준이 가게 밖으로 뛰어나왔다. 조준은 저멀리 밤거리 인파 속으로 빠르게 사라지는 효연의 뒷모습을 하염없이 바라보았다.

## 제28화
# 수정전의 방문객

　세책방 객성의 1층 서가에 등불이 모두 꺼져 있었다. 평소 술시(19시~21시)까지 문을 열었으나, 시절이 시절이다보니 요즘은 해가 지면 곧바로 문을 닫았다. 조준이 문고리를 흔들자 김 선달이 직접 내려와 문을 열어줬다. 김 선달은 이옥의 소설 원고를 깨끗하게 옮겨적은 필사본을 훑어보고 있던 차였다.

　"자네 이 시각에 어쩐 일인가? 암튼 이리 들어오게."

　김 선달은 설낭을 다락방으로 데려갔다. 설낭은 자신과 효연 사이에 있었던 일들을 김 선달에게 털어놓고 도움을 청했다.

　"으음, 그랬구만⋯⋯. 어쩐지 요새 자네가 평소와는 좀 다른 듯했네. 그때 우리 가게에 뛰어들어온 그 낭자가 우리 설낭 도령의 마음을 홀딱 훔쳐간 거로군!"

"효연 낭자는 아무것도 하지 않았습니다. 그냥 제가 혼자서……. 아무튼 낭자를 식리인의 더러운 마수에서 지켜주고 싶습니다!"

설낭은 간절한 눈빛으로 말했다.

"자네 말대로 마포나루에서 활동하면서 최가 성을 가진 식리인이라면 딱 한 놈밖에 없네."

정 초시는 효연을 탐하는 마포나루 식리인이 최씨라고만 했을 뿐, 정확한 신상을 알려주지 않았다. 한양 바닥에서 인맥이 넓은 김 선달은 그 정도의 설명만으로도 식리인의 정체를 단번에 짚어냈다. 그 식리인은 죽은 도고 최종만의 장남 창인이었다.

"창인이 그놈이라면 그런 짓을 하고도 남을 위인이지. 지 부친과 달리 물건 장사보다는 돈놀이로 불쌍한 사람들의 고혈을 짜내는 데 도가 튼 놈이네. 욕심 많고 포악한데다, 술과 여색을 밝히기로도 유명하지. 제 신분에 무슨 한이라도 있는지, 몰락한 양반집 규수들을 돈으로 농락하고 다닌다네. 하필, 그런 개망나니 자식에게……."

김 선달의 설명에 의하면 도고 최종만도 살아생전 아들 창인의 사람됨을 늘 걱정했다고 한다. 어려서부터 온갖 악행을 일삼고 다녔기 때문이었다. 그래서 최종만은 일찌감치 장남인 창인을 내치고, 그 대신 셋째 창례를 곁에 두고 장사 일을 가르쳤다. 창례는 서자였시만 심성이 바르고 사교성이 좋으며, 머리 회전이 빨라 부친의 총애를 받았다. 반면 창인은 불쌍한 사람들에게 급전을 빌려주고 고혈을 짜내며 흥청망청 살았다. 한양 사람들은 당연히 장차 창례가 가업을 승계할 것으로 생각했었다.

그런데 환갑을 넘어서도 혼자 쌀 한 가마를 나를 정도로 건강했던 최종만이 작년부터 시름시름 앓더니 지난 5월 세상을 뜨고 말았다. 유언장도 남기지 않아서, 모든 재산과 가업이 고스란히 적장자인 창인의 차지가 되었다.

"창인이 부친의 반만 닮았어도 좋았을 텐데. 최 도고는 재산을 사치나 주색잡기에 쓰지 않고, 골동을 사 모으거나 문인과 기예인들을 후원하는 데 많이 썼네. 자기 잔치에 찾아오는 사람이면 거지라도 밥 한술 나눠주던 이였지. 그래서 사람들이 도고라면 치를 떨어도 최종만을 그리 욕하지는 않았다네."

설낭은 김 선달로부터 식리인 최창인에 대한 설명을 듣고 보니 효연이 더욱 걱정되었다. 효연을 놈의 손아귀에서 빼내려면, 빚 500냥을 갚는 수밖에 없었다. 하지만 500냥은 한양 북촌에 대궐 같은 집을 살 수 있는 큰돈이었다.

설낭이 석 달 남짓의 전기수 생활로 번 돈은 이것저것 제하고 40냥 정도에 불과했다. 게다가 국상이 끝날 때까지는 한양에서 기예 공연이 금지되었으므로 당분간 전기수 활동도 할 수 없었다. 기간 안에 거액을 마련할 길이 막막했다.

"도와주지도 못하고 이렇게 지켜만 봐야 한다니 너무 가슴 아픕니다."

"그 처자의 사정이 딱해 나도 돕고 싶어서 하는 말인데, 설낭 자네가 마음만 굳게 먹으면 전기수로 돈을 마련할 길이 아예 없는 것은 아니네."

"네에? 선달 어른, 뭡니까? 어떻게 하면 됩니까? 말씀만 해주십시오."

김 선달은 설낭에게 지방공연에 대해 처음으로 이야기를 꺼냈다. 한양 도성과 그 근방 성저십리에선 국상 분위기 때문에 잔치나 공연을 벌이기 어렵지만, 임진강 건너 개성과 평양까지 올라가면 사정이 많이 다르다는 것이었다.

"여기처럼 나라님이 돌아가셨다고 여태껏 초상집 분위기인 건 아니라더군. 도성에서 멀어질수록 평상시와 다를 바 없다는 게야. 오히려 요사이 홍삼 무역이 크게 흥하고 있어서 인심도 한양보다 후해졌다고 들었네. 나라님 상중에 근신하지 못하는 것이 좀 그렇기는 하네만, 자네가 생각만 있다면, 내 그쪽으로 다리를 놓아봄세!"

음력 8월 초, 아침저녁으로 초가을의 선선함이 느껴졌다. 한양 도성은 국상의 충격에서 서서히 벗어나 일상의 평온을 되찾아가고 있었다. 다만 술과 도박, 기생놀음, 기예 공연, 잔치는 아직 대놓고 할 수 없었다.

"아니 이 사람 자네 기상(基相)이가 아닌가?"

이옥이 피맛길을 걷고 있는데 누군가 뒤편에서 그의 자(字)를 불렀다. 이옥이 뒤돌아보니 삿갓을 쓴 키 작은 사내가 서 있었다.

"뉘시오?"

이옥이 되묻자 사내가 삿갓을 살짝 들치며 씨익 웃었다. 성균관 시절 이옥과 가까이 지냈던 문우 심노숭이었다. 심노숭은 자유분방한 성격으로 소품체 문장도 뛰어나고 박학다식했다. 그의 부친은 시파로 유명한 인물인 심낙수였다. 그는 부친을 닮아 정치적으로 노론 벽파를 끔찍이 싫어했다.

"자네 작년에 부친상을 입어 지금 고향에서 삼년상 시묘살이를 하고 있다고 들었네. 그런데 이렇게 함부로 도성 안을 쏘다녀도 괜찮겠나?"

"걱정 말게나! 삿갓을 썼더니 자네도 못 알아봤지 않은가? 세상 돌아가는 것이 너무 수상하여 한가하게 묘지기만 하고 있을 수 있어야지. 이러지 말고 어디서 목이나 축이며 얘기 좀 나누세."

심노숭은 이옥을 교동의 한 여염집으로 끌고 갔다. 외관상 평범한 민가였으나 안으로 들어가니 여주인이 손님과 직접 대면하지 않고 술을 파는 내외주가였다. 금주령이 내려진 도성에서 은밀하게 술을 마실 수 있는 몇 안 되는 곳이었다.

"여긴 벽과 천장에서 우리 말을 엿들을 쥐새끼들이 없으니 오늘밤 맘놓고 회포를 풀어보세. 자네가 지난 별시 때 과시장을 박차고 나왔다는 소식은 들었네. 사람들은 나보고 기인이라고 하지만 내 보기에는 기상이 자네야말로 기인 중의 기인일세. 돌아가신 선왕도 어쩌지 못한 기인이 바로 자넬세. 하하하!"

"태등(泰登, 심노숭의 자)이 자네는 오랜만에 만나서 별 쓸데없는 이야기부터 꺼내는구먼. 그러지 말고 내 술 한잔 받게!"

이옥은 노숭의 술잔에 한가득 탁주를 따랐다. 훤한 대낮부터 시작된 그들의 술자리는 심야까지 이어졌다. 두 사람은 성균관 시절 강이천, 김려 등과 병을 핑계로 임금의 친강을 빼먹고 한강 서호로, 북한산으로 뱃놀이, 꽃놀이를 나갔던 이야기며, 성균관 백전에서 이옥이 장원을 먹은 기념으로 우르르 기방에 몰려갔다가 양반 도령들은 받지 않겠다는 조방꾼들과 시비가 붙었던 일들을 깨알같이 떠올리며 즐거워했다. 밤이 깊고 두 사람 모두 술기운이 머리끝까지 올라왔을 무렵 노숭이 가슴속 말을 꺼냈다.

"자네. 선왕의 죽음이 뭔가 석연치 않다는 소문 못 들었나? 지금 도성 안팎에 파다하네. 만포(심환지)의 친척 심인이 선왕을 교묘하게 독살했다고들 하네. 조정이 선왕을 치료했던 의관들을 제대로 추국도 하지 않았는데 어의 강명길은 의금부 감옥에서 갑자기 죽어버리고, 심인은 저멀리 함경 땅으로 유배를 가버렸네. 뭔가 냄새가 나지 않나?"

"남인들 사이에서 독살 어쩌고 하는 흉흉한 이야기가 돈다는 풍문은 언뜻 들었네만. 대궐에 사람들이 얼마나 많은가? 그 많은 내관과 궁녀, 신하와 의관이 다 지켜보고 있는데 독살이 그리 쉬운 일인가? 그들 모두가 한통속이 아니고서야."

"자네는 낙향이다 충군이다 한양을 너무 오래 떠나 있어 잘 모를 걸세. 이조판서와 이조전랑, 사관, 승지 등 노른자위는 모두 벽패들이 장악한 지 오래됐네. 게다가 육조 관청의 아전 서리 자리도 벽패놈들의 겸인들로 채워져 있고, 내관과 궁녀도 벽패와 연이 닿지 않은 자들이 없네. 그들이 맘만 먹으면 뭔들 못하겠는가?"

◆

8월 16일 함경도 정평부 관아. 국경 북쪽 끝자락의 경흥부에 유배중이던 심인은 이날 남쪽의 정평부로 이송됐다. 심인은 내심 자신의 방면 소식을 기대했다. 그는 어의 강명길이 금부옥에서 석연치 않게 죽은 날부터 자신도 언제 그렇게 죽을지 모른다는 공포와 불안에 떨어야 했다. 유배 떠나기 직전 심환지가 찾아와 "잘 참고 기다리면 풀려날 걸세"라고 말해주지 않았다면, 그는 이미 한참 전에 스스로 목숨을 끊었을지 모른다.

정평부 관아에는 한양에서 파견된 의금부도사 김희신이 그를 맞았다. 김희신은 심인에게 결안을 내밀었다. 그 결안에는 심인이 정조의 치료와 관련된 모든 잘못을 인정한다는 내용이 담겨 있었다.

"이보시오. 내가 치료를 핑계로 선왕마마의 옥체를 해하였다니 이건 결코 사실이 아니오. 당치도 않은 모함이오. 당장 만포 대감을 만나게 해주시오! 난 아무 잘못 없소! 억울하오!"

심인이 결안에 대한 수결을 완강하게 거부하자 김희신은 "그럼 생각할 시간을 주겠다"며 자리를 피했다. 심인만 홀로 남겨진 방에 잠시 후 누군가 찾아왔다. 심인이 처음 보는 자였다. 그자는 심인에게 서찰을 내밀었다.

한참 후 김희신이 돌아왔을 때 심인은 모든 것을 체념한 상태였다. 탁자에 놓인 결안에는 그의 수결이 되어 있었다. 김희신은 심인을 정평부 저잣거리로 끌고 가서 참수했다. 함경도 무산부에 유배된 또다른 의관 피재길은 무거운 입 덕분에 죽음은 가까스로 면했지만 집안이 몰락해 여생을 불우하게 마쳤다.

◆

열한 살짜리 어린 왕 순조가 증조할머니 정순왕후에게 아침 문안을 올리고 수정전에서 물러났다. 잠시 후 지밀상궁이 들어와 정순왕후에게 귓속말로 다음 내방자를 알렸다.

"오호! 유 상선이 왔다고. 뭣들 하느냐. 어서 들라 하지 않고."

낡은 내시 관복을 입은 노인이 젊은 내관들의 부축을 받으며 정순왕후의 방에 들어섰다. 수염 하나 없이 잔주름 가득한 얼굴의 노인은 세상을 달관한 듯 부드러운 미소 속에서도 눈빛은 날카롭게 빛났다.

그는 영조 시절 마지막 내시부 상선을 지낸 유이평이었다. 정조가 즉위하고 이듬해(1777년) 존현각 암살 미수 사건이 발생했었다. 자객이 궁에 침입해 정조를 죽이려고 시도한 사건이었다. 정조의 충복 홍국영은 그 사건을 조사하면서 벽파와 내통이 의심되는 내시와 궁녀들을 대대적으로 숙청했다. 유이평은 그때 궁궐을 떠났다.

"어서 오시오! 유 상선!"

정순왕후가 반갑게 그를 맞이했다. 유이평은 감회어린 표정으로 왕후를 올려다봤다.

"여주(女主)님, 그간 평안하셨습니까. 여주님께서 이처럼 강건하게 뭇 신하들을 이끄시는 모습을 뵈니 이제야 종묘사직이 제대로 반석에 선 것 같아, 소신 감개무량하옵니다. 소신은 지금 죽어도 여한이 없사옵니다."

"죽다니요! 무슨 말씀이오, 오래 사셔야지요. 내, 유 상선이 곧 팔순을 맞는다고 들었소. 팔순 잔치에 따로 사람을 보내 치하할 것이니 그리 아세요. 그대의 아들들도 부친을 이어 더없이 믿음직스럽게 나를 보필해주었소. 아버지와 아들들이 2대에 걸쳐, 충신 중의 충신들이오!"

유이평의 뒤에 앉아 있던 사내가 정순왕후의 극찬에 황송한 듯 머리를 조아렸다. 그는 유이평의 양아들 종경이었다. 그는 올봄까지 희정당에서 일하다 건강 악화로 관복을 벗고 낙향한 대전 설리였다.

◆

반촌 안두식네 마당에서 초가을 난로회가 열렸다. 이옥과 박선경, 김판석, 설낭이 오래간만에 함께 모였다. 책쾌 조생과 재인 안두식, 세책방 주인 김 선달도 참석했다. 닷새 후 지방으로 전기수 공연을 떠나는 설낭의 환송을 겸한 자리였다.

"내 자네를 위해 선물을 하나 가져왔네. 자 여기!"

김 선달이 품에서 비단 표지의 서책 한 권을 꺼냈다. 표지에 〈설화전雪花傳〉이라고 적혀 있었다. 그 책은 이옥이 완성한 소설을 잘 정서한 필사본이었다. 설낭은 이번 지방공연에서 청중들에게 이옥의 〈설화전〉을 꼭 선보일 작정이었다.

"저는 스승님이 쓰시는 〈설화전〉을 조금씩 읽을 때마다, 이 이야기가 〈구운몽〉을 뛰어넘을 것임을 직감했습니다. 드디어 이야기가 완성되어, 이렇게 손에 딱 잡히는 서책으로 만들어지니 한결 더 재밌어 보입니다."

설낭이 필사본 설화전을 살펴보며 그렇게 칭찬하자 좀 머쓱한 표정으로 이옥이 말했다.

"연행사가 청에 다녀올 때마다 중국의 새 소설들이 한양 책사와 세책방에 깔리지만, 우리 소설은 몇십 년째 그 나물에 그 밥이라고, 여기 계신 김 선달께서 하도 한탄하셔서 아둔한 머리를 한번 짜내어보았네. 언문으로 처음 쓰는 전(傳)이라서 나도 어떨지 잘 모르겠네만 자네 하는 일에 조금이라도 보탬이 됐으면 하네."

"나도 우리 설낭 아우한테 뭔가 해줘야겠는데, 뭐가 좋을까?"

선경은 좌중을 한번 둘러보다가 판석에게 시선을 고정한 채 말했다. 판석은 '왜?'라는 표정으로 선경을 쳐다봤다.

"아닙니다, 선경 형님. 그동안 도와주신 것만으로도 충분합니다."

"아니네! 내가 자네 먼길 떠나는데 길동무 한 명 빌려주겠네. 좀 모자라는 친구지만 없는 것보다는 나을 걸세. 자, 저 친구를 데려가시게!"

선경은 그렇게 말하며 판석을 손가락으로 가리켰다.

"아따! 그렇지! 선경이 자네 오랜만에 맞는 말 한번 했네. 바늘 가는 데 실 따라가는 거지. 설낭 가는데 내가 가야지! 이참에 평양과 해주, 개성 사람들에게 내 구기도 뽐내고, 진안초도 알리고 일석이조가 따로 없네. 안 그런가?"

판석이 선경의 말을 유들유들 받아주자 다들 한바탕 웃었다. 나흘 후 설낭은 판석과 함께 초가을 햇살을 받으며 한양 창의문을 나섰다.

제29화

# 소설 설화전

1800년 9월 말 오전. 임진강이 가을 햇살을 받아 은빛으로 반짝이고 있었다. 무성한 갈대밭은 바람에 쏴아쏴아 소리를 내며 흔들렸다. 송악산을 비롯한 주변 산들이 온통 울긋불긋 물들어 있었다.

설낭 조준과 판석은 임진강 남쪽 나루터에 내렸다. 두 사람이 임진강 이남으로 내려온 것은 거의 한 달 보름 만이었다. 김 선달의 예측은 이번에도 맞아떨어졌다. 설낭은 개성과 해주, 황주, 평양 등 가는 곳마다 환영받았다. 그 지역들은 홍삼 무역과 연초 장사, 국경 밀무역 등으로 부유해진 상인이나 토호들이 많았다. 그들은 국상 기간도 아랑곳하지 않고 산과 들에서 기생들을 끼고 놀았고, 부인네들은 소리꾼이나 전기수를 규방으로 불러 여흥을 즐겼다. 권력의 중심에서 벗어난 궁벽한 땅인 줄 알았는데 직접 와서 보니 어떤 면에서 한양 도성보다 자유롭고 활기가 넘쳤다.

한양에서 온 곱상한 외모의 젊은 전기수 설낭은 그곳 부녀자들의 마음을 단숨에 사로잡았다. 그는 청아한 목소리에 희로애락의 감정을 담아 〈설화전〉을 낭독했다. 주요 장면에서 등장인물의 혼령이 빙의된 듯 음색과 장단 고저, 속도를 바꾸고, 표정과 몸짓까지 생생하게 섞어가며 이야기를 풀어냈다.

그렇게 하루도 쉬지 않고 강행군을 한 결과 설낭은 150냥을 손에 넣었다. 초대자들이 주는 거마비가 계속 오르고 있어서, 이대로면 11월 초까지 300냥은 너끈하게 벌 수 있을 것 같았다. 모자란 액수는 자신이 식리를 얻어서라도 정 초시가 최창인에게 진 빚을 반드시 갚아낼 요량이었다.

설낭과 판석은 파주의 한 주막에 도착했다. 그곳에는 파주 유대감 집에서 보낸 길잡이가 마중나와 있었다. 설낭은 이틀 전 황주 근방에서 공연을 마친 직후 한양의 김 선달로부터 서찰 한 통을 받았다. 다른 일정을 취소하고, 경기도 파주의 한 팔순 잔치에 가야 한다는 내용이었다.

개성을 거점으로 설낭의 공연을 도와주고 있는 장만수는 매일 3~4건씩 이야기판이 잡혀 있는데 이를 물리고 파주로 가라는 지시에 난감해했다. 장만수는 젊은 시절 김 선달과 무과 공부를 함께했던 친구로 지금은 개성에서 기방의 조방꾼으로 살아가고 있었다. 김 선달은 개성은 물론, 서북 일대까지 인맥이 넓은 장만수에게 설낭의 공연 일정과 돈 관리를 맡기고 있었다.

"선약을 깨면 곱절로 물어내야 하는데도 김 선달이 이런 무리한 요구를 하는 걸 보면 파주에서 엄청 대단한 노인의 잔치가 열리나보네. 한양에서 멀지 않은 곳이라 소문나면 좋을 일 없으니 조심해서 다녀오게."

장만수는 그렇게 말하며 설낭에게 노인의 집으로 찾아가는 방법을 알려줬었다. 설낭과 판석은 파주 주막에서 국밥으로 요기를 한 후 길잡이를 따라 이동했다. 노을이 질 무렵 기와집 스무 채정도가 모여 있는 마을에 당도했다. 다음날 팔순 잔치가 열릴 집은 한양 북촌의 명문가를 방불하게 할 만큼 크고 위엄이 있었다.

다음날 아침부터 잔치를 구경하려고 근방의 백성들까지 그 집에 모여들었다. 정오 무렵이 되자 남녀노소 하객들로 넓은 마당이 빼곡하게 들어찼다. 하객들은 술과 떡, 국수, 과일 등을 먹으며 공연을 기다렸다.

팔순 잔치의 주인공인 유 대감은 대청마루 상석에 앉아 있었다. 그는 예전에 높은 벼슬을 지낸 듯 붉은색 관복을 입고 있었다. 팔순 노인의 좌우로 내빈 십여 명이 앉아 있었다. 그중에는 그 고을 사또도 있었다. 대청마루 밑의 돗자리에는 선비 스무여 명이 앉아 있었다. 그들 가운데 둘은 노인의 아들이었다. 오른편에는 잘 차려입은 부녀자들이 모여 앉아 있었다. 마당에는 공연할 공간을 남기고 하객들이 빙 둘러싸고 있었다.

남사당패 꼭두쇠가 큰 징을 울리자 공연이 막을 올렸다. 한양에서 온 춤꾼과 소리꾼, 악공 들이 차례로 흥을 돋웠다. 이어 남사당패들이 풍물놀이와 함께 버나(접시돌리기)와 살판(땅재주), 어름(줄타기) 등을 선보였다. 마당 공연이 무사히 끝나자 그 집 하인들이 하객들을 내보냈다. 하객들은 저마다 잔치 음식을 조금씩 받아서 즐겁게 돌아갔다.

설낭의 공연은 팔순 노인의 가족과 친척, 가까운 지인 들만 남았을 때 사랑채에서 따로 진행됐다. 노인을 포함해 30여 명 정도가 큰 방에 모여 앉았다. 노인의 양편에는 두 아들이 앉아 있었다.

먼저 판석이 걸쭉한 재담과 구기로 판을 열었다. 철천지원수 집안의 개들이 주인 몰래 정분이 나서 흘레붙는 이야기를 풀어냈다. 그는 이번 지방공연에서 가는 곳마다 이 소재로 청중들을 뒤집어놓고 있었다.

하지만 그 집 사람들은 반응이 뜨뜻미지근했다. 일부는 어색한 웃음만 흘렸다. 팔순 노인도 별다른 표정 변화가 없었다. 판석은 필살기가 잘 먹히지 않자 "지는 여기서 멈추고, 이제 한양 제일의 전기수 설낭 도령을 모시겠습니다"라며 뒤로 물러났다.

설낭이 천천히 방안에 입장하자 청중의 시선이 집중됐다. 원래 그 집의 겸인은 이번 잔치에서 〈수호전〉을 읽어달라고 했다. 그러나 설낭은 대가족이 모이는 잔치이니 남녀노소 다 좋아할 수 있는 〈설화전〉이 좋겠다고 제안했다. 황해도와 평안도에서 〈설화전〉의 반응이 아주 좋았기 때문에 이번에도 성공을 확신했다.

설낭은 〈설화전〉의 책장을 펼치고 읽기 시작했다. 맑고 또렷한 목소리가 울려퍼지자 청중 속에서는 작은 탄성들이 터져나왔다. 팔순 노인은 두 눈을 지그시 감고 경청했다.

설화전의 주인공은 먼 옛날 중국 강남 어느 고을 태수의 외동 딸 '설화'였다. 그녀는 젖을 떼자마자 모친을 여의고, 사악한 계모에게 온갖 설움과 고초를 겪으며 자랐다. 변방에 큰 전란이 벌어져 설화의 부친이 군사를 이끌고 출전한 사이, 계모와 측근들은 설화를 혹독하게 괴롭혔다. 하인들, 하녀들이 하던 집안의 온갖 궂은일을 열 살짜리 소녀에게 모두 떠넘겼다. 계모는 엄동설한에 땔나무를 해오라며 설화를 집에서 내쫓았다. 설화는 눈 덮인 산속을 헤매다가 얼어 죽을 위기에 처했다. 설화의 죽은 어머니가 수리부엉이로 변신해 길을 안내해주어서 설화는 가까스로 죽음의 위기를 넘겼다.

설낭이 설화의 고초와 계모의 만행을 아주 실감나게 묘사하자 방안 여기저기서 혀를 차거나 훌쩍이는 소리가 났다.

설화의 부친은 전쟁터에서 크게 다치고 돌아왔다. 부친의 부하 관리와 정분이 난 계모는 치료를 빙자해 남편을 독살하려고 음모를 꾸몄다. 계모는 남편에게 좋은 약재라며 아편 피우기를 권해 중독되게 했다. 그리고 어느 날부터 아편에 비상을 조금씩 넣어 남편을 천천히 말려 죽였다. 고을 사람들은 물론 딸 설화조차 부친이 그저 부상의 후유증으로 죽은 줄로만 알았다.

설낭은 그 대목에서 계모가 아편가루에 비상을 섞어 넣는 장면을 생생하게 묘사했다.

"태수가 의원에게서 얻은 약은 다름 아닌 아편이었다! 그것은 양귀비꽃에 상처를 내면 흘러나오는 진액을 잘 말려서 굳은 덩어리를 빻아서 만든 가루였다. 계모의 말대로 아편을 피우면 부상의 고통은 가라앉았다. 그런데 어느 날, 계모는 남편이 잠든 후 아편 단지에 비상가루를 섞어 넣었다. 태수는 아무런 눈치도 채지 못한 채 다친 상처의 고통을 줄이고자 아편을 계속 피워댔으니……. 참으로 딱한 일이었다!"

그 대목에서 지그시 눈을 감고 있던 팔순 노인이 갑자기 두 눈을 번쩍 떴다. 그 바람에 설낭과 노인의 눈이 딱 마주쳤다. 섬뜩한 안광이었다! 흠칫 놀란 설낭은 자기도 모르게 얼른 고개를 돌려 시선을 피했다. 설낭이 낭독의 흐름이 흐트러져버렸다고 느꼈을 때, 노인이 자리에서 일어나 시동의 부축을 받으며 방을 나가버렸다.

'웅성웅성.' 사람들은 설낭이 돈을 더 벌려고 일부러 중요한 대목에서 멈추어 청중의 애간장을 녹이는 요전법을 쓴다고 생각했다. 부녀자 몇몇이 설낭 앞에 엽전을 던지며 "어여 계속하시오!"라고 청했다. 설낭은 헛기침으로 호흡을 가다듬은 후 낭독을 재개했다.

우여곡절 끝에 악녀 계모는 천벌을 받아 죽고, 남녀 주인공인 시진과 설화는 백년해로하며 후손 대대로 부귀영화를 누렸다는 것으로 낭독이 마무리되자 청중들은 저마다 한마디씩 칭찬을 했다.

"한양서 내려온 전기수라더니 정말 다르긴 다르네!"

"아유! 난 못 일어나겠어. 설화 아씨가 잘못될까봐 얼마나 가슴이 졸았던지! 다리에 힘이 다 빠져버렸네."

설낭은 마을 어귀의 큰 느티나무 아래에서 판석을 기다렸다. 잠시 후 판석이 나귀를 끌고 콧노래를 흥얼거리며 나타났다. 그는 거마비로 받은 엽전 꾸러미를 빙빙 돌리며 한껏 신이 나 있었다.

"설낭 동생. 이게 얼만 줄 아나? 자그마치 스무 냥일세. 자네한 번 공연에 품삯이 스무 냥이라니! 김 선달 말대로 다른 공연들모두 취소하고 여기 달려온 보람이 있었네그려."

두 사람은 임진강 나루터 쪽으로 부지런히 걸음을 옮겼다. 날이 저물기 전에 임진강을 다시 건너갈 계획이었다. 나루터에 당도할 무렵 판석이 흥미로운 이야기를 했다.

"근데 말이야. 아까 거마비 받으면서 알게 된 건데, 잔치 열렸던 그 동네가 유명한 내시촌이라네. 그 팔순 노인이 예전에 한양 궁궐에서 제일 높은 내관이었고, 지금 자식들도 다들 내시로 일한다네. 어쩐지 다들 허여멀건 게 양기가 부족해 보이더라니, 죄다 고자들이었어. 히히히."

설낭은 판석이 흘레붙는 개들 이야기를 하자 어딘지 묘했던 청중의 분위기가 그제야 이해되어 실실 웃었다. 그런데 유 대감이라는 노인이 자신을 무섭게 노려본 후 자리를 뜬 것이 자꾸 마음에 걸렸다.

박선경의 진안초 사업은 연초상 박 영감의 죽음으로 암초에 부딪혔다. 선경은 한양에서 제일 큰 규모의 연초전을 운영하는 박 영감을 믿고 진안초를 대량 매입해 한양에 유통하기로 했다. 그런데 박 영감이 갑자기 죽어버리자 모든 것이 흐지부지되어버렸다. 게다가 선경은 박 영감의 소개로 마포나루 오 객주에게 거액을 끌어다가 쓴 상황이어서 다른 판매처를 빨리 못 찾으면 보통 큰일이 아니었다.

선경은 직접 한양의 다른 연초상들을 찾아가 맛과 향이 더욱 좋아진 '새 진안초'를 사달라고 부탁했다. 화성 팔달문장터의 연초전들까지 찾아가 거래 상대를 물색하기도 했다. 한동안 밤낮을 잊고 돌아다닌 덕분에 당초 박 영감이 받아주기로 했던 물량에는 미치지 못해도 어느 정도는 판로를 확보했다. 최악의 위기는 넘긴 셈이었다.

그는 여드레 만에 가벼운 마음으로 반촌으로 돌아가는 길이었다. 동네 어귀를 지나 마을 중심부로 진입하자 유생들과 주민들이 채 주부 약방 앞에 모여 웅성거리고 있었다. 포교와 포졸들이 약방을 들락거리는 모습도 보였다.

"무슨 일이라도 났소?"

선경은 걸음을 멈추고 구경꾼에게 물어봤다.

"약방에 강도가 들어 채 주부가 칼에 맞아 죽었다 하오. 내 반촌에서 육십 평생을 살았지만 살인 사건은 처음이야. 평화롭던 동네에서 이 무슨 흉변인지, 쯧쯧쯧!"

그 말에 놀란 선경은 인파를 헤집고 약방 앞에 다가갔다. 채 주부의 늙은 아내가 약방 바닥에 주저앉아 실성한 사람처럼 울고 있었다. 포졸이 망자가 손에 움켜쥐고 있었다며 반쯤 찢긴 용모파기를 포교에게 가져왔다. 포교가 채 주부 부인에게 그것을 보여주며 "이 여인은 누구요?"라고 물었다. 채 주부 아내는 모르겠다며 고개를 저었다.

"잠깐만 그 그림 좀 봅시다."

"당신은 누구요?"

"반촌 사는 유생이오. 채 주부에게 큰 신세를 진 적이 있는 사
람이오."

선경은 그러면서 포교가 손에 들고 있는 용모파기를 들여다봤
다. 턱 주변이 조금 찢겨나갔으나 그림 속 여인의 얼굴은 의녀 애
월을 닮아 있었다.

제30화
# 두치의 배신

"에헴! 채 주부가 약방에 혼자 있다가 흉악한 강도떼의 습격에 당한 게야. 이것 보게. 강도놈들이 금품을 뒤지느라고 약방이 아수라장이 되어 있지 않나? 암튼 수상한 자들이 약방에서 급히 빠져나오는 것을 봤다는 이웃의 진술도 있다네. 아마도 망자가 금품을 순순히 내주지 않자 칼로 목을 이렇게 내려친 게야."

눈이 작고 입술이 툭 튀어나온 좌포도청 포교는 자신의 칼집으로 목을 내려치는 시늉까지 해가며 강도 살인으로 결론지으려 했다. 채 주부의 부인은 넋이 나간 채 그 설명을 듣고만 있었다. 포교는 "딱하게 됐네. 국상이라 도성 안에 순라도 못 도는 때라 강도놈들 붙잡긴 쉽지 않네. 일단 우리 조사는 끝났으니 어서 장례라도 잘 치르시게"라고 말하고는 물러갔다.

선경은 채 주부의 죽음이 단순한 강도 살인이 아닐 수 있다고 느꼈다. 채 주부가 죽는 순간까지 손에 움켜쥐고 놓지 않았던 용모파기 때문이었다. 포교는 용모파기 속 여인에 관해선 아무것도 설명하지 못했다. 선경은 그림 속 여인이 애월과 닮은 눈매와 이마, 콧날을 지니고 있다고 느꼈다. 연초상 박 영감에 이어 채 주부의 죽음에도 애월의 그림자가 어른거렸다. 결코 우연 같지 않았다.

다음날 채 주부의 장례가 진행됐다. 그는 슬하에 자식이 없었다. 반촌 토박이는 아니었지만 거의 30년을 그곳에서 약방을 운영했다. 선경이 이옥, 안두식과 함께 문상을 갔을 때, 초상집은 그의 죽음을 슬퍼하는 이웃들로 붐비고 있었다.

"마포나루에서 심부름 왔는데요. 채 주부께 이거 보여주면 약재를 주실 거라고 하였습니다요."

왼쪽 눈 밑에 검은 반점이 있는 아이가 상가 문 앞에서 말했다. 장례를 돕던 주민이 아이가 내민 쪽지를 읽어본 후 말했다.

"얘야. 미안하지만 채 주부께서 돌아가셨으니, 그냥 가서 네 주인께 그리 전하거라."

"안 돼요. 꼭 약재 받아오라고 했는뎁쇼."

"어허! 뉘 집 종놈인지 몰라도 말귀를 못 알아먹네. 초상집에서 무슨 실례냐. 썩 물러가거라!"

한 주민이 목청을 높이자 아이가 쭈뼛쭈뼛하다가 돌아갔다. 그 주민은 탁자에 쪽지를 올려놓으며 말했다.

"아니, 애월이란 년이 누구야? 어느 기생년이 초상집에 약 심부름을 보내고 난리야!"

이옥과 함께 식사하던 선경의 귀에 '애월'이라는 단어가 꽂혔다. 그는 숟가락을 놓고 달려가 쪽지를 펼쳐보았다. 약재 이름이 나열된 쪽지의 제일 밑에 애월이라고 수결되어 있었다. 그는 밖으로 뛰어나갔지만 아이는 이미 사라진 뒤였다.

설낭은 황해도 황주의 한 기방에 당도했다. 그곳은 평양과 개성의 기방에 비하면 규모는 작았지만 그래도 기생이 스무 명 가까이 있었다. 평양에서 관기로 일하다가 물러난 쉰 살 넘은 퇴기가 주인이었다. 설낭은 한가한 낮에 그 기방의 기생들을 상대로 〈설화전〉을 낭독했다. 그녀들은 꽃단장하기 전의 민낯으로 설낭을 맞이했다. 젊은 여인들만 그렇게 많이 모인 자리는 설낭도 처음이었다.

"호호호. 깔깔깔."

한창 수다를 떨고 있던 기생들이 설낭이 등장하자 일순 고요해졌다. 설낭은 자신에게 쏟아지는 그녀들의 눈길에 얼굴이 살짝 붉어졌다. 애써 태연한 척 낭독을 시작했으나 자꾸 발음이 꼬여버벅거렸다. 설화전 이야기에 좀처럼 몰입이 되지 않았다.

"쳇! 핏!"

실망한 기생들이 콧방귀를 뀌었다. 맨 앞에 앉아 있던 기방 주인인 퇴기가 고개를 돌려 노려보자 기생들은 금세 조용해졌다. 그 덕분에 설낭은 호흡을 가다듬고 정신을 집중해 다시 이야기를 이어갈 수 있었다. 잠시 후 이야기의 흐름을 틀어쥐게 된 설낭은 그때부터 유감없이 실력을 발휘했다.

"호호호, 어머니! 저 오늘 설낭 도령님 수청 들면 안 돼요?"

"저도요!" "저도요!"

낭독이 끝나고 기생들이 호들갑을 떨자 퇴기가 담뱃대로 탁탁 바닥을 내리쳤다. 기생들이 움찔하며 조용해졌다.

"내가 이야기 듣기를 유난히 좋아하여 여러 전기수를 만나봤지만, 설낭 도령만한 사람은 못 봤소이다. 앞으로 자주 부를 테니, 나랑 애들이 적적하지 않게 재밌는 이야기를 많이 들려주시오. 내 섭섭지 않게 대접하리라."

설낭과 판석은 퇴기로부터 식사 대접과 후한 거마비를 받은 후 다음 공연을 위해 이동하려고 했다. 두 사람이 나귀를 끌고 대문 밖으로 나오는데 마당 구석에서 장작 다발을 옮기고 있던 하인과 딱 눈이 마주쳤다.

"아니! 네놈은?"

판석이 자신을 알아보자 하인은 나르던 장작더미를 팽개치고는 도망치기 시작했다.

◆

"잘못했습니다요. 제발 살려주십시오."

하인 사내는 한쪽 다리를 절고 있었다. 그는 얼마 도망가지 못하고 제 발에 걸려 넘어졌다. 판석이 그 사내를 덮쳐서 흠씬 두들겨팼다.

"아이고 사람 살려!"

"이놈 자식아! 당장 나머지 다리까지 병신 만들어버리기 전에 우리 동생 산삼이나 내놔! 네놈 때문에 우리가 얼마나 고생한 줄 알아?"

뒤늦게 달려온 설낭이 판석을 뜯어말렸다. 판석에게 붙잡힌 자는 한양 배오개장에서 설낭의 산삼 보따리를 훔쳐 달아났던 여리꾼 두치였다. 두치는 그 산삼을 가지고 평양까지 올라가 약재상에게 팔아 거금 300냥을 챙겼다. 그 돈으로 도박과 계집질을 일삼다가 탕진했고, 나중에는 도박 빚 때문에 왼쪽 다리의 힘줄까지 끊기고 말았다. 결국 두치는 황주의 기방에서 잡일을 도우며 근근이 연명하고 있었다.

설낭과 판석은 두치를 줄로 꽁꽁 묶어 주막으로 끌고 갔다. 다음날 황주 관아에 넘길 생각이었다. 판석은 두치를 주막집 헛간에 가누려고 했으나 설낭이 말렸다. 10월 초, 해주 지방 날씨는 꽤 추웠다. 설낭은 판석의 불만에도 두치를 방에 들였다.

두치는 설낭의 호의에 감동한 듯 연신 머리를 조아리며 사죄했다. 두치는 어린 시절 유랑민 부모에게 버림받고 이곳저곳 거지로 떠돌다가 열다섯 살 때부터 한양 장터에서 여리꾼으로 살게 된 기구한 사연을 털어놓았다.

　"네 이놈! 니 사정도 딱하다마는, 그렇다고 다른 사람의 물건을 훔치다니 용서할 수 없다! 니가 한 짓 때문에 우리가 고생한 걸 생각하면 이가 갈려. 내일 아침 당장 네놈을 관아에 넘겨 죗값을 치르게 할 것이야!"

　판석이 여전히 분이 풀리지 않은 듯 두치를 노려보며 말했다. 설낭이 판석을 말리며 두치를 묶고 있던 새끼줄을 풀어줬다.

　"형님. 이놈을 처벌한다고 해도 없어진 산삼이 돌아오지는 않습니다. 그보다는 이놈에게 개과천선할 기회를 주는 게 어떻겠습니까?"

　"우리가 마음고생한 것 생각하면 참수를 해도 성에 차지 않지만, 뭐 자네 생각이 정 그렇다면⋯⋯."

　판석이 쭈빗쭈빗 마지못해 설낭의 선처 조치에 수긍했다.

　"아이고 고맙습니다. 설낭 선비님! 제가 이 은혜는 반드시 갚겠습니다. 그런데 제가 한 가지 청이 있습니다요."

　"아니! 이 무슨 개 풀 뜯어먹는 소리야? 이 자식이 풀어주자마자 바로 무슨 청이야?"

　판석은 눈알을 부라리며 화냈지만, 설낭은 얘기해보라고 했다.

"저도 사실 전기수가 꿈이었습니다요. 사정이 허락지 않아 잠시 여리꾼을 하고 있었을 뿐입니다요. 이번 기회에 선비님께 전기수 일을 제대로 배우고 싶습니다. 선비님이 저보다 나이는 어리지만 제가 스승님으로 모시겠습니다!"

◆

한양 장의동의 병조판서 풍고 김조순 저택 앞. 풍고를 태운 가마가 대문 앞에 도착했다. 장용영 군관 여덟 명이 가마를 앞뒤에서 삼엄하게 경호하고 있었다.

머리에 보따리를 이고 있는 젊은 아낙이 가마를 향해 다가왔다. 여염집 아낙 차림으로 변복한 애월이었다. 그녀는 가마에 다가오면서 한 손으로 저고리 품속에서 서찰을 꺼내 김조순에게 재빨리 전달하려고 생각했다.

하지만 골목 어귀에서 반짝이는 눈빛이 보였다. 반대편에서 사내 두 명이 빈 지게를 지고 걸어오고 있었다. 애월은 그들이 추격자들임을 직감적으로 알아챘다. 그녀는 품속에 넣었던 손을 빼고 방향을 살짝 틀어 가마 근처를 그대로 지나쳐 갔다. 처음부터 다른 길을 가는 행인처럼 보이려고 위장한 것이다.

효위군관 한 명이 내문을 두드리자 문이 활짝 열리고 가마가 집안으로 사라졌다. 애월은 뒤돌아보지 않고 앞만 보며 걸음을 재촉했다. 아까 보였던 나무꾼 둘은 방향을 되돌려 애월의 뒤를 쫓아오기 시작했다.

그녀는 될 수 있는 대로 행인이 많은 큰길로 가다가 갑자기 좁은 샛길로 꺾어져 도망쳤다. 나무꾼들이 허겁지겁 샛길로 뛰어들었지만, 그녀의 모습은 보이지 않고 빈 보자기만 떨어져 있었다. 애월은 보따리 속에 숨겨둔 쓰개치마를 뒤집어쓰고 행인들에 섞여 피맛길로 사라졌다.

◆

두치가 판석의 손에 붙잡힌 지 열흘이 지났다. 설낭과 판석은 녀석의 처지를 딱하게 여겨 공연판에 데리고 다녔다. 두치는 설낭과 판석의 수발을 들면서 잘 따라다녔다. 그는 그 지방의 길을 잘 알고 있어서 공연지 찾아가는 일이 한결 수월해졌다. 두치는 눈치가 빠르고 말주변과 붙임성이 좋은 녀석이었다. 입심만으로 시장통에서 손님들을 등쳐먹을 수 있던 것도 그런 타고난 재능 덕분이었다. 그는 판석을 대신해 나귀를 끌고 가면서 쉴새없이 웅얼거리며 소설 낭독을 연습했다. 판석도 어느새 마음의 문을 열고 두치에게 자신의 구기를 조금씩 가르쳐주었다.

하지만 두치는 용서와 호의를 베푼 두 사람의 뒤통수를 또 한 번 쳤다. 평양성에서 공연을 마치고 주막에서 하룻밤을 자고 일어난 설낭과 판석은 두치가 없어진 것을 발견했다. 설낭의 비단 도포와 말총 갓, 〈설화전〉 책자, 그리고 나귀와 돈까지 사라지고 없었다.

"아이고, 검은 머리 짐승은 거두는 게 아니라는 동네 어르신들 말씀을 믿었어야 했는데! 이 일을 어쩔 것이여!"

"죄송합니다, 형님……. 바른길로 갈 기회를 줬건만 욕심에 눈이 멀어 제 발로 차버리다니 두치 그놈도 참으로 어리석고 불쌍한 놈입니다."

설낭의 마음은 처음 배오개 장터에서 두치에게 산삼을 털렸을 때보다 더 쓰라렸다. 그나마 다행인 것은 거마비가 쌓이면 장만수가 미리 지정해준 지역 상인을 찾아가 맡겼기 때문에 피해 액수는 30냥 정도에 그쳤다는 사실이었다.

"제 옷과 〈설화전〉까지 훔쳐간 것을 보니 어디 멀리 달아나 전기수 행세를 하려는 모양인데 언젠가 다시 맞닥뜨릴 것입니다. 그땐 제가 그놈을 용서치 않겠습니다."

"두치 녀석이 혹시 설낭 행세를 하여 자네 명성에 먹칠하지는 말아야 할 텐데. 으음, 그건 그렇고 그놈이 가져간 〈설화전〉 말일세. 세상에 단 한 권밖에 없는 것인데 어찌할 건가?"

"괜찮습니다. 염려 마세요. 이미 제 머릿속에 토씨 하나까지 다 들어 있습니다."

### 제31화

# 전기수 살인 사건

박선경은 마포나루 일대를 부지런히 돌아다녔다. 여러 객주와 선주들을 만나 부친이 재배한 진안초를 한양으로 운반하는 방안을 상의했다. 그는 내륙인 진안에서 군산까지 육로로 연초를 옮기고, 거기서부터 조운선으로 강화도 교동까지 나른 후 이를 황포돛배에 옮겨 싣고 마포나루까지 가져올 계획이었다. 연초상 박영감이 생전에 연결해준 객주 오세만이 계획을 추진하는 데 큰 힘이 됐다. 오세만은 용산과 마포, 서강 일대의 객주들과 난전들을 규합해 도성의 시전 세력에 맞설 수 있는 '강상대고'라는 조직을 만든 걸출한 상인이었다.

조선은 모든 신분의 남녀노소가 연초를 즐기는 세상이 된 지 오래였다. 한양의 양반뿐만 아니라 시골의 촌로로부터 코흘리개 아이들까지 다양한 이유로 연초를 피웠다. 그런 까닭에 조선팔도 기름진 땅은 다 연초밭이 되었다는 소리가 나올 정도로 연초는 중요한 상품 작물이었다. 권력을 틀어쥔 경화세족은 물론, 상인과 중인 계층은 웃돈을 주고서라도 좋은 산지에서 기르고 잘 가공한 고급 연초를 사 피우려고 애썼다.

선경이 마포나루를 들락거리는 것은 꼭 연초 장사 때문만은 아니었다. 그는 열흘 전 반촌 채 주부의 상가에서 봤던 심부름꾼 아이를 찾고 있었다. 왼쪽 눈 밑에 큰 점이 있는 아이는 "마포나루에서 왔다"며 애월의 쪽지를 전했었다. 선경은 그 아이를 찾으면 애월을 만날 수 있을 것 같았다.

항시 인파로 북적대는 마포나루에서 사람을 찾기란 쉽지 않은 일이었다. 이틀간 발품을 팔았지만, 심부름꾼 아이의 그림자도 볼 수 없었다. 선경은 묘안을 하나 생각해냈다. 마포나루 장터의 각설이들에게 국밥을 한 그릇씩 사주며, 점박이 아이를 찾아주면 엽전 닷 푼을 주겠다고 약속했다. 각설이들은 국밥을 허겁지겁 입 안에 털어넣더니 마포와 용산, 서강 나루터와 인근 촌락으로 흩어졌다.

"헉헉헉! 나리, 찾았어요! 헉헉 찾았어요. 지가 찾았어요!"

두 시각 정도 지나자 각설이 한 명이 숨을 헐떡거리며 선경이 있는 주막 마당으로 뛰어들어오며 소리쳤다.

"오냐, 잘했다! 지금 그 아이는 어딨느냐?"

"머, 먼저 여, 엽전 닷 푼 주세요! 헤헤헤."

가쁜 숨을 몰아쉬던 각설이는 선경이 약속한 금액을 건네자 물어온 정보를 쏟아냈다.

"저기 장터 끄트머리에 있는 할매 소금전에서 주워들은 건데쇼. 저기 저 밤섬에서 뭍으로 심부름 다니는 아이가 하나 있는데 선비님이 찾으시는 아이처럼 눈 밑에 큰 반점이 있대요. 그애 이름이 막종이라 하였습니다요."

두치가 늙은 나귀를 끌고 가버린 탓에 공연 장소로 이동하기가 곤란해진 설낭과 판석을 위해서 장만수는 나귀 두 마리를 마련해 주었다. 덕분에 두 사람은 더 멀리 더 빠르게 이야기판을 누비고 다닐 수 있게 되었다.

설낭은 그날 평양 최고 갑부 최 참봉 집에서 오전엔 〈구운몽〉, 오후엔 〈설화전〉을 각각 공연했다. 무사히 두 번째 판까지 마친 설낭은 상다리가 휘어지도록 술과 음식을 대접받았다. 거마비도 열두 냥이나 챙겼다.

홍정꾼 노릇을 하는 판석이 공연값을 받기 직전 "사흘 전 황주의 양부잣집에선 열 냥을 받았다"고 슬쩍 운을 띄운 것이 주효했다. 경쟁심이 발동한 최 참봉은 "내가 양가놈보다 적어서야 되겠나" 하면서 애초 약속했던 돈보다 두 냥을 더 내놓았다.

최 참봉 집을 나선 설낭과 판석이 다음 공연지로 이동하는 도중 먹구름이 잔뜩 끼더니 가을비가 부슬부슬 내렸다. 판석은 공연을 뒤로 미루고 비부터 피하자고 말했지만, 설낭은 빗속을 뚫고 나갔다. 그는 마음이 급했다. 최창인의 식리를 갚기로 한 마감일이 점점 가까이 다가오고 있었기 때문이었다.

그날 밤 공연은 어떻게 무사히 마쳤다. 하지만 다음날 아침 주막집에서 판석이 깨웠을 때 설낭의 몸은 뜨거운 불덩이로 변해 있었다.

막종이는 전함사(典艦司) 판관에게 전할 마 촌장의 언문 서찰을 가지고 서강나루에 내렸다. 그는 밤섬 목수들 가운데 최고 수장인 목수장이자 마을 촌장인 마대치의 심부름꾼 아이였다. 전함사는 조운선의 건조와 수리를 관리 감독하는 관청인데, 서강 나루터에 외사를 두고 있었다. 막종이는 판관에게 서찰을 전하고 외사를 빠져나왔다.

"애야. 네가 막종이지? 잠깐 말 좀 묻자꾸나."

막종이는 낯선 선비가 다가오자 겁을 집어먹은 듯 뒷걸음질 쳤다.

"왜, 왜 그러세요, 나리?"

"엿새 전 반촌 약방에 왔었지? 채 주부 상갓집 말이다. 기억나니?"

"네에 그런뎁쇼. 소인이 무슨 잘못이라도……."

"아니 네가 무슨 잘못을 해서 그러는 것이 아니다. 널 심부름 보낸 애월이라는 의녀님을 만나고 싶어서 그러는 것이다."

막종이는 선경의 입에서 애월이라는 말이 나오자 흠칫 놀랐다.

"저는 아무것도 몰라요. 정말이에요."

아이는 그렇게 말하고는 몸을 돌려 전함사로 다시 들어가려고 했지만, 선경이 녀석의 어깨를 붙잡았다. 선경은 아이를 끌고 근처 골목으로 갔다. 선경은 공포에 질려 발버둥치는 막종이의 눈앞에 엽전 한 푼을 내밀었다.

"너나 의녀님을 해코지하려는 게 아니다. 만나서 할 이야기가 있어서 그런다. 내가 묻는 말에 대답만 잘하면 네게 이걸 주겠다. 의녀님이 지금 밤섬에 머무는 것 맞느냐?"

막종이가 눈을 껌벅이다가 슬며시 고개를 끄덕였다.

◆

개성에 머물고 있던 장만수는 설낭이 몸져누웠다는 소식에 마음이 조급해졌다. 다른 이야기판들은 뒤로 물리더라도 이틀 앞으로 다가온 평안감사 부인의 초대만은 쉽게 미루기 어려웠기 때문이었다. 그는 설낭이 묵는 주막까지 직접 달려왔다.

"설낭은 상태가 어떤가? 말은 할 수 있나? 의원은 얼마나 더 누워야 한다고 그러던가?"

장만수는 주막방에 들어서자마자 판석에게 질문을 쏟아냈다. 설낭은 탕약을 마시고 잠든 상태였다.

"가을비를 맞으면서 계속 공연하러 다닌 것이 화근이 된 모양이오. 사흘 내내 온몸이 펄펄 끓다가 오늘 아침나절부터 조금 내리기는 했소. 의원이 다행히 큰 고비는 넘겼으니 며칠 푹 쉬면서 몸조리 잘하면 다시 괜찮아질 거라고 합디다."

"그만하길 다행이네만, 지금 설낭을 어디로 감췄냐고 난리가 났다네. 평양의 한 부호는 자기 모친 환갑잔치에 설낭을 불렀는데, 중간에 어디로 빼돌렸냐고 왈짜들을 보내는 바람에 내가 그거 막느라 진땀을 뺐네. 그래도 그건 어찌어찌 넘겼는데 이틀 후 평안감사 부인의 초대는 미루지 않는 게 좋을 것 같네. 지 서방보다 성질머리가 더 괴팍한 여편네로 소문이 나 있어. 자기 말이면 평안도에선 뭐든지 되는 줄 안다니까."

그때 주막 마당에 군마들이 멈추는 소리가 요란하게 나더니 장만수를 부르는 소리가 났다. 풍천 도호부 소속 군관들이었다.

"왜 그리시오? 내가 장만수올시다."

"당신을 찾으러 개성까지 갔다가 여기 있다는 말을 듣고 급히 달려왔소. 설낭이라는 전기수를 아시오?"

"알다마다겠소? 내가 데리고 있는 전기수인데. 풍천부사께서 설낭을 한번 부르시겠답니까?"

"그게 아니라, 설낭이 풍천에서 죽었으니 자네가 직접 확인하고 시신을 찾아가게."

반촌 안두식 집의 행랑방은 진안초 연기로 자욱했다. 선경은 이옥에게 의녀 애월에 대해 자신이 아는 것을 소상하게 털어놓았다. 그는 박 영감과 채 주부가 맞이한 의문의 죽음에 애월이 묘하게 연루되어 있다고 말했다.

"밤섬에 꼭꼭 숨어 있는 것으로 볼 때 누군가에게 쫓기고 있는 것 같습니다. 제가 직접 밤섬에 들어가 의녀님을 만나보겠습니다. 그러면 이 모든 사건이 어찌된 영문인지 알 수 있지 않겠습니까?"

이옥은 선경의 말을 잠자코 듣고 있다가 곰방대를 재떨이에 털며 말했다.

"밤섬은 신분과 관계없이 외부인들이 함부로 들어가기 어려운 곳이라네. 선착장 부근은 몰라도 마을 내부까지는 외지인의 출입을 좀처럼 허용하지 않는다고 들었네. 자네 말대로 그 의녀가 박 영감이나 채 주부의 사망과 관련되어 있다면 지금이라도 포도청이나 형조에 알리는 것이 어떻겠나? 괜히 살인 사건에 끼어들어서 좋을 것이 없네."

밤섬은 주민들이 한강 물길을 오가는 선박들을 수리해주며 사는 주민 300명 정도의 작은 섬마을이었다. 섬이라는 특수성에 마씨, 인씨, 석씨, 선씨 등의 희귀 성씨들이 오랫동안 집성촌을 이뤄 살아온 탓에 외지인에 대한 경계심이 강했다. 뱃놀이 나온 양반들이 가끔 술 취해 섬에 내렸다가 주민들한테 봉변당하는 일도 종종 일어났다.

"확실한 증좌도 없이 포도청에 알려봤자 핀잔만 들을 게 뻔합니다. 하지만 내의원 의녀가 궁을 나와 섬에 숨어 살고, 주변 사람들이 하나둘 죽어나가는 데는 틀림없이 뭔가 곡절이 있지 않을까요. 제가 직접 만나 물어보고 억울함이 있다면 풀어주려고 합니다."

"자네가 그 의녀를 만나려는 이유가 단지 그뿐인가? 허허. 아니면 또다른 이유라도 있는 건 아닌가?"

"다른 이유라 하심은? 아아. 그건 아닙니다! 그런 거 아닙니다. 그냥 저는⋯⋯."

이옥이 다 안다는 듯한 미소를 지으며 찔러보자 선경은 당황해 얼버무렸다.

◆

　장만수와 김판석은 군관들과 함께 풍천 도호부 관아로 달려갔다. 도호부 종사관이 두 사람을 맞이했다. 종사관은 두 사람을 형방청으로 데려갔다. 그곳 창고에는 거적때기에 덮인 시신이 눕혀져 있었다.

　"변을 당한 지 사흘이 지나서 좀 상하기는 했지만 그래도 알아볼 수는 있을 게요."

　종사관의 지시로 군졸이 거적을 들치자 짙푸르게 변색된 두치의 얼굴이 드러났다. 설낭의 짐과 나귀를 가지고 달아났던 두치는 설낭으로 행세하며 작은 마을 위주로 낭독판을 벌이고 다녔다. 어리숙한 향반과 시골 상인들을 속이는 일쯤은 두치에겐 식은 죽 먹기였다.

　하지만 그의 설낭 행세는 오래가지 못했다. 사흘 전 풍천 바닷가의 숲길에서 싸늘한 주검으로 발견됐다. 인근 마을 잔치에서 공연을 마치고 떠난 전기수와 행색이 비슷해 신원이 빠르게 확인될 수 있었다. 도호부는 설낭의 연고를 수소문한 끝에 장만수에게 사람을 보낸 것이었다.

　"우리 설낭의 의관과 패물, 봇짐을 가지고 도망갔던 두치라는 놈이 맞습니다. 멀리 도망간 줄로만 알았더니 어찌 이런 일이, 쯧쯧쯧."

판석은 종사관에게 두치에 대해 알고 있는 사실을 설명했다. 장만수는 그사이 거적을 발끝까지 걷어내리고 시신 상태를 살폈다. 두치는 명치 급소를 칼에 찔려 즉사했다. 상당한 고수의 솜씨였다.

판석이 두치가 남긴 나귀와 봇짐, 짐 궤짝의 상태를 확인했다. 〈설화전〉 책자만 없어졌을 뿐 모든 것이 그대로였다. 종사관은 고개를 갸웃거렸다.

"소지품과 금품, 나귀까지 모두 그대로 남아 있으니 강도에게 죽임을 당했다고 보기도 어렵고……. 그렇다고 이 먼 바닷가에 초행길인 전기수가, 무슨 큰 원한 살 만한 짓을 했을 듯싶지도 않고……. 참으로 난해한 사건일세."

## 제32화

# 밤섬 습격

"에잇!"

전 내시부 상선 유이평은 비단 표지 서책을 방바닥에 힘껏 패대기쳤다. 양아들 종경과 문경은 부친의 분노에 놀라 움찔했다. 노인이 내동댕이친 책은 여리꾼 두치의 살해 현장에서 사라졌던 〈설화전〉이었다. 유이평은 나흘 전 둘째 문경이 풍천에서 죽인 자가 전기수 설낭이 아니라 엉뚱한 자라는 것을 알고 화가 치민 것이었다.

유이평은 화로에 올려둔 백동연죽을 집어 입에 물었다. 뻐끔뻐끔! 양볼이 홀쭉해질 정도로 힘차게 연기를 빨아들였다가 내뿜기를 서너 차례 반복했다. 흰 연초 연기가 꿈틀거리며 퍼져나갔다.

"문경이 네놈은 어려서부터 매사에 끝맺음이 분명치 않은 것이 큰 탈이었다. 네가 형과 달리 일찍 내시부를 나오게 되었던 것도 그 고질병 때문이다. 내가 옛일을 다시 끄집어내지 않더라도 무슨 말 하는지 스스로 잘 알 것이다."

"아, 아버님. 죄송합니다. 그놈이 〈설화전〉을 가지고 있어서 진짜 설낭인 줄로만 알았습니다."

"전기수 한 놈 입 막으라고 했더니 그것 하나 제대로 못 하고 엉뚱한 사기꾼 놈이나 죽이다니! 쯧쯧쯧."

팔순을 넘긴 유이평은 늙고 쇠약했으나 눈빛에는 살기가 등등했다. 둘째 문경은 그 앞에서 말까지 더듬었다.

"아버님. 다시 한번만 기회를 주, 주십시오! 제가 이번에는 반드시 놈을 찾아 영원히 입막음해버리겠습니다."

"잘 들어라! 얼마 전 경상도 안동에서 선왕이 독살됐다며 남인놈들이 일으킨 반란은 다행히 빠르게 진압됐다. 허나 독살설이 계속 떠돌아다니면 언제 어디서 역모의 기운이 다시 싹틀지 모르는 일이다. 교묘한 흉언들이 더 퍼지지 않도록 싹부터 잘라버려야 한다. 이번에는 한 치의 실수도 없어야 할 것이다."

"네. 아버님. 지금 당장 떠나겠습니다."

그 말을 남기고 문경이 사랑방을 빠져나갔다. 그때까지 침묵을 지키고 있던 종경이 무거운 입을 뗐다.

"아버님. 내의원 계집이 한강 율도에 숨은 것을 알아냈습니다. 제가 오늘밤 강초 패를 이끌고 다녀오겠습니다."

"알았다. 그 계집은 물론, 그년이 빼돌린 선왕의 물건들을 모두 회수해 말끔히 없애버려야 할 것이다. 드디어 우리가 원하던 세상이 열리는데, 그 앞길에 조금이라도 누가 되어선 안 될 것이야. 잘 알겠느냐?"

◆

저녁놀이 비칠 무렵 서해 밀물이 한강 하구로 밀려왔다. 늦가을 가뭄에 유량이 줄어들었던 한강 하구가 그 바닷물로 가득 채워지더니, 이내 강 상류로 역류하기 시작했다. 그 틈을 타 강화도 교동포구에 정박중이던 황포돛배들이 마포나루로 출발했다. 강 곳곳에 모래톱과 암초가 있어서, 배들은 강 한복판의 좁은 물길만 이용해 이동했다.

유종경이 탄 돛배도 그 행렬에 끼어 있었다. 그의 배는 다른 배들과 달리 젓갈과 소금 대신에 사납게 생긴 검계들을 태우고 있었다. 종경은 뱃머리에서 한강 하류의 초저녁 풍경을 바라보며 생각에 잠겼다.

그의 친부는 한양에서 유명한 책쾌였다. 청나라의 진귀한 서적들을 빠르게 입수해 한양 선비들에게 유통하는 것으로 정평이 나 있었다. 어린 시절 종경의 집은 온갖 서책으로 가득했다. 여섯 살 연상의 누이 해옥은 그 책들 속에서 재밌는 소설책만 골라 어린

종경에게 전기수처럼 들려주며 놀곤 했었다. 행복한 유년 시절이었다.

그러나 그가 아홉 살이 되던 1771년 끔찍한 사건이 터졌다. 늙은 영조 임금이 중국 주린(朱璘)의 역사책 〈명기집략明紀輯略〉을 조선에 들여온 책쾌들과 이를 읽은 선비들을 빠짐없이 잡아들여 죽이라고 명했기 때문이었다. 인조의 핏줄인 영조는 〈명기집략〉에 광해군을 높게 평가하고, 인조를 폄하하는 내용이 담겨 있다며 광분했다. 중국에 사신을 보내어 책 내용을 고쳐달라고 요구하거나 국내에 들어온 〈명기집략〉을 금서로 지정하면 될 일이었다. 하지만 자기 친자식을 뒤주에 가두어 죽인 영조의 광기가 이번에는 지적 호기심이 많은 선비들과 애꿎은 책쾌들을 향하고 말았다.

종경의 친부는 목이 잘려 청파교에 내걸렸고, 남은 가족들은 졸지에 전라도 흑산도에 유배되어 관노비가 됐다. 조모는 그 충격으로 흑산도로 끌려가는 배 안에서 죽었고, 어머니 또한 흑산도에 도착한 직후 스스로 목숨을 끊었다. 부모 잃은 고아 남매는 섬에서 짐승만도 못한 대접을 받으며 살았다. 누이는 해녀 일을 배웠고, 동생은 그물 고치고 고기 잡는 일을 도우며 겨우 연명했다.

섬 생활이 3년째 접어들던 어느 날. 남매는 미리 점찍어둔 작은 고깃배를 훔쳐 타고 섬을 탈출했다. 육지가 저멀리 보이는 지점까지 다다랐으나 때마침 불어온 풍랑에 휘말려 배가 뒤집혔다.

종경은 뒤집힌 배를 잡고 겨우 살아서 흑산도로 다시 끌려왔으나 누이 해옥은 생사를 알 수 없게 됐다.

아무런 희망도 없이 가혹한 노동에 시달리던 종경 앞에 어느 날 한양에서 귀한 손님이 내려왔다. 흑산도 수령도 그 손님 앞에 선 쩔쩔맸다. 그가 바로 지금의 양부 유이평이었다. 유이평은 수령에게 큰 대가를 치르고 종경을 죽은 걸로 처리한 뒤 파주로 데려갔다. 정조 즉위 초 역모 사건에 얽혀 가문이 풍비박산한 무인 가문의 후손인 문경도 그곳에서 만났다. 유이평의 보살핌을 받게 된 두 소년은 거세를 하고, 기본적인 학문 소양과 무예를 연마한 후 내시부로 진출했다.

서편 하늘에 노을이 붉게 타올랐다. 작은 쪽배들이 밤섬 주변에서 그물을 던지거나, 낚싯대를 드리우고 있었다. 밤섬 포구에는 크고 작은 배들이 빼곡하게 세워져 있었다. 목수들이 배 수리 작업을 마무리하면서 대패와 톱, 망치 등의 도구를 거둬들이고 있었다.

이옥과 선경은 낚싯배를 타고 날이 저물기를 기다리고 있었다. 두 사람은 전날 배 수리를 상의하는 것처럼 밤섬에 들어갔었다. 외지인은 포구에만 내릴 수 있을 뿐 섬 중앙의 촌락까지는 진입

할 수 없었다. 선경은 마음이 급했다. 험상궂게 생긴 사내들이 마포와 서강의 나루터를 돌아다니며 애월의 행방을 수소문하고 다닌다는 이야기를 막종이에게 들었기 때문이었다.

막종은 애월이 밤섬 수호신을 모시는 부군당(府君堂)의 재실에 머물고 있다고 알려줬다. 선경은 이옥과 함께 어두운 밤에 몰래 밤섬에 들어가 그녀를 만나볼 생각이었다. 아이는 그녀 덕분에 병이 나은 밤섬 사람이 엄청 많다고 자랑하듯 떠들어댔다. 또 촌장님이 애월에 대해서 발설하지 말라고 주민들에게 엄명을 내리셨으니까, 자기가 말해줬다고 절대로 말하면 안 된다고 했다.

한강에 짙은 어둠이 내려앉았다. 선경은 뱃사공에게 부탁해 배를 밤섬 뒤편에 댔다. 그곳은 상류에서 내려오는 물살을 받아 침식이 꽤 되어 있었고 인적도 없었다. 백사장이 좁은데다가 허리 높이의 수풀이 우거져 있었다. 두 사람은 버선을 벗고 바지를 무릎까지 걷어올린 뒤 조심조심 밤섬의 얕은 물가에 내렸다. 30여 보 정도 걸어들어가니 곧바로 가파른 언덕이 나왔다. 그 언덕을 넘으니 부군당이 나타났다.

"희수(애월의 어릴 적 이름)야! 뭔가 조짐이 좋지 않구나. 어제 목재를 구하러 뭍에 나갔던 이들이 장터에서 네 용모파기를 들고 다니는 검계들을 봤다고 하지를 않나……. 선비 차림의 수상한 사내 둘이 찾아와 마을을 기웃거리지 않나……. 이제 이곳도 더는 안전하지 못할 것 같구나."

밤섬 촌장 마대치가 부군당 내실에서 걱정스러운 표정으로 애월에게 말했다. 그녀가 밤섬에 숨어든 지도 넉 달이 다 되어가고 있었다.

"어르신, 내일 일찍 떠나겠습니다. 섬 분들께 폐를 끼치고 싶지 않습니다. 내일 노량진으로 나갈 배편만 구해주세요."

"으음, 알았다. 그런데 이곳 말고 따로 몸을 숨길 곳을 찾아놓은 데가 있느냐?"

"네, 예전에 제가 내의원에 처음 들어갔을 때 돌봐주시다가 나이가 들어 낙향하신 의녀님이 경기도 이천 땅에 살고 계십니다. 그곳으로 피하겠습니다."

"알았다. 내가 네 친부에게 받은 은혜를 생각하면 끝까지 너를 챙겨야 하는데. 그러지 못해 정말 미안하구나……. "

"아니에요. 어르신. 어의 어른을 따라 섬을 떠난 지 15년이 넘었는데도 저를 친딸처럼 반겨주셔서 그 고마움을 어찌 갚아야 할지 모르겠습니다. 돌아가신 부모님과 어의 어르신도 분명히 고마워하실 겁니다."

마대치가 돌아가고 애월만 홀로 남았다. 15년 전 도성과 그 일대는 물론 밤섬까지 역병이 창궐하여 섬 주민 상당수가 죽는 일이 벌어졌다. 그때 정조의 어명으로 어의 강명길이 직접 내의원 소속 의관들과 의녀들을 이끌고 밤섬까지 들어와 구제에 나섰다. 당시 촌장이었던 애월의 부모는 마을 주민들을 위해 백방으로 애쓰다 가 죽었고, 딸 하나만 살아남았다. 고아가 된 애월을 애처롭게 여 긴 강명길이 그녀를 수양딸로 거둬들여 의녀로 키워주었다.

"어이쿠!"

사당 밖에서 인기척이 났다. 애월은 깜짝 놀라 얼른 촛불을 껐 다.

어두컴컴한 밤섬 포구로 배 한 척이 미끄러지듯 들어왔다.

배꾼들이 아니라 칼을 찬 검계들이 나루터 잔교 위로 뛰어내렸 다. 그들 중 일부는 활을 메고 있었다. 이어 청색 비단 도포 차림 의 유종경이 횃불을 든 검계들 사이로 모습을 드러냈다. 그들은 사흘 전 애월과 친했던 늙은 의녀로부터 그녀가 밤섬 출신이라는 말을 들었다. 수소문한 결과 그녀가 밤섬에 숨어 있다는 사실까 지 알아낸 상태였다. 그들은 포구를 가로질러 곧장 섬 중앙의 마 을로 향했다. 마을 입구에서 주민 두 명이 그들을 막아섰다.

"댁들은 뉘시오? 배 수리는 오늘 끝났으니 내일 다시 오시오. 여기서부턴 외지인이 들어갈 수 없는 곳이오."

유종경이 턱짓으로 신호를 보내자 옆에 있던 검계 두목 강초가 칼집 끝으로 그 주민들의 명치와 목울대를 연이어 찔렀다. "억!" 하는 외마디 소리와 함께 주민 두 명이 모두 땅바닥에 고꾸라져 고통스러워했다. 그중 한 명은 조금 전 먹은 저녁밥을 토해냈다.

유종경은 검계들의 호위를 받으며 거침없이 밤섬 마을로 진입했다. 저녁식사를 하고 있던 주민들은 갑자기 들이닥친 침입자들 때문에 깜짝 놀랐다. 검계들은 자신들의 앞길을 막는 주민들을 마구 차고 때리며 위협했다. 촌장 집에서 전함사의 조운선 추가 수리 문제를 논의하고 있던 마대치와 목수장들이 밖으로 나왔다.

"이게 무슨 짓이오? 당신들 여기가 어딘 줄 알고 행패를 부리는 것이오. 당장 나가시오."

마대치가 검계들에게 큰 호통을 쳤다. 유종경이 앞으로 나오며 대답했다.

"긴말하지 않겠다. 피를 보고 싶지 않으면 그 계집년을 당장 데려와라. 이미 다 알고 왔다."

"무슨 말을 하는지 모르겠소. 썩 물러가시오. 그렇지 않으면 당장 관아에 알리겠소."

그러자 유종경은 품에서 마패를 꺼내 보여주며 경고했다.

"네놈은 이게 뭔지 잘 알겠지? 우린 어명을 받드는 자들이다. 네놈들이 조정을 모독한 역적 계집년을 끝까지 숨긴다면 오늘 이 마을을 깡그리 불태워도 우린 아무 벌도 받지 않는다. 알겠느냐?"

이옥은 부군당 앞에서 돌부리에 걸려 넘어질 뻔했다. 박선경이 뒤에서 재빨리 붙잡아줘 중심을 잡을 수 있었다. 부군당은 어둠과 정적에 휩싸여 있었다. 그곳은 밤섬 수호신들의 위패가 모셔진 본당과 그 옆에 딸린 재실로 이뤄져 있었다.

"애월 의녀님. 계시오?"

선경은 작고 낮은 목소리로 애월을 부르며 문고리를 당겼다. 삐이걱! 그가 방안으로 들어서자 문 옆에 숨어 있던 검은 형체가 작은 칼을 휘두르며 덤벼들었다. 선경은 반사적으로 검은 형체의 팔을 붙잡았다. 둘은 중심을 잃고 뒤엉켜 방바닥에 쓰러졌다. 애월이 바닥에 깔리고 그 위를 선경이 덮친 자세였다.

툇마루에 서 있던 이옥이 재실의 창호문을 활짝 열어젖혔다. 때마침 구름 밖으로 드러난 달빛 때문에 선경과 애월은 서로 얼굴을 확인할 수 있었다. 선경이 황급히 몸을 일으켰고, 애월도 옷매무새를 바로잡았다.

"미안하오. 놀라게 할 생각은 없었소. 날 기억하시오? 반촌 약방에서 만났던 박선경이오."

이옥도 방문을 닫고 재실로 들어오며 말했다.

"나는 유생 이옥이라고 하오."

"선비님들께서 이곳까지 어인 일입니까?"

애월이 촛불을 켰다. 선경은 자신들이 찾아온 이유를 설명하려
고 했다. 그때였다! 막종이가 다급하게 재실 문고리를 두드리며
말했다.

"의녀님, 큰일났어요! 나쁜 놈들이 마을에 들이닥쳐 의녀님을
내놓으라고 촌장님께 칼을 들이대고 있어요. 빨리 도망치셔야 해
요! 어서요!"

## 제33화

# 의문의 자객들

밤섬 마을부터 언덕 위의 부군당까지 횃불들이 춤을 추며 올라왔다. 검계들은 부군당 문을 발로 차서 열어젖혔다. 본당과 재실 두 곳 모두 텅 비어 있었다. 검계 두목 강초가 재실 안에 들어가 초의 심지 끝을 만져봤다.

'아직 따뜻하다!' 그는 부군당 주위를 수색하도록 명했다. 막종이가 근처 풀숲에서 검계들에게 붙들렸다. 그들의 살벌한 협박에 막종이는 떨리는 손가락으로 애월이 사라진 쪽을 가리켰다. 검계들은 급히 언덕 꼭대기로 올라가 반대편 물가를 내려다봤다. 작은 나룻배 한 척이 밤섬을 벗어나려는 중이었다. 그 배에는 그들이 찾는 애월과 정제 모를 선비 두 명, 그리고 늙은 뱃사공이 타고 있었다. 검계들은 물가로 뛰어내려갔다. 일부는 나룻배를 향해 활을 쏘기 시작했다.

"어이차! 어이차!"

당황한 뱃사공이 삿대로 배를 힘차게 밀더니 열심히 노를 저었다. 그 배에는 화살을 피할 엄폐물이 하나도 없었다.

'퐁! 퐁! 첨벙!'

화살들이 처음엔 나룻배 주변 수면에 떨어지다가 점차 배를 향해 다가오기 시작했다. 화살 두 발이 배 후미에 연달아 꽂혔다. 선경은 애월에게 날아드는 화살을 막아주려고 등을 돌려 애월을 감싸안았다.

그 순간 짙은 물안개가 상류 쪽에서 밀려왔다. 그 덕분에 나룻배가 안갯속으로 스르르 사라졌다. 밤섬 언덕 위에서 이 모습을 지켜보던 유종경의 표정이 일그러졌다. 그는 강초 패를 데리고 밤섬 포구에 세워둔 자신의 배로 향했다. 이옥과 선경, 애월을 태운 나룻배는 물안개를 헤치고 건너편 너섬에 닿았다. 겁에 질린 뱃사공은 그들을 내려주고 서둘러 떠나려 했다. 이옥은 사공의 팔을 붙잡고 노량진까지 태워달라며 엽전을 추가로 건넸다.

"이보시오들! 내가 뭘 잘못했다고 이러시오. 이 팔 좀 놓으시오."

"다치기 싫으면 잔말 말고 따라오너라."

늦가을 서리 내린 아침이었다. 황해도 해주 주막집에서 다음 공연지로 떠나려던 설낭은 군졸들에게 붙잡혀 그곳 감영 감옥으로 끌려갔다. 설낭이 자신이 하옥된 이유를 물어도 군졸들은 '입 닥치라'고만 할 뿐이었다. 다행히 판석은 하옥되지 않았다. 설낭은 정오 무렵 판석으로부터 자신이 투옥된 내막을 들을 수 있었다.

설낭은 전날 해주목사의 애첩 연홍의 초대를 받고 두 차례 낭독 공연을 했다. 연홍은 평양의 일패 기생 출신으로 나이 서른 초반이었으나 아직 젊어 보이고 예뻤다. 늙은 해주목사가 본처와 가족을 한양에 남겨두고 단신 부임했기에 연홍이 사실상 안방마님 노릇을 하고 있었다.

오전 공연은 연홍과 그녀의 지인들이 한데 모인 자리에서 순조롭게 진행됐다. 문제는 오후 공연이었다. 설낭이 연홍의 방에 입장하여 보니 그녀가 혼자 술상을 차려놓고 기다리고 있었다. 설낭은 지금껏 청중 한 사람만 놓고 공연한 적은 없었다. 신경이 쓰였지만 태연한 척 낭독에 집중하려고 애썼다. 그런데 낭독이 시작되자 연홍은 설낭 쪽으로 점점 가까이 당겨 앉더니, 결국 설낭의 바로 앞에 붙어 앉았다. 여인의 분내가 코끝을 자극했다. 그는 될 수 있는 한 연홍과 눈이 마주치지 않으려고 노력했다.

"한양보다 여인네들의 기가 드셀 것이네. 먼저 대놓고 추파를 던지는 이들도 있을 게야. 그래도 절대로 그 유혹에 넘어가서는 안 되네! 한번 코가 꿰이면 자네 같은 순진한 외지 양반은 탈탈 털리고 만다네. 추문이 나면 여러모로 귀찮아지니까 명심하시게!"

예전에 장만수가 해줬던 경고가 문득 떠올랐다.

갑자기 연홍이 설낭의 어깨를 만지작거리기 시작했다. 그러더니 손길이 점점 아래로 내려오더니 어느새 사타구니를 파고들려고 했다.

"이게 무슨 짓이오?" 설낭이 황급히 그녀의 손길을 뿌리치고 자리를 박차고 일어났다. 연홍은 설낭을 잠시 표독스럽게 노려보더니 뒤도 돌아보지 않고 방을 나가버렸다. 이야기판은 그것으로 끝났다.

연홍은 그날 밤 해주목사 앞에서 울면서 "젊은 전기수 놈이 자신이 기생 출신이라고 업신여기고 유혹하려고 들었다"며 거짓말을 했다. 애첩에 눈이 먼 해주목사는 그 말만 믿고 날이 밝자 설낭을 잡아들이라고 하명했다. 억울하게도 설낭은 이틀 후 열리는 감영 재판에서 풍기 문란이라는 죄명으로 매를 맞게 되었다.

연홍의 농간이었다는 것을 알게 된 설낭은 장만수에게 도움을 청하기로 했다. 장만수는 황해도와 평안도 유력자들에게 기방 놀이를 연결해주면서 나름 상당한 인맥을 구축하고 있었다. 설낭과

의 면회를 마친 판석은 장만수가 있는 개성으로 떠났다. 설낭이 매를 맞지 않게 하려면 최대한 서둘러야 했다. 그러나 아무리 서둘러도 개성까지의 거리를 생각하면, 다음날 저녁은 되어야 장만수를 데려올 수 있을 것 같았다

해주 감영의 감옥은 창문이 없어 어둡고 추웠으며, 바닥에선 심한 악취가 났다. 설낭은 다른 죄인 네 명과 함께 갇혔다. 죄수 중에는 전기수 설낭의 소문을 들어본 자가 있었다. 해주읍성 장터에서 하미전(품질이 낮은 쌀을 파는 가게)을 운영하는 40대 사내였다. 그는 손님과 흥정중 시비가 붙어 때린 죄로 끌려와 있었다.

"이런 곳에서 댁의 얼굴을 보는구려. 기생이건 양반댁이건 돈 많은 여인네들은 죄다 당신을 한번 보려고 난리가 났다고 들었소이다. 듣던 대로 신수가 훤하구려. 이리 만났으니 뭐 좀 물어봅시다."

"뭘 말이오?"

"아녀자들에게 이야기를 들려주다보면 서로 눈 맞는 일도 있을 텐데 말이오, 선비님은 아직 그런 적 없었소? 예전에 내가 듣기로는 잘생긴 전기수들은 양반이건 상민이건 여자들을 죄다 넘어뜨리고 다닌대서 하는 말이외다. 히히히!"

하미전 주인의 짓궂은 질문에 다른 죄수들도 눈빛을 반짝이며 관심을 보였다. 그때 감옥 출입구의 나졸들이 죄수들의 목소리가 들리자 나싸고짜 호통을 쳤다.

"야! 이놈들아. 여기가 어디라고 함부로 잡담이야. 닥치지 못

해. 한 번만 더 작은 소리라도 들리면 요절을 내줄 테다. 죽고 싶으면 어디 지껄여봐라."

험상궂은 나졸의 으름장에 감옥 안이 다시 조용해졌다. 덕분에 성가신 죄수들에게서 풀려났다. 차가운 바닥에 드러누운 설낭은 갇혀서 내일을 모르는 자신의 신세가 마냥 서글펐다. 그보다 한양의 효연이 한없이 걱정되고 그리웠다.

◆

다음날 해질녘 장만수가 판석과 함께 해주 감영에 당도했다. 장만수는 곧바로 옥사로 설낭을 찾아왔다.

"몸은 괜찮은가? 자네 이름값이 높아지다보니 자꾸 이런 요상한 일에 엮이는구먼. 판석에게 다 들었네. 걱정하지 말게! 연홍이 그년을 기생으로 키워준 퇴기가 나와 매우 친한 사이라네. 그쪽을 통해 손을 쓸 테니 기다리게. 연홍이도 감히 거절치 못할 것이네. 내일 태형이 시작되기 전에는 반드시 풀려날 걸세."

"고맙습니다! 장 선달 어른."

장만수는 그길로 연홍이 어머니로 모시는 늙은 퇴기를 찾아갔다. 그녀는 해주읍성에서 20리 정도 떨어진 마을에 홀로 살고 있었다.

감옥에 갇혀 있어서 그런지 효연에 대한 연정은 더욱 뜨거워졌다. 설낭은 마음속으로 효연에게 보내는 연서를 몇 번이나 썼다가 지웠는지 몰랐다. 풀려나면 곧바로 그녀에게 편지를 보내겠다고 단단히 마음먹었다.

"저녁밥 좀 넣으러 왔어요. 여기 이거."

감영 근처 주막집의 주모가 나졸에게 엽전 두 푼을 건네며 말했다. 나졸이 옥사 출입문을 열어주자 음식이 든 광주리를 들고 설낭이 갇힌 방으로 다가왔다.

"어떤 선비님이 설낭 도령께 갖다주라고 하셔서 쇠뼈 우린 국물로 만든 국밥을 가져왔어요."

주모는 설낭 앞에 고기 국밥을 한가득 내놓았다. 설낭은 장만수가 시켰겠거니 생각하고 한술 뜨려 했다. 그런데 아침에 나졸들이 준 설익은 조밥을 먹어서인지, 잠을 통 못 자서인지 속이 여전히 더부룩하고 영 입맛이 없었다. 그래서 국밥에 입을 대지 않고 함께 갇힌 다른 죄수들에게 나누어줬다. 그들은 '이게 웬 떡이냐?'며 국밥을 입에 퍼넣기 시작했다.

설낭은 흙벽에 기대어 최창인에게 돈을 갚아야 하는 날까지 남은 일수를 손꼽아보았다. 이제 한 달도 채 남지 않은 상태였다.

"우웩! 워, 억억! 컥, 커억! 아이고, 나 죽네."

국밥을 먹던 죄수들이 먹은 것을 도로 토해내며 땅바닥에 뒹굴었다. 하미진상은 입에 흰 거품까지 물고 손을 바르르 떨다가 이내 숨이 끊어졌다. 설낭이 다급하게 소리쳤다.

"이보시오! 큰일났소. 사람이 죽었소!"

◆

장만수가 감영으로 돌아왔을 때 설낭은 큰 충격에 빠져 있었다. 함께 갇혀 있던 죄수 네 명 중 두 명이 즉사했고, 나머지 두 명도 깨어나지 못하고 있었기 때문이었다. 누군가 분명히 국밥에 독을 탄 것이었다. 해주 감영도 발칵 뒤집혔다.

"이런 흉흉한 사건이 우리 감영 안에서 일어나다니! 당장 범인을 잡아들여라."

해주목사가 직접 신속한 수사를 명했다. 감영 형방은 사망자들의 증세로 보아 하돈(河豚, 복어) 독 같다고 보고했다. 감영 군관이 군졸들을 이끌고 주막으로 출동해 주모를 체포했다. 겁에 질린 주모는 울면서 "저는 절대 독을 넣지 않았습니다요"라고 혐의를 부인했다.

"키 크고 얼굴이 하얀 선비가 찾아와서 엽전 3전을 주며 국밥을 옥사에 갇힌 설낭이란 자에게 전해주라고 부탁했습니다요. 저는 돈을 받고 국밥을 만들어 옥까지 나른 것뿐이옵니다. 제발 살려주십시오!"

설낭은 장만수가 모셔 온 퇴기가 연홍을 만나고 돌아간 직후 풀려났다. 하지만 감영으로부터 국밥 독살 사건이 해결될 때까지

해주읍성을 떠나지 말라는 엄명을 받았다. 장만수는 설낭의 안전을 위해 자신이 잘 아는 인근 기방으로 데려갔다. 설낭과 판석, 장만수는 기방의 깊숙한 곳에 있는 별채에 묵기로 했다.

감옥에서 독살당할 뻔하고 나자, 열흘 전 두치의 죽음도 정말 우연한 사고일까 의심스러웠다. 설낭은 누군가 자신을 죽이려 하는 것 같다는 불안에 휩싸였다.

"아직 자네를 죽이려 한 것인지, 아니면 우연이 겹친 것인지 분명치 않네. 섣불리 속단하지 말고 관아의 조사를 기다려보세. 내 다른 조방꾼 동생들에게 단단히 일러놨으니 안전할 것이네. 관아에서 가까운데다 기방 별채는 아무나 드나들지 못하는 특별한 장소여서 낯선 이들의 접근은 어렵다네."

장만수는 그렇게 말하며 안심하라 했지만, 그날 새벽 또다른 사건이 일어나고 말았다. 설낭은 독이 든 국밥을 먹고 괴로워하며 죽은 죄수들의 모습이 떠올라 한참을 뒤척이다가 겨우 얕은 잠이 들었다. 장만수는 드르렁드르렁 코를 골며 잤고, 잠들기 전 탁주를 한 사발 마셨던 판석은 새벽에 소변 때문에 깨었다. 그는 볼일을 보려고 윗목에 놓인 요강으로 다가갔다. 그러다 무심코 창호 문을 쳐다봤는데 문에 비친 나무 그림자가 흔들리는 것 같더니 시커먼 사람 형체로 바뀌었다. 그 형체는 방문 앞으로 다가와 문을 열려고 했다. 놀란 판석이 "누구냐?"고 고함쳤다. 순간 날카로운 칼이 창호 문을 뚫고 판석의 복부를 파고들었다.

# 제34화

# 자객의 정체

"으윽!"

판석은 자객의 칼에 복부를 깊게 찔려 쓰러졌다. 그와 동시에 자객이 창호 문을 박차고 방안으로 뛰어들어왔다. 자객은 잠에서 깬 장만수가 던진 목침을 피했다. 그사이 장만수는 구석에 세워둔 호신용 환도를 뽑아들었다.

챙! 챙! 챙! 칼끼리 맞부딪힐 때마다 작은 불꽃이 튀었다. 복면 자객은 덩치가 크고, 칼 쓰는 법도 예사롭지 않았다. 장만수도 젊은 시절 무과를 준비했던 사내답게 호락호락하지 않았다. 순식간에 삼합을 부딪친 두 남자가 잠시 호흡을 가다듬고 있었다. 그 틈을 노려 설낭이 마당으로 뛰쳐나갔다. 자객도 설낭을 뒤쫓아 마당으로 나갔다. 자객이 설낭에게 칼을 휘두르려는 순간 장만수가 다시 가로막았다.

'챙! 챙! 휘이익, 챙!'

자객은 힘에서 장만수를 앞섰다. 칼날이 맞부딪힐 때마다 장만수가 조금씩 뒤로 밀리기 시작했다.

"사람 살려! 사람 살려! 불이야! 불이야!"

설낭이 기방 사람들을 깨우기 위해 고래고래 고함을 지르며 판석에게 뛰어갔다. 툇마루로 기어나온 판석은 복부에 큰 상처를 입어 피를 쏟고 있었다.

"헉! 도, 동생. 나, 난 괜찮으니까 어서 피해! 헉."

하복부가 피로 범벅이 된 판석이 설낭의 품에서 가쁜 숨을 몰아쉬었다. 그의 배에선 계속 피가 흘러나왔다.

"끼야압!"

자객이 기괴한 기합을 넣으며 칼을 휘둘렀다. 그때까지 잘 버티던 장만수가 옆구리를 움켜잡고 쓰러졌다. 장만수를 해치운 자객은 칼을 세우더니 툇마루의 설낭을 향해 달려왔다. 그대로 설낭의 목을 날릴 기세였다. 판석이 설낭을 옆으로 밀쳐내며 자객에게 자신의 몸을 던졌다. 자객은 얼떨결에 판석의 가슴을 찌르고 말았다. 자객이 칼을 빼내려 했으나 판석이 피 묻은 두 손으로 자객을 붙잡고 늘어졌다. 자객이 판석을 떼어내려고 안간힘을 썼다.

그 순간 설낭이 땅바닥에 떨어져 있던 장만수의 칼을 집어 자객의 등뒤에서 오른쪽 어깨부터 심장 쪽으로 비스듬히 내리쳤다.

자객의 몸에서 핏줄기가 솟구쳤다. 그는 힘없이 주저앉았다가 옆으로 쓰러졌다. 설낭이 다가가 자객의 복면을 벗겼다. 수염 하나 없는 말끔한 얼굴의 사내였다. 난데없는 한밤중의 소란에 기생들의 방마다 하나둘 불이 켜졌다. 중문이 열리면서 조방꾼과 하인들이 뒤늦게 별채로 뛰어들어왔다. 그들은 눈앞에 펼쳐진 끔찍한 장면에 소스라치게 놀랐다.

◆

'따그닥! 따그닥!'

1800년 10월 25일. 이옥은 경기도 남양 본가에서 말을 타고 한양으로 달려가고 있었다. 수원을 지나자 찌푸린 하늘에서 빗방울이 조금씩 흩날렸다. 그의 머릿속은 충격과 분노, 그리고 두려움이 교차하고 있었다.

그는 나흘 전 의문의 세력에게 쫓기고 있는 전 내의원 의녀 애월을 밤섬에서 빼내 남양의 한적한 바닷가로 도피시켰다. 이옥과 선경은 애월이 누구에게, 왜 쫓기고 있는지, 박 영감과 채 주부의 죽음에는 어떤 비밀이 숨겨져 있는지 알고 싶었다. 하지만 애월은 두 사람의 도움에 감사를 표하면서도 좀처럼 그런 의문들에 답해주지 않았다. 두 사람은 그녀가 마음을 열 때까지 기다리는 수밖에 없었다.

애월은 선경의 호위를 받으며 해안 솔숲을 산책하거나, 혼자 골방에서 수를 놓으며 시간을 보냈다. 그녀는 이옥이 성균관 출신 유생으로 한양의 명사들과도 연이 닿는다는 이야기를 듣고는 태도를 바꾸었다. 그녀는 이옥에게 병조판서 풍고 김조순을 아는지 물었다.

이옥은 성균관 시절 친구 김려를 통해 풍고를 알게 됐다. 이옥보다 다섯 살 아래인 풍고는 안동 김씨 노론 명문가 출신으로 앞날이 유망한 초계문신이었지만 소품체 문학에도 관심이 많아 이옥의 친구들과도 가끔 어울렸다. 친한 유생들끼리 서로 문장을 지어 돌려보는 자리를 함께한 적도 있었다. 하지만 풍고가 관직이 높아지고 선왕의 총애를 받게 되면서, 두 사람은 자연스레 멀어졌다.

"풍고 대감과 만나게 도와주세요. 제가 그분께 꼭 전해야 할 것이 있습니다. 부탁입니다. 제발 도와주세요."

"무슨 사연인지조차 모르면서 병조판서 앞에 그대를 데려다줄 수는 없소. 먼저 우리한테 그대가 어떤 연유에서 쫓기고 있으며, 왜 그대의 주변 사람들이 죽고 있는지, 그리고 왜 풍고 대감을 만나고자 하는지 소상히 말해주시오. 그런 연후에야 함께 일을 도모할 수 있을 것이오."

"알겠습니다……! 두 분께는 모두 말씀드리지요."

마침내 애월은 결심을 굳힌 듯했다. 그녀가 차근차근 쏟아내는 이야기는 실로 충격적이었다. 그것은 선왕과 어의로부터 받은 비밀 지시에 관한 이야기였다. 애월의 이야기대로라면, 놀랍게도 선왕 정조는 병사한 것이 아니었다. 누군가의 간계로 비상이 섞인 연초를 피워 서서히 살해당한 것이었다. 또한 선왕 자신도 임종 직전 그 같은 음모를 눈치챘다. 그래서 강명길에게 자신이 피우는 연초의 출처와 성분에 대해 비밀리에 조사하라고 지시했다. 선왕의 용태가 위중해지자 강명길은 자기 대신 애월을 몰래 궁밖으로 내보내 조사를 진행했던 것이다.

"선왕께서 밀명을 내리신 후 얼마 지나지 않아 승하하시자 어의께서는 자신의 신변에도 변고가 생길 수 있다고 말씀하셨습니다. 그럴 때는 모든 조사 결과와 관련 증좌를 풍고 대감에게 전하라고 하셨습니다."

애월이 설명을 모두 마치자 방안에는 무거운 정적만이 감돌았다. 이옥은 애월이 침묵을 지켰던 이유를 그제야 이해할 수 있었다. 선왕의 독살설이라니! 입에 올리는 것만으로 멸문지화를 당할 수 있는 위험한 사안이었다.

"그런데, 풍고 대감 앞에서 그 같은 주장을 내밀려면 확실한 증좌나 밀지가 있어야 하오. 그렇지 않으면……."

이옥의 지적에 애월은 잠시 아랫목의 비단 보따리를 쳐다봤다. 그녀는 밤섬에서 탈출하는 순간에도 자신의 생명보다 그 보따리를 더 소중하게 다루었다.

"물론입니다. 선왕께서 남기신 것들이 있습니다."

◆

기방 하인의 신고로 해주 감영에서 사람들이 몰려왔다. 그들은 피가 흥건한 현장을 이리저리 조사하고, 세 구의 시신을 수습해 관아로 옮길 준비를 했다. 그리고 기방 사람들로부터 증언도 수집했다.

설낭은 간밤에 자신을 지키려다 희생된 장만수와 판석의 죽음이 아직도 믿어지지 않았다.

'왜 저들이 죽어야 했지? 도대체 누가 나를 죽이려 하는 것이지?'

자신만 살아남다니 너무나 황망하고 미안하고 비통했다. 동시에 가슴속에서 알 수 없는 적에 대한 분노가 끓어오르는 것을 느꼈다.

그런데 자객의 얼굴이 어쩐지 낯설지 않았다. 설낭은 툇마루에 걸터앉아 머리를 감싸쥐고 온 힘을 다해 기억을 더듬었다. 그는 한양을 떠나 공연 길에 오른 때부터 지금까지 만났던 사람들을 하나둘 떠올렸다.

그때 김영 군관이 날려왔다. 그는 현장을 조사하고 있던 하급 군관들에게 뭐라고 귓속말로 속삭였다. 그러자 그들은 약속이나 한 듯 설낭에게 다가오더니 해주목사께서 부른다며 함께 감영으로 가자고 말했다.

하지만 설낭은 더이상 감영은 물론이고 해주 땅 누구도 믿을 수 없었다.

'죽은 장만수는 그곳 은신처를 믿을 만한 사람들에게만 알려줬다고 했는데 자객이 어찌 알고 찾아온 것인가?' 설낭이 망설이자 군관들이 양쪽에서 그의 팔짱을 끼더니 강제로 데려가려 했다.

그때였다! 마당에서 자객의 시신을 수레에 싣던 군졸의 말소리가 귓전을 때렸다.

"이놈 말이야. 덩치는 큰데 낯짝이 허여멀겋고 수염이 하나도 없이 매끄러운 것이 혹시 고자놈 아냐?"

동시에 파주 팔순 잔치 공연 때의 모습이 설낭의 뇌리를 섬광처럼 스쳤다. 내시부 상선을 지냈다는 팔순 노인과 그 가족들 속에서 분명히 저 자객의 얼굴을 봤었다. 설낭은 군관들의 팔을 뿌리치고 기방 앞마당으로 뛰어가 말에 올랐다. 군관들이 그를 잡으려고 쫓아왔다. 설낭은 그들을 뚫고 지나갔다. 그리고 나귀를 몰았던 경험을 살려 그길로 곧장 한양을 향해 달리기 시작했다.

"이리 오너라!"

이옥은 한양 장의동의 큰 기와집 대문을 두드렸다. 잠시 후 그 집 겸인이 건장한 체격의 하인 둘을 대동하고 나왔다. 이옥이 신분을 밝히며 풍고 대감을 만나러 왔다고 하자 겸인은 바깥마당으로 들어오게 했다. 그곳에는 장용영 호위군관 네 명이 대기하고 있었고 또하나의 대문이 있었다.

겸인이 집안으로 들어가더니 한참 후에야 다시 나왔다. 그는 "제가 모시겠습니다"라며 이옥을 집 뒤뜰 쪽으로 안내했다. 조용하게 잘 정돈된 아담한 정원이었다. 그곳에는 풍고의 개인 서재가 자리잡고 있었다. 이옥이 서재로 들어서자 묵향과 책향이 그윽하게 풍겼다. 유교 경서는 물론이고 각종 소설책과 잡서가 벽면을 채우고 있었다.

"문무자! 이게 얼마 만이오? 그동안 잘 지내셨소?"

풍고는 이옥이 들어오자 반갑게 맞이했다. 두 사람은 잠시 안부와 덕담을 주고받으며 과거의 추억을 회상했다. 풍고는 성균관 시절 개인적으로 무협소설 〈오대검협전〉까지 저술할 정도로 소품체 문학에 매료되어 있었다. 신입 관료 시절에는 밤에 예문관에서 숙직하면서 청의 연애소설 〈평산냉연〉을 읽다가 돌아가신 선왕께 들켜 반성문을 쓰기도 했었다.

"허허, 다 지나간 옛일일세. 문장이라면 내가 만나본 문사 중에는 자네가 제일이었지. 낙향하지 말고 한양에 머물며 글을 계속 써보는 것이 어떤가? 그렇게 하겠다면 내가 도움을 좀 줄 수도 있네만……."

"과찬이시오. 제대로 읽고 쓰려면 아직 갈 길이 먼 신세요. 고향에 내려가더라도 가끔 한양에 올라와 문우들과 계속 교류할 것이오. 좋은 문장이 나오면 내 종종 병판 대감께도 소식을 전하리다."

그때 하녀가 청에서 수입한 고급 녹차를 가져왔다. 두 사람은 잠시 녹차의 그윽한 향을 즐겼다. 이옥은 찻잔을 내려놓으며 본론을 꺼냈다.

"지금 병판 대감을 절실하게 만나고 싶어하는 사람이 있소."

"그럼 함께 오지 그랬나? 누군가? 내가 아는 사람인가?"

"선왕께서 돌아가시기 전까지 내의원에서 일하던 사람이오만."

"내의원 사람이라……?"

"대감을 만나 꼭 전할 것이 있다고 하였소. 나도 자세한 내용은 모르겠으나 선왕과 어의 강명길로부터 중요한 밀지를 받았다고 하오. 혼자서 몇 번인가 대감을 찾아오려고 했지만 쫓기는 신세여서 쉽지 않았다고 하였소."

한양 배오개장의 주막집 뒷방. 연초 연기가 자욱한 방안에서 사내들이 둘러앉아 한창 투전판을 벌이고 있었다. 한 사내가 자신의 손에 쥔 패를 들여다보다가 바닥에 내동댕이치더니 자리를 박차고 일어났다.

"에이! 오늘 재수 옴 붙었네. 밑천 다 털렸으니 난 그만 빠지겠네."

그는 반촌 재인 하태수였다. 하태수는 안두식 두령 밑에서 20년을 함께 소를 잡아 팔아온 덕분에 안두식 집의 사정을 훤히 꿰고 있었다.

주막집을 나온 하태수가 장터를 지나 반촌으로 가는 샛길로 접어들었다. 험상궂은 사내들이 갑자기 그를 에워쌌다. 젊었을 때 씨름판에서 황소를 탔을 정도로 용력이 뛰어난 하태수였다.

"아니! 이놈들이! 니들 지금 내가 누군지 알고 길을 막는 게냐? 나 반촌 재인 하태…… 허억!"

하태수는 말을 채 끝맺지도 못하고 몽둥이로 뒤통수를 얻어맞고 쓰러졌다. 그가 깨어났을 때는 허름한 헛간에서 입에 재갈이 물리고, 손발이 묶인 상태였다. 발 앞에 시퍼렇게 날이 선 작두가 놓여 있었다.

잠시 후 헛간 문이 열리고 유종경이 검계들과 함께 들어왔다. 유종경은 밤섬 막종이를 고문한 끝에 애월을 빼돌린 선비들이 반촌에서 산다는 단서를 얻었다. 그들은 지난 며칠간 반촌을 돌며 비슷한 인상착의의 선비들을 수소문했다. 그 결과 안두식 집에 기거했으나 얼마 전부터 안 보인다는 것까지 파악했다.

유종경은 겁에 질린 하태수에게 다가왔다. 그는 하태수의 재갈을 풀어주며 말했다.

"네놈의 두령 집에 머물던 유생들에 관하여 몇 가지 물어볼 것이다. 순순히 답하면 여기서 몸 성히 걸어나갈 것이로되 아니면 네놈의 사지가 잘릴 것이다. 네놈은 소를 잡지만 여기 이 친구들은 사람을 잡는 자들이다. 알겠느냐?"

"네! 네! 나으리! 제발 목숨만 살려주십시오!"

# 제35화

# 비밀 일지

유이평은 곱상하게 생긴 시동의 부축을 받으며 뒷동산 정자에 올랐다. 그는 요새 근력이 많이 떨어져 부축받지 않으면 돌계단을 오르기 어려웠다. 정자 2층 난간을 붙잡고 저멀리 한양과 개성 방면을 번갈아 응시했다.

그는 내시부 시절 눈치가 빠를 뿐만 아니라 빈틈없는 일 처리로 유명했다. 어떤 궂은일을 맡아도 깔끔하게 처리해내 선대왕의 눈에 들었고, 정순왕후로부터 각별한 총애를 받을 수 있었다. 지난 27년간 그는 자신에게 주어진 마지막 책무가 무엇인지 단 한 번도 잊은 적이 없었다. 오랫동안 계획하고, 치밀하게 준비해 마침내 그 뜻을 이루어냈다. 이제 한 점의 의혹도 남지 않도록 모든 흔적을 깨끗하게 지우는 일만 남았다.

"대감마님, 저기 누가 오고 있어요."

시동이 손가락으로 들판 끝을 가리켰다. 유이평의 눈에 검은 점 하나가 가물가물 다가오는 것이 보였다. 두 아들 가운데 한 명이길 기대했다. 하지만 그것은 해주 감영의 파발 군관이었다. 유이평의 집에 도착한 군관은 해주목사의 서찰을 내밀었다. 유이평은 그 자리에서 서찰을 펼쳐 읽었다. 그는 다리 힘이 풀린 듯 휘청이며 편지를 바닥에 떨어트렸다. 둘째 문경이 해주읍성에서 죽었다는 소식이었다.

◆

청계천 광교에 초겨울 찬 바람이 불고 있었다. 광통방 서화점과 세책방들의 불빛이 하나둘 꺼지더니 동네 전체가 곧 어둠에 묻혔다. 세책방 객성의 주인 김 선달은 점원을 귀가시킨 뒤 혼자 장부를 살펴보고 있었다. 내달 초 선왕의 능이 조성되어 국상(國喪)의 공식 절차가 모두 끝날 때까지 도성 내에서 전기수 공연을 할 수 없었다. 장부에서 전기수 공연으로 얻은 매출분이 사라졌다.

하지만 죽으란 법은 없었다. 책을 빌려주는 세책방 본연의 장사는 되레 손님이 늘고 있었다. 술과 가무 등의 여가 활동이 허용되지 되지 않자 집안에 틀어박혀 소설을 읽는 사람들이 늘어난 덕분이었다.

'쾅! 쾅! 쾅!'

누군가 객성의 1층 출입문을 세차게 두드렸다. 김 선달은 다락방 창문을 살짝 열고 퉁명스럽게 말했다.

"거 뉘시오? 오늘 장사는 다 끝났수다. 그냥 가시오."

"접니다! 선달 어른."

김 선달이 화들짝 놀라 1층으로 뛰어내려와 출입문을 열어줬다. 평안도와 황해도를 누비고 있어야 할 설낭이 한양 도성에 나타난 것이었다. 김 선달은 등불 아래 드러난 설낭의 초췌한 몰골에 또 한 번 놀랐다.

"자네 도포와 갓은 어디로 갔나? 얼굴에 그 상처는 또 뭔가? 대체 무슨 일이 있었던 게야?"

"어르신, 장 선달 님과 판석 형님이 자객의 칼에 맞아 돌아가셨습니다! 두 분 다 저를 살리시려다가 그만……."

"뭐라고? 누가 죽었다고?"

김 선달은 자리에서 벌떡 일어나다가 탁자 위의 재떨이를 건드려 바닥에 떨어뜨렸다. 설낭은 해주에서 발생한 일련의 사건을 소상히 털어놓았다. 여리꾼 두치의 죽음과 국밥 독살에 이어 자객 습격까지 이 모든 사건이 단 하나의 표적을 향하고 있음을 설낭은 강조했다. 그 표적은 바로 설낭 자신이었다!

"숙은 자객놈의 복면을 벗겨보니, 지난가을 파주에서 봤던 놈이었습니다. 선달 어른께서 연결해주신 팔순 잔치 기억나십니까?

내시부 상선을 지냈다는 유 대감이라는 자의 잔치에서 봤던 자식놈 중 하나였습니다. 분명합니다!"

"진정하게! 엄청난 거마비를 주겠다고 하여 내가 연결했네만, 도대체 그 내시 노인네가 뭣 때문에 자식놈까지 동원해 자네를 죽이려 든단 말인가? 상대는 전 내시부 상선이네! 권세가들과 연결되어 있을 것이 뻔하네. 확실한 물증도 없이 심증만으로 그렇게 고변했다가는 오히려 되치기당하기 십상일 것이야. 그래, 해주 감영에선 뭐라던가?"

"감영은 믿을 곳이 못 됩니다. 감영 감옥에서 독살당할 뻔하지 않았습니까? 그다음에 묵은 기방 처소도 장 선달께서 감영 내 극소수에게만 알려준 곳인데 자객이 찾아들었습니다. 게다가 막판에는 해주목사의 명이라며 군관들이 저를 억지로 잡아가려고 했습니다."

"그게 정말인가? 오히려 관아에서 자네를 잡아가려 했다고?"

"네! 저는 당장 이 길로 반촌에 가 스승님과 선경 형님께 이 일을 알리고 도움을 청할 생각입니다. 제가 그 내시 노인네의 악행을 파헤쳐 반드시 판석 형님과 장 선달 님의 복수를 하겠습니다. 가만두지 않을 것입니다."

◆

　반촌 재인 30여 명이 성난 표정으로 한양의 남소문 쪽으로 몰려가고 있었다. 그들은 저마다 품속에 황소 잡을 때 쓰는 칼과 쇠꼬챙이, 낫을 숨기고 있었다. 안두식 밑에서 일하던 재인 하태수가 전날 반촌에서 청계천으로 흘러가는 흥덕동천 초교 밑에서 양쪽 손목이 잘린 시신으로 발견되었기 때문이었다.

　반촌 사람들 중에서도 도축을 전문으로 삼는 재인들은 집단 결속력이 특별히 강했다. 재인들이 외부인들에게 해코지당하면 반드시 집단으로 몰려가 그 몇 배로 되갚아줬다. 그렇기 때문에 한양의 난다 긴다 하는 무뢰배들도 재인들만큼은 함부로 건드리지 않았다.

　그들의 두령인 안두식은 포도청의 수사 따위는 성에 차지 않았다. 그저께 밤 하태수와 투전을 벌였던 왈짜와 도박꾼들을 붙잡아 족치기 시작했다. 결국 투전판을 주선했던 왈짜의 입에서 중요한 단서가 튀어나왔다.

　"예전에 어영청 군녹을 먹다가 검계들과 어울려 파직당한 강초라는 자가 있는데, 5년 전쯤 도성에서 자취를 완전히 감췄었는뎁쇼. 사흘 전쯤 갑자기 부하 네 놈을 데리고 찾아와 하태수가 언제 투전하러 오는지 묻고 갔습니다요?"

　"지금 그 강초란 자는 어딨느냐?"

"어영청 권관 김강주 집에 머물고 있다고 들었습니다요."

김강주는 종9품의 하급 무관인데도 큰 기와집을 소유하고 있었다. 강초 같은 무뢰배들과 어울리는 것을 보면 뒤가 깨끗한 자는 아님이 분명했다.

재인들은 암행어사가 출두하듯 김강주의 집 대문을 박차고 쳐들어갔다. 그들은 저녁을 먹고 있던 김강주를 마당으로 끌어내 무릎을 꿇렸다. 그는 "네놈들이 죽고 싶어 환장했구나. 천한 것들이 어디 어영청 권관인 나를 건드려. 이러고도 살아남을 성싶으냐"고 역정을 냈다. 그러나 큰소리치던 김강주는 안두식이 소 잡는 칼을 목울대에 갖다대고 추궁하자 금세 기가 죽었다.

"나는 강초와 한 동리서 자란 친구요. 강초가 도성을 떠난 지 수년 만에 수족들을 데리고 찾아와 잠시 머물기를 청하길래 빈방들을 내줬을 뿐이오. 그의 말로는 자기가 암행어사를 도와 반촌에 사는 어떤 선비들을 찾고 있다고 했소. 내가 아는 것은 그것뿐이오!"

"암행어사라고? 어사가 어째서 탐관오리가 아니라 반촌 유생들을 쫓아다닌다더냐?"

"그들이 역적을 돕고 있다고 들었소. 그 이상은 진짜 난 아무것도 모르오."

"그렇다면 강초는 지금 어디로 갔느냐?"

"난 모르오. 어디로 가는지 말해주지 않고 아침에 떠났소. 지금 날 풀어주면 오늘 일은 없던 일로 눈감아줄 테니 어서 풀어주시오."

안두식이 살벌한 눈빛으로 김강주를 노려보며 다가섰다.

"네놈이 강초가 어디로 갔는지 바른대로 말하지 않으면 지금 이 자리에서 우리 손에 살과 뼈가 빠짐없이 분리되어 죽을 것이다. 마지막으로 묻겠다. 강초 어딨느냐?"

"살, 살려주시오. 남양으로 간다고 들었소. 유생 중 하나가 그곳에 산다고 하였소."

1800년 10월 마지막날. 이옥은 남양 백곡리의 본가에서 출발하여 작은 산을 넘고 솔숲을 지나 작은 어촌 마을로 가고 있었다. 해풍이 불 때마다 작은 솔방울이 투드둑 떨어졌다. 바닷가에선 어부들이 고기잡이배들을 뭍으로 끌어올리고 있었다.

이옥은 만득의 집으로 갔다. 만득은 이옥 본가 소유의 어장을 관리해주는 늙은 외거노비였다. 이옥이 집 마당에 들어섰을 때 만득은 어구를 손질하고 있었고, 박선경은 막대기를 들고 검법을 연마하고 있었다.

이옥은 선경과 함께 창고로 들어갔다. 창고에는 각종 그물과 어구, 배 수리 도구들이 쌓여 있었다. 이옥이 헛기침을 하자 창고 안쪽의 골방문이 열리며 애월이 나타났다.

"내일 아침 해가 뜨자마자 용주사로 출발할 것이오. 가마와 가마군은 다 수배해놓았소."

"네, 어르신. 고맙습니다."

이옥은 나흘 전 한양에 올라가 풍고 김조순을 만나 애월의 이야기를 전했다. 그리고 두 사람의 비밀 면담일을 정하고 돌아왔다. 풍고는 어의 강명길의 수제자였던 애월이 선왕의 승하 이후 궁궐에서 종적을 감췄다는 사실은 이미 알고 있었다. 궁 안팎에선 애월이 강명길과 함께 처벌받는 것이 두려워 도망쳤다거나, 어떤 남정네와 정분이 나서 야반도주했다는 따위의 뜬소문이 돌고 있었다.

이옥은 애월이 선왕의 밀지를 갖고 있다는 걸 풍고에게 밝혔다. 애월이 풍고를 직접 만나 선왕의 유품과 밀지를 전하고자 한다고 말하자, 풍고는 11월 1일 신시(15시~17시) 화성 화산의 용주사에서 만나자고 제안했다.

용주사 근처에는 선왕의 무덤인 건릉이 조성되고 있었다. 정조의 재궁(梓宮, 관)은 11월 3일 한양 창덕궁을 떠나 11월 6일 건릉에 안장될 예정이었다. 병조판서이자 장용영 대장인 풍고는 안장 준비와 장례 행렬의 호위 문제 등을 점검한다는 명목으로 1일 건릉을 방문하면서 근처의 용주사에서 비밀리에 애월을 만날 생각이었다.

"애월 낭자. 이제 우리 둘에게도 저 비단 보자기 속 물건을 제대로 보여주지 않겠소? 어차피 우리는 이제 한배를 탄 운명 아니오?"

이옥은 방구석에 놓인 보따리를 힐끔 쳐다본 후 애월에게 말했다. 애월은 선왕의 물건에 대해 그동안 구두로만 상세히 설명해줬을 뿐 직접 눈으로 확인시켜주지는 않았다. 그녀는 보자기를 풀어 선왕의 손때 묻은 담배합과 연죽, 가죽 쌈지, 부싯돌 등을 차례로 꺼냈다. 이옥과 선경은 선왕의 쌈지에서 연초를 꺼내 눈앞에 대고 살핀 다음 냄새도 맡아보았다. 그러더니 각자 곰방대에 넣어 피워보기까지 했다. 한 모금 흡입하자 가슴속에 알싸한 맛과 향이 퍼지면서 시원한 느낌이 들었다. 선왕의 연초는 지금껏 어디에서도 맛본 적 없는 독특한 종류였다.

"이건 보통의 삼등초가 아니군요! 이 같은 독특한 맛은 난생처음이오. 연초가 이런 풍미를 낼 수 있다니 신기하군요." 이옥이 평했다.

"삼등초에 벌꿀과 영생이(박하) 기름이 들어갔기 때문이옵니다. 전하께서는 어려서부터 가슴속에 화기가 차오르는 체질이셨습니다. 그래서 전하의 체질을 잘 아는 이가 냉한 성질의 영생이를 연초에 섞어드린 것 같습니다. 전하는 이 연초를 피우면 가슴이 시원해진다며 항상 곁에 두고 애연하셨습니다."

선경은 연초를 혀끝에 대어 맛을 보며 애월에게 말했다.

"꿀에 연초를 담그는 방법은 우리 진안에도 알려져 있지만, 영생이를 연초와 섞는다는 것은 금시초문이오. 연초 외에 다른 성분을 넣으면 대개는 연초맛이 죽어버리는데, 이것은 다르오. 선왕께서 왜 좋아하셨는지 알겠소!"

"연초상 박 영감은 연초 본연의 맛을 잃지 않으면서도 여러 향미를 가미하는 비법을 가지고 있었습니다. 그분의 말에 따르면 3년 전쯤 한 내관이 찾아와 전하께 진상할 것이라며 연초에 영생이 성분을 가미하는 방법을 배워갔답니다. 섞는 양과 배합이 조금만 달라져도 맛이 묘하게 달라져서 박 영감만이 제대로 만들 수 있었다고 합니다. 박 영감은 영생이 기름을 벌꿀에 개어 연초잎에 얇게 바른 후 바람 잘 드는 처마에 말렸다가 이를 잘게 써는 비법을 알려줬다 합니다."

"그 내관이 이 연초에 영생이를 섞으면서 비상을 몰래 넣었다는 것이오? 궁중 사람이 한둘도 아니고 그런 짓을 하고도 들키지 않을 수 있다니 믿기지 않소!"

"연초는 어의도 기미 상궁도 검식하지 않고 그대로 진상되는 물품이었기에 아무도 눈치채지 못했던 것입니다. 아주 미량의 비상가루를 넣어서 오랜 기간 천천히 중독되게 만든 것입니다."

애월의 설명을 들은 이옥은 크게 흥미를 느꼈고 동시에 혼란스러웠다. 자신이 쓴 소설 〈설화전〉에 나오는 '아편 흡연 살인'과 너무 닮은 일이 현실에서 벌어졌기 때문이었다. 심지어 '연독(煙毒)

살인'의 피해자는 왕이었다. 소설에서 사용했던 '아편 흡연 살인'
이란 소재는 중국에 연행사로 다녀온 이종사촌 형 유득공에게 전
해들은 아편에 관한 소식들로 자신이 지어낸 것이었다.

그는 곰방대에서 피어오르는 연기를 가리키며 "그럼 지금 이
연기 속에도 비상이 섞여 있겠구료?"라고 물었다.

"네. 그러하옵니다. 아주 미량이어서 당장 문제될 것은 아니옵
니다만……."

"참으로 통탄스러운 일이네만, 이걸 입증할 만한 증좌가 있소?
자네 설명이나 이 물건들로는 턱없이 부족하오. 박 영감에게 비법
을 배워갔다는 내관이 그 사실을 순순히 실토할 리도 없고……."

"나으리, 여기 이것을 읽어보십시오."

애월은 정조가 친필로 작성한 비밀 일지를 처음으로 이옥에게
보여줬다.

## 제36화

# 선왕의 유지

 

 

남산골 초가집들의 굴뚝마다 흰 연기가 피어올랐다. 쓰개치마를 쓴 효연이 싸리문을 열고 골목길로 나왔다. 화공 이사, 정효연은 최근 성화 작업에 몰두하고 있었다. 그녀는 이른 아침 집을 나서 가회동과 명례방의 비밀회당에서 성상을 그리다가 밤늦게 귀가하는 생활을 반복하고 있었다. 그녀는 남곽 선생이 청에서 가져온 성화를 토대로 상상력을 가미해 새로운 성화를 그려내고 있었다. 미사 전례 때 벽에 걸 수 있는 성화부터, 신도들이 항상 품에 지니고 다닐 수 있는 손바닥만한 성화까지 정성을 다해 형상화했다. 머지않아 개인적으로 불행한 일을 앞두고 있었으나 효연은 겉으로는 내색하지 않았다. 일반 신도들은 물론 명도회 간부 중에도 그녀의 속사정을 아는 사람은 많지 않았다.

"효연 아기씨, 주인님께서 찾으시오. 지금 가셔야겠소!"

최창인의 겸인이 남산골 초입에서 효연을 막아섰다. 그의 뒤쪽에는 가마꾼들이 서 있었다.

"싫소! 이게 무슨 짓이오? 식리를 갚기로 한 날짜는 아직 남았소. 그때까지 날 내버려두시오. 어서 비키시오."

그들은 거부하는 효연을 억지로 가마에 태웠다. 효연은 대정동의 최창인 집으로 끌려갔다. 그의 집은 담장이 맞붙은 큰 기와집 두 채를 담장을 뚫어 중문으로 연결해 하나의 가옥처럼 사용하는 구조였다. 나라에서 개인이 99칸 이상의 큰 집을 갖지 못하게 하자 편법을 쓴 것이었다. 그의 부친 최종만은 그 넓은 공간을 진기한 골동품으로 채웠지만 최창인은 첩과 기생, 그리고 술, 연회로 채우고 있었다.

효연은 그 집의 제일 안쪽 별채에 감금됐다. 그 집의 하녀들이 익숙한 솜씨로 효연을 목욕시키고 몸단장시켰다. 최창인은 그날 저녁 효연을 보며 흐뭇한 미소를 흘렸다. 효연은 성난 눈빛으로 최창인을 쏘아보며 항의했다.

"낭자, 어차피 스무날 지나면 내 사람이 될 운명인데, 괜히 서학쟁이들 쫓아다니지 말고 여기서 조용히 혼례 준비나 하시오. 우리 집안에 똑똑한 아들만 하나 낳아주면, 낭자의 아비까지 여기 불러와 한께 살게 해줄 네니 잘 생각하시오."

"양반 피가 그리도 얻고 싶으면 먼저 사대부의 법도부터 제대로 알고 따르시오. 아무리 못 배웠다고 해도 아녀자를 함부로 납치하다니 이 무슨 무례한 짓이오? 당장 풀어주시오."

"그럼 빌려간 돈 떼어먹는 건 사대부 법도라오? 흐흐흐! 농담이오, 농담. 낭자가 그렇게 단장하고 내 앞에 앉아 있으니 가시 돋친 꽃이 아름답다는 말이 진짜 맞는 말이구려."

최창인이 그렇게 말하면서 효연에게 바짝 다가가 앉았다. 효연은 그가 자신을 범할까 몸을 잔뜩 웅크렸다. 여차하면 최창인을 밀어버리고 방을 뛰쳐나갈 생각이었다. 그런 의중을 읽었는지 최창인은 게슴츠레한 눈길로 효연을 한번 쳐다보더니 술잔을 비우고는 일어났다.

"괜한 오해 말게. 난 혼례 때까지 자넬 건드릴 생각 없네. 어차피 곧 스스로 옷고름을 풀고 내 씨를 받겠다고 울며불며 매달릴 것인데 내가 뭐하러 그 좋은 재밋거리를 스스로 망치겠는가. 안 그런가?"

"아니 뭐라고!"

"혹여 그 전기수 놈이 구해줄 것이란 생각은 일찌감치 포기하는 게 좋네. 그놈이 아무리 난다 긴다 해도 어떻게 500냥이나 되는 돈을 그렇게 빨리 마련하겠나?" 최창인은 그 말을 내뱉고는 씩 웃으며 방을 빠져나갔다.

선왕의 비밀 일지는 모두 2권이었다. 겉장에 제목은 따로 없었다. 첫 장을 넘기자 만천명월주인옹이라는 붉은 인장이 찍혀 있었다. 일지는 한 손에 들고 펼쳐 읽거나, 빠르게 글을 적어넣기 딱 좋은 크기였다. 이옥은 선왕이 초서체로 빠르게 흘려쓴 일지를 한 장 한 장 신중하게 살펴봤다.

그것은 선왕 스스로가 남긴 자신의 건강 기록이었다. 기력이 급격히 쇠약해진 1799년 가을부터 매일 먹은 식사와 탕약, 그리고 음료와 다과 등에 대해서 그 수와 종류, 양을 꼼꼼하게 적어놓았다. 숙수는 누구이며 탕제는 누가 했으며 기미는 누가 봤는지도 한눈에 알아볼 수 있었다. 선왕은 매일매일 자신의 옥체 상태도 짧게 묘사했다. 가벼운 체증부터 신경통, 속쓰림, 울열, 어지럼증, 종기 등의 다양한 증세가 적혀 있었다. 또 자신이 어의와 상의해 내린 처방을 그 옆에 붙여뒀다.

엇비슷한 내용이 단조롭게 반복되다가 올해 초부터 두드러기가 일지에 등장하기 시작했다. 예전에 두드러기가 날 때마다 습관적으로 써왔던 약재들이 잘 듣지 않으며, 극도의 피곤함까지 동반한다고 서술되어 있었다. 선왕이 방외의관을 궁에 은밀히 불러들여 치료받은 기록도 남아 있었다. 윤사월 말부터는 기력이 더 크게 떨어진 듯 일지가 며칠씩 건너뛰어 작성됐다. 날짜만 적거나 식사 횟수만 간단하게 적고 넘어간 날도 있었다. 초서체도 갈수록 더 알아보기 어려워졌다.

그러던 선왕은 심인의 연훈방 치료를 받고 나서 무려 석 장에 걸쳐 소회를 적어놓았다. 선왕은 수은 연기로 종기를 죽이는 연훈방을 통해 연독(煙毒)이 사람을 죽이는 비기가 될 수 있음을 깨닫고 매우 놀라워했다. 그 일이 계기가 되어 선왕은 즐겨 피웠던 연초를 의심하기 시작했다. 연초가 일지에 등장한 것은 그때가 처음이었다. 선왕은 독살의 위험을 피하려고 자신의 건강을 스스로 철저하게 관리해왔지만 돌이켜보니 큰 허점을 남겨놓고 있었다며 스스로의 어리석음을 자책했다.

마침내 선왕이 죽기 전날인 6월 27일자 일지! 그는 어의 강명길에게 급히 연초의 출처와 성분, 연초 납입에 관여한 궁중 사람들과 외부인들을 비밀리에 조사하라고 하명했다고 적어놓았다. 비밀 일지는 그 기록을 마지막으로 끝났다.

마지막 장을 닫을 때 이옥의 손끝이 살짝 떨렸다. 선왕이 죽기 직전 누군가 자신을 연독으로 암살하려 한다는 의심을 했다는 사실이 세상에 알려지면 엄청난 파문이 일 것이었다. 선왕이 돌아가시고, 자신 또한 살해될 처지임을 직감한 강명길이 애월에게 조사를 명하고, 유사시에는 조사 내용을 풍고에게 알리라고 한 이유는 분명했다. 병조판서이자 장용영 대장인 풍고가 결심하면 독살 세력들을 한 번에 몰아내는 것도 불가능한 일이 아니었기 때문이었다.

'의녀 애월과 왕의 비밀 일지를 이 세상에서 영원히 없애버리기 위해 안달이 난 자들! 그들은 이 같은 내용이 세상에 드러나기를 원치 않는 세력들, 즉 독으로 왕을 시해한 역적들이다. 그들은 아무것도 모른 채 중요한 칼자루를 쥐고 있던 풍고를 그냥 내버려두지 않았을 것이다. 분명히 처음부터 빈틈없이 견제하고 감시하고 있었을 것이다!'

"초서라 잘 못 읽겠습니다. 무슨 내용이옵니까? 설명을 좀 해주십시오."

선왕의 초서체를 해독하지 못하는 선경이 답답한 듯 이옥에게 내용을 물었다. 그때 만득이 창고로 뛰어들어오며 소리쳤다.

"서방님! 어서 피하십시오. 수상한 자들이 몰려옵니다."

만득의 다급한 외침에 이옥이 골방문을 열었다. 검계 두목 강초와 부하들이 창고의 문을 발로 차고 있었다. 낡은 창고문은 우드득 소리를 내며 곧 부서질 듯 보였다. 애월이 선왕의 일지와 유품들을 급히 보자기에 쌌다. 이옥은 골방 뒤쪽의 얇은 흙벽을 뚫기 시작했다. 신경은 누 사람에게 조금이라도 시간을 벌어주려고 막대기를 들고 골방 밖으로 나갔다. 동시에 창고문이 부서지고 강초의 부하들이 뛰어들어왔다. 창고에 낡은 그물과 어구들이 어지럽게 널려 있어서 검계들이 쉽게 달려들지 못했다. 골방 안에선 이옥이 열심히 촛대로 흙벽을 뚫고 있었다.

강초는 부하들이 선경의 목검에 막히자 자신이 직접 앞으로 나섰다. 선경의 무예가 출중하기는 하지만 목검으로 진검을 상대하기는 쉽지 않았다. 게다가 상대는 전 어영청 군관 강초였다. 금속 칼과 목검이 부딪칠 때마다 목검이 푹푹 패였다. 몇 합도 못 버티고 부러질 판이었다.

"됐네. 선경이 자네도 어서 나오시게!"

흙벽에 덧댄 판자까지 뜯어내 구멍을 뚫는 데 성공한 이옥이 애월을 먼저 구멍으로 내보낸 후 자신도 나가면서 외쳤다. 때마침 강초의 칼에 선경의 목검이 반토막 났다. 선경은 대나무 통발을 집어 강초에게 던졌다. 강초가 주춤했지만 이내 칼을 고쳐잡고 다가왔다. 그 순간 구석에서 떨고 있던 만득이 벽기둥에 매여 있던 밧줄을 힘껏 당겨 풀어버렸다. 그러자 천장 대들보에 걸쳐 있던 커다란 어망이 그대로 떨어져 강초와 그 부하들을 덮쳤다. 그들은 그물에 걸린 물고기처럼 허우적거렸다.

"빨리 피하시오."

만득의 말에 선경이 골방에 뛰어들어가 벽 구멍으로 탈출했다. 강초가 그물을 찢고 나와 골방으로 따라 들어갔지만 세 사람은 이미 탈출한 뒤였다.

"연놈들이 뒤로 빠져나갔다. 창고 뒤로 돌아가라."

강초의 부하들이 부리나케 창고 뒤편으로 쫓아갔다. 창고 뒤쪽은 작은 숲과 텃밭을 거쳐 바닷가 모래사장으로 이어졌다. 이옥과 애월, 선경은 포구로 향하고 있었다. 바람이 세차게 부는 가운데 어부들이 고깃배들을 뭍으로 끌어올려 말뚝에 고정하고 있었다. 어부들이 위험하다고 붙잡았으나 이옥은 선경, 애월과 함께 배에 올라타더니 밧줄을 풀었다. 이옥이 돛을 조작하자 배가 육지에서 멀어지기 시작했다.

잠시 후 포구 모래사장에 강초와 그 부하들이 나타났다. 그들은 이옥 일행을 향해 잘 지켜보란 듯이 만득을 무릎 꿇려놓고는 그대로 목을 내리쳤다. 그 끔찍한 장면에 애월과 선경이 고개를 돌렸다. 이옥의 손이 분노로 부들부들 떨리고 있었다.

유종경은 백마를 탄 채 바다를 물끄러미 바라보고 있었다. 강초는 50보쯤 떨어진 곳에서 부하들과 함께 옆 마을에서 붙잡아온 가마꾼들을 추궁하고 있었다. 가마꾼들은 겁에 질려 있었다. 그도 그럴 것이 검계들의 옆에 목 잘린 만득의 시신이 거적에 덮여 있었다.

"이 생원께서 한양에서 내려온 젊은 여인이 용주사에 불공을 드리고 싶어한다며 가마를 부탁하셨습니다. 이 생원 나리는 우리 고장에서 이름난 선비이기에 저희는 그 말씀에 따랐을 뿐이옵니다. 무슨 영문인지 모르오나 제발 목숨만 살려주십시오."

강초는 유종경에게 뛰어가 가마꾼이 털어놓은 내용을 전했다.

"뭐 용주사라고?"

유종경은 애월 일행이 용주사로 갈 계획이었다는 말에 조금 놀랐다. 용주사는 선왕의 무덤이 조성될 화산 근처의 사찰이었다. 선왕의 재궁은 엿새 후면 용주사 옆의 건릉에 묻히게 될 예정이었다. 선왕의 죽음을 둘러싼 온갖 추측은 그날 재궁과 함께 영원히 땅속으로 들어가게 될 터였다.

'그 연놈들이 무슨 꿍꿍이지! 혹시 관뚜껑이라도 열겠다는 심산인가?'

유종경은 편전의 대전 설리로 일할 때 선왕이 혼자 작은 책자에 뭔가를 적는 장면을 우연히 목격했었다. 선왕이 주변의 눈을 피해 몰래 틈틈이 기록을 남기는 모습이 수상했다. 지난봄 별시 문과가 열리던 날 선왕이 대신들을 이끌고 동구릉에 참배하러 갔을 때, 종경은 편전 침소에 몰래 들어가 왕의 비밀 기록을 꺼내봤다. 선왕이 큰 붓의 두겁에 열쇠를 숨긴다는 것쯤은 이미 한참 전에 파악해둔 상태였다. 나무상자에서 조심스럽게 꺼내보니, 그것은 왕이 자기 건강에 대해 남몰래 기록한 일종의 비밀 일지였다. 깜짝 놀란 종경은 잡다한 기록들을 꼼꼼히 살펴보았으나, 연초에 관한 이야기는 없었다.

다행이었다! 왕은 아직 눈치채지 못하고 있었다. 모든 계획이 예정대로 순조롭게 진행되고 있는 것이었다. 그는 4월 초 막판 의심을 피하고자 건강 악화를 핑계로 궁을 떠나서 고향인 파주로 내려갔다.

유종경이 궁에 다시 돌아온 것은 선왕의 부음을 듣고서였다. 그는 선왕 승하 이틀 후 입궐하여 부친의 당부대로 뒤처리를 깨끗이 해두려고 했다. 그런데 선왕의 연초와 흡연 도구가 이미 사라지고 없었다. 불길한 마음에 황급히 선왕의 보물 상자를 열어 봤다. 역시 왕의 '비밀 일지'도 없었다. 그것들을 빼돌린 자가 다름 아닌 강명길의 수제자 애월이라는 것은 사흘 후에나 파악되었다. 애월은 이미 종적을 감춰버렸다. 절대로 애월 혼자만의 판단으로 저지를 수 있는 일이 아니었다. 죽은 선왕이나 강명길이 뭔가를 눈치챈 것이 분명했다. 그때부터 유종경은 양주에 근거지를 둔 강초 검계패를 동원해 애월을 뒤쫓기 시작했다.

## 제37화

# 말발굽 소리

이옥 일행의 배는 서너 명이 타는 작은 고깃배였다. 바람은 시간이 갈수록 더 거세지고, 파도도 높아졌다. 그대로 먼바다로 흘러가면 배가 언제 뒤집힐지 모를 일이었다. 이옥은 배를 다시 뭍에 붙이려고 안간힘을 썼다. 어린 시절 만득에게 배웠던 배 모는 법을 떠올리며 이를 악물었다.

어린 시절, 이옥은 바다에 유난히 호기심이 많은 소년이었다. 아홉 살 때 부친 몰래 만득을 졸라 배를 타고 앞바다에 처음으로 나갔었다. 소년 이옥의 눈에 만득이 돛을 펼치고, 노를 저어 배를 모는 모습이 무척 신기하고 멋있었다. "이야!" 감탄을 연발하는 도련님에게 만득은 그물로 건져올린 물고기들의 이름과 생태를 설명해줬다. 그날 이후 유교 경전을 암송하다가 지겨워질 때면 만득을 졸라 어장에 나갔다.

이옥의 집안은 대대로 무인 가문이었다. 그의 부친은 이옥에게 칼과 활을 가르쳐 장차 무과를 보게 할 생각이었다. 하지만 부친은 이옥이 일찍 글을 일찍 깨친데다가 문장까지 훌륭해 신동 소리를 듣자 '어쩌면 이 아이가 문과에 급제해 우리 집안을 부흥시킬 것 같다'는 기대를 품었다. 그런데 그런 아들이 글공부는 하지 않고 노비와 함께 위험천만한 바다에 나가 논다는 사실을 알게 되자 대로했다. 그는 만득을 잡아들여 매를 쳤다. 이옥이 버선발로 뛰어나와 "만득이는 죄가 없사옵니다. 소자를 벌하여주십시오"라고 울며불며 매달렸지만, 부친의 분노만 더 키운 꼴이 되었다. 만득은 혹독한 매질을 당한 후 거의 한 달 동안 꼼짝 못하고 누워지내야 했다.

소년 이옥은 만득에게 너무나 미안했다. 그러나 정작 만득은 어린 도련님에게 섭섭함이나 원망을 조금도 내색하지 않았다. 이옥이 바닷가에 나오면 저멀리서 작업을 하다가도 "도련님!" 하고 먼저 손을 흔들며 달려와주었다. 이옥과 만득은 신분과 나이조차 뛰어넘는, 둘도 없는 바다 친구였다.

그런 만득이 평생을 일해온 포구에서 검계들에게 무참하게 살해되었다. 가슴속에 피눈물이 흘렀다. 이옥은 만득을 죽인 놈들을 절대 용서치 않으리라 마음먹었다. 다행히 배는 해가 떨어지기 전 남양 궁평에 닿았다.

◆

   1800년 11월 1일 아침 궁평의 한 주막. 한양으로 올라가던 조운선들이 전날 늦은 오후부터 풍랑을 피해 포구로 들어오는 바람에 주막은 배꾼들로 붐볐다. 그들은 이날 다시 출항하기 전에 배를 든든히 채우려고 푸짐한 식사를 들고 있었다.

   그때 검계 두목 강초와 부하들이 그 주막에 들이닥쳤다. 강초의 부하들은 주막집 방마다 문을 열고 짚신 발로 뛰어들어가 수색을 했다. 배꾼들은 칼을 든 검계들의 기세에 눌려 한마디도 항의하지 못했다. 강초가 주모에게 애월과 이옥, 선경의 용모파기를 내밀었다.

   "주모. 우린 죄인들을 쫓고 있는 어영청 군관들이네. 잘 생각해보게! 이런 자들 못 봤소?"

   "네! 봤습죠! 어제 해질 무렵 찾아와 젊은 여인은 제 방에 함께 묵었고, 선비 둘은 저쪽 두 번째 방에서 배꾼들과 머물다가 오늘 동트기 직전 떠났습지요. 근데 그 사람들이 무슨 나쁜 짓을 저질렀나요? 점잖아 보이던뎁쇼."

   "그자들이 어디로 간다고 하던가?"

   "어디를 간다고는 말하지 않았는데, 말을 세 필 구해달라더군요."

   강초는 엽전 한 냥을 주모의 눈앞에 내밀며 다시 물었다.

"그래 말은 구해주었는가?"

"요즘 말이 쉽게 구해지나요? 포구에서 짐 부릴 때 쓰는 늙은 나귀 한 마리를 빌려 갔습니다요. 아! 간밤에 그 곱게 생긴 젊은 아씨가 용주사가 여기서 얼마나 머냐고 묻긴 했어요. 그쪽이 아닐까요?"

◆

"계시오?"

설낭과 김 선달이 경기도 남양 백곡리 이옥 본가의 대문을 두드렸다. 두 사람은 한양에서 말을 빌려 타고 달려온 참이었다. 해주에서 한양으로 돌아온 날 밤 설낭은 반촌에 갔지만 이옥과 선경을 만날 수 없었다. 그 대신 재인 하태수를 죽인 검계들이 이옥과 선경을 쫓아 남양에 갔다는 얘기를 안두식에게 들었다.

"이옥과 선경이 어떤 여인을 데려갔다는 이야기는 들었네만, 검계 놈들이 왜 그리 죽자 살자 두 사람을 쫓는지는 잘 모르겠네. 아무튼 당장 손을 쓰지 않으면 큰 사달이 날 듯하네!"

설낭은 자신뿐만 아니라 이옥, 선경도 쫓기고 있다는 사실에 놀랐다. 안두식이나 다른 재인들은 함부로 도성을 떠날 수 없었다. 그래시 실낭은 젊은 시절 남양에서 3년간 무과 수련을 했던 김 선달과 함께 이옥을 도우러 남양으로 내려왔다.

대문이 열리고 단아한 중년 여인이 두 사람을 맞이했다. 이옥의 부인이었다. 이옥은 이미 전날 그곳을 떠난 뒤였다. 부인은 전날 저녁 어영청 군관이라고 자칭하는 사내들이 들이닥쳐 집안을 뒤집어놓고 가는 바람에 이옥의 안부를 몹시 걱정하고 있었다.

설낭과 김 선달이 마을을 빠져가려는데, 한 중년 사내가 말을 걸어왔다. 그는 이옥과 선경이 동행중인 여인을 모시고 가기로 되어 있던 가마꾼이었다. 백곡리에 오래 살아 이옥과도 잘 안다는 그 가마꾼은 전날 바닷가에서 벌어진 끔찍한 사건에 대해 전해주었다. 또 이옥 일행이 용주사로 간 것 같다고 알려줬다.

설낭과 김 선달은 남양 도호부에 도움을 청하러 갔다. 검계들의 숫자가 20명이 넘는데다 이미 사람까지 죽였으니 빨리 관아에서 손을 써야 할 듯했다. 하지만 관아 외벽에 붙은 설낭의 용모파기를 보고 발길을 돌렸다. 유이평의 사주를 받은 해주목사가 설낭에게 '해주 기방에서 사람을 셋이나 죽인 살인자'라는 누명을 씌워, 한양과 경기 일대 관아에 통문을 돌렸던 것이다.

◆

초겨울 벌판은 황량했다. 찬바람에 몸이 절로 움츠러들었다. 이옥과 선경, 그리고 애월은 화산 용주사로 부지런히 걸음을 옮겼다. 이옥이 길잡이 노릇을 했고, 선경은 나귀에 애월을 태우고 그 뒤를 따라갔다. 너른 들판을 지나 작은 야산의 고갯길 중턱에 도착했다. 그 근방에 다른 높은 산이 없어 멀리까지 조망됐다. 그들은 걸음을 멈추고 잠시 쉬기로 했다.

"자네는 여기서 그만 한양으로 돌아가게. 이틀 후면 진안초가 마포나루에 당도하지 않는가. 빨리 가서 자네 일을 돌보는 게 더 좋겠네. 애월은 내가 용주사로 데리고 갈 테니, 자네는 이쯤에서 그만 빠지시게."

이옥이 선경에게 작은 목소리로 말했다. 이번 사건의 배후에는 거대한 세력이 존재하는 것이 분명하니, 자칫 잘못하면 큰 화를 입을 수 있었기 때문이었다. 그에게 이번 사건은 일종의 업보로 여겨졌다. 어찌됐건 선왕의 일은 그에게 가볍지 않았다. 그는 끝까지 애월을 도울 작정이었다. 하지만 아직 젊은 선경까지 위험한 일을 겪게 하고 싶지 않았다.

"무슨 말씀이십니까? 문무자 어른! 여기까지 와서 돌아가라니요? 그럴 순 없습니다. 선왕마마를 해한 역적놈들을 두고 볼 수 없습니다! 저도 끝까지 함께 가겠습니다. 진안초는 걱정 마십시오. 제가 없어도 오 객주가 잘 보관해둘 겁니다."

겉으론 그렇게 명분을 내세웠지만, 사실 선경은 애월과 헤어지고 싶지 않은 마음이 더 컸다. 지난 며칠간 애월과 함께 지내며, 그녀를 깊이 은애하고 있음을 깨달았다. 애월을 승냥이 같은 검계 무리에 붙잡히게 두고 자신만 한양에 돌아간다는 것은 생각조차 할 수 없는 일이었다.

이옥이 뭐라고 더 설득해보려는데 선경이 "저기!"라고 말하며 손가락으로 벌판을 가리켰다. 저멀리 흙바람이 일고 있었다. 말을 탄 검계 무리였다. 달리는 속도로 볼 때 일각(15분) 안에 이곳까지 들이닥칠 것 같았다.

이옥과 선경은 나귀를 탄 애월을 데리고 언덕길 옆 숲속으로 들어갔다. 나무들이 앙상한 가지만 남아 있어 몸을 가리기 어려웠다. 다행히 큰 바위가 있어 그 뒤에 몸을 숨겼다. 잠시 후 강초 패거리는 쏜살처럼 언덕을 넘어 사라졌다.

◆

같은 시각 설낭과 김 선달도 용주사로 가고 있었다. 그들은 마음이 급했으나 남양의 길 사정이 좋지 않아 중간중간 고생했다. 그들이 택한 길은 말 한 필 겨우 지나갈 폭의 논두렁길과 오솔길, 비탈길로 이뤄져 있었다. 김 선달은 조준과 달리 말을 능숙하게 몰았지만 나이를 속일 수 없었다. 비탈길에서 실수로 말 등에서 떨어져 다리를 크게 다쳐서, 근처 고을에 남아 치료를 받아야 했다.

할 수 없이 설낭은 혼자서 용주사로 향했다. 김 선달이 가르쳐준 방향으로 한 시각을 이동한 끝에 수레가 다닐 만한 제법 큰길을 만났다. 사람들이 수레를 끌거나 봇짐을 진 채 화산 방면으로 이동하고 있었다. 나중에 알았지만, 그들은 선왕의 장례 준비를 위해 화성 일대에서 동원된 백성들이었다.

설낭은 지난봄 한양에 처음 올라왔을 때처럼 초라한 시골 선비 복장에 경의검을 차고 있었다. 덕분에 아무도 그가 관아에서 찾는 청색 비단 도포와 말총 갓 차림의 화려한 전기수라고 의심하지 않았다.

"병조판서 대감 납신다. 모두 길을 비켜라!"

말을 탄 군관 두 명이 병조판서의 행차를 알리며 지나갔다. 행인들이 길 양편으로 갈라지더니 무릎을 꿇고 고개를 숙였다. 설낭도 말에서 내려 그들과 똑같이 행동했다.

"뭐야? 언제 오는 거야? 젠장, 춥고 무릎 아픈데."

병조판서의 행렬이 좀처럼 나타나지 않자 행인 중 누군가 투덜거렸다. 여기저기서 구시렁거리기 시작했다. 심지어 일어나서 다시 걸어가는 사람들도 있었다. 그때 말발굽 소리가 지축을 뒤흔들었다. 모두들 놀라서 다시 바짝 엎드렸다. 화려한 깃발을 꽂은 기마군관 100여 명이 앞뒤로 호위하는 가운데 검은 갈기 털의 군마를 탄 풍고 김조순이 그들 앞을 빠르게 지나갔다.

◆

전날 저녁 풍고는 창덕궁 빈전에 홀로 들어갔다. 그는 대나무 평상 위에 놓인 선왕의 재궁을 한동안 말없이 바라봤다. 평상에는 시신 부패를 방지하기 위해 겨울인데도 얼음을 매일 바꿔 깔고, 그 위에 다시 습기를 제거하기 위해 마른미역도 덮어두었다. 덕분에 재궁 속 선왕의 시신은 아직 썩지 않고 있을 터였다. 풍고의 예고 없는 방문에 빈전도감 관리들은 그의 행동을 예의주시하고 있었다.

'풍고 자네 왜 이제 왔는가? 기다리고 있었네.'

선왕이 당장이라도 재궁에서 벌떡 일어나 자신을 반길 것만 같았다. 그러나 그리도 열정적이고 강건했던 군주는 이제 차디찬 시신이 되어 관속에 누워 있었다.

풍고는 머릿속이 복잡했다. 내일, 자신은 36년 인생에서 가장 크고 위험한 정치적 결정을 내릴지도 모른다. 의녀 애월이 선왕의 독살을 증명할 증좌를 가져온다면, 자신은 어떻게 행동할 것인가? 고민하고 또 고민해도 결론에 도달할 수 없었다. 그날 밤 그는 한숨도 눈을 붙이지 못했다.

1800년 11월 1일 오후, 풍고의 기마행렬이 화산 건릉에 당도했다. 건릉 주변에선 국장의 막바지 제례 준비로 분주했다. 인부들이 수레와 삼태기를 이용해 봉분을 만들 황토를 퍼담아 나르고 있었다. 화산 초입에선 아낙들이 불을 피우고 인부들의 식사를 준비하고 있었다. 늙은 노비들이 솜뭉치에 송진기름을 듬뿍 발라 밤에 사용할 횃불들을 마련하는 모습도 보였다.

풍고가 도착하자 왕의 능 조성을 담당하는 기관인 산릉도감의 관리들이 마중나왔다. 그들의 안내로 근처 임시가옥으로 들어간 풍고는 건릉 조성 진척 상황을 보고받고 직접 봉분 주변을 둘러 봤다. 풍고는 선왕의 시신이 들어갈 흙구덩이를 살폈다. 주변은 이미 어둑어둑해지고 있었다. 장용영의 군관 한 명이 헐레벌떡 뛰어올라와 풍고에게 귓속말을 전했다.

제38화

# 선상 혈투

건릉으로 가는 길에 짐수레 행렬이 길게 늘어섰다. 수레마다 국장 제례에 사용될 각종 제기와 집기, 식량, 음식 재료 등이 잔뜩 실려 있었다. 거의 모든 조정 신료가 참석하는 대규모 행사인 만큼 준비할 것이 많았다. 인부들은 날이 저물기 전에 건릉 공사 현장에 도착하려고 걸음을 서두르고 있었다. 이옥 일행은 그들 무리에 섞여 걷고 있었다. 다행히 짐칸이 좀 빈 소달구지를 발견한 선경이 사례를 하고 애월을 태웠다.

애월은 거의 탈진 상태였다. 오는 도중에 늙은 나귀가 쓰러져서 정오부터는 험한 산길을 계속 걸었던 탓이다. 신발은 바닥이 헤져 금방이라도 벗겨질 것 같았고, 단정하던 옷매무새도 살짝 흐트러져 있었다.

"의녀님, 이제 용주사가 얼마 남지 않았다고 하오. 조금만 참으시오."

선경이 그녀를 안쓰럽게 쳐다보며 말했다. 실제로 저멀리 숲 위로 용주사 대웅전의 지붕이 살짝 모습을 드러냈다. 그리고 100보쯤 앞에 갈림길도 보였다. 저 갈림길에서 건릉에 동원된 인부들은 왼편으로 꺾어서 수레를 끌고 가고, 이옥 일행은 오른편 용주사 방면으로 접어들게 된다.

'아뿔싸!' 이옥은 당황했다. 갈림길 길목에 검계들이 버티고 서 있었다. 포구에서 만득을 죽였던 그 잔인한 놈들이었다. 그들은 애월이 용주사로 찾아올 줄 알고 미리 길목을 지키고 있었다. 다행히 검계들은 인파 속에 파묻혀 있는 이옥 일행을 아직 보지 못했다. 이옥은 선경에게 위험을 알리며 뒤편으로 빠지라고 말했다. 뒤늦게 상황을 간파한 선경도 애월을 달구지에서 내리게 했다. 그런데 세 사람이 붐비는 길을 다시 거슬러 가려다보니 마주오는 사람들과 자꾸 부딪혔다.

"어이쿠! 이 양반아 눈 똑바로 뜨고 다녀!"

이옥과 어깨를 부딪친 사내가 큰 소리로 항의했다. 그 때문에 이옥 일행은 검계들의 눈에 띄고 말았다. 검계들은 승냥이떼처럼 먹잇감을 쫓아오기 시작했다. 때마침 산릉도감의 관원이 말을 탄 채 수레 행릴을 인도하고 있었다. 선경은 그 관원을 끌어내리고 대신 애월을 태우더니 자신도 잽싸게 뛰어오른 다음 말을 몰기 시작했다. 검계들도 황급히 말에 올라타고 추격을 시작했다. 갑자기 말들이 여러 마리 달려나가자, 행인들이 놀라서 이리저리 피하고 수레들도 뒤엉켜버려서 일대는 아수라장이 되었다.

그 와중에 이옥은 뛰어서 도망치고 있었다. 검계 두 명이 눈에 불을 켜고 이옥만 줄기차게 따라오고 있었다. 그대로 가면 붙잡히는 것은 시간문제였다. 그때 마주 오는 방향에서 말을 탄 설낭이 나타났다. 검계들이 놀라서 주춤거렸다.

"아니! 자네가……."

"자세한 건 나중에 말씀드리겠습니다. 어서 오르시지요."

이옥은 얼른 말 등에 올라탔다. 두 사람을 태운 말은 용주사를 향해 달려갔다.

◆

봇짐 행인들과 수레 행렬 때문에 선경은 마음대로 속도를 내지 못했다. 그는 장애물을 이리저리 피해 말을 몰았다. 뒤쫓아오던 검계들 중 몇 명은 수레와 부딪혀 말 등에서 떨어져 땅바닥에 나뒹굴었다.

선경은 수레 행렬이 끝나는 지점에서 다시 말의 배에 박차를 가했다. 지금 자신이 어느 쪽으로 달려가고 있는지 따져볼 겨를도 없었다. 갈림길이 나올 때마다 말이 달리기 편한 쪽을 택했다.

인적이 드물어지자 검계들은 활을 쏘며 따라붙기 시작했다. 선경의 갓과 오른쪽 어깨 부위에 화살이 아슬아슬하게 스쳤다.

"으윽!"

선경의 등뒤에서 한 손으로 그의 허리춤을 잡고, 다른 손으로는 보따리를 들고 있던 애월이 짧은 신음을 내뱉었다.

"낭자! 괜찮소? 무슨 일이오?"

"네. 아무 일도 아니에요. 전 괜찮아요."

애월은 괜찮다고 말했지만, 선경은 자신을 잡는 애월의 손힘이 점점 빠지는 것을 느꼈다. 그로부터 일각을 더 달린 후, 선경은 말을 멈출 수밖에 없었다. 황구지천 나루터가 앞을 가로막고 있었다.

'어떡하지? 강변을 따라 그대로 달릴까?'

어느새 해가 떨어져 사방이 어두웠다. 나루터에 정박한 황포 돛배에서 일꾼들이 궤짝을 내리고 있었다. 그들은 처음엔 선경과 애월을 보며 '뭔 일이지?' 하는 표정을 지었다. 잠시 후엔 뒤따라온 검계들의 살벌한 모습에 놀랐다. 이내 그들은 일손을 놓고 뿔뿔이 흩어져 달아났다.

갑자기, 선경의 뒤에 탔던 애월이 비단 보따리를 껴안은 채 땅바닥으로 떨어졌다. 선경이 급히 말에서 뛰어내려 그녀를 부축했다. 그녀의 등에 화살이 깊게 박혀 있었다. 저고리와 치마에 피가 흥건했다.

삽시간에 검계들이 두 사람 주위에 들이닥쳤다. 검계들이 선경의 목에 칼을 들이대더니 포박했다. 강초가 애월의 품에서 보따리를 뺏어 열어보더니 뒤편의 유종경에게 가져갔다. 유종경은 선왕의 손때 묻은 연초 도구를 확인하더니 말에서 훌쩍 뛰어내렸다. 그는 애월에게 다가가 그녀의 턱을 들어올려 눈을 마주보며 말했다.

"그것은 어디에 숨겼느냐?"

"무슨 말인지 모르겠소."

애월이 힘겹게 대답했지만 유종경은 믿지 않았다. 그는 애월의 눈동자에서 미세한 흔들림을 느꼈다. 그는 애월의 앞가슴 쪽이 두툼한 것을 보더니 불쑥 저고리 속으로 손을 집어넣었다. 애월은 그 손길을 피하려고 몸을 뒤틀었지만, 검계 두 명에게 꽉 붙잡혀 있어서 치욕을 당할 수밖에 없었다. 격분한 선경이 유종경에게 달려들려고 하자 강초가 선경의 목에 칼날을 들이대며 야릇한 미소를 흘렸다.

유종경은 애월의 가슴에서 온기가 담긴 서책을 꺼내 확인했다. 애월은 저항하다가 정신을 잃고 축 늘어졌다. 유종경이 만족한 듯 뒤로 물러나자 이번에는 강초가 칼을 치켜세워 애월의 목을 치려고 했다.

'쉬잇잉!'

군대에서 전투의 개시를 알리는 신호용 화살인 효시가 날아왔다. 강초가 "어떤 놈들이냐?"고 고함을 치며 화살이 날아온 방향을 노려봤다. 장용영 기마군관 10여 명과 함께 풍고가 모습을 드러냈다. 그의 옆으로 이옥과 설낭도 나타났다.

◆

유종경은 애월로부터 뺏은 보따리에 선왕의 비밀 일지를 쑤셔넣었다. 이어 급히 목도리를 치켜올려 얼굴을 가렸다. 풍고가 자신을 알아보지 못하게 하려는 시도였다. 강초의 부하들은 갑작스러운 사태 전개에 주춤거렸다. 풍고의 부관이 앞으로 나와 "병조판서 대감의 명이시다. 당장 칼과 활을 놓고 물러서라!"고 큰 소리로 외쳤다. 장용영 군관들이 말에서 내려 검계들을 포박하려고 접근했다.

"나리, 어떻게 할깝쇼?"

강초가 유종경에게 물었다. 유종경은 "길을 뚫어라!"라고 명했다. 그러자 강초가 부하들과 함께 군관들에게 덤벼들었다.

'챙! 챙!'

나루터는 순식간에 전쟁터로 변했다. 칼날 맞부딪히는 소리가 요란했다. 검계들은 스무 명 정도로 군관들보다 숫자가 조금 많았다. 하시만 어영청 군관 출신인 강초를 제외하면 무뢰배들에 지나지 않았다.

반면 장용영 대장 풍고를 호위하는 군관들은 장용영 내에서도 무예가 출중한 정예 무관들이었다. 선왕이 만든 〈무예도보통지〉에 따라 제대로 군사 훈련을 받았기 때문에 거리의 싸움꾼들과는 출발부터 달랐다. 강초를 제외하면 나머지 검계들은 처음엔 호기롭게 달려들었으나 시간이 흐를수록 현격히 밀리기 시작했다.

그 틈을 노려 설낭과 이옥이 달려와 선경의 포박을 풀어주었다. 선경은 의식이 희미한 애월을 부여안았다. 그녀는 피를 너무 많이 흘린 상태였다. 선경은 얼른 자기 옷을 찢어 상처 부위를 막았다.

유종경은 판세가 불리해지자 말을 타고 도망치려고 등자에 한 발을 걸쳤다. 그때 설낭이 그에게 몸을 날렸다. 두 사람이 흙바닥에 나뒹굴었다. 재빨리 몸을 일으킨 둘은 서로를 죽일 듯이 노려봤다.

"네놈은, 그 전기수 놈! 아니 네놈이 어떻게 여기를?"

"당신은!"

유종경은 설낭을 보자 깜짝 놀랐다. 그는 아우 문경이 설낭을 죽였다고 생각하고 있었다. 설낭도 목도리가 벗겨진 유종경의 얼굴을 알아보고 놀라지 않을 수 없었다. 이번에도 유이평의 아들이었다.

"나리! 어서 피하시오. 여기는 우리가 맡겠습니다. 대감님께 안부 전해주십시오!"

강초가 달려와 유종경을 대신해 설낭을 향해 칼을 휘둘렀다. 설낭도 경외검을 빼 대항했으나 일방적으로 밀리는 형세였다.

"설낭 아우 비키게. 이 죽일 놈은 내가 상대하겠네."

선경이 애월을 이옥에게 맡기고 강초에게 달려들었다. 분노에 찬 선경은 강초를 거세게 몰아붙였다. 검계들이 하나둘 쓰러지며 싸움은 군관들의 승리로 끝나고 있었다. 유종경은 애월의 보따리를 들고 정박중인 황포돛배로 달려갔다. 그는 허둥지둥 배에 뛰어올랐다. 배꾼들은 이미 다 도망가고 없었다. 배에는 건릉의 국장 제례에서 사용될 음식 재료와 송진기름 항아리가 담긴 궤짝들이 쌓여 있었다.

유종경은 나루터 말뚝에 묶인 밧줄을 칼로 내리쳤다. 이옥이 선경과 설낭을 향해 "저 보따리를 뺏기면 안 되네!"라고 큰 소리로 외쳤다. 선경이 배 쪽으로 가려고 했지만 강초가 그때마다 필사적으로 가로막았다. 애월의 보따리를 궤짝 더미 제일 위에 올려놓은 유종경이 두 개의 황포 돛을 펼치자, 배는 강 안쪽으로 흘러가기 시작했다.

보다못한 설낭이 달려가 멀어지는 배를 향해 있는 힘껏 뛰어올랐다. 그는 가까스로 배 끝에 오르는 데 성공했지만, 균형을 잃고 넘어지는 바람에 손에 쥐고 있던 칼을 놓쳤다. 강초를 해치운 선경이 뒤늦게 군관들과 함께 나루터 잔교 끝까지 뛰어왔지만, 배와 거리가 너무 멀어져서 뛰어오르지 못했다.

"용케도 네놈이 아직 살아 있구나! 오늘 여기서 끝장내주마."

"도대체 네 아비와 형제들은, 왜 나를 죽이려 하는 것이냐? 그 연유나 알자!"

유종경은 설낭의 질문에 말 대신 칼로 답했다. 유종경이 계속 칼을 휘두르자 설낭은 뒷걸음질로 피했다. 그는 배 후미의 끝까지 밀려났다.

"설낭! 위험하네. 어서 배에서 뛰어내려!"

선경이 말을 타고 강둑으로 배를 따라오면서 소리쳤다. 하지만 설낭은 산골에서 자라 헤엄을 칠 줄 몰랐다.

유종경이 칼을 치켜세우고 설낭에게 다가왔다. 설낭은 옆으로 피하다가 밧줄 더미를 밟는 바람에 중심을 잃고 엉덩방아를 찧고 말았다. 낭패였다! 유종경은 회심의 미소를 지으며 설낭을 베려고 했다. 설낭은 주저앉은 채 고개를 돌렸다. 그때 설낭의 허리춤으로 유모의 노리개가 드러났다. 그걸 본 유종경이 순간 얼어붙었다.

"아니 네놈이 그걸. 어떻게?"

그 순간, 황구치천이 뱀처럼 휘어지는 지점에 이른 배가 크게 요동쳤다. 배 바닥 부분이 모래톱에 닿았기 때문이었다. 그곳 뱃길을 잘 아는 사공들이라면 충분히 피해 갈 수 있지만, 사공 없이 그대로 흘러가서 좌초한 것이었다.

배가 크게 흔들리자, 맨 위에 쌓아둔 궤짝이 바닥으로 떨어지면서 안에 들었던 송진기름 항아리가 깨지고 기름이 흘러나왔다. 애월의 보따리도 궤짝과 함께 바닥으로 굴러떨어졌다. 배 바닥은 순식간에 기름 범벅이 됐다. 그때, 중심을 잃고 비틀거리던 유종경이 돛대에 걸어둔 등불을 쳐서 떨어뜨렸다. 그 바람에 바닥에 쏟아진 기름에 불이 붙었다. 불길은 삽시간에 배 전체로 번져나갔다. 결국 송진기름이 든 다른 궤짝에도 여기저기 불이 옮겨붙어 불길은 더욱 미친듯이 활활 타올랐다. 설낭은 열기를 피해 본능적으로 물로 뛰어들었다.

"으아악!"

유종경도 뒤이어 비명과 함께 강물로 첨벙 뛰어들었다. 천변에서 좌초한 황포돛배는 활활 불타오르면서 서서히 침몰했다.

"어푸! 어푸!"

강물에 빠진 설낭은 필사적으로 허우적거렸다. 선경과 군관 한 명이 강에 뛰어들어가 설낭을 건져올렸다. 다행히 빠진 곳이 강 한복판이 아니어서 어렵지 않게 끄집어낼 수 있었다. 풍고의 명을 받은 장용영 군관들이 횃불을 들고 물길을 따라 내려가며 살펴봤으나 유종경의 모습은 어디에도 보이지 않았다.

제39화

# 해우정

"으잇!"

장용영 외영 소속 늙은 의관이 칼을 사용해 애월의 등에 박힌 화살촉을 힘겹게 빼냈다. 애월은 의식을 잃은 채 침상에 엎드려 있었다. 의식을 잃은 상태에서도 애월의 눈꺼풀이 바르르 떨렸다. 옆에 있던 의녀가 애월의 상처에 재빨리 솜뭉치를 갖다대 추가 출혈을 막았다. 하지만 애월은 이미 너무 많은 피를 흘려 입술까지 창백했다. 방밖으로 나온 의관이 굳은 표정으로 이옥 일행에게 말했다.

"저 처자는 지금 당장 죽어도 이상할 것이 없소. 조혈에 좋은 약재를 골라서 급히 먹일 테지만, 하늘의 뜻에 맡기는 수밖에 없소이다. 당장 이 밤을 무사히 넘길 수 있을는지……."

의관이 탕약을 준비하러 간 사이 세 사람은 비로소 그간의 일들에 대한 이야기를 나눴다. 설낭은 지난 두 달간 자신에게 벌어졌던 일련의 사건과 죽음에 관해 설명했다. 김판석이 자객의 칼에 목숨을 잃었다는 말에 선경은 머리를 감싸쥐고 눈물을 흘렸다.

설낭의 이야기를 다 들은 이옥은 잠시 생각에 빠졌다. 의녀 애월이 쫓기는 동안 전기수 설낭도 큰 위험에 처해 있었다! 서로 멀리 떨어진 지역에서 일어난 사건들이었지만, 두 사건은 한 인물을 중심으로 연결되어 있었다.

'전 내시부 상선, 유이평!'

이옥은 풍고가 기다리고 있는 용주사 주지 스님의 방으로 건너갔다. 대웅전에선 선왕의 극락왕생을 기원하는 독경 소리가 울려퍼지고 있었다. 장용영 군사들이 사찰 주변을 삼엄하게 지키고 있었다.

'누굴까? 선왕을 독살한 세력은 벽파일까? 아니면 대왕대비일까? 아니면 두 쪽이 손을 잡고 함께 벌인 짓일까? 그렇다면 이를 어찌 밝힐 것인가?'

풍고는 주지 방에서 홀로 생각에 잠겨 있었다. 그날 벌어진 일만 봐도 선왕의 죽음에는 음모의 냄새가 진동했다. 하지만 안타

깝게도 애월이 가져온 독살의 증거는 배와 함께 모두 불타버렸
다. 무엇보다 선왕의 유지가 담긴 비밀 일지가 재로 변해 강물에
떠내려갔다. 또한 선왕의 밀지를 갖고 온다던 애월 자신도 지금
사경을 헤매고 있었다.

"자네가 그것을 직접 읽어보았는가? 선왕께서 뭐라 남기셨던
가? 어서 소상히 말해보게."

풍고는 이옥이 방에 들어오자 비밀 일지의 내용에 관해 물었
다. 이옥은 임종 직전 '선왕이 연독에 의한 독살에 대해 심히 우
려하셨으며, 그로 인해 즐겨 피우셨던 연초를 강하게 의심하고
있었다'는 것을 일지 기록을 토대로 차분하게 설명했다. 또 '선왕
이 3년 전부터 즐기셨던 새 연초에 누군가 영생이 기름과 함께 미
량의 비상을 조금씩 섞어 넣었다'는 애월의 조사 결과도 함께 전
했다.

풍고는 "연초에 독을 탄다! 그것이 실제로 가능한가?"라고 되
물었다. 이옥은 운종가 연초전의 주인 박 영감이 평안도 삼등초
에 벌꿀을 비롯한 다양한 성분을 섞는 비법을 가지고 있었는데,
흉적들이 그것을 활용했다고 설명했다.

풍고의 눈빛이 반짝였다. 그가 아는 선왕은 대단한 골초였다.
연초를 피우지 않는 풍고는 선왕의 편전과 침소, 서재에서 맡았
던 역한 연초 냄새를 잊을 수 없었다. 최측근들이 건강을 염려하
여 금연을 진언할 때마다 선왕은 '연초에 대해 제대로 모르면서

함부로 지껄이지 마라'라고 되레 역정을 내기 일쑤였다. 그래서 누구도 왕의 앞에서 연초 흡연을 비판할 수 없었다.

'꽉 막힌 짐의 가슴을 이렇게 시원하게 뚫어주는 이 연초가 없었다면 나는 진즉에 이 세상 사람이 아니었을 것이네. 자네들은 짐의 몸 걱정일랑 하지 말게. 나는 할바마마를 닮아 팔순도 훨씬 넘길 것이야! 우하하.'

눈을 감자 선왕의 목소리가 환청처럼 들렸다. 정치인 풍고는 신중한 현실론자였다. 조정은 이미 정순왕후와 노론 벽파 세상이었다. 선왕의 독살을 입증할 수 있는 증좌는 모두 사라져버렸다. 애월이 깨어난다고 해도 그녀의 말을 믿어줄 조정 신료가 몇이나 될지 의심스러웠다.

정순왕후는 이틀 전에도 풍고를 불러 독대한 자리에서 선왕의 생전 바람대로 풍고의 여식을 새 임금의 중전으로 간택하겠다는 뜻을 넌지시 내비쳤다. 풍고에겐 그 말이 기쁘면서도 한편으로는 함부로 가볍게 처신하지 말라는 경고로도 들렸다.

"문무자! 선왕의 억울한 죽음을 밝히고자 하는 자네들의 충정은 이해하네만 그것을 입증할 길이 이젠 없는 것 같네. 증좌도 없이 재궁의 뚜껑을 열고 확인하자고 주장할 명분이 없다네……. 안타깝지만 그만 포기하시게!"

"아니오! 아직 시도해볼 일이 남았소."

밤 시각이 술시로 넘어가면서 기온이 더욱 떨어졌다. 방한모와 목도리를 두른 풍고가 흑마에 올라탔다. 기마군관 네 명이 앞길을 트기 위해 횃불을 들고 먼저 출발했다. 그 불빛이 어둠 속으로 사라지자 풍고가 기마군관 50여 명과 함께 한양으로 향했다. 이옥과 설낭은 그 행렬에 섞여 있었다. 왼팔을 다친 선경은 용주사에 남아 애월을 지켜보기로 했다.

장용영 군관들은 화산에서 한양 도성까지 길눈에 매우 밝았다. 짙은 어둠 속에서도 한 번도 멈추지 않고 시흥 근방까지 내달렸다.

"문무자, 자네와는 여기서 갈라져야겠네. 군사 스무 명이 자네를 따라갈 것이네. 부디 뜻하는 바를 얻어오시게. 나는 도성에서 그대들을 기다리겠네."

풍고는 그 말과 함께 오른쪽 노량진 방면으로 출발했고, 이옥은 왼쪽 길로 경기도 양천 쪽으로 향했다. 이옥은 양천나루의 초막집에서 잠자고 있던 뱃사공을 깨웠다.

"아이고. 오늘 잠자기는 글렀네. 반 시각 전에도 어떤 선비가 강을 건너야 한다고 난리를 치더니, 이번에는 군관 나리들까지 이렇게……."

뱃사공이 투덜거리는 소리에 설낭이 재빨리 되물었다.

"반 시각 전에 왔다는 그 선비는, 혹시 어떻게 생겼소? 이상한 점 없었소?"

"이상하기는 했습죠. 의관이 온통 물에 젖었는데 도포 끝단은 또 불에 그슬려 있지 뭡니까? 뭔 일을 당한 건지? 암튼 그래도 뱃삯은 두둑이 냈습죠."

"그놈이 틀림없습니다. 죽지 않고 살아서 제 소굴로 찾아가고 있는 것 같습니다!"

설낭이 이옥에게 말했다. 강 건너편 행주산성 앞 나루터에 내린 이옥 일행은 전 내시부 상선 유이평의 집으로 달려갔다.

◆

"어서 문을 열어라."

'쾅! 쾅!'

유종경이 대문을 세차게 두드렸다. 놀란 마당쇠가 뛰어나와 문을 열었다. 마당쇠는 종경의 몰골을 보고 흠칫 놀랐다. 종경은 화상을 입은 듯한 왼쪽 다리를 절뚝거리며 부친이 있는 사랑채로 향했다.

"아버님! 소자가 돌아왔사옵니다!"

종경이 사랑방 디딤돌 앞에서 부친을 불렀다. 방안에선 답이 없었다. 부친 대신 시동이 눈을 비비고 나오며 "대감님께선 오늘은 해우정에서 주무신다고 하셨습니다"라고 말했다. 부랴부랴 의관을 정제하고 나온 청지기가 종경을 부축했다.

"다른 식구들은 어디 있는가? 집안이 왜 이리 조용한가?"

"대감마님께서 아씨 마님들은 모두 한양 댁으로 가 있으라고 명하셨습니다요. 그래서 집에는 저와 마당쇠, 그리고 시동밖에 없습니다."

"아버님을 빨리 뵈어야겠다."

종경은 청지기의 부축을 받으며 뒷동산 중턱의 정자로 올라갔다. 유이평이 낙향하면서 세운 2층 짜리 정자였다. 1층은 온돌이 깔린 작은 방으로 꾸몄고, 2층은 창호 문 하단을 들어올려 처마에 매어놓으면 마을 앞 들판 경치를 한눈에 내려다볼 수 있는 망루가 되도록 만들었다. 유이평은 그곳을 근심을 푸는 곳이라고 해서 '해우정(解憂亭)'이라 명했다. 그는 틈날 때마다 노구를 이끌고 송진기름을 적신 걸레로 직접 마루와 기둥을 닦으며 관리했다.

유이평은 혼자서 솔잎차를 음미하고 있었다. 그의 앞에 놓인 화로에는 놋쇠 주전자가 걸려 있었다. 방안에는 박 영감 연초전에서 구입한 삼등초에 비상을 섞어 넣었을 때 사용했던 작업 도구들이 가지런히 놓여 있었다.

"아버님께서 염려하셨던 것들을 모두 찾아 불태워 없앴습니다. 그 계집을 놓치기는 했지만, 피를 많이 흘려 얼마 살지 못할 겁니다. 며칠 후 선왕의 관이 땅에 묻히면서 모든 의혹도 함께 사라질 것이옵니다. 이제 세상은 비로소 바른길로 돌아갈 것입니다."

종경은 남양과 화산에서의 일들을 차례로 보고했다. 유이평은 자애로운 아비의 표정으로 아들 종경의 얘기를 끝까지 들어주었다.

"오냐, 그리하였더냐. 참으로 잘하였다! 나는 네가 해낼 것을 의심치 않았다. 네 몸은 괜찮은 것이냐? 불편해 보이는구나."

"별거 아니옵니다. 불에 왼쪽 다리를 조금 그슬렸을 뿐이옵니다. 그보다는 아버님께서 아끼시던 강초가 희생되었습니다. 제가 부족해서 구해내지 못했습니다. 죄송합니다!"

유이평은 잠시 '아!' 하고 짧은 탄식을 내뱉었으나 이내 침착한 목소리로 말했다.

"큰일에는 언제나 희생이 따르는 법이다. 강초도 너와 나를 만나 가슴속 한을 풀 수 있었을 게다. 지금쯤 저승에서 그의 혈육들과 함께 새로운 세상의 도래를 크게 기뻐할 것이다."

유이평은 그렇게 말하고는 종경에게 다가가 다리와 팔의 상처를 직접 살펴봤다. 단순히 그슬린 정도의 상처가 아니었다.

"추운 날씨에 물에 젖은 채 먼길을 되돌아왔구나. 내 사랑하는 아들아! 이것으로 몸을 녹이거라. 날이 샐 때까지 못다 한 이야기를 나누며 함께 있자꾸나!"

유이평이 주전자를 들어 종경에게 솔잎차를 한 잔 가득 따라줬다. 종경이 차를 마시자 따뜻한 온기가 온몸에 퍼졌다.

"아버님. 마음에 걸리는 것이 있습니다. 그 어린 전기수 놈이

제 누님의 노리개를 가지고 있었습니다. 세상에 딱 두 개밖에 없는 노리개입니다. 하나는 제가, 다른 하나는 누님이 가지고 있었는데 그 녀석이 어떻게…….”

종경은 설낭이 가지고 있었던 노리개를 떠올렸다. 그는 자신의 바지춤에서 똑같이 생긴 노리개를 꺼내보았다. 어쩌면 설낭이 누님의 행방을 알지 모른다는 생각이 들었다.

“으윽, 왜 이렇지?”

종경이 갑자기 가슴을 움켜쥐고 인상을 찡그렸다. 숨이 막힌 듯 얼굴에 피가 몰리더니 잠시 후 피를 토했다.

“아, 아버님! 왜? 어째서?”

유이평은 미동도 하지 않은 채 괴로움에 떠는 종경을 지켜보다가 천천히 입을 열었다.

“종경아! 죽은 선왕이 땅속에 들어간다고 다 끝나는 것이 아니다. 선왕의 죽음과 관련된 모든 흔적이 깨끗하게 함께 사라져야 하느니라. 너와 나도 예외는 아니다. 외로워 마라! 나도 남은 일을 처리하고 곧 따라가마.”

우당탕탕! 종경은 두 손으로 목 부위를 부여잡고 비틀거리다가 연초 상자와 작은 종지들, 호리병, 돌절구, 절굿공이가 놓인 앉은뱅이 탁자 위로 엎어졌다.

◆

　이옥과 설낭이 장용영 군관들과 함께 유이평의 집에 도착했다. 날랜 군관이 훌쩍 담을 타고 넘어가 대문을 열었다. 나머지 군관들이 일제히 집안으로 쏟아져 들어가 수색을 시작했다. 사랑채와 안채, 별채까지 다 뒤졌는데도 유이평과 종경은 뵈지 않았다. 청지기와 마당쇠를 붙잡아 무릎을 꿇리었다.

　"유이평 대감은 어디로 갔느냐?"

　"모르오!"

　둥둥둥! 그때 누군가 북을 치는 소리가 났다. 설낭의 눈에 뒷동산 중턱의 정자에 불빛이 켜진 것이 보였다. 자신들에게 그쪽으로 올라오라고 신호를 보내는 것 같았다. 마을 주민들이 그 북소리에 놀란 듯 마을 집집마다 불이 켜졌다. 이옥과 설낭은 군관들을 이끌고 정자 쪽으로 뛰어올라갔다.

　유이평은 '해우정'이라는 현판을 단 정자의 2층 난간에 세워진 북 앞에 서 있었다. 정자 2층은 문들이 처마까지 날개를 펼친 듯 들어올려져 팔면이 개방되어 있었다. 횃불을 든 군관들이 정자를 포위했다. 풍고의 부관이 유이평에게 "병판 대감의 명이시다. 죄인은 오랏줄을 받으라!"고 말했다.

　"뭘 그리 서두르시오. 이 늙은이는 이제 더 도망갈 힘도 없다오. 젊은이! 자네 이름이 설낭이라고 했지? 그리고 당신이, 그 문무자 이옥이구려? 그대들은 나와 우리 애들에 대해 알고 싶지 않소? 이리 올라오시오. 내가 다 말해주리다."

이옥과 설낭은 군관들을 앞에서 기다리게 하고 둘만 해우정 2층으로 올라갔다. 군관들이 있으면, 제대로 된 대화가 되지 않을 것 같았기 때문이었다. 달빛 하나 없는 칠흑 같은 그믐밤이었다.

# 제40화
## 불타는 광기

"더이상 숨기려 마시오. 우린 다 알고 왔소. 당신 아들이 독이 든 연초를 계속 올려 선왕마마를 서서히 죽음에 이르게 하지 않았소? 왜 그런 몹쓸 짓을 한 것이오?"

이옥이 유이평을 쏘아보며 다그치듯 물었다. 유이평은 초롱불을 들고 뒤로 물러나더니 한 손으로 기둥을 잡고 버티며 답했다.

"몹쓸 짓? 이거 참 실망이로군. 그깟 문체 하나 때문에 선왕에게 낙인찍혀 철저하게 버림받았던 자라서, 누구보다 이 늙은이 마음을 잘 헤아릴 줄 알았건만! 어찌 그리 서운하게 말씀하신단 말이신가? 생각해보시게! 자신이 세상을 비추는 달이라는 망상에 빠졌던 군주만 없었다면, 이미 자네는 과서에도 급제하고 문장가로도 명성을 드높이고 있었을 걸세. 오히려 만시지탄 아닌가?"

유이평은 내관 특유의 가늘고 높은 목소리로 답했다. 그가 내뱉는 한 마디 한 마디 또렷하게 이옥의 귀에 꽂혔다.

"문무자! 내 자네에게 묻겠네! 대체 이 나라는 누구 것인가? 수백 년 내려온 이 조선이라는 나라는, 과연 누구의 것이냐는 말일세? 어리석은 선왕은 마치 제 것인 양 굴었지만, 그대들은 분명히 알아야 할 것이야! 이 나라의 주인은 사림이오. 그중에서도 노론이네! 아무리 총명한 군주도 현명한 신하의 도움 없이는 왕도의 이상에 가까이 갈 수 없네. 설익은 놈들이 '군주민수(君舟民水)'라 떠들어대지만 그건 하나만 알고 둘은 모르는 것이지! 백성이 강물이고 군주가 배라면, 신하는 그 배가 어디로 갈지를 정하는 사공이라네."

유이평의 눈이 점점 광기로 번뜩이기 시작했다. 그는 이옥의 답도 기다리지 않고, 계속 자기 말만 하며 스스로 도취되어갔다.

"어리석게도 선왕은 제 분수도 모르고 자기가 뱃사공이라도 된 것처럼 물길을 정하려 했어! 미쳐서 뒤주에 갇혀 죽은 제 아비의 복수에 혈안이 되어, 무고한 신하와 백성들을 역적으로 몰아 죽였네. 그토록 어렵게 지켜온 '도(道)'의 세상을 무너뜨리고, 의리니 탕평이니 떠들며, 남인 간신배들을 불러들여 민심을 동요케 하고 조정을 타락시켰던 게야. 현명하신 여주님과 신료들이 남아 있었기에 그나마, 이 나라가 지금껏 지탱된 것이야! 알겠는가?"

"그따위 궤변이나 듣자고 여기까지 온 게 아니오! 내 비록 선왕께 충군의 벌을 받은 죄인이었지만, 당신처럼 선왕이 세상을 타락시켰다고 생각하지 않소. 만백성들을 굽어살피셨던 선왕의 애민 정신만은 결단코 의심하지 않소! 오히려 당신들이야말로 백성들의 삶은 돌보지 않고 성인군자 놀음이나 하면서, 권력과 재물 모으는 데만 혈안이 된 자들이 아니오? 노론이니, 벽파니, 시파니, 계속 이름을 바꾸어도 본질은 그저 백성들의 고혈을 짜내는 탐관오리일 뿐이오."

"뭐라고? 네 녀석이 소북 출신이라더니 참으로 같잖은 요설을 펴는구나! 왜란과 호란의 피바람과 간신배들의 온갖 흉계 속에서도 이 나라가 망하지 않고 지금껏 버티어올 수 있었던 것이 누구의 덕인지 진정 모르겠더냐? 어리석은 놈 같으니라고! 이제 선왕이 땅에 묻히면서 그동안 흐트러졌던 모든 것이 제자리를 찾아갈 것이다. 그것이야말로 죽은 선왕이 생전 그토록 입만 열면 부르짖던 '귀정'이 아니고 무엇이겠느냐?"

그러면서 유이평은 고개를 돌려 이번에는 설낭에게 물었다.

"젊은이, 자네도 저자와 같은 생각인가?"

설낭은 유이평의 쏘아보는 듯한 강렬한 눈길을 피하지 않았다. 자신의 눈앞에 있는 늙은이가 광기에 사로잡혀 무고한 이들의 목숨을 함부로 빼앗은 것을 생각하니 오히려 가슴속에 분노가 치밀었다.

"이 미치광이 노인네 같으니라고! 당신의 그 광기 때문에 얼마나 많은 이들이 영문도 모른 채 죽었는지 아는가? 내 묻겠소! 대체 왜 나와 내 주변 사람들을 그토록 끈질기게 죽이려 했소?"

"어리석은 놈! 네놈이 읊조렸던 그 이야기를 떠올려보거라. 아편 연독으로 사람을 죽였다 하지 않았느냐? 남인 역적놈들이 연훈방으로 선왕이 독살됐다고 난리를 피우고 있는 마당에, 그따위 이야기가 네 혀를 타고 저잣거리를 떠돌게 놔둘 순 없지. 엉뚱한 원망 말고 네놈의 세 치 혀나 탓하거라!"

"뭣이야? 결국 네놈들의 흉계가 들킬까봐, 그 많은 무고한 사람들을 함부로 죽였다는 것이냐? 내, 당장 네놈의 목을……!"

분노에 휩싸인 설낭이 칼을 뽑았다. 이옥은 다급하게 "설낭! 안 되네! 이자를 살려서 병판 대감 앞에 끌고 가야 하네!"라고 외쳤다. 검을 쥔 설낭의 손이 분노로 부들부들 떨렸다.

"네놈이 종경이 누이의 노리개를 가지고 있었다지? 참으로 묘한 인연이구나! 종경이는 늙어서 정신줄을 놓아버린 선대왕 때문에 억울하게 희생된 책쾌의 자식이다. 그 아비는 처형되고, 나머지 가족은 남쪽 먼 섬에 노비로 끌려갔으니, 그 한이 어떠하였는지 짐작하고도 남음이 있겠지? 섬을 탈출하다 풍랑을 만나 헤어진 하나뿐인 누이를 종경이가 그토록 찾으려고 애썼건만……."

'그랬구나!'

설낭은 유모의 얼굴을 떠올렸다. 배 위에서 정면으로 마주봤던 종경의 얼굴을 다시 생각해보니 정말로 두 사람은 어딘지 닮아 있었다.

"지금 그자는 어딨소? 내가 그자와 직접 만나서 말할 것이오. 이 노리개는 돌아가신 내 유모의 것이오."

"죽은 유모라? 이제 이승에선 다 부질없는 일이로다. 저승에서 만나 해결하면 될 것이야. 내 두 아들 그리고 어려서부터 내가 뒤를 보살폈던 강초는, 모두 육신과 마음에 깊은 상처를 지닌 아이들이었다. 그 애들과 내가 힘을 합쳐 함께 평생의 한을 다 풀었으니, 우리에게 무슨 회한이 있겠는가? 이제 나도 그 애들을 만나러 먼길을 떠나야겠네. 모든 것이 한 점 티끌도 남기지 않고 깨끗하게 사라져야지……."

이옥이 다시 끼어들어 화제를 돌렸다.

"유 대감! 이 모든 간악한 흉계를 사주한 자가 대체 누구요? 늙고 병든 일개 내시가 촌구석에서 혼자 그런 엄청난 짓을 벌이지는 않았을 터이니! 대왕대비께서 시켰소? 아니면 만포(심환지의 호)가 시켰소? 무슨 대가를 약속받은 것이오?"

"문무자, 네놈이 우리를 아주 우습게 봤구나! 내가 돈이나 관직을 빌고 정부나 하는 그런 천한 자로 보이더냐? 이 나라를 바른 길로 가게 하려는 충정을 그리도 몰라주다니, 어찌 그러고도 네가 제대로 된 유생이라 할 수 있겠느냐?"

"바른길? 충정? 당신은 복수심에 사로잡힌 살인귀일 뿐이오. 당신은 물론이고 당신의 복수심을 이용하여 선왕과 많은 이를 해한 자들은 반드시 대가를 치를 것이오!"

이옥은 가죽신을 신고 있어서 못 느꼈지만, 설낭은 짚신 바닥이 축축해진 걸 느꼈다. 뭔가 바닥을 적시고 있다. 익숙한 냄새가 풍겨왔다. 쉬나무기름 냄새였다. '아뿔싸!' 황구지천의 악몽이 뇌리를 스쳤다.

"닥치거라, 이놈아! 네놈들에게 무슨 증좌가 하나라도 남아 있더냐? 아니면 누군가 국문장에 끌려가 한마디라도 실토했다더냐? 껄껄껄! 내가 말하지 않았더냐. 이제 아무것도 남지 않고 깨끗하게 사라질 것이라고! 그리고 세상은 조용히 제자리를 찾아갈 것이다. 그것이 내가 진정으로 바라는 것이야. 너희 두 놈도 돌아가기엔 너무 깊숙이 왔구나. 자, 길동무나 하자꾸나! 에잇!"

유이평이 정자 기둥에 달린 동아줄을 당기자, 줄이 풀리면서 처마에 걸려 있던 창호 문들이 일제히 밑으로 떨어져 내려왔다. 다행히 빨리 눈치를 챈 설낭이 순간적으로 칼집을 뻗어 문턱 위에 찔러넣은 덕분에 문 하나가 완전히 닫히지 않았다. 유이평이 초롱불을 바닥에 떨어뜨리자, 불길이 스르르 뱀처럼 퍼져나갔다. 동시에 이옥과 설낭은 덜 닫힌 문을 향해 황급히 몸을 내던졌다.

해우정 밖 땅바닥으로 떨어진 두 사람은 불타는 해우정을 올려다봤다. 2층이 순식간에 불에 휩싸이더니 곧 아래층에서도 엄청난 불길이 치솟았다. 미리 쉬나무 기름통을 잔뜩 쌓아놓은 것 같았다. 광기에 가득찬 유이평이 불길에 휩싸여 몸부림치다가 바닥에 쓰러졌고, 얼마 후 그 위로 불탄 지붕이 내려앉았다.

같은 날 오후, 궐내각사에서 하루 일을 마친 풍고는 장의동 자택으로 바로 가지 않고 장용영 내영으로 향했다. 풍고는 그곳에서 파주로 향했던 이옥과 부하들이 돌아오기를 기다렸다. 이옥 일행은 날이 저물기 직전 내영에 당도했다.

"병판 대감, 미안하오. 오늘밤은 아주 긴 이야기를 나눠야 할 것 같소!"

이옥이 지친 표정으로 풍고에게 말했다.

"좋네! 나도 기다렸네. 거추장스러운 관작 따위는 내려놓고, 오랜만에 예전처럼 벗으로 돌아가 흉금을 터놓고 이야기해보세나!

풍고는 관노를 시켜 작은 술상을 차려오게 했다. 두 사람은 술한 잔을 비우고 조용히 이야기를 시작했다.

해우정의 불타버린 잔해 속에서 유이평 말고 또다른 시신 한구기 발견됐다. 나 타버리고 뼈만 남은 상황이었지만 청지기가 장남 종경의 것이라고 확인해주었다. 설낭은 유모의 노리개를 그

뼈 위에 놓고, 잠시 두 눈을 감았다. 무고한 사람들을 죽인 살인 자였지만, 자신에게 어머니 같았던 유모의 유일한 혈육임을 알게 된 이상 그냥 지나칠 수 없었다. 두 사람을 그렇게라도 만나게 해 주고 싶었다.

유이평은 내관임에도 학문 수준이 높았고 무예 또한 출중한 자 였다. 내시부 한직을 돌던 그가 불혹이 되던 해, 열다섯에 불과한 어린 정순왕후가 중전으로 입궁했다. 유이평은 왕후를 모시게 되 면서 내관으로서의 출세 가도를 달리기 시작했다. 그는 언제나 왕후의 눈과 귀, 때로는 손발이 되고자 노력했다. 그러나 선왕 즉 위 후 노론과 가까운 내관과 궁인들이 하나둘 처형되거나 궁 밖 으로 내쫓겼고, 그도 낙향해야만 했다.

복수심에 사로잡힌 유이평은 선왕에 의해 죽임을 당한 자들의 피붙이들을 비밀리에 수소문했다. 전국을 돌아다니며 아이들을 찾아내 관아에 뒷돈을 찔러주고서라도 빼내서 양자로 삼았다. 부 모 형제를 잃고 복수심에 치를 떨고 있던 소년 종경, 문경은 그렇 게 유이평과 부자의 연을 맺었다. 그는 두 아이를 거세시키고, 학 문과 무예를 가르쳤다. 동시에 자신들의 모든 불행이 선왕으로부 터 비롯됐다는 생각과 원망을 반복적으로 주입했다.

그들 부자는 피 한 방울 섞이지 않았으나 뜨거운 가족애를 가 지고 있었다. 사실 그것은 가족애라기보다는 복수심에 기반한 동 지애에 가까웠다. 유이평은 두 아들이 내시부에 들어가자 본격적으로 흉계를 짜기 시작했다. 그들 부자는 선왕을 은밀하게 죽일 방법과 기회를 노렸으나, 조심성 많은 선왕은 좀처럼 허점을 드러내지 않았다.

그런 중에 발견한 것이 연초였다. 선왕은 굉장한 골초였다. 누구도 감히 그것을 문제삼을 수 없었다. 연초는 왕의 입에 들어가는 것 중에 기미를 거치지 않는 유일한 것이기도 했다.

종경은 각고의 노력 끝에 대전 설리로 들어가 선왕의 흡연을 돕는 역할을 맡게 됐다. 그때부터 계획은 급물살을 탔다. 운종가 연초전 주인 박 영감으로부터 연초에 이런저런 풍미를 가미하는 비법을 돈 주고 사들였다. 유이평과 종경은 해우정 1층에서 연초에 영생이를 섞어 넣었다.

새로운 연초는 예상대로 선왕을 사로잡았다. 선왕은 새 연초가 폐부 깊숙한 곳까지 시원하게 만들 뿐 아니라 정신까지 한층 더 맑게 해준다며 칭찬을 아끼지 않았다. 선왕은 그렇게 애용했던 연초에 영생이만이 아니라 비상가루도 들어간 것을 전혀 몰랐다. 무려 3년 동안 거의 하루도 쉬지 않고 그 연초를 피우면서 조금씩 몸이 무너져갔던 것이다. 극도로 쇠약해진 상태에서 올봄부터 두드러기까지 번지자 끝내 버텨내지 못했다.

밤이 깊도록 이옥의 이야기는 이어졌다. 유이평과 종경, 문경 부자의 삶과 복수, 애월의 비밀, 그리고 유이평에게 쫓겨 죽을 뻔한 전기수 설낭의 기구한 사연까지! 그 모든 사연이 합쳐지니, 마치 한 편의 소품체 소설 같았다. 조용히 이어지는 긴긴 이야기를, 끝까지 조용히 듣고만 있던 풍고가 괴로운 듯 입을 뗐다.

"참으로 놀랍고도 통탄할 일이로세! 역적들이 그 오랜 세월 전하의 지척에서 발톱을 감추고, 그런 엄청날 일을 도모하고 있었건만……! 당장에라도 죽은 유이평과 그 자식들의 주변을 철저히 조사해서, 배후에 숨어 있는 역적 잔당들을 모조리 찾아내어 죗값을 받게 하고 싶네!"

풍고는 북받치는 감정을 주체하기 힘든 듯 잠시 멈추었다가 다시 말을 이었다.

"그러나 안타깝게도 지금 내겐 그럴 만한 힘이 없네. 범인과 증인은 물론 증좌도 제대로 남아 있지 않네. 유이평 말대로 깨끗하게 사라져버렸네! 남아 있는 것은 말뿐이니……! 그것만으로 내일 화산으로 떠날 대여 행렬을 멈추거나, 재궁 뚜껑을 열어 검시하자고 주장할 수 없지 않겠는가?"

"나도 지금 세상이 어떻게 돌아가는지 모르지 않네. 대왕대비를 여주님이라 부르고 있고, 심환지 대감의 권세는 하늘을 찌르고도 남는다고 들었네. 이런 상황에서 아무리 병판이라도 함부로 선왕의 독살을 주장하고 나설 수 없겠지."

이옥이 그렇게 말하고는 술잔을 들어 단숨에 비웠다.

"부끄럽고 미안하네! 허나, 선왕을 위해 지금 내가 할 수 있는 일은 마마께서 남기신 어린 전하를 지키는 일이라 생각하네. 나는 앞으로 전하를 잘 지키고 보필하여 그 누구도 넘볼 수 없는 성군으로 만드는 일에 내 가진 모든 것을 쏟을 걸세! 그러니 문무자, 자네도 조정에 들어와 내게 힘을 보태주지 않겠는가?"

"우리 병판께서 취하셨나보오. 문객에게 과분한 말씀을 하시는구먼……!"

나지막하게 긴 한숨을 내뱉은 이옥은 이어서 말했다.

"나는 그저 초야에 묻혀 자연을 벗삼아 살아가려 하네. 언젠가 편안해지면, 선왕과 나의 악연을 소재로 전이나 한 편 써보고 싶네, 하하! 물론 어렵겠지? 아니, 그래서는 안 되겠지. 그리고 이번 일은 남은 평생 절대로 입 밖으로 낼 수 없고 무덤 속까지 비밀로 가져가야 한다는 것을 잘 아네. 그러니 다른 걱정은 마시게. 그래서 말인데, 마지막으로 긴히 부탁할 것이 있네."

## 제41화

# 선왕의 마지막 길

1800년 11월 6일 화성 화산 건릉.

하늘은 맑고, 바람은 찼다. 좌의정 이시수가 제단 앞에서 떨리는 목소리로 행장을 낭독했다. 선왕 이성(왕이 친히 '이산'에서 개명한 이름)이 태어나 승하할 때까지에 이르는 47년간의 범상치 않은 생애와 업적이 차근차근 소개되었다.

곡비들의 곡소리가 나더니 어느새 장례 인파 전체가 슬피 울었다. 어린 임금 순조는 무릎 꿇고 하염없이 눈물을 흘렸다. 일흔 살 노구의 영의정 심환지도, 젊은 병조판서 김조순도 눈시울이 붉어졌다.

마침내 재궁이 광중(壙中, 무덤구덩이)에 내려지고, 그 위로 붉은 흙이 한 삽 한 삽 덮이기 시작했다. 군중의 울음소리가 점점 커지자 놀란 까마귀떼가 하늘로 날아오르고 형형색색의 만장이 더욱더 세차게 물결쳤다.

◆

한양 도성. 설낭은 남루한 차림으로 사람들의 눈을 피해 남산 골 정 초시 집으로 향했다. 그는 아직 해주 감영에게 쫓기는 몸이었다. 그가 먼저 유문경을 공격해 죽였다는 어처구니없는 누명을 쓰게 되었기 때문이었다. 그래서 국상이 끝나고 풍고가 관아에 손을 써줄 때까지 당분간 반촌을 벗어날 수 없었다.

하지만 설낭은 효연이 보고 싶은 마음을 억누를 수가 없었다. 이옥이 잠시 출타한 틈을 타 혼자서 남산골까지 갔으나, 효연은 집에 없었다. 늙은 부친만 홀로 병석에 누워 있었다. 정 초시는 뼈가 앙상하게 야윈데다, 정신마저 오락가락했다. 효연의 부탁으로 정 초시의 식사와 탕약을 챙겨주고 있는 이웃집 아낙에게 그녀의 근황을 들을 수 있었다. 효연이 여드레 전 최창인 수하들에게 끌려갔다는 이야기에 격분한 설낭은 그길로 최창인 집으로 달려갔다.

"이보시오 최 부자! 불쌍한 백성들의 피골을 빼먹는 것도 모자라 이제 양반집 규수끼지 첩으로 만들겠다고 납치하다니 그러고도 당신이 온전할 성싶소? 당장 효연 낭자를 내놓으시오."

"뭐라? 납치라고? 네놈이 뚫린 입이라고 아무 말이나 함부로 지껄이는구나. 네놈이 몸값을 가져오겠다고 큰소리 떵떵 치고 가더니 일이 뜻대로 안 된 게로구나. 그러면 그렇지! 하하하. 오해하지 마라. 낭자는 나와의 혼례 준비를 위해 제 발로 찾아온 것이다. 네놈이야말로 남의 처자를 넘보지 말거라. 여봐라! 뭣들 하느냐. 저놈을 당장 끌어내지 못할까."

"뭐라고? 거짓말 마시오. 효연 낭자가 그럴 리 없소. 놔라, 이놈들아!"

설낭이 저항했지만 최창인의 하인들이 여럿이서 덤벼드는 바람에 대문 밖으로 끌려나갔다.

◆

이 사실을 뒤늦게 알게 된 이옥은 설낭을 크게 나무랐다. 효연의 사정이 딱하기는 하지만 설낭 또한 아직 자유의 몸이 아니었다. 그런데도 함부로 반촌을 벗어나 최창인에게 찾아갔으니 혹여 소문이 나지 않을까 걱정했다.

아니나 다를까! 다음날 점심 무렵 좌포도청 포교가 안두식의 집에 찾아왔다. 사복 차림의 포교는 해주 감영이 만든 용모파기를 내밀며 설낭이 그곳에 있는지 확인하려고 했다. 안두식은 "올 봄 별시 때 잠시 우리집에 머물렀소만 여름쯤 전기수 공연한다고 떠났소. 우린 어디로 갔는지 모르오"라고 딱 잡아뗐다.

이옥은 풍고 집안의 겸인 출신인 병조 서리 박장문을 만났다. 수완이 좋은 박장문은 풍고 집안의 온갖 궂은일을 도맡아 처리하는 인물이었다.

"걱정 마시오. 우리 대감께 다 들었소. 내가 해주 감영과 호조, 포도청에 두루두루 알아보고 처리할 테니 그 전기수에게 그때까지 진 조용히 지내라 하시오. 해주까지 갔다 와야 하니까 엿새쯤 걸릴 것이오."

"알겠소이다. 그럼 부탁하오."

박장문을 만나고 나온 이옥은 다음으로 객성을 찾아갔다. 김 선달은 남양에서 낙마해 다친 다리 상처가 아직 아물지 않은 상태였다. 이옥은 김 선달을 위해서 이번 사건의 내막을 일부러 공유해주지 않았다. 이옥은 그 대신 설낭과 효연의 딱한 사정 이야기를 전하며, 설낭이 황해도와 평안도에 뿌려놓은 돈을 거두어달라고 요청했다. 김 선달은 장만수가 장부를 꼼꼼히 적어놓았고, 거상들과의 신용도 좋았으니 사람을 보내 가능한 한 빨리 회수해오겠다고 했다.

"허나, 다 모아봐야 250냥 정도 되지 않을까 싶소. 나머지를 구할 방도는 있는 게요?"

"일단 되는대로 마련해주시오. 내가 그 돈을 가지고 설낭 대신 최창인을 찾아가 어떻게든 구슬려보겠소."

◆

　다음날 이른 아침. 반가운 손님이 반촌에 찾아왔다. 화성 장용영 외영에 머물고 있던 박선경이 올라온 것이다. 그는 위독했던 애월이 장용영 의관의 극진한 치료를 받고 회복됐다는 소식을 전했다.

　"도성에 올라오는 길에 애월 낭자를 밤섬에 내려드렸습니다. 반촌으로 데려오려 했으나 의녀님이 도성은 싫다며 한사코 거부해 어쩔 수 없었습니다. 아직 그 일의 충격이 남아 있는 것 같습니다."

　"그런 큰일을 치렀으니 어찌 그렇지 않겠나? 몸이 회복된 것만 해도 천만다행이네. 검계 무리도 사라졌으니 밤섬이라면 안전할 것이네. 설낭도 당분간 이곳에 계속 은신해야 할 것 같네. 자네는 어찌할 계획인가?"

　"저는 마포 오 객주에게 맡긴 진안초를 도성과 그 근방에 푸는 일에 집중해야 할 것 같습니다. 그렇지 않아도 오는 길에 오 객주에게 들렀는데 진안초 내놓으라고 다녀간 연초상들이 벌써부터 많다고 들었습니다."

　"알았네, 그렇게 하시게. 자네 장사가 잘되었으면 좋겠네!"

　"걱정 마십시오, 잘될 것입니다. 그런데 설낭 아우는 얼굴이 왜 그리 상하였는가? 내가 모르는 근심이라도 있는 겐가?"

　선경은 설낭이 어두운 표정으로 말이 없자 그 이유가 궁금한 듯 물었다. 이옥이 대신 그 속사정을 설명했다.

◆

약조대로 엿새가 지나고 병조 서리 박장문이 반촌으로 이옥을 찾아왔다. 그는 풍고 대감에게 해주 감영에 다녀온 상황을 보고한 후 곧바로 이옥에게 달려왔다고 말했다.

"우리 대감의 뜻을 알렸는데도 해주목사가 난색을 표했소. 유이평이 아들을 잃고 상심해 자결했다고 알려져 한양 내시부에서 살인자를 아주 엄하게 다스리라는 당부가 내려왔다고 하였소."

"한양이라면 누가? 내시부에서 그 명을 내린 인물이 누군지 알면 배후를 알 수 있지 않겠소."

"그냥 내시부라고만 하면서 누군지는 끝내 말하지 않았소. 일개 지방 수령에게 병판 대감의 뜻이 통하지 않을 정도면, 내시부는 그냥 하는 말인 것 같고 그보다는 훨씬 더……."

박장문은 그 대목에서 말을 얼버무렸다. 이옥은 박장문의 설명에 놀라고 실망했다. 설낭이 예전 생활로 되돌아갈 순 없더라도 관아에 쫓기는 신세에선 벗어날 수 있을 줄 알았으나 그마저 힘든 것 같았기 때문이었다.

"문무자께서 설명해주신 대로, 해주목사에게 죽은 문경이란 자가 자객이고, 설낭은 피해자라고 말했으나 통하지 않았소. 목사는 유 상선의 아들이 미천한 전기수를 죽일 이유나 동기가 없다고 오히려 역정을 냈소. 그 동기 부분은 나도 대감께 따로 들은 바가 없어서 제대로 설명하지 못하였소. 아무래도 쉽게 결론을 바꾸지 않을 것 같소이다."

"그러면 피해자가 이렇게 살인자로 내몰릴 수밖에 없다는 것이오? 병판 대감께서 모두 아무 탈 없이 낙향할 수 있게 해주겠다고 약속하셨는데⋯⋯."

"우리 대감께서 약속하셨으니 틀림없이 그리될 것이오. 단지 시간이 좀 걸릴 것이니 당분간 조용히 지내시는 게 좋겠소. 포도청에서 다녀갔다니 그 전기수의 거처를 더 안전한 곳으로 옮기는 것도 좋을 것 같소."

"알겠소. 내가 이 자리에서 서찰을 써줄 테니 병판께 꼭 전해주시오."

이옥은 책쾌 조생과 함께 최창인을 찾아갔다. 조생이 창인의 부친 최종만과 교류했던 사이여서 창인도 면담 요청을 함부로 거절하진 못했다. 두 사람이 사랑방에 들어갔을 때 창인은 장침에 비스듬히 기대어 중국산 아편을 피우고 있었다. 그는 부친이 생전에 피우던 아편 흡연 도구들을 그대로 사용하고 있었다.

"어인 일이시오? 조선 최고의 책쾌 어른께서 나같이 책이라고 는 평생 한 권도 읽지 않는 무식한 놈을 찾아오시다니?"

"오늘은 내가 책쾌가 아니라 증인으로 이 자리에 왔네. 문무 자, 뭐하고 있으시오."

이옥이 경상 위에 보따리를 올려놓았다. 내려놓을 때 제법 묵 직한 소리가 났다.

"정 초시가 빌린 돈과 그 이자까지 도합 500냥이오. 확인해보 시오."

그것은 진안초 판매가 잘되어 큰돈을 번 선경이 자신의 이문 250냥을 쾌척하고, 김 선달이 마련해온 200냥에 안두식이 따로 50냥을 얹어줘서 마련된 귀중한 돈이었다. 몽롱한 상태에 빠져 있던 창인이 이옥의 말을 듣자 바로 고쳐 앉더니 눈을 동그랗게 떴다. 그가 보자기를 풀자 엽전 꾸러미와 어음들이 나왔다. 그는 아편 곰방대를 물더니 잠시 생각에 잠겼다.

"뭐라고 답을 하시오? 빌려준 돈을 다 받았으니 이제 효연 낭 자를 풀어주시오."

이옥의 요구에 창인이 시큰둥한 표정으로 입을 열었다.

"으흠. 이거 어쩌나. 그 전기수 놈이 얼마 전에 내게 찾아와 그 럽디다. 세상에 돈으로 살 수 없는 게 있다고, 크흑. 그런데 말이 오, 내, 생각을 해보니 그놈의 말이 맞는 것 같소. 혼사가 열흘 앞 으로 다가왔고, 낭자도 나와 연이 맺어지길 간절히 원하고 있소.

인제 와서 물릴 수는 없소이다. 돌아가시오."

창인이 그러면서 낡은 문서 한 장을 경상에 올려놓았다. 이옥이 펼쳐보자 정 초시와 당초 맺은 계약서였다. 11월 보름까지 갚지 못하면 효연과 최창인의 혼사를 거행한다는 내용이었다. 이틀이나 기한을 넘긴 것이었다.

조생이 끼어들어 최창인의 마음을 돌려놓으려고 설득했으나 창인은 들으려 하지 않았다. 이옥이 그의 악행을 관아에 고하겠다고 경고했지만 창인은 눈 하나 깜짝하지 않았다. 그는 "정 초시의 여식이 서학에 물들어 그 물을 빼느라 나도 무척 힘드오. 관아에 알리려면 얼마든지 알리시오"라고 도리어 겁박했다.

◆

"내 지금 당장 정동으로 달려가 최창인 이놈을 베어버리겠습니다."

이옥의 설명을 들은 설낭은 흥분했다. 조생과 박선경, 안두식, 김 선달도 그 자리에서 함께 분노했다. 설낭은 사람의 약점을 잡고 교묘하게 이용해먹는 최창인의 수법에 치를 떨었다.

"놈이 효연 낭자가 서학을 믿는다는 것을 알면서도 놔둔 이유가 이렇게 사람 발목 잡는 데 이용하려고 했던 것입니다. 처음에는 돈을 이용해 옭아매더니 이제는 서학을 내세워 효연 낭자를 제 것으로 만들려는 수작입니다."

하지만 이번 문제를 해결할 뾰족한 수는 없었다. 효연을 만나려고 해도 만나게 해주지 않으니 그녀의 진심을 확인하는 것조차 어려웠다. 최창인 집에 몰래 숨어들어가 데리고 나오자는 이야기까지 나왔다.

"여기가 조 선비댁 맞지요?"

문밖에서 늙은 여인의 목소리가 들렸다. 효연의 이웃 여주댁이었다. 설낭이 일전에 그녀에게 정 초시에게 무슨 일이 생기면 자신에게 알려달라고 부탁해놓았었다. 그녀는 정 초시가 그날 미시(13시~15시)에 죽었다는 소식을 전했다. 설낭은 직접 남산골로 가려 했으나 안두식이 말렸다.

"도성 내 다림방(백정들이 운영하는 푸줏간)에 나갔던 우리 애들이 그러는데 그동안 잡아들이지 않았던 죄인들을 죄다 잡아들이고 있고, 기찰까지 다시 돌아다니기 시작했다고 하네. 자네는 아직 반촌을 나가면 안 되네."

"안 두령 말이 맞네. 상가에는 우리가 들여다볼 테니 자네는 여기서 기다리시게."

이옥도 설낭에게 자중할 것을 당부했다. 그는 입과 코로 연초 연기를 내뿜으며 "창인이 그놈이 설마 효연 낭자를 부친상에도 참석 못하게 하지는 않을 것이네. 세상 사람들 보는 눈이 있지 않은가"라고 말했다.

## 제42화

# 한양을 떠나다

1800년 11월 말 어느 밤.

청동 심환지의 집에는 여러 대의 가마가 마당에 세워져 있고 가마꾼들이 모닥불을 쬐고 있었다. 노론 벽파 핵심들이 사랑방에서 회의를 벌이고 있었다. 정순왕후의 섭정과 함께 권력을 장악한 벽파가 국상 이후의 정국 방향을 의논하는 자리였다.

실록청 구성과 운영 방안이 제일 먼저 논의되었다. 국상이 끝났으니 선왕 때의 사초를 정리해 실록을 편찬하는 사업이 머잖아 시작되어야 했다. 한 참석자는 인조실록에 세자 독살 정황이 기술되어 아직도 문제가 되고 있다는 점을 들며, 이번 실록에는 티끌만한 불씨도 남기지 않아야 한다고 강조했다.

참석자들은 그 대목에서 심환지의 안색을 살폈다. 심환지의 친척 의관 심인이 연훈방으로 선왕을 독살했다는 '흉언'이 남인들을 중심으로 여전히 회자하고 있었기 때문이다. 두 눈을 지그시 감고 있던 심환지가 입을 열었다.

"다행히 3년 전부터 사관과 승지들은 대부분 우리 사람들로 채워져 있소. 실록청 총재관과 도청 당상 등의 몇 자리를 시파에게 주더라도 큰 방향에서는 실록에 우리의 뜻이 관철되는 데 부족함이 없을 것이오. 다만……."

심환지는 말을 멈추고 참석자들에게 눈길을 한번 준 후 다시 말을 이어갔다.

"다만, 사관들이 개인적으로 자기 집에 보관하고 있다가 실록청에 제출하는 가장사초(家藏史草)에서 예기치 못한 내용이 튀어나올 수 있으니 끝까지 긴장을 늦추지 마시오. 실록청 일을 맡게될 분들은 초초(初草)에서부터 각별한 주의를 기울여야 할 것이오."

모임이 파한 후에도 심환지는 홀로 사랑방에 남아 생각을 정리했다. 벽파 대신들은 그에게 흐트러진 조정의 기강을 바로 세우기 위해 남인 숙청을 서둘러야 한다고 건의했다. 특히 선왕의 총애를 받았던 정약용과 이가환, 이승훈 등의 남인 관료들은 결코 살려둬서는 안 된다고 입을 모았다. 또한 영조 때처럼 영남 남인의 중앙 정계 진출을 다시 막아야 한다고 목청을 높였다.

그 같은 요구들은 심환지도 내심 바라던 바였다. 하지만 당장 행동에 옮기기는 어려웠다. 확실한 명분을 잡아 쳐내야지 섣불리 움직였다가는 역풍을 맞을 수 있었다. 그것은 남인 때문이 아니라 풍고 김조순을 비롯한 시파 때문이었다. 입만 살아 있는 남인과 달리 시파는 아직도 정치적 입지와 군사적 힘을 가지고 있었다.

풍고는 특히 병조판서를 맡은데다 선왕의 친위대인 장용영까지 이끌고 있었다. 게다가 정순왕후의 눈에도 들어 순조의 장인이 될 것이라는 관측이 파다했다. 이대로 놔두면 머지않아 그의 손에 조정의 권력이 넘어갈 수도 있었다.

'풍고! 네놈이 선왕의 충신이라는 가면을 쓰고 있지만, 외척이 되어 권력의 단맛을 보면 어쩔 수 없이 난신적자가 될 것이다. 한 번 맛보면 더 크고 더 높은 권력을 탐하겠지. 권력이란 원래 그런 것이야. 우리 벽파가 어떻게 되찾은 조정인데 그 꼴을 가만히 눈뜨고 보고만 있을 것 같으냐! 남인을 손본 후 그다음엔 네놈들을……'

때마침 한 선비가 심환지의 사랑방에 당도했다. 승지 이해우였다. 그는 선왕의 비밀 어명을 받아 전 포도대장 조규진의 남곽 추적을 도왔던 인물이었다.

"밤길에 오느라 고생했소. 일전에 부탁했던 것은 어찌되었소?"

심환지의 질문에 이해우는 품에서 작은 책자를 꺼냈다. 그것은 조규진이 그동안 확보해 선왕에게 보고했던 서학 집단과 남곽에 대한 기찰 문서였다.

◆

남산골 정 초시 상가는 친척과 이웃 서너 명만 쓸쓸하게 빈소를 지키고 있었다. 효연의 모습은 보이지 않았다. 이옥은 책쾌 조생의 충고대로 최창인을 찾아갔다. 창인은 아편 곰방대를 물고 퀭한 눈으로 그를 대면했다. 이옥은 효연의 부친상 소식을 전하며, 효연을 당장 풀어주지 않으면 조정에 상소를 올리겠다고 으름장을 놓았다. 유교 국가 조선에서 친부모 상을 지키는 것은 자식의 기본 도리 중의 도리였다. 창인의 뒷배가 아무리 든든하더라도 효연의 부친상 참석을 계속 막을 수는 없었다. 결국 효연은 20여 일 만에 그 소굴에서 나올 수 있었다.

효연은 부친 위패 앞에서 큰절 대신 묵주를 손에 쥔 채 조용히 기도를 올렸다. 두 눈에 눈물을 글썽이면서도 곡소리를 내지 않았다. 유생 이옥에게 그것은 생경한 장면이었다. 외부인들이 보았다면 관아에 신고할 수도 있었다. 다행히 상가에 모인 사람들은 서학에 관대했다. 나중에 알게 됐지만, 그들 중 많은 자들이 효연처럼 서학 신도였다.

최창인은 장례비에 보태 쓰라며 약간의 돈과 쌀을 보내왔다. 그러면서 자신의 겸인과 하인 셋을 보내 효연을 감시하게 했다. 놈들은 장례를 마치는 대로 효연을 다시 데려갈 작정이었다. 창인은 아편에 중독된 것만큼이나 효연에게 집착하고 있었다.

이틀 후 이른 새벽 정 초시의 목관은 소달구지에 실려 시구문 밖 공동묘지로 옮겨졌다. 창인 부하들은 그곳까지 따라왔다. 하지만 동이 훤히 트고 매장 의식이 모두 끝났을 때 장례 행렬 속에서 효연은 사라진 뒤였다.

효연은 발인이 끝나고 소달구지가 시구문으로 가는 동안 장례 행렬에서 몰래 빠져나왔다. 멀리서 효연처럼 보였던 소복 여인은 이웃집 다른 처녀였다. 뒤늦게 속은 것을 안 최창인의 부하들은 이옥과 친척들에게 효연을 내놓으라고 협박했지만 아무도 대꾸하지 않았다. 쓰개치마를 쓴 효연은 명례방의 비밀 회당을 찾아갔다. 그곳이라면 최창인의 추격을 피해 숨어지낼 수 있다고 생각했다.

창인은 먹잇감을 놓친 맹수처럼 광분했다. 칠패 왈짜들을 고용해 효연을 추적하게 했다. 왈짜들은 이옥이 효연을 빼돌렸다고 의심해 그의 뒤를 밟고 다녔다. 반촌 안두식의 집까지 쫓아왔다가 재인들의 경고를 받고서야 물러났다.

다음날 오전, 안두식 집에서 쇠고기 운반용 큰 나무통을 실은 수레가 칠패의 다림방으로 출발했다. 재인들은 사흘에 한 번씩 도성 곳곳의 다림방에 쇠고기를 배달하고 있었기 때문에 누구도 그 수레를 의심하지 않았다. 나무통 속에는 쇠고기 대신에 설낭이 숨어 있었다. 재인들은 그를 명륜방 인근에 내려주었다.

설낭은 이옥에게 전해들은 효연의 은신처로 찾아갔다. 두 사람은 석 달 만에 얼굴을 마주했다. 손 한번 제대로 붙잡은 적 없었지만 둘은 이미 서로 마음으로 통하고 있었다. 설낭은 이옥이 기별을 줄 때까지 효연과 함께 숨어 있기로 했다. 효연의 사정을 알고 있는 명도회 간부들은 설낭이 교리를 배운다는 조건으로 은신처를 제공했다. 처음엔 서학에 냉담했던 설낭은 점차 마음을 열고 그들의 교리에 귀를 기울이기 시작했다. 덕분에 효연과 더 많은 이야기를 나눌 수 있었다.

궐내각사를 나온 풍고 김조순은 장용영 내영으로 향했다. 내영 집무실에는 특별한 손님이 그를 기다리고 있었다. 선왕의 총애를 받던 전 포도대장 조규진이었다. 본명보다는 조 대장으로 더 알려진 조규진은 선왕의 비밀 어명을 받아 지난 3년간 서학 핵심 세력을 뒤쫓고 있었다.

풍고는 그가 은퇴한 후에도 장용영 군관들을 빌려 뭔가 작업을 한다는 것을 어렴풋이 감지하고 있었다. 다만 선왕의 승인 아래 비밀리에 진행되는 일이었기에 정확하게 그 내용이 무엇인지는 알지 못했다.

선왕 승하 이후 칩거했던 조규진은 그동안 자신이 추적해온 서학 집단에 대한 모든 정보가 이해우를 통해 심환지에게 넘어갔다는 사실을 알고, 부리나케 풍고에게 경고하기 위해 달려온 것이었다.

조규진이 비밀 장계를 올리면 이해우가 중간에서 그것을 받아 선왕에게 전달했었다. 이해우는 서학 관련 정보를 누구보다 깊게 파악하고 있을 터였다.

"병판 대감! 서학 무리를 치는 것은 선왕께서도 바라셨던 바였습니다. 그들은 뿌리까지 뽑아내야 할 불온 세력입니다. 하지만 옥석을 잘 가리자는 것이 선왕의 뜻이기도 하셨습니다. 다산 같은 이도 관련되어 있지만, 대감의 일가친척인 가귤 김건순도 연루되어 있사옵니다. 벽파 손에 그 같은 정보가 들어가면 어떻게 악용될지 모릅니다. 소인은 다만 그 점이 두려울 뿐입니다."

이야기를 듣던 풍고의 안색이 급격히 어두워졌다.

◆

    풍고의 책사인 박장문이 반촌으로 찾아온 것은 11월 그믐날 밤이었다. 박장문은 이옥이 풍고에 요청했던 것들이 모두 이뤄졌다고 알려줬다.

    흉언을 퍼뜨린데다 사람까지 죽이고 도망 다니던 전기수 설낭은, 경기도 화성에서 장용영 군관들에게 추격받다가 해안 낭떠러지에서 떨어져 실종된 후 이틀 만에 익사체로 발견되었다고 기록되었다. 또한 도주한 의녀 애월도 용주사 근처에서 발생한 선박화재 사건 때 불타 죽은 것으로 처리되었다.

    장용영 외영이 설낭의 시신 검안서를 꾸며 해주 감영에 보냈고, 감영은 박장문과 사전 약조된 대로 이를 한양 호조에 보고해 마무리했다. 애월의 사망 소식은 풍고와 가까운 화성유수가 내명부에 통보했다. 설낭과 애월은 문서상 이 세상에 존재하지 않는 죽은 자가 되었다.

    "고맙소, 박 서리! 풍고 대감께 이 은혜 잊지 않겠다는 말씀을 꼭 전해주시오."

    "알겠습니다. 우리 대감께서 이것을 문무자께 전하고 오라 하셨습니다. 여기서 읽어보시죠."

    박장문은 품에서 풍고의 밀찰을 꺼내 그에게 전했다. 풍고는 서찰에서 선왕 독살과 관련된 이야기를 아는 설낭과 애월은 영원히 한양을 떠나 신분을 숨기고 살아야 한다고 강조했다. 그 이야기가 조금이라도 외부에 새어나가면 그때는 자신도 더는 보호해줄 수 없다고 당부하고 있었다.

'문무자, 자네들이 한양에서 그대로 생활할 수 있게 해주지 못해 미안하이. 지금 세상이 참으로 수상하네! 벽파가 조만간 서학을 빌미로 남인을 칠 것이네. 그것은 피바람의 시작일 뿐이겠지! 처음엔 남인에서 시작되겠지만 나중에는 벽파와 대립하는 모든 세력에게로 향할 것이야. 지금은 바람에 맞서기보다는 잠시 고개를 숙이고 살아남아 다음 기회를 노리는 것이 더 중요한 듯하네. 나는 그리할 것이야! 자네도 꼭 살아남아 취하듯 읽고 토하듯 쓰시게나. 내 항상 자네를 기억하겠네!'

이옥이 서찰을 다 읽자 박장문은 그것을 돌려받아 그가 보는 앞에서 촛불에 태워버렸다. 그리고 박장문은 낙향하는 경비에 보태 쓰라며 풍고가 보낸 300냥을 놓고 갔다.

섣달 초하루 아침. 한강 물은 꽁꽁 얼어붙었다. 늘 사람들로 붐비던 마포나루도 인적이 드물었다. 두꺼운 무명 솜옷에 목도리를 칭칭 휘감은 젊은 선비와 여인이 얼어붙은 한강을 건너 밤섬으로 들어갔다. 설낭과 효연이었다.

두 연인은 지난 열흘간 명례방의 비밀 가옥에서 지냈다. 덕분에 효연을 찾느라 눈에 불을 켜고 도성 안을 헤집고 다니는 창인의 수하들에게 발각되지 않았다. 둘은 지난밤 이옥의 연락을 받고 먼길을 떠날 봇짐을 챙겨 밤섬으로 온 것이었다. 선경과 애월이 그들을 맞이했다.

선경은 설낭과 효연을 따뜻한 아랫목에 앉혔다. 애월과 효연이 처음으로 인사를 나눴다. 그녀들은 금세 오래 친구처럼 가까워졌다. 설낭과 효연은 정 초시의 빚을 갚는 데 큰돈을 써준 선경에게 깊이 감사했다.

"우하하! 그것 말이오? 그냥 공짜로 준 것이 아닌데! 이 빚쟁이가 평생 자네들을 뒤쫓아 다닐 것이니 그리 아시게! 허허. 나랑 애월, 아니 희수 아씨한테서 영영 멀어질 생각일랑 하지도 말게. 알았나?"

"네, 형님! 여부가 있겠습니까? 그렇게 하겠습니다."

잠시 후 이옥이 도착했다. 그는 그간의 사정과 함께 그들 모두가 한양을 떠나 은거해야 하는 이유를 설명해주었다. 그리고 박 장문이 주고 간 여비 300냥을 전했다. 또 설낭에게는 앞으로 사용할 '김윤'이라는 이름이 적힌 호패를 줬다.

"초봄에 날이 풀리면 배를 타고 떠나는 것이 좋겠다고 생각했었네만, 일이 급하게 되어 섣달 초하루에 불러모으게 되었네. 빠르면 빠를수록 자네들에게 좋을 것이라 하더군. 듣자 하니 애월은 선경을 따라 진안으로 내려갈 것이라고?"

"네, 그리하려 합니다."

"진안 사람들이 자네를 모르니 나쁘지 않을 것 같네. 그런데 설낭이 자네는 고향 산천으로 가서는 안 될 것인데…… 앞으로 어찌하려는가?"

이옥의 질문에 설낭이 걱정하지 말라는 듯 빙긋 웃으며 말했다.

"충청 땅 깊은 산골에 서학 신도들만 모여 사는 작은 고을이 있다고 합니다. 효연 낭자와 상의해서 그곳으로 들어가기로 했습니다. 낭자는 성화를 그리고, 저는 교리 이야기를 낭독해주며 오손도손 살겠습니다."

"설낭 아우! 한양을 쥐락펴락했던 전기수가 깊은 산골에 숨어 살아야 한다니 오죽 답답하겠는가? 그러지 말고 나와 함께 진안에 내려와 연초 장사를 벌여보세."

선경이 호탕한 목소리로 권해보았으나, 설낭은 손사래를 쳤다.

"아닙니다. 먼 훗날이면 몰라도 당분간은 어려울 듯합니다. 과거 시험을 포기한 이상 이제 제대로 서학을 공부해볼 참입니다. 교리를 접한 지 얼마 되지 않았으나 들으면 들을수록 오묘한 섭리에 저도 모르게 무릎을 치게 됩니다. 저는 그렇다 치고, 스승님께선 어찌하실 생각이십니까? 저희와 달리 한양을 뜨지 않으셔도 되지 않습니까?"

"난 이미 오래전부터 낙향을 준비하고 있었지 않았는가. 자연을 벗삼아 지내면서 지금껏 살면서 배우고 느낀 것을 바탕으로 많은 글을 써보려 하네. 세상에 내놓을 수 없을지도 모르겠지만, 숨이 붙어 있는 한 원 없이 읽고 또 쓰겠네. 언젠가 자네들의 애절한 사랑 이야기도 한번 써보고 싶네그려."

다섯 사람은, 밤섬 마대치 촌장 집에서 도란도란 이야기를 나누며, 따뜻한 아침식사를 했다. 잠시 후 나귀 다섯 마리를 나누어 타고, 얼어붙은 한강을 건너 사이좋게 따뜻한 남쪽으로 향했다.

〈끝〉

# 작가의 말

　'정조 독살설'은 이미 진부한 소재다. 파헤쳐보고 싶은 미스터리적 요소가 다분해서 많은 소설과 드라마, 영화에서 수없이 다뤄졌기 때문이다. 그런데도 내가 더이상 새롭지 않은 음모론을 다시 꺼내든 이유는 '문무자 이옥'이라는 이단아의 이야기를 하고 싶어서였다.

　우연한 기회에 접한 이옥의 글은 내가 그동안 갖고 있던 고전문학에 대한 편견을 깨기에 충분했다. 물론 친절한 한글 번역과 함께 음미해보긴 했지만, '소품체'라는 소설체의 문체로 쓰인 그의 글은 일반적인 고전문학 작품들과 아주 달랐다. 비록 한문이란 옷을 걸치고 있었지만, 그의 글 속에는 18세기에 싹튼 조선 사회의 새로운 감성과 시대정신이 오롯이 담겨 있었다. 고답적이고 정형적인 한시와 다르게, 이옥의 글은 하나하나가 형식도 내용도 너무 자유분방해서 조선시대의 글이라고 하기에는 지나치게 현대적이었다. 마치 겨울에 서둘러 핀 꽃처럼 놀랍고 아름다운 글들이었다.

조선 엘리트 문인들의 사명은 오랜 옛날에 선배들이 남긴 지극히 모범적이고 정형적인 이상에 도달하기 위해 끝없이 노력하는 것이었다. 그러므로 경박한 소품체로 떠들고 싶은 대로 떠들어대는 이옥의 글은 형식에서도, 내용에서도 시대의 틀을 한참 넘어서고 있었다.

그의 글을 읽은 당시의 엘리트 문인들은 1990년대 서태지의 노래들을 처음 들은 사람들처럼 충격을 받았을 것이다. 그들은 '이건 노래도 아니다'라는 말 대신 '이건 글도 아니다'라는 말로 비판을 퍼부었을 것이다. 그중 한 사람이 당시의 왕이었던 정조였다.

'선비 정신을 타락시키는 소품체는 금하고, 중국 진한의 고문체만을 써야 한다'라는 왕의 엄명에도 이옥은 새로운 문장과 표현의 실험을 멈추지 않았다. 또한 그는 기성 문인들처럼 천편일률적이고 고상한 소재가 아닌 일상적이고 흔한 소재들을 즐겨 다루었다. 이옥은 무엇보다 자신이 살았던 18세기 후반 조선의 사회와 민초들의 모습을 자기 시대의 언어로 생생하게 그려내고 싶어했다.

'가장 깨끗했던 옛것으로 돌아가야 한다'라는 강력한 복고의 의지가 담긴 왕명(문체반정)을 어긴 대가는 혹독했다. 성균관 유생 이옥은 시험 답안지에 경박한 소품체를 썼다는 이유로 정조로부터 정거(과거 응시 자격 정지)과 충군의 형벌을 받았다. 당시 소품체를 썼던 유생과 관료들은 실리를 택하여 대부분 반성문을 쓰고 용서받았다. 그러나 글에서 소품체를 완전히 걷어내지 못한 이옥은 충분히 반성하고 있다는 인정을 받지 못했다. 그는 경상도 삼가현(합천)까지 쫓겨나 군역을 치러야 했다.

조선시대 최고 학부인 성균관의 유생이 졸지에 남쪽 지방의 말단 군졸로 전락한 것도 참담한데, 과거 시험을 볼 수 없었으니 벼슬길도 막혀버린 것이다. 이옥은 불혹을 앞둔 나이가 돼서야 겨우 충군에서 풀려날 수 있었다. 그러나 이옥은 벼슬길에 대한 미련을 버리고 낙향하여 원하는 글을 마음껏 쓰며 살았다고 한다. 공교롭게도 그를 핍박했던 정조는 몇 개월 후에 47세의 나이로 세상을 떠났다.

이번 작품은 정조와 이옥의 '기구한 인연'을 모티브로 삼아 구상된 역사 추리소설이다. 이 소설 속의 이옥은 정조에게 탄압받았던 문인이었지만, 개인적 원한이나 미움을 품지 않는 인물이다. 오히려 그는 왕의 의문스러운 죽음에 얽힌 비밀을 풀기 위해 노력한다.

두 사람을 이어주는 연결고리는 연초(담배)인데, 연초는 정조의 죽음을 푸는 열쇠이기도 하다. 실제로 이옥은 조선시대 연초와 흡연 풍속사를 다룬 거의 유일한 저술인 『연경煙經』을 썼을 정도로 연초에 조예가 깊은 인물이었다. 또한 정조는 항상 곰방대를 손에서 놓지 않을 정도로 골초였으며, 관료들을 상대로 한 '담배의 유용성을 논하라'라는 책문 시제를 낼 정도로 열렬한 연초 옹호론자였다.

정조는 스스로 몸 상태를 진단하고 약재까지 처방할 수 있을 정도로 의술에 정통했다. 또한 음식과 술, 차 등 자기 입에 들어가는 모든 것에 철저히 주의를 기울였다. 또한 활쏘기 같은 운동으로 몸을 단련하는 것도 게을리하지 않았다. 어려서부터 늘 독살의 위협 속에서 살았기에 더욱 그럴 수밖에 없었을 것으로 짐작할 수 있다.

그토록 주도면밀하게 관리했으나 정조는 1798년부터 건강이 빠르게 쇠약해졌다. 급기야 1800년 여름에 종기가 악화하여 숨을 거두었다고 정사는 기록하고 있다.

하지만 그의 죽음은 그 직후부터 200년도 더 지난 지금까지도 독살이라는 의심을 받고 있다. 정조의 독살설 가운데 가장 유명한 것이 '수은을 태운 연기를 종기 환부에 쐬는 연훈방 치료로 독살당했다'는 주장이다. 그러나 수은 연기를 몇 번 마신다고 해서 바로 사람이 죽지는 않는다는 반론이 있다.

또다른 독살설로는 '오랜 기간을 두고 비소와 같은 독소에 서서히 중독되어 말라 죽게 했다'라는 주장이 있는데, 나도 이 의견이 더 합리적이라고 생각한다. 그래서 미량의 비소 성분을 첨가한 연초를 장기간 흡연한 정조가 급격히 노화하며, 면역능력이 떨어진 상태에서 죽었다는 가정을 세우고 이번 작품을 전개했다.

나는 이 소설에 정조의 독살 에피소드 외에도 18세기 후반 조선 사회, 특히 한양 백성들의 생활과 풍속을 많이 담고자 노력했다. 거리이야기꾼 전기수와 세책방, 서화점, 운종가의 활기 넘치는 모습, 반촌과 재인의 특수한 문화, 서학 신도들의 이야기 등을 다뤘다. 왕의 의문스러운 죽음을 둘러싼 정치세력 간 이해관계와 치열한 권력 암투도 빼놓을 수 없었다.

범인을 밝혀내는 정통 역사추리물을 좋아하는 독자라면 다소 실망했을지도 모르겠으나, 누가 정조를 죽였는지는 이 소설에서 그리 중요한 것이 아니다. 내가 이번 작품을 통해 정말 전하고 싶었던 것은 19세기가 시작되는 우리 역사의 변곡점인 1800년 무렵의 시대상과 그 의미이다.

근대의 서막이 서서히 열리기 시작하는 우리 역사의 변곡점을 자세히 들여다보면, 역사의 거대한 수레바퀴를 움직이는 무수한 사람들이 있다. 그 사람들 가운데는 거인처럼 크고 센 힘으로 그 바퀴를 쌩쌩 끌고 가는 왕도 있지만, 개미들처럼 작지만 집요한 힘으로 바퀴를 영차영차 밀고 가는 무수한 보통 사람들도 있다. 나는 마치 이옥처럼 무엇보다 그 보통 사람들의 이야기를 만화경이나 벽화처럼 그려보고 싶었다.

　서산을 붉게 물들이며 떨어지는 낙조는 감탄을 자아낼 만큼 장엄하고 아름답지만 새로운 생명을 잉태시킬 힘은 없다. 반면 어두운 새벽하늘에 수줍은 듯 비치는 여명은 아직 그 힘은 여리고 미약하지만, 언젠가 찬란하게 떠오를 것이다. 그러면 그 빛 아래에서 아름다운 꽃망울을 맺게 될 새싹들이 무성하게 자랄 것이다.

　정조의 안타까운 죽음이 웅장하게 저무는 서산낙조의 이미지라면, 시대를 앞서간 글쟁이 이옥과 전기수 설낭, 담배상인 선경, 성화화가 효연, 여의원 애월은 새로운 시대가 다가오고 있음을 알리는 한 줄기의 새벽빛과 같다.


　항상 그렇지만 이번 작품을 쓸 때도 정말 많은 도움을 받았다. 한문에 어두운 내가 정조 시대를 다룰 수 있었던 것은 무엇보다 고전번역원의 데이터베이스 서비스 덕분이었다. 한글로 정성스레 옮겨진 『조선왕조실록』과 『일성록』 등에 담긴 풍부한 기록은 내 이야기의 바탕이 되어주었다. 그 방대한 기록을 하나하나 번역하고 쉽게 찾아볼 수 있게 체계적으로 공개해주신 한학 전문가들을 비롯한 많은 분께 감사드린다.

　한편 정조와 그의 시대를 다룬 다양한 역사 서적들, 그리고 이옥의 문집들도 시대가 담긴 생생한 배경과 인물을 구상하려고 고심할 때 큰 힘이 되어주었다. 훌륭한 서적들을 만들어주신 많은 분께 감사드린다.

또한 전작 『임진무쌍 황진』에 이어 이번 작품도 흔쾌히 출간을 허락해준 신정민 대표를 비롯하여 교유당의 모든 분께도 깊이 감사드린다.

그리고 나의 고독한 글쓰기에 늘 조언과 도움을 아끼지 않는 친구들에게 한없는 감사의 마음을 표현하고 싶다.

끝으로 언제나 열렬한 응원과 도움을 아끼지 않는 아내와 사랑하는 딸, 아들에게 사랑과 고마움을 전하고 싶다.

2023년 4월
김동진

# 전기수 설낭

초판 인쇄  2023년 5월  1일
초판 발행  2023년 5월 11일

지은이 김동진

편집 이희연 정소리 | 모니터 이원주
디자인 김문비 유현아 | 마케팅 배희주 김선진
저작권 박지영 형소진 최은진 오서영
브랜딩 함유지 함근아 김희숙 고보미 박민재 정승민 배진성
제작 강신은 김동욱 임현식 | 제작처 상지사

펴낸곳 (주)교유당 | 펴낸이 신정민
출판등록 2019년 5월 24일 제406-2019-000052호

주소 10881 경기도 파주시 회동길 210
문의전화 031-955-8891(마케팅) 031-955-2692(편집) 031-955-8855(팩스)
전자우편 gyoyudang@munhak.com

인스타그램 @thinkgoods | 트위터 @thinkgoods | 페이스북 @thinkgoods

ISBN 979-11-92968-14-8  03810